PAIN NOIR, PAIN BLANC 1

DE LA MÊME AUTEURE

L'Esclave, Libre Expression, 1999 ; collection « 10/10 », 2009.
Frontenac, tome 1 – *La tourmente*, Hurtubise, 2008.
Frontenac, tome 2 – *L'embellie*, Hurtubise, 2011.

MICHELINE BAIL

PAIN NOIR, PAIN BLANC

La chaise d'Alphonse   1

Libre Expression
Une société de Québecor Média

Catalogage avant publication de Bibliothèque et Archives nationales du Québec et Bibliothèque et Archives Canada

Bail, Micheline, 1946-

    Pain noir, pain blanc
    L'ouvrage complet comprendra 3 volumes.
    Sommaire : t. 1. La chaise d'Alphonse.

    ISBN 978-2-7648-0805-4 (vol. 1)

    I. Titre. II. Titre : La chaise d'Alphonse.

PS8553.A348P34 2013   C843'.54   C2013-941063-5
PS9553.A348P34 2013

Édition : Lison Lescarbeau
Direction littéraire : Marie-Eve Gélinas
Révision linguistique : Marie Pigeon Labrecque
Correction d'épreuves : Julie Lalancette
Couverture et mise en pages : Clémence Beaudoin
Grille graphique intérieure : Chantal Boyer
Photo de l'auteure : Sarah Scott
Illustration de la couverture : Julie Massy

Cet ouvrage est une œuvre de fiction ; toute ressemblance avec des personnes ou des faits réels n'est que pure coïncidence.

Remerciements
Nous reconnaissons l'aide financière du gouvernement du Canada par l'entremise du Fonds du livre du Canada pour nos activités d'édition.
Nous remercions le Conseil des Arts du Canada et la Société de développement des entreprises culturelles du Québec (SODEC) du soutien accordé à notre programme de publication.
Gouvernement du Québec – Programme de crédit d'impôt pour l'édition de livres – gestion SODEC.

Les Éditions Libre Expression
Groupe Librex inc.
Une société de Québecor Média
La Tourelle
1055, boul. René-Lévesque Est
Bureau 300
Montréal (Québec) H2L 4S5
Tél. : 514 849-5259
Téléc. : 514 849-1388
www.edlibreexpression.com

Dépôt légal – Bibliothèque et Archives nationales du Québec et Bibliothèque et Archives Canada, 2013

ISBN : 978-2-7648-0805-4

Distribution au Canada   **Diffusion hors Canada**
Messageries ADP   Interforum
2315, rue de la Province   Immeuble Paryseine
Longueuil (Québec) J4G 1G4   3, allée de la Seine
Tél. : 450 640-1234   F-94854 Ivry-sur-Seine Cedex
Sans frais : 1 800 771-3022   Tél. : 33 (0) 1 49 59 10 10
www.messageries-adp.com   www.interforum.fr

« Je suis plus que jamais convaincue de la nécessité
de transmettre le long combat de nos mères
et de nos grands-mères, celui des héroïnes du temps passé,
célèbres ou silencieuses, ces millions de femmes
qui nous ont ouvert la voie. »
Nicole Bacharan

Première partie

1

La fillette était agenouillée dans sa robe noire d'écolière et pressait pieusement ses petites mains sur sa poitrine, dans une attitude de recueillement. Un crêpe noir était enroulé à son bras droit. Des larmes qu'elle ne tentait plus de refouler coulaient sur ses joues. Le corps de son père était étendu sur des planches soutenues par deux chevalets dressés au centre de la chambre mortuaire. On avait aveuglé les fenêtres avec des draps blancs et recouvert de la même façon les quelques meubles du salon. Des cierges placés à intervalles réguliers autour de la dépouille éclairaient seuls la pièce. Sur une petite table attenante au prie-Dieu se trouvaient un rameau d'épinette et un bol d'eau bénite, un maigre bouquet de roses blanches et une cloche de verre contenant la photo de noces du défunt.

Marie-Blanche observait avec attention le visage de son père, qui semblait se mouvoir sous la lumière des cierges. Elle avait de la difficulté à croire qu'il était mort pour de bon et elle refusait farouchement de l'admettre. Elle se disait qu'il reviendrait à lui, qu'il se mettrait à rire de son grand rire communicatif, comme autrefois, et que tout cela n'était qu'une mauvaise farce, mais sa grande sœur Estella lui avait assuré que, lorsqu'on était mort, c'était pour toujours.

Son père reposait là depuis trois jours, engoncé dans son habit du dimanche devenu trop grand pour lui, avec un scapulaire passé au cou et un chapelet de cristal de roche enroulé autour de ses mains jointes. Aux pieds, on lui avait glissé des pantoufles parce que, croyait-on, des souliers feraient trop de bruit au paradis. Le corps avait gonflé et une odeur fade, qui laissait un relent désagréable dans la pièce, commençait à s'en dégager. Mais la petite n'aurait bougé de là pour rien au monde, trop heureuse qu'elle était d'avoir enfin pu l'approcher. Comme on s'affairait dans la cuisine à préparer le dernier repas funéraire, elle s'était glissée en catimini dans la chambre mortuaire, où elle se trouvait fin seule et un peu intimidée. Chaque fois qu'elle s'y était risquée, on l'avait refoulée à la cuisine en prétextant qu'il fallait céder la place aux grandes personnes. Tous, ils avaient défilé de jour comme de nuit, les frères et les sœurs du défunt, les oncles et les tantes, les cousins venus de loin et qu'on ne voyait qu'aux enterrements, puis les amis, les voisins, M. le curé et un marguillier. C'était maintenant son tour, et l'émotion lui nouait la gorge. Malgré ses huit ans, Marie-Blanche était assez grande pour comprendre la solennité du moment et le fait qu'elle approchait son papa pour la dernière fois.

Elle entama un *Je vous salue Marie* d'une voix déterminée et aspergea plusieurs fois le corps d'eau bénite, comme elle l'avait vu faire par les grands. Les gouttes diluaient la poudre appliquée sur le visage et les mains, et la faisaient craqueler en laissant par endroits de petites traces jaunâtres. Marie-Blanche toucha timidement le visage du défunt, puis elle retira aussitôt sa main. L'étrangeté du contact la surprit. Il lui semblait que c'était dur comme le verre et froid comme la glace. Elle entreprit plutôt de lui caresser les cheveux. Elle se revoyait encore en train de masser doucement le cuir chevelu de son père. D'ordinaire, il lui demandait ce petit service après une journée éreintante. Il disait que cela le reposait. Il ne s'adressait jamais qu'à elle, sa *catin blanche*, comme il l'appelait, parce qu'elle avait une peau de lait translucide, encadrée d'une épaisse chevelure bouclée, noir de jais. C'était un moment d'intimité volé à ses frères et sœurs, et auquel elle n'aurait pas renoncé pour tout l'or du monde. Elle refit le geste avec une tendresse respectueuse tout en restant prudemment à la surface des cheveux, de peur de toucher à nouveau la peau. Puis elle entonna une berceuse apprise à l'école.

Que son père était donc beau sous la lumière des cierges ! La flamme rehaussait l'éclat de son teint et mettait en évidence la blondeur de sa chevelure. Il avait des traits réguliers et fins, de longues mains élégantes et racées. On aurait dit Jésus-Christ en version blonde. Même ses amies tombaient sous le charme et l'enviaient d'avoir un si beau papa. Mais il était surtout gentil. Quand il s'installait, certains soirs d'hiver, dans sa grande chaise berçante et leur lançait d'un ton enjoué : « Venez, les enfants. J'ai un conte pour vous », c'était la bousculade. La porte de la cuisine n'était pas assez large pour leur livrer passage à tous, et c'était à qui arriverait le premier pour prendre la meilleure place. Les enfants grimpaient sur lui, se pendaient à son cou, se lovaient sur ses genoux ou sur les bras de la grande chaise et attendaient, tout oreilles, que le conteur se mette à parler. Et même s'il était sans instruction, il avait une imagination fertile et il savait trouver les mots qui faisaient rêver. Si ses histoires se ressemblaient un peu, elles étaient par contre toutes différentes et il les étirait à la demande des plus petits, qui tentaient de repousser le plus possible le temps d'aller au lit. Il y était souvent question de farfadets, de petits lutins, de bonhommes Sept-Heures, de feux follets et de diablotins qui battaient la campagne et punissaient les enfants désobéissants, tout en récompensant ceux qui étaient plus dociles.

— Mon papa chéri, chuchota Marie-Blanche, tout en osant cette fois lui toucher la main, je vous oublierai jamais.

Elle poussa l'audace jusqu'à tenter de glisser ses doigts entre ceux de son père. Le contact avec la chair la répugna encore. Elle y renonça et se remit à prier avec ferveur en fermant les yeux. Lorsqu'elle les ouvrit, elle reprit machinalement la branche d'épinette et s'apprêtait à asperger le corps lorsqu'elle vit le tronc de son père se soulever brusquement. Il se replia vers l'avant et la bouche s'ouvrit en produisant un bruit sourd, comme un ballon qui se dégonfle.

Marie-Blanche lâcha tout, se leva de son prie-Dieu en hurlant, tourna les talons et se précipita dehors. Elle poussa la porte et se rua dans l'escalier en criant à pleins poumons. Elle fonça droit devant elle sans trop savoir où elle allait, mue par un besoin irrépressible de mettre le plus de distance possible entre elle et ce corps mort qui bougeait sans avertissement. Elle courut longtemps et se retrouva bientôt en nage. Elle remonta sans la voir la rue Saint-François, traversa à l'intersection de la rue du Parvis jusqu'à la rue Saint-Joseph, où elle s'arrêta, épuisée. Elle s'adossa à un mur et porta la main à son cœur. Il battait si fort dans sa poitrine qu'elle eut l'impression qu'il allait en sortir.

Sa pâleur alerta un passant, qui lui demanda :

— Qu'est-ce qu'y a, ma p'tite fille ? T'es blanche comme un suaire.

— Non, j'ai rien, lui répondit-elle tout en se redressant.

Elle vit arriver son grand frère Albert au pas de course. On l'avait envoyé la chercher.

— Qu'est-ce qui t'a pris de déguerpir comme ça ? T'es même pas habillée, tu vas mourir de froid, lui lança-t-il en la tirant par le bras pour la ramener à la maison.

Marie-Blanche restait figée là, interdite. Elle tenta de se dégager, mais la poigne de fer d'Albert l'en empêchait.

— Viens, viens donc, Marie-Blanche. Pourquoi t'es si pâle ?

— Les morts, ça bouge pas d'habitude ?

— Ben non, un mort, c'est un mort.

— Pourquoi papa a bougé, d'abord ?

— Qu'est-ce que tu racontes ? T'es folle ou quoi ?

— Papa s'est relevé. Je l'ai vu !

Albert se mit à rire en pensant que sa sœur était folle à lier. Pour couper court, il la tira résolument par la manche, puis il la poussa devant lui pour la faire avancer plus vite. Voyant que la petite continuait à ruminer, il fit un effort pour la consoler et lui chuchota, en lui ébouriffant les cheveux :

— Écoute, Marie-Blanche, il est mort depuis trois jours, papa. Il peut pas avoir essayé de se relever. T'as eu la berlue.

Oublie ça si tu veux pas faire rire de toi et ferme-la. Et pis grouille-toi, le repas est prêt et je crève de faim, moi.

❧

Eugénie touilla la soupe à laquelle elle avait ajouté beaucoup de farine pour la rendre plus épaisse et l'étirer un peu. La grande marmite était pleine à ras bord, mais ils étaient si nombreux autour de la table qu'elle avait peur d'en manquer. Elle s'essuya le front d'un revers de manche. Elle était au bout du rouleau. Il y avait des jours que la maison ne désemplissait pas, et elle avait épuisé toutes leurs pauvres réserves. Elle ignorait de quoi demain serait fait après ce terrible coup du sort, mais elle essayait de vivre une heure à la fois pour ne pas désespérer. Estella avait coupé le pain et apporté la corbeille. Eugénie s'assit à la place au bout de la table qu'occupait toujours Alphonse, son défunt mari, et elle prononça les mots rituels qu'il récitait avant chaque repas :

— Bénissez-nous, Seigneur, ainsi que la nourriture que nous allons prendre.

Tout le monde répéta et se signa. Ils étaient plus d'une vingtaine autour de la longue table de chêne, fabriquée par le défunt. Les deux bancs ne suffisant pas à les asseoir tous, on avait rapaillé toutes les chaises de la maison et même celles du balcon arrière. Estella fit la distribution du potage en veillant à ce que chacun en ait assez. Eugénie donna le pain aux invités, puis aux enfants. Comme il en manquait, elle n'en prit pas et n'en céda qu'aux plus grands. Elle se dit que, désormais, ils devraient se serrer la ceinture.

Le départ d'Alphonse l'avait jetée dans une grande affliction. Elle avait fait l'impossible pour ne pas pleurer devant les enfants, mais elle sentait que les digues étaient sur le point de se rompre. Une peine sans nom la rongeait, de même que de vives inquiétudes sur le sort qui attendait ses huit orphelins. Car comment allait-elle les nourrir désormais, sans mari

15

et en pleine crise économique ? Elle n'avait pas d'instruction, n'avait jamais travaillé à l'extérieur de la maison et, pour comble de malheur, elle était de nouveau enceinte. La disparition de ses règles était assez significative pour qu'elle n'ait plus de doutes sur son état. Elle n'en avait pas soufflé mot à Alphonse avant sa mort, le pauvre homme se faisait assez de mauvais sang comme cela sans qu'elle en rajoute, mais elle s'en était ouverte à sa grande fille, Estella. Celle-ci ayant quinze ans, sa mère la croyait capable de comprendre la vie et d'y faire face.

— J'vais aller travailler en usine, m'man. J'vais vous aider, avait-elle répliqué aussitôt.

Eugénie n'avait pas eu à implorer ni à exiger, sa fille aînée avait le cœur bien placé, mais cela lui faisait de la peine de voir qu'elle devrait quitter l'école. Encore que c'était un moindre mal parce qu'Estella ne s'y plaisait pas et n'avait pas de bons résultats scolaires. Elle avait redoublé des années et l'étude la rebutait. Pour Albert, ce serait différent. Il aimait l'école et, comme c'était un garçon et qu'il serait appelé un jour à être soutien de famille, elle ne pouvait pas décemment lui demander d'abandonner ses études. Elle verrait comment trouver de l'aide avec M. le curé. Mais qu'allait-elle faire des petits quand elle se chercherait du travail ? En admettant qu'une femme dans son état puisse y parvenir, en cette triste année 1930.

Pauline, la grosse sœur d'Eugénie qu'on appelait « la vieille fille » parce qu'elle ne s'était pas mariée et n'avait même jamais eu de soupirant, alla chercher la théière sur le comptoir. Elle y versa l'eau bouillante et l'apporta sur la table.

— Ma pauvre Eugénie, chuchota-t-elle en se rassoyant avec lourdeur, tu vas avoir de la misère sans ton mari. Une femme seule, chargée d'une famille si nombreuse par les temps qui courent, c'est pas Dieu possible ! J'vais t'aider comme j'vais pouvoir, mais j'suis pas le diable plus riche que toi.

— Ben oui, on va t'aider du mieux qu'on peut, renchérit sur le même ton son frère Édouard, lui-même père de neuf enfants qui étaient d'ailleurs tous attablés autour de lui, avec leurs cousins et cousines.

Son épouse, Adeline, secoua la tête en signe d'assentiment, tout en s'essuyant la bouche du revers de la main. Ses enfants étaient proches de ceux d'Eugénie et, de temps en temps, elle en gardait un à manger ou à dormir, pour lui rendre service.

— J'sais ben que vous voulez m'aider, mais j'me demande comment on va faire. Il va falloir nourrir toute ma trâlée pis j'sais pas trop comment j'vais y arriver.

— J'ai dit à m'man que j'irais travailler en usine, lança Estella, fière de sa résolution.

— Ouais, si tu trouves de l'embauche, ma p'tite fille. Les *shops* ferment les unes après les autres à cause de la crise, pis t'as pas gros d'expérience, rétorqua Édouard en mastiquant son quignon de pain.

— Ça fait rien, j'trouverai pareil. J'suis ben décidée à travailler.

— J'ai peur que ça suffise pas. T'auras pas des gros gages, et pis une famille de huit enfants, ça mange en maudit, continua l'oncle en baissant la voix.

— Moi aussi, m'man, j'peux aller travailler pour aider. J'vais lâcher l'école pis j'vais essayer de me placer comme manœuvre sur le chantier de Beauport.

Albert avait l'air déterminé. Le drame qui s'abattait sur eux avait pour effet de les amener à se serrer les coudes pour faire front, tous ensemble.

— Non, pas toi, Albert. Tu vas continuer l'école, répliqua Eugénie d'un ton sans appel. Il manquerait plus que ça, à c't'heure.

— Ta mère a raison, lui dit Édouard. Finis au moins ta deuxième année complémentaire, mon p'tit gars !

Albert baissa la tête, soulagé intérieurement. Il aimait les études et il aurait été triste de devoir les abandonner maintenant.

— Écoutez, on réglera pas ça ici, devant les enfants. Demain, le nouveau vicaire va venir me voir, après le service, ajouta Eugénie, et on va trouver une solution certain.

Elle venait de croiser le regard chargé d'angoisse de Marie-Blanche et elle s'étonnait de trouver les plus jeunes étrangement silencieuses et attentives, tout à coup, elles qui étaient pourtant si remuantes d'habitude. On aurait dit qu'elles appréhendaient le tragique de la situation. Si elles ne comprenaient pas tout, elles sentaient bien que quelque chose de grave se tramait et que ça ne serait pas pour le mieux. Et la tête d'enterrement de leur mère n'avait rien pour les rassurer.

— Le curé va t'aider, pis nous autres aussi, hein, Eugénie ? Fais-toi pas trop de bile, ma pauvre p'tite sœur, lui lança Pauline pour clore le débat, tout en lui tapotant gentiment la joue.

Eugénie se força à sourire, mais le cœur n'y était pas. Le repas se termina sans qu'on ose revenir sur le sujet. Estella et Marie-Blanche débarrassèrent la table et firent la vaisselle, pendant que les adultes passaient au salon pour rendre un dernier hommage au défunt. Les cousins et les cousines se bousculèrent dehors pour jouer encore un peu avant de partir.

Le corbillard devait se présenter très tôt le matin suivant, selon ce qui avait été entendu avec le croque-mort, ce qui leur laissait encore une dernière nuit de veille du corps. Eugénie jeta un œil dehors et vit que le jour baissait rapidement. « En octobre, c'est normal, se dit-elle, les jours raccourcissent. » La tristesse qui l'affligeait se mariait à merveille avec la grisaille ambiante, et elle se dit que c'était mieux ainsi. Un soleil radieux lui aurait fait trop mal à l'âme.

Comme elle avait arrêté l'horloge de la maison au moment de la mort de son mari, par déférence et pour marquer l'événement, elle demanda l'heure à Édouard, qui portait toujours sur lui la montre de poche héritée de leur père.

— Il est huit heures tapant, répondit celui-ci. Nous autres, on va veiller encore un peu avec toi pis on va rentrer chez nous. Les enfants sont fatigués, et je me lève tôt le matin.

— Ben sûr, ben sûr, fit Eugénie. C'est déjà beau d'avoir passé tes soirées avec nous. Merci encore.

— Faut s'aider dans le malheur. Autrement, à quoi ça servirait, une famille, hein ? déclara Adeline en lui serrant affectueusement le bras.

Tout le monde s'agenouilla devant le corps, et les prières reprirent de plus belle.

Mais Eugénie était ailleurs. Elle se revoyait encore en train de laver la dépouille de son défunt mari, aidée de Pauline. Les deux femmes avaient déshabillé Alphonse et avaient procédé à sa toilette funéraire. On l'avait lavé de la tête aux pieds avec une application tatillonne, puis on lui avait placé des pièces de monnaie sur les paupières pour lui maintenir les yeux clos, et mis une serviette roulée en boule sous le menton pour que sa bouche reste fermée. Tout cela se déroulait au son du glas qui tintait de façon continue, après avoir retenti trois fois de suite, pour indiquer aux paroissiens qu'il s'agissait de la mort d'un homme. C'est Eugénie qui, après avoir constaté le décès à l'aide d'un miroir, avait envoyé Albert avertir le curé. Elle se prit à sourire malgré elle. Il était encore si beau et si touchant, avec son corps jeune et musclé, son Alphonse, qu'elle s'était troublée. Si elle avait été seule avec lui, peut-être aurait-elle cédé à l'envie sacrilège de s'étendre sur lui, de le caresser sur tout son corps et de l'étreindre une dernière fois. Une idée épouvantable qu'elle avait aussitôt balayée de sa conscience, mais qui était revenue la hanter dans ses rêves. D'aussi loin qu'elle se souvenait, elle avait toujours désiré très fort son homme, aimé ardemment le contact de sa peau, la chaleur de son membre enfoncé en elle, assez du moins pour s'en confesser, même si elle n'avait jamais osé s'en ouvrir à qui que ce soit. Ces choses-là ne se disaient pas, et puis, qu'aurait-on pensé d'elle ? Mais Dieu qu'elle l'avait aimé ! De toutes ses forces et depuis le début, malgré la dureté de leur vie commune, les fins de mois critiques, les grossesses qui s'étaient ajoutées presque chaque année, les mauvais coups du sort et la perte de leur dernier enfant. « Pour le meilleur et pour le pire », comme disaient les curés. Elle appréciait l'amour physique et n'avait jamais regimbé à s'y prêter, contrairement à tant d'autres femmes de sa connaissance qui faisaient tout pour s'y soustraire. Elle en redemandait même. Elle s'était souvent sentie coupable de cet appétit déplacé pour les « plaisirs de la chair », au détriment peut-être, parfois, de son rôle de mère. Certes, elle aimait ses enfants à sa façon, mais si elle avait eu le choix, elle croyait bien qu'elle n'en aurait jamais eu. Une autre particularité ina-vouable qu'elle enfouissait au plus profond d'elle-même, de peur de passer pour une dénaturée.

Eugénie eut honte de ces pensées blasphématoires en pré-sence de sa famille et de son époux décédé. Elle se rappela à l'ordre, ferma les yeux et se concentra sur les paroles de la prière.

— Priez pour nous, pauvres pécheurs, maintenant et à l'heure de notre mort…

Puis elle releva les yeux sur Alphonse. Sur ses beaux che-veux blonds aux épaisses mèches rebelles dans lesquelles elle avait tenté en vain de mettre un peu d'ordre. Sa tignasse était si fournie qu'il n'avait jamais réussi de son vivant à la disci-pliner. En abaissant le regard, elle vit le chapelet qu'elle avait enroulé, la veille, autour de ses mains jointes. Elle se dit qu'il ne fallait pas oublier de le reprendre avant la fermeture du cer-cueil. Elle le garderait en souvenir. Puis elle promena un regard inquisiteur sur le corps, des pieds à la pointe des cheveux, pour s'assurer que rien ne clochait. Elle passa tout au peigne fin : le col blanc empesé, la cravate de soie rouge vif qu'elle replaça, les boutons de manchette de faux diamant et le bas du veston qu'elle retendit machinalement, autant de détails qui lui don-naient une allure de grand prince endormi. *Son prince au bois dor-mant*, comme elle l'appelait secrètement.

Elle émit un long soupir de résignation, qui surgit comme une plainte étouffée. Son frère et sa sœur lui tapotèrent l'épaule pour lui signifier qu'ils partageaient sa peine.

Mais qui pouvait sonder la profondeur de sa prostration ? Le chagrin l'avait vidée de son âme et laissée comme une automate. Elle faisait ce qu'il y avait à faire, mais elle ne ressentait plus rien, hormis une envie folle de mourir. Elle ne se faisait pas à l'idée qu'elle serait désormais « la veuve Dumais ». Quand on lui avait ramené son mari à demi-mort, après l'accident, une sourde appréhension l'avait dès lors saisie et ne l'avait plus quittée. Ses compagnons de travail avaient d'abord conduit Alphonse à l'hôpital, où les médecins, après l'avoir examiné sommairement, l'avaient renvoyé mourir chez lui. Il était trop pauvre pour assumer les frais d'une hospitalisation. Les lourds billots de bois qui lui étaient tombés sur la nuque l'avaient pratiquement laissé pour mort. Eugénie avait dû se débrouiller seule pour répondre aux besoins d'un malade très atteint et invalide, par surcroît, tout en continuant à prendre soin de sa marmaille. Elle avait soulevé son mari, l'avait traîné, porté, nourri à la petite cuillère et soigné de son mieux avec des remèdes de bonne femme, des compresses chaudes, des ventouses et des trucs de charlatans. Alphonse était si mal en point que son état avait rapidement dégénéré. Il était paralysé des jambes et incontinent, en plus de ressentir d'atroces douleurs au dos. Et pour compléter le tout, la papetière pour laquelle il travaillait, la Anglo Pulp and Paper Company, avait nié tout rapport entre l'accident et la mort d'Alphonse et allégué qu'il était décédé de cause *naturelle*.

Eugénie sortit de ses ruminations lorsqu'on chuchota son nom. Elle tourna la tête et aperçut son frère qui lui tendait un verre.

— Enfile-moi ça, ma p'tite sœur. Ça peut pas te faire de mal.

— C'est quoi ?

— C'est du caribou. Ça va te remonter le *canayen*.

— Oh, de l'alcool, j'sais pas, lui objecta-t-elle, dans l'état où j'suis…

— Justement, tu te vois pas la tête ! Faut te secouer, ma pauvre p'tite sœur.

Eugénie voulait dire que, enceinte, l'alcool lui donnerait davantage la nausée, mais elle n'eut pas le courage de le lui confier.

Elle trempa les lèvres dans la boisson forte et fit une grimace. Elle n'avait jamais aimé le goût du caribou. Mais puisque cela faisait plaisir à son frère, elle se força à vider son verre.

Édouard en servit une ration aux autres et même à Estella, qu'il considérait maintenant comme une adulte capable de gagner sa croûte. Cette dernière y trempa à peine les lèvres, l'alcool n'étant pas son fait. Il fit mine d'en verser une rasade à Marie-Blanche, pour la taquiner. La petite refusa en fronçant le nez. Elle était agenouillée à l'autre bout de la pièce et le plus loin possible du corps, qu'elle évitait de regarder. La peur de le voir bouger à nouveau l'obsédait.

Et le temps coula rapidement, entre les prières récitées en commun, les aspersions d'eau bénite et les petits verres de caribou, enfilés les uns derrière les autres. Tout le monde se prêta à l'exercice, histoire de se remonter le moral. Eugénie finit par se sentir aussi détendue qu'autrefois, du temps où la vie était belle et son homme, en bonne santé. L'atmosphère sinistre de la pièce changea du tout au tout. On se mit à rire à tue-tête et à échanger des répliques piquantes, comme dans les veillées du jour de l'An. Une transformation qui n'échappa pas à Marie-Blanche et qui la laissait perplexe. Ne voyant pas ce qui justifiait une pareille exaltation, elle se dit que les adultes étaient parfois durs à suivre.

Quand les invités prirent enfin congé, les enfants furent appelés pour aller se coucher, et c'est Estella et Marie-Blanche qui les menèrent au lit. Eugénie aurait-elle voulu aider qu'elle aurait été bien incapable de mettre un pied devant l'autre tellement elle était ivre. Elle n'eut que la force de se traîner jusqu'à son lit, où elle se laissa choir pesamment. Sans même se dévêtir. Elle ne ressentait plus rien, ni joie ni peine, et c'était bien ainsi.

⚬

— Assoyez-vous, monsieur le vicaire. Et vous aussi, sœur Sainte-Marie.

Eugénie guida ses invités vers la cuisine et leur demanda de s'installer sur le long banc placé devant la table. Sa soûlerie de la veille lui vrillait le crâne, mais elle se garda bien d'en souffler mot. Elle avait envoyé les grands dehors parce qu'elle voulait parler en paix, et Adeline était venue chercher les plus petits pour qu'ils n'aient pas vent de ce qui se tramait.

Eugénie servit aux deux religieux un café bouillant et une pointe de tarte à la farlouche, dont il lui restait encore un peu. Le jeune vicaire Saint-Hilaire et la sœur Sainte-Marie acceptèrent de bon gré, même s'ils n'étaient pas venus pour faire des civilités.

— Hum… dites-moi, madame Dumais, combien d'enfants vivants avez-vous ? fit bientôt le jeune ecclésiastique, tout en mastiquant ses dernières bouchées.

— J'en ai huit, monsieur le vicaire.

— Huit enfants. Prenez bonne note de cela, sœur Sainte-Marie.

La religieuse opina la tête en sortant sa plume et un bout de papier de sa petite mallette. Elle s'accouda à la table et commença à écrire.

— Et quel âge ont-ils ?

— Les deux plus vieux, Estella et Albert, ont quinze et quatorze ans. J'ai un fils de neuf ans, Wilfrid, une fille de huit ans, Marie-Blanche. Simone a sept ans, Germaine a quatre ans, et Lisa, trois ans. La plus p'tite, Rachel, a juste un an et demi. Et… j'suis encore enceinte, monsieur le curé.

— Ah bon ? dit celui-ci d'une voix glaciale. Cela nous fera donc non pas huit, mais bien neuf enfants vivants, n'est-ce pas ? Notez, notez, sœur Sainte-Marie.

Le jeune vicaire promena sur Eugénie un regard plus soutenu. Aucune chaleur ne s'en dégageait, et elle ressentit une soudaine envie de pleurer.

— Et de quoi croyez-vous pouvoir vivre, ma bonne dame ?

— À dire vrai, monsieur le vicaire, j'sais pas.

Sur ce, Eugénie fondit en larmes. C'étaient les premières depuis la mort d'Alphonse et leur flot imprévu fut impossible à contenir. C'était un véritable raz-de-marée.

Sœur Sainte-Marie se leva et lui tapota le dos.

— Allons, allons, ne vous laissez pas abattre comme cela, ma pauvre dame. Nous sommes là pour vous aider.

Elle se leva et servit un café qu'elle tendit à Eugénie.

— Buvez, cela vous calmera.

Cette dernière se tenait la tête à deux mains et émettait de longs sanglots surgis des tréfonds de l'âme. On aurait dit qu'elle ne parviendrait pas à s'arrêter.

L'homme d'église ne bougea pas et attendit que l'orage passe. Il en avait vu d'autres, des veuves éplorées, et on ne l'attendrissait pas si facilement. Il finit pourtant par s'impatienter et, refusant de tenir compte de l'état de sa paroissienne, il enchaîna précipitamment :

— Bon… Dites-nous maintenant si votre mari avait des économies, des propriétés, quelque chose sur lequel vous pourriez compter pour assurer votre survie à court terme.

Eugénie releva la tête, un peu honteuse de s'être laissée aller devant des étrangers, et elle tira un mouchoir de sa poche.

— Pas à ma connaissance, en tout cas, reprit-elle d'une voix lasse, en reniflant.

Elle se moucha bruyamment, puis réprima ses derniers sanglots.

— On n'a rien et on vit à loyer depuis toujours. Mon mari est mort des suites d'un accident du travail, et les patrons de la papetière, des Anglais, ont dit qu'ils étaient pas responsables de son décès.

— Que voulez-vous, fit le curé sur un ton de prêche, la vie ici-bas est parsemée de difficultés et, de toute façon, elle n'est que passage. Nous le savons tous, n'est-ce pas ?

Eugénie ne se sentit pas réconfortée par les paroles de l'abbé Saint-Hilaire. Car si la vie n'était que passage, se dit-elle, celui-ci s'avérait pas mal plus ardu qu'elle ne l'aurait souhaité.

La religieuse, au contraire, affichait un air désolé. On la sentait compatissante. Elle prit la tasse et la mit dans la main d'Eugénie.

— Buvez, buvez, ma pauvre dame, cela vous remettra.

Le sourire de la bonne sœur lui fut comme un baume. Une grande bonté en émanait.

— Donc, si je comprends bien, nous aurons bientôt neuf personnes de plus sur l'assistance publique, soupira avec une grimace entendue l'homme de Dieu, comme si l'argent nécessaire à leur entretien allait être tiré directement de ses propres goussets.

Eugénie se renfrogna. Elle se sentait coupable de leur déchéance subite, comme si c'était sa faute. Mais elle n'ouvrit pas la bouche et se contenta de vider sa tasse, sous l'œil approbateur de la nonne.

— Que dis-je ? Non pas neuf, mais dix personnes avec vous, madame, dont huit enfants mineurs. Et un nouveau-né qui s'annonce pour quand ?

— J'suis à mi-grossesse, monsieur le vicaire. Mais j'vais travailler. J'suis pas une fainéante. J'vais…

— Travailler ? Qu'est-ce que c'est que cette nouvelle mode qui pousse les femmes à vouloir travailler ? la coupa le jeune prêtre d'un ton sifflant. Une bonne chrétienne travaille dans son foyer, auprès de son mari et de ses enfants. De plus, dans votre cas, continua-t-il en jetant un regard dédaigneux sur sa paroissienne, enceinte comme vous l'êtes et probablement sans métier, vous avez peu de chances de trouver quelque chose d'honnête. Enfin…

Eugénie eut un sursaut de fierté.

— J'me suis toujours débrouillée, lui opposa-t-elle sur un ton résolu. Je trouverai bien quelque chose.

Cet homme lui déplaisait. Elle aurait préféré s'entendre avec l'abbé Côté, qui était plus humain que ce jeune présomptueux.

Mais il était malade et s'était fait remplacer par son vicaire, nouvellement arrivé dans la paroisse. Eugénie pouvait déjà parier que cet ecclésiastique ne se ferait pas beaucoup aimer dans Saint-Roch s'il continuait d'être aussi arrogant.

— Écoutez, madame, je crois que nous n'avons pas d'autre choix que de placer vos enfants à l'orphelinat. On pourra peut-être les prendre tous au même endroit, avec un peu de chance, ou sinon dans des établissements différents, par groupes de deux ou trois.

Le jeune prêtre se tourna vers sœur Sainte-Marie pour avoir son opinion.

— Oui, on fera le maximum pour ne pas avoir à les séparer, madame Dumais, fit celle-ci, un sourire contraint aux lèvres. Mais je ne peux rien vous promettre, car nos orphelinats sont déjà bondés. Sachez cependant qu'ils pourront continuer l'école, du moins pendant un certain temps. Enfin, ce n'est pas l'idéal, mais nous n'avons pas le choix. Vous devrez vous armer de courage, madame Dumais, et essayer de présenter cela à vos enfants pour qu'ils ne s'en attristent pas trop.

Le vicaire crut bon d'ajouter :

— Vous êtes tout de même chanceuse de pouvoir bénéficier de l'aide de l'Église, madame Dumais. Tous vos enfants seront pris en charge jusqu'à ce que vous puissiez les reprendre, si jamais votre situation s'améliorait.

— Mes plus vieux seront bientôt capables de travailler et de m'aider, répliqua Eugénie, qui sentait le sang refluer à ses tempes. Estella, mon aînée, va quitter l'école pour aller travailler. On a jamais été à la charge de personne, monsieur le vicaire, et c'est rien que le malheur qui m'oblige aujourd'hui à demander l'aide des autres, précisa-t-elle, excédée par l'insistance du prêtre à lui faire sentir sa dépendance et à l'humilier. Dès que je pourrai, j'les reprendrai avec moi.

Le vicaire la regarda avec un petit air contrarié. Il pensa que, si les enfants étaient aussi orgueilleux dans la misère que leur mère, ils risquaient de passer un mauvais quart d'heure à l'orphelinat… mais il eut la charité de n'en rien dire.

— Bien, dit-il en se levant d'un mouvement brusque, sœur Sainte-Marie vous donnera des nouvelles prochainement. Les démarches sont rapides, d'habitude.

Et il se dirigea d'un pas décidé vers la porte, pendant que la religieuse glissait à l'oreille d'Eugénie que leur communauté préparait des boîtes de nourriture pour les plus démunis.

— En attendant que vos enfants soient placés… Nous prierons pour vous, ma bonne dame, ajouta-t-elle, et, dans un geste de compassion, elle lui tapota doucement l'épaule.

Eugénie raccompagna ses visiteurs jusqu'à la porte.

Lorsqu'elle fut certaine d'être bien seule, elle s'effondra sur une chaise et s'abandonna aux larmes. Elle les laissa couler sans retenue, en s'apitoyant sur son sort et en hurlant à pleins poumons contre l'injustice de la vie. Elle maudit le malheur qui s'abattait sur eux et en accusa Dieu et la terre entière. Son désespoir dura un long moment. Lorsqu'elle se fut bien épanchée, elle se ressaisit, se moucha et se dit que le temps était maintenant venu de faire face, car Alphonse était à peine conduit en terre que déjà les problèmes s'accumulaient.

Elle repensa aux événements qui s'étaient déroulés jusque-là. L'entrepreneur des pompes funèbres le moins cher de la ville s'était présenté à la maison dès l'aube pour placer le mort dans un cercueil. On l'avait aspergé une dernière fois d'eau bénite, et les enfants s'étaient regroupés autour de leur père pour lui faire leurs adieux. Les plus petits avaient glissé dans le cercueil un jouet ou un dessin, et Marie-Blanche y avait ajouté une longue lettre pliée en quatre dans laquelle elle lui jurait un amour éternel. Quant à Eugénie, elle n'avait pu retenir un cri de bête quand elle avait vu Alphonse disparaître dans la pauvre boîte de pin équarrie de façon si rudimentaire qu'on voyait encore les coups de ciseaux maladroits de l'artisan. C'est tout ce qu'elle avait pu offrir à son *prince au bois dormant*. Puis on avait vissé le couvercle du cercueil, qui avait ensuite été sorti de la maison et glissé prestement dans un méchant corbillard noir, tiré par un cheval boiteux.

Et le convoi s'était mis lentement en branle sous une pluie battante. L'entrepreneur de pompes funèbres, affublé d'un haut-de-forme et d'une redingote, et le porteur de la Croix de tempérance marchaient devant, impassibles. Les hommes et les garçons de la famille étaient derrière et tenaient gravement les cordons du poêle, tandis que les femmes et les filles suivaient à distance respectueuse. La pluie les fouettait et les forçait à courber l'échine, mais elles avançaient courageusement, en ponctuant leurs incantations et leurs prières de sanglots étouffés. La conscience de la précarité de leur situation faisait monter dans leurs rangs un besoin aigu de se serrer les coudes. Mais Eugénie avait les yeux secs, et si on avait pu la voir sous le long crêpe noir qui lui descendait jusqu'à la nuque, on aurait remarqué qu'un pli profond lui barrait le front. C'est qu'elle venait de calculer mentalement la facture qui lui serait bientôt présentée : en tenant compte de la tombe, du corbillard et des frais de la cérémonie religieuse, elle se retrouverait avec une dette de trois cents dollars ! Rien n'était gratuit pour les gagne-petit en ce bas monde, surtout pas la mort, s'était-elle dit, en se demandant par quel miracle elle arriverait à s'acquitter d'un pareil montant. Mais elle le ferait, elle se l'était juré sur son honneur ce matin-là, en serrant les dents. Quitte à rembourser pendant les dix prochaines années. Elle avait peut-être perdu son homme et la principale source de revenu de sa famille, mais il lui restait sa fierté, et cela, personne, jamais, ne pourrait la lui enlever.

Puis le cercueil était enfin entré dans l'église. Ce parcours funèbre avait semblé anormalement long et pénible à Eugénie, comme s'il préfigurait les années de vaches maigres et de privations qui l'attendaient au détour et qu'elle n'avait aucune difficulté à imaginer. Elle savait que son pain blanc était déjà mangé et que, désormais, elle n'aurait droit qu'au pain noir.

L'office religieux avait débuté après qu'on eut placé le cercueil dans la nef, sur un catafalque encadré de deux longs cierges. Les autels latéraux et les statues étaient masqués par des draps blancs et l'église entière était plongée dans la pénombre. La messe funèbre commença une fois qu'une paroissienne eut la charité de déposer prestement un bouquet de marguerites sur la bière. Une attention qui avait touché Eugénie. Elle n'avait pas commandé de fleurs et il n'y aurait pas, non plus, de musique. Elle avait refusé de chanter – elle en était incapable –, et les frais d'un organiste étaient trop élevés pour sa maigre bourse. Aussi fut-elle surprise d'entendre s'élever la voix puissante et claire de Jeanne-d'Arc Dion, la soliste avec laquelle Eugénie chantait en alternance, un dimanche sur deux. Puis l'orgue avait résonné aussitôt en appui à l'*Agnus Dei*. Eugénie n'avait eu aucune difficulté à reconnaître la touche subtile de Claude Huot, un jeune organiste qui prêtait son talent à l'église pour une bouchée de pain. En se retournant vers le jubé, elle avait vu la tête bouclée de son amie dodeliner au rythme de l'orgue. Eugénie lui avait fait un signe de la main, les yeux inondés de larmes. Elle pouvait facilement imaginer que ces deux-là s'étaient engagés à chanter et à jouer plusieurs heures de plus pour couvrir les frais encourus par leur élan de compassion. La beauté du geste l'avait profondément émue. Un sentiment fugace de joie l'avait alors envahie, en même temps qu'une certitude : elle savait qu'elle ne serait pas seule sur la longue route qui l'attendait, et que des gens de bien lui prêteraient secours.

Le reste, la sortie de l'église, le tintement lent du glas, la longue marche vers le cimetière, la descente du cercueil dans la fosse, les prières et les bénédictions du prêtre et les poignées de terre lancées en guise d'adieu, tout cela avait été vécu par elle dans une indifférence salutaire, comme si elle avait été absente à tout ce qui l'entourait. Au point où elle ne parviendrait jamais à décrire ce qui s'était passé après l'office religieux. On aurait dit qu'un pan de sa vie avait été rayé de sa mémoire et qu'il était parti dans la tombe avec son grand amour. Effacé, oblitéré à jamais.

Eugénie se tira de la désolation dans laquelle l'avait jetée le passage du vicaire et elle se fit violence, en se levant et en commençant à préparer le repas du soir. Les enfants allaient bientôt rentrer, et il leur fallait quelque chose qui les soutiendrait. Mais son garde-manger était presque vide. Elle regarda l'horloge et se dit qu'Albert allait ressoudre d'une minute à l'autre. Elle l'avait envoyé au secours direct dans l'espoir qu'il ramène quelques aliments pour compléter le peu qu'il lui restait.

— M'man, on a des saucisses, un navet, un chou pis des patates. C'est une bonne sœur qui m'a donné ça, avec un panier de pommes, claironna Albert en pénétrant, tout joyeux, dans la cuisine.

Il affichait un large sourire, heureux de rapporter autant de victuailles. Eugénie lui envia son innocence et sa joie de vivre.

Il se dirigea tout droit vers le comptoir sur lequel il déposa son sac. Eugénie y jeta un œil et son visage se détendit. Elle ferait une purée de patates et de navet et garderait le chou pour la soupe. Avec la pochetée d'oignons qu'il lui restait, la soupe serait excellente. Quant aux saucisses, elle les étirerait un peu. En les comptant, elle vit qu'il y en avait une bonne douzaine, ce qui était suffisant pour deux repas, à la condition de n'en donner qu'une moitié par portion.

— Dieu soit loué, dit-elle, on en aura assez pour manger deux jours, avec un peu de chance.

Albert posa un regard plus attentif sur sa mère. Elle avait mauvaise mine et ses traits étaient creusés. Ses cheveux étaient gras et mal coiffés, contrairement à son habitude, et il remarqua qu'elle portait aux pieds les vieilles chaussures éculées de son défunt père. « Pourquoi cette bizarrerie ? » s'inquiéta-t-il, tout en ouvrant la glacière.

— Y a plus de lait, m'man, constata-t-il sur un ton déçu, en se tournant vers elle.

— On aura pas grand-chose à se mettre sous la dent par les temps qui courent, mon grand. J'ai plus une cenne noire. Bois de l'eau, c'est gratis.

Eugénie plongea ses yeux tristes dans ceux de son fils aîné. Il n'y avait pas besoin de faire de longues tirades pour lui faire comprendre la situation.

— Écoute, mon Albert, y va falloir que tu m'aides. T'es un grand garçon, presque un adulte maintenant, et c'est toi qui remplaces ton père à c't'heure.

Albert sentit sa glotte se contracter et il eut de la difficulté à avaler. Le moment était grave et il aurait préféré ne pas avoir à y faire face. Mais le préambule de sa mère ne lui laissait aucune échappatoire.

— Comment je pourrais vous aider, m'man ? réussit-il tout de même à articuler, appréhendant déjà le poids des responsabilités qui s'abattraient sur ses épaules.

— Y faut que tu m'appuies quand j'vais parler à ton frère et à tes sœurs. M. le vicaire me dit qu'il va falloir vous placer tous à l'orphelinat. Tous sauf Estella.

— Tous ? Mais pourquoi, maman ? Moi aussi ?

Eugénie eut un pauvre sourire, un sourire fatigué. Elle posa la main sur le bras de son aîné et lui dit doucement :

— Estella va abandonner l'école et aller travailler. J'pourrai pas vous garder pour le moment. Plus tard, quand vous aurez grandi, j'vous reprendrai les uns après les autres. Cette maudite crise va finir par finir. On aura des jours meilleurs, mon grand, j'te l'jure. Mais en attendant, y va falloir passer par là.

Voyant le découragement se dessiner dans les yeux de son fils, elle ajouta :

— Toi aussi, Albert, tu vas aller à l'orphelinat, où on me dit que tu vas continuer tes études. C'est ça qui est important, comprends-tu ? Y faut penser à ton avenir pis regarder devant, pas derrière. Ça sera jamais que l'affaire d'un an ou deux. Quand t'auras fini ton secondaire, tu reviendras vivre avec nous. Y va falloir que tu sois fort pis que tu serres les dents, mon gars, pour donner l'exemple aux autres.

Albert éprouva une bouffée de haine contre les patrons de la papeterie. Un jour, ils paieraient pour cela, se dit-il en crispant les mâchoires. Il allait se répandre en récriminations, mais le regard de sa mère l'en empêcha. Son pauvre visage ravagé lui serrait le cœur. Il ne l'avait jamais vue aussi brisée ni aussi forte à la fois. Un élan de tendresse le porta à la presser dans ses bras.

— J'vais vous aider, ma p'tite maman. J'vais faire ce qu'y faut pour convaincre les autres. Pis j'vais veiller sur les plus jeunes… comme je peux. Où ils veulent nous placer, là ?

— J'sais pas encore. On va savoir ça dans les jours qui viennent. Y paraît que ça peut aller vite, d'après le vicaire.

Eugénie posa la tête sur l'épaule de son fils. C'était presque un homme. Il avait tellement grandi pendant l'été qu'il la dépassait d'une tête. Il serait aussi grand qu'Alphonse et aussi beau. Il avait les mêmes traits réguliers, le même teint de blond, la même tignasse folle et le même port de tête altier et empreint de noblesse.

L'attitude ouverte et responsable d'Albert la réconforta. Elle sentit qu'elle pourrait, dans une certaine mesure, se reposer sur lui et sur Estella. Mais dans le trou noir dans lequel elle avait sombré depuis la mort d'Alphonse, tout lui semblait tellement irréel. Elle fonctionnait, préparait les repas, veillait sur les enfants, assumait son rôle de veuve et de soutien de famille, mais c'était comme si elle se voyait agir de l'extérieur, sans rien éprouver. On aurait dit qu'elle n'habitait plus son corps et qu'il lui était étranger. Elle se découvrait absente à elle-même, comme si elle était une autre. Si elle avait pu, elle se serait laissée couler tout doucement dans un abîme d'oubli. Mais les choses n'allaient pas ainsi, et ce qu'elle ressentait n'avait pas d'importance. Les enfants la tiraient de force vers la vie, vers ce cruel quotidien qui devenait si difficile à gérer, mais auquel elle ne pourrait échapper. Elle se sentait si faible et si démunie, et se le reprochait tout à la fois.

— Le temps va arranger les choses, m'man. Vous avez raison. On va s'en sortir, finit par déclarer Albert en étreignant sa mère et en lui caressant les cheveux.

Il s'étonnait de la découvrir tout à coup si délicate. Il avait l'impression que la chair de son dos et de ses épaules avait fondu subitement, en quelques jours, alors qu'elle avait été plutôt enveloppée jusque-là. Il sentit s'éveiller son instinct protecteur, comme si la disparition subite de son père le poussait malgré lui dans le monde des adultes. Un renversement de situation qui le troublait.

La vigueur de ces quelques mots fouetta cependant Eugénie. Surtout de les entendre prononcer d'une voix aussi assurée. Albert avait raison. C'était cela qu'il fallait dire aux enfants. Elle s'accrocha à ce rameau d'espoir. Le temps arrangerait les choses et guérirait les blessures, elle se le répéta plusieurs fois d'affilée pour s'en convaincre. Comme quoi certains mots avaient un pouvoir de guérison, pensa-t-elle. Si elle l'avait parfois pressenti, elle le découvrait maintenant dans sa chair.

Simone n'écoutait plus les paroles de réconfort que leur prodiguait leur mère.

— Non, j'irai jamais dans ça. J'veux rester ici avec vous, maman. J'aime mieux mourir, sinon ! criait la fillette en se pendant à la jupe de sa mère et en lui entourant les jambes de ses deux mains, dans l'espoir de l'amadouer.

— Me rends pas les choses plus difficiles, Simone, pis lâche-moi. T'as sept ans maintenant, t'es plus un bébé.

Eugénie la repoussa, excédée. Mais la petite se jeta à terre et se mit à se rouler de droite et de gauche en hurlant.

— J'veux pas, j'veux pas !

Albert tenta de la prendre dans ses bras, mais elle le mordit à la main. Pour la calmer, il lui répéta que ce n'était que pour un temps, qu'ils n'avaient pas le choix, que leur mère irait les voir toutes les semaines et qu'à l'orphelinat ils se feraient des amis. Estella lui promit même d'aller lui porter un bonbon chaque fois qu'elle le pourrait. Mais rien n'y fit. La petite courut se réfugier sous l'escalier, comme elle le faisait quand elle était malheureuse.

Eugénie poussa un soupir d'exaspération. Elle n'avait jamais su comment s'y prendre avec cette enfant-là. Simone était une tête de mule, une indocile. Quand elle se cabrait, c'était impossible de la faire revenir à de meilleurs sentiments. Eugénie s'était d'ailleurs toujours demandé d'où elle sortait, celle-là, avec son caractère bien trop affirmé pour une fille, qui allait forcément lui causer des problèmes en grandissant.

Wilfrid, Marie-Blanche et Germaine, de leur côté, ouvraient de grands yeux noyés de larmes. Ils enlacèrent à leur tour leur mère et se collèrent à elle d'instinct pour faire contrepoids à l'adversité, comme un tapon de poussins apeurés. La scène était déchirante, et Eugénie dut se faire violence pour ne pas sombrer dans le désespoir. Elle s'employa plutôt à rassurer ses enfants.

— Vous allez voir, les sœurs vont être gentilles, leur dit-elle, tout en caressant la tête des uns et des autres. Et pis y va y avoir d'autres enfants comme vous. Vous allez vous faire des amis, pis j'vais aller vous voir toutes les semaines. Estella aussi. Je vous l'promets, croix sur mon cœur.

Les deux petites, qui ne comprenaient pas ce qui se passait, se mirent à pleurer à leur tour. Estella prit Lisa et Eugénie hissa Rachel, la benjamine, sur ses genoux. C'était une enfant d'une rare beauté, avec des cheveux blonds comme de la paille, un regard caressant couleur lavande et un sourire enjôleur. Personne ne résistait à son charme ravageur. La fillette tendit ses bras potelés vers sa mère, qui épongea les larmes qui frangeaient ses cils.

— Mon bébé blond, pleure plus, là. Tout va s'arranger, y faudra ben, marmonna Eugénie, comme pour s'en convaincre elle-même.

Lisa, de son côté, était plus apathique. L'enfant était tombée d'un balcon, l'année précédente, et le choc avait été si grand qu'elle était demeurée dans le coma plusieurs jours avant de reprendre conscience. Depuis lors, elle avait des lenteurs, des absences, et vivait une espèce d'indifférence à ce qui l'entourait. Elle ne parlait pas encore, et on ignorait si elle y parviendrait jamais.

— Bon, c'est assez ! C'est l'temps de manger. À table, tout le monde ! lança Eugénie d'une voix résolue.

Elle se leva, réussit à se déprendre de tous ces bras qui la cernaient et se remit bravement à l'ouvrage.

2

Marie-Blanche marchait droit devant elle, perdue dans ses pensées. Elle avait quitté la maison sans attirer l'attention pendant qu'on s'occupait des plus petits. Ce qu'elle venait d'apprendre la jetait dans une inquiétude sans fond.

Vêtue de son manteau élimé et des caoutchoucs de Wilfrid, trop grands pour elle et dans lesquels elle avait enfilé de gros bas de laine, elle grelottait. L'automne qui sévissait sur Québec était particulièrement rigoureux cette année-là. Dans les journaux, on disait que le froid précoce avait provoqué deux incendies majeurs dans Saint-Roch et on prédisait un hiver exceptionnellement dur. Les feuilles mortes poussées par la bourrasque roulaient devant elle et s'amassaient le long des trottoirs, et Marie-Blanche les foulait du pied dans un craquement sonore. Les paroles de sa mère résonnaient dans sa tête de façon obsédante. Les quatre syllabes prononcées d'une voix étouffée n'auguraient rien de bon.

Si elle ignorait ce qu'était l'orphelinat, elle n'en appréhendait pas moins les conséquences désastreuses. À voir le visage défait de sa mère, sa voix brisée, ses promesses qui sonnaient faux et les mots d'encouragement pour leur présenter la chose sous un jour plus riant, on pressentait le drame qui affleurait. C'était l'équivalent d'un arrêt de mort. On allait les disperser comme ces feuilles au vent, les séparer et les envoyer aux quatre coins de la ville. Loin les uns des autres et surtout loin de leur mère, leur seul point d'ancrage, leur seul havre dans la tempête.

Si Marie-Blanche n'avait pas les mots pour exprimer cela, elle sentait confusément qu'un point tournant avait été atteint et que les choses ne seraient plus jamais pareilles. Elle se souvenait de la petite Elvire qu'on avait retirée de sa classe et expédiée chez les orphelins au beau milieu de l'année scolaire, avec ses trois sœurs. Marie-Blanche l'avait d'abord plainte puis, le temps passant, elle avait fini par l'oublier. Et voilà que c'était à présent leur tour. Elle donna un coup de pied rageur dans un tas de feuilles. Elle refit le manège plusieurs fois, comme si cela pouvait la soulager et changer le cours du destin. Elle piétina sans vergogne d'immenses agglomérats de feuilles desséchées qui jonchaient les pavés et les éparpilla en tous sens. Elles s'évanouirent dans le vent mauvais.

— Pourquoi Jésus fait venir des enfants au monde pour en faire des orphelins ? cria-t-elle en levant vers le ciel un regard chargé de larmes.

Là-haut, il n'y avait personne pour lui répondre. Quelques nuages effilochés filaient tranquillement à la dérive. Nulle trace de ce Dieu qui était partout, à ce que disait M. le curé, rien qui pût trahir sa présence. Seulement un autre jour qui se mourait lentement dans le ciel chagriné de Québec. Rien d'autre qu'un cruel automne qui menait fatalement son cours par-delà la ville et les montagnes avoisinantes.

Marie-Blanche se dit qu'elle avait pourtant fait ses prières chaque matin et chaque soir, qu'elle n'avait ni menti ni péché par orgueil, un mot qu'elle aurait d'ailleurs été bien incapable de définir. Un mot qui, toutefois, tombait souvent de la bouche de sœur Sainte-Angèle comme si c'eût été quelque chose de sale et qu'elle semblait considérer comme une terrible vilenie. Mais elle, Marie-Blanche, si attentive à aider sa mère, si appliquée à faire ses devoirs et ses leçons, pourquoi était-elle punie ? Et ses frères et sœurs ? Qu'avaient-ils fait de mal pour mériter un pareil sort ? Elle avait beau se triturer les méninges, s'adresser à Celui qui était la source de tout, elle ne trouvait pas de réponse.

Un malaise qu'elle n'aurait pas su verbaliser l'habitait depuis qu'on avait ramené son père à demi-mort de la papeterie. Elle avait redouté chaque jour de le voir disparaître et s'était inquiétée du lendemain. Malgré ses huit ans, il lui était souvent arrivé de se sentir responsable de ses parents, comme s'il y avait chez eux une faille à laquelle il lui appartenait de remédier. Une idée folle qu'elle entretenait en dépit du bon sens, même si elle savait qu'elle n'était qu'une enfant. Une enfant soucieuse, à la sensibilité exacerbée, qui absorbait comme une éponge la détresse et le malheur de ses proches.

Pour conjurer le mauvais sort et mettre les chances de son côté, Marie-Blanche eut l'idée de pénétrer dans l'église et de s'y agenouiller. Elle se glissa en vitesse dans le dernier banc, presque en cachette, comme une voleuse. C'était la première fois qu'elle y venait seule, et elle s'effraya de son audace. Autour d'elle, tout était calme et silencieux. La statue de la Vierge Marie trônait à l'avant, à côté de celle du Sacré-Cœur, avec sa couronne auréolée de lumière et sa longue robe bleu azur. La fillette la fixa avec intensité. C'était celle à qui elle se confiait, à qui elle avouait ses chagrins et à qui elle s'adressait toujours pour obtenir une faveur. Le saint lieu respirait la sérénité et l'harmonie, alors qu'en elle tout se mêlait et basculait sans merci. Le contraste la frappa avec une grande acuité.

Elle joignit les mains et se mit à réciter ses prières. Peut-être que si elle devenait comme sainte Thérèse de l'Enfant-Jésus, se dit-elle, le malheur leur serait épargné. Elle espérait le miracle qui ramènerait leur père, leur éviterait l'orphelinat et leur permettrait de demeurer tous ensemble. Elle s'absorba dans cette pensée, ferma les yeux et implora le ciel de toute son âme. Puis elle fit la promesse au Seigneur de prier davantage, de se rendre plus serviable et d'obéir avec encore plus de « diligence », comme disait sœur Sainte-Angèle.

Après quoi elle se signa, quitta l'église et reprit le chemin de la maison. Comme le jour baissait et que sa mère s'inquiéterait, elle pressa le pas. Il faisait froid, et elle grelottait dans son manteau de mauvaise laine, mais elle se sentait légère et rassérénée parce qu'elle avait parlé à Jésus et qu'il ne pourrait plus ignorer sa requête. Forcément qu'il leur viendrait en aide, se dit-elle, c'était obligé. Elle quitta la rue Saint-Joseph, prit à droite sur la rue Saint-François et emprunta le trottoir de bois d'un pas décidé. C'était un trajet si familier qu'elle l'aurait fait les yeux fermés. Le bruit de ses claques trop grandes qui galochaient sous elle se mêla un temps au halètement saccadé de sa respiration. Puis Marie-Blanche se mit à courir à toutes jambes. Par jeu, par défi, en dépit des crampes qui lui déchiraient les mollets et de l'air froid qui lui brûlait les poumons. Elle progressa si vite qu'elle se retrouva bientôt devant le 149. Le long crêpe noir, témoin impassible du malheur qui s'abattait sur eux, était toujours en place et pendait, tout bouchonné et défraîchi par la pluie des derniers jours. Elle n'hésita pas un instant et poussa vigoureusement la porte devant elle.

On l'attendait de pied ferme.

— Où t'étais, Marie-Blanche ? lui cria Estella avec une pointe de reproche dans la voix.

L'aînée tirait Lisa d'une main et Rachel de l'autre. La plus jeune serrait dans ses bras un vieux toutou jauni à la peluche fatiguée qu'on avait offert en cadeau à Estella, enfant, et qui avait fait le bonheur de chaque nouveau-né depuis lors. Les petites rechignaient à aller au lit, comme toujours, et leur grande sœur avait un air exaspéré. Sur la table de la cuisine, Simone et Wilfrid faisaient leurs devoirs, la mine concentrée, pendant qu'Albert les surveillait d'un œil critique. Il semblait prendre son rôle de substitut parental très au sérieux.

— Je t'ai cherchée partout, pis maman était inquiète. Dépêche-toi, viens m'aider à changer les couches des p'tites pis à les mettre au lit, lui ordonna Estella d'un ton impatient.

Marie-Blanche s'empressa de se dévêtir pour prêter main-forte à sa sœur. Elle ne dit pas un mot de son incursion dans l'église et de la requête qu'elle avait présentée au ciel. C'était son secret, et elle l'enfouirait au plus profond d'elle-même.

Des voix feutrées en provenance du salon attirèrent son attention. En tendant le cou, elle entrevit la cornette blanche d'une religieuse. Sa mère et cette dernière conversaient à mi-voix, comme deux conspiratrices. Marie-Blanche eut un pincement au cœur.

Elle se chargea de Rachel, tout en jetant à Estella un regard interrogateur.

— C'est pour demain, fit celle-ci en chuchotant.

— Quoi, demain ? rétorqua Marie-Blanche, inquiète tout à coup du sens à donner à ces paroles.

— Demain, on viendra chercher les quatre p'tites, et après-demain, les autres suivront. La sœur a dit à maman de préparer leur linge pis de le mettre dans des valises.

Marie-Blanche ouvrit la bouche pour répliquer mais, se rappelant sa promesse à Jésus, elle se tut. S'il fallait qu'elle soit meilleure, cela commençait maintenant, se dit-elle, tout en soulevant doucement Rachel pour lui faire endosser sa jaquette. L'enfant babillait, faisait des moues rieuses et lui tendait ses menottes en roulant les yeux de façon comique, comme ses grandes sœurs le lui avaient appris. L'innocente ne se doutait pas qu'elle était sur le point d'être coupée de sa mère, de ses frères et sœurs, et envoyée au diable vauvert. Non, Rachel ne savait rien et elle gazouillait comme on le fait à son âge, avec spontanéité. L'idée d'être bientôt séparée de la cadette fut insupportable à Marie-Blanche. Elle repoussa cette pensée avec violence. Il fallait éviter que cette horrible chose ne se produise, que leur famille se disperse à jamais dans ces lieux dont on ne savait rien, sinon qu'ils signifiaient la fin de ce qu'ils étaient, de tout ce qui les avait unis jusque-là.

Elle se cabra et, après avoir mis la petite au lit, elle tourna les talons et s'élança au salon.

— C'est pas correct de nous envoyer là ! On ira pas dans votre orphelinat ! On va tous rester ici avec maman ! hurla-t-elle à la tête de la religieuse qui devisait à voix basse.

Marie-Blanche tremblait d'indignation. Son visage d'ordinaire si pâle avait viré au rouge vif.

Eugénie fut si surprise de voir débarquer sa fille dans la pièce et surtout de l'entendre se prononcer sur un ton aussi péremptoire qu'elle en demeura bouche bée. C'est la religieuse qui sauva la situation.

— C'est bien Marie-Blanche, celle-là, n'est-ce pas, madame Dumais ? C'est une bien belle grande fille que vous avez là.

Sœur Madeleine-de-la-Rédemption l'observa un long moment sans malice. Il y avait quelque chose de doux dans son regard, et la petite sentit fondre sa résistance. La femme qui se tenait devant elle n'était pas méchante, elle en était certaine, car elle avait toujours eu le talent de deviner les gens.

— Tu ne sais pas ce que c'est qu'un orphelinat, Marie-Blanche, n'est-ce pas ? Si ce n'est pas le meilleur endroit pour vivre, ce n'est pas non plus le pire. On peut toujours y être heureux, ça dépend de toi. Il y a du bon monde là-bas comme partout ailleurs. Si tu sais accepter ton sort et en tirer le meilleur parti, tu n'y seras pas malheureuse, ma fille.

— J'veux pas y aller, les autres non plus, dit la fillette en se campant sur ses talons et en croisant les bras avec insolence.

— Tais-toi, Marie-Blanche, lui lança Eugénie, outrée de l'audace de sa fille et gênée de la voir leur tenir tête avec autant d'aplomb. C'est pas à toi de décider, mais à moi. Sors d'ici tout d'suite.

— Laissez-la. Je comprends que ce soit difficile pour elle d'accepter la réalité telle qu'elle est, ajouta la nonne d'un ton conciliant.

Eugénie eut envie de lui répliquer qu'elle non plus ne l'acceptait pas, cette terrible réalité, et que, si elle avait eu le choix, elle aurait crié sa révolte à la terre entière, comme sa fille en cet instant.

La bonne sœur lissa doucement les cheveux de Marie-Blanche, d'un air maternel. Elle lui fit même un sourire compatissant.

— Tu verras, petite, que la vie n'est pas toujours aussi dure qu'on le croit. Et ne dit-on pas : « Aide-toi, et le ciel t'aidera » ?

Intimidée par le regard direct et insistant de sœur Madeleine-de-la-Rédemption, Marie-Blanche baissa les yeux. Puis elle tourna les talons et sortit de la pièce.

— Excusez-la, ma sœur, mais elle est très à l'envers en ce moment, se sentit obligée d'expliquer Eugénie pour se faire pardonner l'impolitesse de sa fille. De tous mes enfants, à part Simone, c'est peut-être celle qui prend ça le plus durement.

La religieuse eut un sourire triste. Elle ramassa ses papiers éparpillés sur ses genoux et, en se redressant, elle ajouta tout bas, d'une voix presque inaudible :

— Ne croyez pas que je ne sais pas ce que ressent cette enfant. À peu près au même âge, j'ai vécu une situation identique à la sienne. Orpheline de père et de mère, j'ai été placée dans un orphelinat et dans des conditions bien plus difficiles qu'aujourd'hui. Et j'ai survécu. Vous savez, on survit à n'importe quoi...

Puis elle se releva, remit sa capeline et salua la veuve d'un air décidé.

— Nous nous reverrons, madame Dumais. Une charrette se présentera devant chez vous demain, à l'aube, pour prendre les petites et toutes leurs affaires. Je les accompagnerai à l'orphelinat avec sœur Sainte-Famille.

La religieuse se dirigea vers la porte, puis elle se retourna vers Eugénie.

— Ne vous inquiétez pas, madame. Nous ferons notre possible pour leur fournir l'essentiel. Quant au reste, Dieu y suppléera.

Eugénie embrassa la main de la bonne sœur avec empressement, tout en l'implorant de bien prendre soin de ses filles.

— Vous serez avec elles tout le temps ? continua-t-elle.

Il y avait dans sa voix une telle charge d'angoisse que sœur Madeleine-de-la-Rédemption se sentit presque coupable de la décevoir.

— Non, madame Dumais. Je ne suis chargée que du placement des orphelins. Je vais remettre vos enfants aux filles de l'orphelinat de Giffard et me retirer par la suite. Mais, vous savez, il y a là-bas aussi de bonnes personnes.

Et elle quitta les lieux.

Une fois seule, Eugénie se ressaisit. Elle ravala ses larmes et se prépara à affronter les dernières heures qui leur restaient. C'était l'ultime nuit, leur dernier semblant de vie de famille, et elle était résolue à ne pas gâcher ces précieux instants. Après, plus rien ne serait pareil. Demain, les quatre plus jeunes partiraient et, ensuite, les plus grands. On avait au moins réussi à les placer tous dans le même orphelinat, ce qui lui faciliterait la vie, se disait-elle, lorsqu'elle les visiterait. Elle pensait aussi que cela les aiderait à mieux s'adapter, mais elle avait été rapidement détrompée par la religieuse, qui lui avait appris qu'à l'orphelinat on séparait souvent les frères et les sœurs pour que l'enfant s'identifie à sa salle et à son groupe d'âge, plutôt qu'à sa famille. Il fallait, selon elle, briser les vieilles habitudes et en créer de nouvelles, un procédé qu'Eugénie trouvait cruel, mais qu'elle n'osa pas critiquer sur le coup. Car elle se dit qu'on ne pouvait pas tout régler en même temps et qu'elle verrait bien, à l'usage, s'il fallait s'inquiéter ou non de cette façon de faire.

Il n'en demeurait pas moins qu'elle allait bientôt se retrouver seule avec Estella. Seule avec la tristesse d'avoir dû abandonner ses enfants à la charité publique et d'être devenue subitement une mère indigne, incapable d'assumer ses responsabilités parentales.

Oh, que son Alphonse lui manquait tout à coup ! Elle aurait donné vingt ans de sa vie pour le revoir une dernière fois, pour se blottir contre son épaule et se réchauffer à son grand rire perlé. Elle posa un regard attendri sur l'unique photo de noces qui trônait encore sous la cloche de verre, à côté du bouquet de roses déjà fanées. Au bas de la photo, on pouvait déchiffrer en fines lettres d'or : *Alphonse et Eugénie pour la vie, août 1913*.

Elle souleva la cloche de verre et prit la photo qu'elle porta sous la lumière de la lampe. Puis elle s'absorba dans sa contemplation. Ce « pour la vie », gravé naïvement, comme ces touchants mots d'amour tracés en creux dans l'écorce d'un arbre, lui parut tellement dérisoire. « La vie ne tient jamais ses promesses ! » se dit-elle avec amertume, tout en promenant un doigt caressant sur le beau visage du disparu. Le souvenir du bonheur sans pareil qui l'habitait, ce jour-là, lui revenait par bouffées et lui faisait mal. Le visage épanoui, proche de l'extase, qu'elle arborait d'ailleurs sur la photo en témoignait éloquemment. Le regard résolu qu'elle posait sur son mari tout neuf de même que le bras assuré qu'elle glissait sous le sien traduisaient assez sa fierté d'avoir écarté la rivale. C'est qu'elle l'avait conquis de haute lutte sur la trop avenante Yvonne Létourneau, son bel Alphonse, et sa posture décidée indiquait qu'elle n'avait nullement l'intention de le laisser s'échapper à nouveau. Sur la photo, elle souriait avec confiance, persuadée que son bonheur allait durer toujours et que la vie le lui devait bien. *Pour la vie.* Pauvre folle qu'elle était ! Comme s'il y avait quoi que ce soit d'éternel en ce bas monde…

Eugénie eut un petit rire amer. Elle remit la photo sous la cloche et s'empressa de quitter la pièce pour s'enquérir de la dispute qui venait d'éclater dans la cuisine.

— Oui, c'est vrai ! criait Marie-Blanche à l'intention d'Albert.

— Tais-toi, Marie-Blanche, pis fais tes devoirs.

Albert la serrait par le bras pour la forcer à se taire, mais la fillette hurlait de plus belle. Eugénie crut bon d'intervenir.

— Qu'est-ce qui se passe ici, encore ?

— Marie-Blanche a dit qu'on partait tous demain. C'est pas vrai, hein, maman ?

Simone se tordait les mains avec angoisse, et ses yeux paniqués roulaient de façon désordonnée dans leur orbite.

— Écoutez, les enfants, j'vous l'ai dit ben des fois. J'ai pas le choix d'vous mettre à l'orphelinat… pour tout de suite. Ça durera pas toujours, j'vous le jure. Demain matin, les quatre p'tites vont partir ensemble, avec sœur Madeleine-de-la-Rédemption et sœur Sainte-Famille. Les religieuses vont vous accompagner jusque là-bas. Et vous allez être bien traitées, sœur de la Rédemption me l'a promis. Pis le jour d'après, les grands vont suivre. Vous allez tous au même endroit, à l'orphelinat d'Youville, à Giffard. C'est pas si loin d'ici, pis j'irai vous voir toutes les semaines, mes chéris, j'vous l'promets.

Sa voix se brisa sur ces dernières paroles.

Un concert de pleurs accueillit sa déclaration. La détresse et la panique qu'ils trahissaient la déchiraient mais, cette fois, Eugénie ne broncha pas. Elle laissa ses enfants s'épancher. Longuement et bruyamment. Qu'aurait-elle pu ajouter, d'ailleurs, pour effacer leurs craintes? Elle se dit qu'il était bon qu'ils laissent couler leurs larmes. Et puis, qu'y pouvait-elle, désormais? Elle était si épuisée et si dépassée par les événements qu'elle décida de cesser de lutter et de s'abandonner à la volonté de Dieu. Mais comme les enfants se bousculaient autour d'elle et s'agrippaient à ses jupes en pleurant, elle eut l'idée, en désespoir de cause, de s'installer dans la large chaise à bascule d'Alphonse. Voyant cela, les plus jeunes se pressèrent comme elles le faisaient avec leur père, naguère, et Eugénie entreprit de les bercer. Comme elle n'avait pas le talent de conteur d'Alphonse, elle entonna quelques mélodies religieuses qu'elle chantait à l'église. Elle en enchaîna plusieurs et, voyant que les petites commençaient à cligner des yeux, elle leur fredonna une berceuse: « Doucement, doucement s'en va le jour… à pas de velours. Dans le creux des nids, les oiseaux blottis se sont endormis… bonne nuit. »

Rassurées par la voix familière et le va-et-vient régulier de la chaise berçante, les benjamines tombèrent rapidement dans un profond sommeil. Estella les prit à tour de rôle et les porta dans leur lit. Rachel, Lisa et Germaine se partageaient une couche à trois, tandis que les deux plus vieilles, Simone et Marie-Blanche, dormaient dans la même pièce, sur un matelas posé à même le sol. L'aînée, Estella, s'installait dans le salon, sur le vieux canapé. Les garçons, quant à eux, avaient un lit dans une minuscule pièce située au fond de l'appartement et servant de débarras.

Eugénie continua longtemps à chanter. Chaque fois qu'elle voulait s'arrêter, il y en avait toujours un qui l'implorait :

— Encore une, maman… chantez encore.

Et Eugénie s'exécutait, tout en continuant à bercer allègrement sa nichée. Ils étaient encore trois, blottis contre elle dans la grande chaise comme des chatons sous leur mère, et ils avaient enfin l'air heureux. Elle remercia le ciel de cette accalmie providentielle. C'était un moment qu'elle aurait voulu éterniser. Ses orphelins semblaient avoir oublié ce qui les attendait demain et ils s'abandonnaient à l'amour maternel. Comme le répertoire religieux d'Eugénie arrivait à sa fin, elle passa tout naturellement à celui de la grande Emma Albani, dont elle connaissait quelques airs, pour finir par se rabattre sur celui de la Bolduc. Il en fallut bien d'autres encore avant que Simone, Marie-Blanche et Wilfrid commencent à s'endormir à leur tour. Petit à petit, ils fermaient les yeux et s'assoupissaient. Il fallut les porter un à un dans leur lit et les border. Eugénie s'y employa. Elle embrassa longuement chacun d'eux, comme elle ne l'avait peut-être jamais fait auparavant. Parce qu'elle était trop souvent débordée, épuisée par les travaux ménagers, les grossesses et le soin à donner aux plus petits, mais aussi par manque d'habitude, car elle était issue d'une famille où on se gardait bien d'exprimer ses sentiments par des contacts physiques, même si on s'adorait. Elle éprouvait une immense pitié pour ses orphelins, dont l'enfance allait être brisée cruellement, et le désarroi qui serait demain le leur et qu'elle n'avait aucune peine à imaginer lui fendait le cœur.

De retour dans la cuisine, elle fit s'agenouiller Estella et Albert devant la statuette de la Vierge Marie posée sur une tablette, près du poêle à bois, et leur demanda de dire avec elle un rosaire. Chez elle, autrefois, à la tombée du jour, sa mère les réunissait souvent pour la récitation du rosaire en famille. Elle disait que rien n'était plus propice à assurer la stabilité et le bonheur d'une famille. Pour la stabilité et le bonheur, Eugénie se disait que c'était trop tard, mais pour s'assurer que ses enfants ne manqueraient de rien à l'orphelinat, elle était persuadée que cela s'imposait. En joignant les mains, elle improvisa une prière surgie tout droit de son désespoir.

« Sainte Mère de Dieu, aidez mes pauvres enfants à traverser ce qui les attend. Donnez-leur la force de s'adapter à leur nouvelle vie et aidez-moi aussi à faire face à la mienne… Puisqu'on dit que Dieu nourrit même les oiseaux des champs, donnez-leur chaque jour leur pain quotidien. Toi, mon Alphonse, qui es sûrement au paradis puisque t'étais un homme sans malice et qui a jamais fait de mal à personne, aide-moi à traverser ma peine. Donne-moi le courage de les voir partir sans m'effondrer. Aide aussi nos enfants qui méritent pas de pâtir comme y vont pâtir. Et fais qu'on se retrouve tous un jour. Amen. »

Elle commença à réciter à haute voix le *Je vous salue Marie*. Elle enfila les Ave à bon rythme et sans en escamoter une syllabe. Le rosaire était composé de cent cinquante *Ave Maria*, et, comme les deux grands n'en avaient jamais récité autant, ils se lassèrent vite. Albert se trémoussait sur un genou puis sur un autre, cherchant une position plus confortable, et Estella ne répondait plus que par monosyllabes. Il lui semblait que, si l'idée de mettre le ciel de leur bord ne pouvait pas nuire, le fait de trouver rapidement un travail serait autrement plus utile à sa pauvre mère, surtout dans l'état où elle était. Si elle éprouvait un grand chagrin pour ses frères et sœurs, elle ne voyait pas comment leur éviter le sort qui les attendait.

Quant à Albert, il avait du mal à se retenir de ruminer. Car qu'est-ce qui l'attendait à l'orphelinat ? Où et avec qui se retrouverait-il ? L'idée de dormir à plusieurs dans un dortoir lui déplaisait. L'obligation aussi de vivre avec d'autres orphelins et d'avoir toujours à partager, d'être entassés les uns sur les autres à longueur d'année ne l'enthousiasmait guère. Et puis Wilfrid, son jeune frère, l'inquiétait. Même s'il n'avait que neuf ans, il était difficile et peu enclin à se plier à la discipline. Albert craignait qu'il ne commette quelque bêtise irréparable si on ne le plaçait pas avec lui. Mais seraient-ils ensemble ? Les quelques bribes qu'il avait saisies de la conversation engagée entre sa mère et la sœur de la Charité lui donnaient à penser que c'était loin d'être gagné. S'ils étaient séparés, Dieu seul savait de quoi Wilfrid serait capable.

Eugénie termina son dernier Ave sur le même ton posé et elle se signa. Puis elle se releva.

— Estella, aide-moi à préparer les affaires des p'tites. Pis toi, Albert, fais-en autant des tiennes pis de celles de ton frère. Même si vous partez pas demain, ça sera fait.

Pour les filles, il n'y avait pas grand-chose à préparer, en fait, parce que leurs vêtements se résumaient à bien peu : ni chaussures ni claques pour les petites, qui n'en avaient pas besoin parce qu'elles ne sortaient pas dehors, quelques robes délavées mais propres, des camisoles et des jaquettes passablement usées, quelques culottes reprisées et des bas de laine en quantité. Eugénie en tricotait régulièrement, et chacune en avait plusieurs. Au moins, se disait-elle, elles auraient les pieds au chaud. Quant aux chaussures, il n'y en avait que deux paires pour Marie-Blanche et Simone, pour aller à l'école. Dans les temps froids, les garçons comme les filles portaient des claques brunes en caoutchouc, dans lesquelles ils enfilaient de longs bas de laine leur montant jusqu'aux genoux. Les manteaux de Germaine et de Lisa étaient usés jusqu'à la corde parce qu'ils avaient d'abord été portés par les grandes, mais Eugénie n'avait pas le choix de les glisser aussi avec le reste. Elle se promit de trouver du tissu pour en faire coudre deux nouveaux, ou alors de tenter d'en dénicher d'encore portables au vestiaire des pauvres.

Comme les enfants dormaient à poings fermés, l'opération se fit rondement. Les vêtements furent pliés et placés avec précaution dans deux pauvres valises de similicuir, de couleur bleue. Elles avaient servi dans tous les déplacements de la famille depuis leur Gaspésie natale. Eugénie se dit qu'il ne fallait pas oublier de mentionner aux religieuses de les rapporter, vu que c'étaient les seules qu'elle avait et que ses trois plus vieux en auraient besoin le jour suivant.

— On dit qu'à chaque jour suffit sa peine. Allez dormir, à c't'heure, si vous êtes capables, suggéra Eugénie à Estella et Albert, quand tout fut terminé. Moi, j'vais veiller encore un peu.

— Allez donc dormir vous aussi, m'man. Vous êtes au bout du rouleau. À quoi ça va servir de rester là à vous ronger les sangs ? Vous avez tellement maigri qu'on vous reconnaît plus. Demain va être dur. Vous avez besoin de sommeil, lui rétorqua Estella, inquiète de voir sa mère en aussi mauvais état.

Eugénie fit une moue.

— J'arriverai pas à dormir, pas ce soir. Demain peut-être, ou plus tard.

Elle était trop ébranlée pour pouvoir dormir. Elle se versa un thé tiré d'une théière qui séjournait toute la journée sur le feu. Il était noir et âcre et propre à la garder réveillée une bonne partie de la nuit. Puis elle s'installa dans la chaise d'Alphonse et commença à se bercer doucement.

Dehors, la nuit était tombée pour de bon. Par la fenêtre, elle vit déambuler quelques rares passants puis elle entendit les pas décroissants des sabots d'un cheval. Les rues étaient désertes ; les gens du quartier étaient peu enclins à traîner dehors la nuit. Seules quelques personnes de mauvaise vie ou mal intentionnées, croyait-elle, arpentaient encore Saint-Roch à cette heure tardive.

Eugénie se dit qu'elle ne pourrait pas conserver son logement, devenu trop coûteux pour sa maigre bourse, d'autant plus qu'elle ignorait de quoi elles vivraient, elle et Estella, si son aînée ne trouvait pas rapidement du travail. Quant à elle, qui embaucherait une femme enceinte par ces temps de misère ? Il leur faudrait quelque chose de plus petit, comme une chambrette, par exemple, équipée d'un poêle et d'une glacière. Dans le quartier, les chambres étaient rares, mais avec un peu de chance elle trouverait bien où se loger. Elle verrait avec le curé s'il ne pourrait pas lui apporter un peu d'aide.

Eugénie se mit à retourner dans sa tête des souvenirs de son passé. Elle revit ses jeunes années à Amqui, la petite ville de la vallée de la Matapédia où elle avait grandi, la longue rivière qui jouxtait l'agglomération, les paysages ouverts et larges, démesurés, l'espace et l'air pur, autant d'éléments qui lui manquaient depuis qu'elle vivait à Québec. Elle était issue d'une famille nombreuse et besogneuse dont le père était forgeron. Comme il y avait douze bouches à nourrir, le pauvre homme trimait dur, de l'aube au crépuscule, aidé de sa femme, qui ne lésinait pas non plus sur l'ouvrage pour arriver à habiller et nourrir sa marmaille. Mais la vie était bonne, et Eugénie n'avait jamais souffert de la faim. D'aussi loin qu'elle se souvienne, elle avait été une enfant enjouée et heureuse qui ne manquait de rien. Puis elle avait rencontré Alphonse dans une soirée de village et elle en était tombée amoureuse. Ils s'étaient mariés quelque temps après.

Leurs premières années de vie commune avaient cependant été laborieuses, car la fermette où ils s'étaient installés, grande comme un mouchoir de poche, suffisait à peine à les nourrir. Puis Estella était arrivée, bientôt suivie d'Albert, et comme Eugénie était encore enceinte, il avait fallu se rendre à l'évidence : pour ne pas mourir de faim, ils devraient quitter la Gaspésie et émigrer vers la ville, comme des centaines d'autres l'avaient fait avant eux. La région était surpeuplée, et les quelques parcelles de sol arable étaient déjà toutes allouées et en culture. C'est la mort dans l'âme qu'Eugénie avait pris le chemin de l'exil. Car pour elle, Québec avait toujours été l'exil. Mais qui prend mari prend pays. Comme Alphonse avait plus de chances de trouver du travail dans une grande ville, elle l'avait tout naturellement suivi. Ils avaient vendu leur terre, leur bétail, leur maison et leurs meubles, s'étaient acheté des billets de train et étaient arrivés dans la grande ville avec leurs petits, des objets auxquels ils tenaient, deux valises et quelques économies. Avec une détermination à toute épreuve. Les Gaspésiens avaient toujours eu la réputation d'être des gens endurants et âpres à l'ouvrage. Mais le brouhaha du déménagement, le voyage avec de jeunes enfants, les tractations pour se trouver un logement avaient été si difficiles qu'Eugénie avait perdu son fruit. Elle était retombée enceinte rapidement, mais elle avait fait deux fausses couches consécutives.

Elle revoyait son Alphonse tel qu'il avait toujours été. C'était un homme bon, qui n'élevait jamais la voix et avec lequel elle s'entendait bien. Il était vaillant, ne buvait pas et ne courait pas le jupon, et il était d'un naturel doux et conciliant. Elle s'attendrit en se remémorant son grand rire communicatif, sa propension à jouer des tours, sa gaieté enfantine et débordante. Si elle avait eu quelque chose à lui reprocher, ç'aurait peut-être été sa trop grande bonté justement, qui faisait qu'il se laissait manger la laine sur le dos. Au moulin à papier, Alphonse avait trop souvent accepté des tâches dangereuses et mis sa vie en danger pour plaire au *boss* et ne pas s'attirer d'ennuis. Il fallait dire, à sa décharge, que la crise économique et les nombreuses mises à pied créaient une telle insécurité qu'il se considérait comme chanceux d'avoir encore un emploi et se tenait coi.

Plus Eugénie ressassait cela et plus la colère montait en elle. Ce n'était pas d'hier que des accidents graves se produisaient à la papetière, sans que les autorités bougent le petit doigt pour y remédier. Encore récemment, deux ouvriers avaient été blessés mortellement dans de semblables conditions. Il arrivait régulièrement que les convoyeurs transportant les billes de bois tirées des bateaux s'enraient et les éjectent par dizaines sur les travailleurs qui circulaient quarante pieds plus bas, les blessant gravement ou les tuant sur le coup. Et d'une fois à l'autre, rien ne changeait. Que valait d'ailleurs une vie de travailleur sans spécialité pour les propriétaires de la compagnie, se demanda Eugénie, quand ils pouvaient le remplacer sur-le-champ par dix autres qui n'attendaient que cette occasion pour prendre la place ?

Elle se leva et se versa une autre tasse de thé. Elle jeta un regard machinal dehors. La pluie avait recommencé à tomber. Le doux clapotis lui rappela les soirs d'automne à Amqui. L'odeur prégnante d'humus et de terre mouillée qui s'élevait du sol après la pluie lui revenait en mémoire. Les fragrances de la campagne, celles de la rosée matinale, du dégel, des premiers bourgeons, des fleurs des champs, lui manquaient dans cette ville où ne régnaient que les effluves du crottin de cheval, des égouts domestiques et des latrines.

Il semblait à Eugénie que cette nuit ne passerait jamais, que le temps s'était arrêté. Elle se rassit et, touchant son ventre, elle s'étonna de voir qu'il avait pris de l'expansion. Comment était-ce possible, s'interrogea-t-elle, alors qu'elle ne mangeait presque plus depuis des jours ? D'ailleurs, elle se serait bien passée de cette grossesse-là. Elle ne voulait pas de cet enfant et, si cela avait été envisageable, elle aurait fait appel aux services d'une faiseuse d'anges. C'était la première fois qu'elle se permettait une pareille pensée. Dieu savait pourtant qu'elle avait toujours accueilli l'arrivée d'une nouvelle naissance comme une bonne chrétienne. Mais maintenant qu'elle était seule, sans mari, sans père pour ses enfants, sans soutien monétaire et sans recours, qu'avait-elle à faire d'un neuvième enfant ? Celui-là naîtrait d'une mère brisée par la perte de son homme et de sa famille, d'une mère vidée de ses rêves et privée de l'essentiel. Qu'aurait-elle à lui offrir ? Elle se sentait inutile et usée. Et terriblement coupable de devoir placer ses enfants. Elle se dit que, celui-là, garçon ou fille, elle le donnerait en adoption. Pas à n'importe qui, mais à quelqu'un de fiable, dans sa famille peut-être, ou ailleurs… Elle s'en fit la promesse.

Cette idée lui apporta une sorte d'apaisement. La résolution lui paraissait logique. Après l'accouchement, elle trouverait du travail et apporterait son écot, Estella n'étant pas capable de tout assumer. Il lui vint aussi à l'esprit que c'était sa dernière grossesse. Le veuvage aurait au moins cela de bon qu'il la dispenserait de devoir être enceinte chaque année. N'avait-elle pas été enceinte douze fois en dix-sept ans de mariage ? Alphonse l'avait toujours vue déformée par la grossesse en cours, et elle-même ne se souvenait pas d'être apparue autrement que dans des vêtements de maternité, amples et peu seyants. Il lui semblait, tout à coup, qu'elle avait bien assez fait son devoir… Et pour arriver à quoi ? À se faire arracher ses petits et se résoudre à les voir partir pour l'orphelinat !

Un bruit la fit dresser l'oreille. Elle se leva et se dirigea vers la chambre des filles. Simone était agitée. Elle se retournait sur sa couche en parlant tout haut. Des larmes coulaient sur ses joues, mais elle dormait profondément. Eugénie lui passa la main sur le front. Il était moite. Elle épongea ses larmes et l'embrassa tendrement tout en la bordant. Elle se pencha sur ses autres filles et les embrassa à tour de rôle. Elle en fit autant avec ses deux fils, qui dormaient bien dur, eux aussi, abandonnés au sommeil.

Ses pauvres enfants. Qu'est-ce qui les attendait là-bas ? Ils se sentiraient bien seuls et perdus, au début du moins. Mais la sœur de la Charité lui avait assuré que les enfants avaient des capacités d'adaptation que n'avaient plus les adultes, et qu'ils se feraient rapidement à leur nouvel environnement. « Fasse le ciel que cela soit vrai », se dit-elle en joignant les mains. Une fois rassise, elle entreprit de prier de nouveau. Après deux chapelets, elle se lassa. Elle n'avait jamais été une punaise de sacristie, et les longs prêches, de même que les prières qui n'en finissaient plus, l'énervaient. Elle se disait avec bon sens que Dieu n'en attendait pas tant des honnêtes gens qui se battaient chaque jour pour survivre. Les curés, oui, en redemandaient, mais pas Dieu, puisque Lui, Il savait ce que coûtait la vie, surtout aux miséreux. Elle n'avait pas la foi du charbonnier, et il lui était arrivé parfois de maudire le ciel. Comme lorsqu'elle avait compris que son Alphonse se mourait. Elle avait levé le poing et crié sa colère à Dieu, mais son mari agonisant lui avait saisi la main en tremblant, puis avait articulé d'une voix si faible qu'elle avait dû coller son oreille à ses lèvres : « Maudis pas, prie plutôt. Dieu nous envoie toujours une épreuve à notre mesure. »

Elle en était restée bouche bée. Il se mourait bêtement d'un accident du travail, dans la fleur de l'âge, et il acceptait son sort ? Une résignation qui lui était complètement étrangère. Cela venait des curés, certes. On les entendait toujours parler de résignation chrétienne, d'acceptation, d'abandon à la volonté divine. Elle avait d'ailleurs souvent remarqué que la foi d'Alphonse était supérieure à la sienne. En réponse aux coups durs, son mari se tournait vers la prière et la communion, alors qu'elle se fermait, se rebiffait et se repliait sur sa peine. Non, elle, elle n'acceptait pas ! Elle préférait maudire, hurler, lever le poing et proférer des injures. En vain, elle le savait, mais cela lui faisait du bien. Et puis, elle ne baisserait pas les bras, elle n'abdiquerait pas, et dès que cela lui serait possible, elle reprendrait ses enfants. Un à un et jusqu'au dernier. Elle s'en fit la promesse en serrant les poings.

Lorsque les cinq heures tintèrent lentement au cadran de l'horloge murale, Eugénie s'était profondément assoupie. Recroquevillée dans la grande chaise, son vieux châle de laine enroulé aux épaules, elle était tombée dans un sommeil trouble. Un pli douloureux marquait son front, laissant deviner que les soucis l'accompagnaient jusque dans ses rêves. Puis la demie de cinq heures résonna. Un tambourinement à la porte réveilla la dormeuse en sursaut.

— Qu'est-ce qu'y a, donc ? dit-elle en s'extirpant d'un rêve mouvementé.

— Eugénie, ouvre. C'est Pauline pis Adeline.

Le martèlement soutenu la réveilla pour de bon. Elle se précipita à la porte et ouvrit. Sa sœur et sa belle-sœur se tenaient dans l'embrasure, l'air inquiet. Sachant dans quel état serait Eugénie, elles avaient décidé de l'épauler et d'apporter de quoi manger aux enfants.

— On est venues te donner un coup de main, ma p'tite sœur. Comme c'est le grand jour, on vient t'aider, là.

Eugénie se trouva réconfortée de les voir. Elle fut si touchée de cette attention qu'elle leur tomba dans les bras en pleurant.

— Oh là là ! Ça commence mal, Eugénie. Ressaisis-toi. Y faut pas que tu pleures devant tes enfants, comprends-tu ? Tu vas les achever.

Pauline prit l'initiative et mit le café à chauffer. Elle sortit de son sac de grosses miches de pain, en coupa de larges tranches qu'elle mit à griller sur le poêle. Elle plaça sur la table des cretons, de la tête fromagée et un gros carton de mélasse. C'était un vrai festin. Adeline s'occupa de distribuer le lait et remplit chaque gobelet à ras bord. Elle partit ensuite réveiller les filles pour les aider à s'habiller. Elle eut droit à un concert de protestations parce qu'il était plus tôt que d'habitude, mais Adeline ne voulut rien entendre et elle les incita à se grouiller. Estella se leva elle aussi, de même que les garçons.

Quand les enfants se présentèrent à la cuisine, la table était dressée comme pour un jour de fête. Ils s'attablèrent avec entrain, comme si de rien n'était.

— Mangez, les enfants, vous devez avoir une faim de loup.

Pauline savait qu'ils n'avaient pas eu accès à d'aussi bonnes choses depuis un certain temps et elle se réjouit de voir le regard attendri d'Eugénie. Mais sa sœur lui faisait pitié. Elle ne la reconnaissait plus. Ce n'était plus l'Eugénie d'avant la mort d'Alphonse. Trop de misère s'était abattue sur elle en peu de temps, et Pauline craignait pour sa santé. Elle était pâle, avait les traits marqués par la peine et l'absence de sommeil, et elle était si amaigrie qu'on ne voyait que son ventre qui saillait. Pauline craignait qu'elle ne fasse une fausse couche.

— Mange, toi aussi, Eugénie. T'es maigre comme un clou, un vrai squelette !

Cette dernière se força à avaler une rôtie tartinée de cretons. Puis elle enfila un café bouillant. Cela la remonta.

Les enfants avalaient comme des affamés. Le pain, les cretons, la tête fromagée, la mélasse, tout disparut comme par enchantement. Les pintes de lait se vidèrent en un rien de temps.

Le plus difficile restait à faire. Après cette diversion, il fallait affronter la dure réalité.

C'est Adeline qui donna le coup d'envoi en mentionnant qu'ils devaient maintenant rassembler leurs effets personnels pour être prêts à monter dans la charrette dès que les religieuses arriveraient. Cela s'adressait aux plus petites, mais les autres se sentaient aussi concernés. Une espèce de fébrilité pointait chez Albert, de même que chez Marie-Blanche. Cette dernière n'avait d'ailleurs pas mangé grand-chose, au contraire des autres. Elle était tendue et renfrognée.

Eugénie se leva de table et dit à ses enfants :

— Faites comme tante Adeline vous dit. Habillez-vous pis prenez vos affaires. Pis sans regimber, à part ça.

Les enfants s'exécutèrent, sauf les benjamines qui ne comprenaient pas ce qui se passait. Elles pleurnichaient parce qu'elles avaient été réveillées trop vite et un peu bousculées.

Eugénie se collait un sourire aux lèvres en s'interdisant de changer de mine lorsqu'elle vit arriver la damnée charrette. Les religieuses étaient assises derrière sur deux bancs se faisant face, tandis que le cocher tenait les guides à l'avant. La voiture s'immobilisa devant le 149, et sœur Madeleine-de-la-Rédemption en descendit. Elle était tout sourire, elle aussi, bien que la démarche lui déplût profondément.

Elle entra dans la pièce en déclarant d'un ton primesautier :

— Eh bien, c'est aujourd'hui le grand déménagement ! Nous venons chercher les petites et nous allons toutes ensemble faire un beau tour de voiture. Vous allez voir que M. Cournoyer est un bon cocher. Qui veut se promener dans la ville avec nous ?

Dehors, il faisait un soleil éclatant. La rue s'était animée et les passants vaquaient tranquillement à leurs obligations, ignorants du drame qui couvait au 149. C'était une journée sans histoire, et la vie de Saint-Roch battait comme à l'accoutumée.

Rachel et Lisa s'excitèrent à l'idée d'aller en voiture. Elles se mirent à frapper des mains et à sautiller sur place. Marie-Blanche leur jeta un regard dépité. Les deux innocentes se passaient elles-mêmes la corde au cou sans comprendre vers quoi on les menait.

Il sembla à Marie-Blanche que c'était déloyal et qu'elle ne pouvait pas laisser faire ça sans réagir.

— Maman, vous leur avez pas dit où elles s'en allaient ?

— Tais-toi, pis aide plutôt Simone et Germaine à s'habiller.

— Mais, maman…

— Marie-Blanche, va donc chercher la valise, fit Adeline en la poussant vers la chambre pour l'écarter des benjamines, dont on commençait à boutonner en hâte les manteaux.

Mais le problème surgit de là où on ne l'attendait pas. Simone, qui venait de comprendre qu'elle était aussi du voyage, s'élança dans les bras d'Eugénie.

— Maman, gardez-moi avec vous ! J'veux pas aller là ! J'veux pas !

Accrochée de toute la force de ses petits bras à la taille de sa mère, le visage enfoui dans sa robe, elle hurlait à pleins poumons.

— Mon Dieu, aidez-moi, murmura Eugénie, tout en caressant la tête de sa fillette.

Elle lui susurra des mots d'amour en lui promettant qu'elle irait la voir toutes les semaines.

Mais Simone ne lâchant pas prise, il fallut la séparer de force de sa mère.

Sœur Madeleine-de-la-Rédemption s'y attela, aidée de Pauline. Puis Germaine se mit à pleurer à son tour, bientôt suivie de Rachel et de Lisa. On plongeait en plein mélodrame, ce qu'on avait voulu éviter à tout prix.

Albert, Marie-Blanche et Wilfrid restaient là, tétanisés, témoins impuissants de la scène. Ils savaient que le lendemain ce serait leur tour. Des larmes de rage et d'impuissance coulaient sur les joues de Marie-Blanche, cependant qu'Albert se jurait, les mâchoires serrées, que les patrons de la compagnie paieraient un jour pour tout ce qu'ils avaient fait vivre à sa famille. Wilfrid, lui, affichait un air indifférent et froid, comme si ce qui se passait autour de lui ne le concernait pas.

Dehors, le cheval piaffait et le cocher semblait s'impatienter.

Voyant la tournure des événements, la sœur de la Charité fit un petit signe de tête à sa compagne, demeurée dans la calèche. Cette dernière, une forte quadragénaire, fit irruption dans l'appartement, prit Simone par la taille et la porta à l'extérieur. La petite se mit à se débattre en hurlant, à donner des coups de pied et à tenter de la mordre, mais elle la tenait de main ferme. Elle fut assise de force sur la banquette et immobilisée. Puis on transporta Germaine, qui criait et se débattait avec autant de vigueur. Les deux petites furent ensuite amenées par Estella, qui les fit monter à la suite des autres. Leurs regards traqués, noyés de larmes, trahissaient assez la terreur et l'incompréhension qui les habitaient.

Eugénie, n'en pouvant plus, prit son châle et se précipita dehors. Elle fonça sur la voiture et s'apprêtait à y grimper lorsque sœur Madeleine-de-la-Rédemption lui barra la route.

— Non, madame Dumais, ne venez pas avec nous, ce serait pire encore. Il faut couper court. Faites-moi confiance.

Eugénie se cramponnait aux ridelles de la charrette et voulait à tout prix monter à bord. Elle fut rejointe par Pauline, qui la tira en lui chuchotant:

— Laisse-les partir tranquilles. Autrement, ça finira jamais. Viens-t'en, Eugénie, viens.

Adeline et Estella se joignirent à elle pour forcer Eugénie à s'éloigner. On la prit à bras-le-corps et on la ramena à la maison. Découragée, elle se laissa faire. Elle s'effondra en larmes dès que la porte fut refermée sur elle.

Dans la voiture, les filles se mirent à gémir de plus belle. Comme le tintamarre s'accentuait, des voisins, alertés, commencèrent à s'approcher. Un attroupement se formait déjà. Pour échapper à la curiosité populaire et mettre fin à la scène, le cocher fit démarrer les chevaux. Et la charrette s'éloigna tranquillement, emportant avec elle les quatre petites en pleurs et les deux nonnes, transformées, bien malgré elles, en bourreaux d'enfants.

3

La grande bâtisse sombre se découpa bientôt sur un ciel chagriné. La silhouette imposante de l'orphelinat d'Youville occupait maintenant toute la place et grossissait au fur et à mesure de l'avancée de la voiture vers sa destination. Le bâtiment avait été construit à l'écart de la ville pour offrir aux enfants de l'air pur et de l'espace, selon ce que venait d'expliquer sœur Madeleine-de-la-Rédemption aux deux orphelins, assis sagement à ses côtés.

— C'est un bâtiment pratiquement neuf, dans lequel vous allez trouver de belles salles de classe ainsi que de grands dortoirs bien aménagés. Et il y a des jardins derrière et des cours de récréation.

La religieuse tentait de leur représenter leur nouveau logis sous un angle positif, mais ses paroles tombaient à plat. Marie-Blanche et Wilfrid refusaient de s'en laisser compter. Ils écoutaient les propos lénifiants de leur guide d'une oreille distraite, obnubilés qu'ils étaient par l'aspect écrasant et même lugubre de l'édifice de Giffard. Ils avaient rarement vu quelque chose d'aussi monumental et d'aussi froid. Marie-Blanche calcula que l'orphelinat comptait pas moins de six étages en son centre et cinq sur le côté vers lequel s'avançait leur charrette. Elle se dit qu'il devait y avoir des dizaines d'orphelins parqués là contre leur volonté, comme ses frères et sœurs, et sûrement malheureux comme les pierres.

— Il y a environ six cents enfants comme vous deux, derrière ces murs, et croyez bien qu'ils ne sont pas tous aussi malheureux que vous le pensez.

Marie-Blanche sursauta. Elle se dit que la religieuse devait avoir lu dans ses pensées et elle prit une expression fermée, tout en se repliant sur son siège.

Wilfrid, pour sa part, ne desserrait pas les lèvres. Il n'avait pas dit un mot ni exprimé la moindre résistance quand on l'avait fait monter dans la charrette en compagnie de Marie-Blanche, d'Albert et des deux sœurs de la Charité. Tout le long du parcours, il était demeuré silencieux et absent, emmuré en lui-même, enfouissant sa détresse en son for intérieur tout en serrant très fort la main de son grand frère, assis à ses côtés. Wilfrid avait seulement détourné la tête et suivi longtemps Albert du regard lorsqu'il l'avait vu descendre de la voiture avant lui. Comme l'aîné avait quatorze ans, on l'avait conduit directement à l'école d'industrie attenante à l'institution, alors que Wilfrid, trop jeune pour le suivre, serait intégré au groupe des garçons de son âge. Selon toute vraisemblance, les deux frères seraient séparés, ce qu'Albert craignait plus que tout.

Marie-Blanche broyait du noir. Il n'en aurait pas fallu beaucoup pour qu'elle éclate en larmes. Comme le véhicule approchait de la porte d'entrée, ils croisèrent un groupe de jeunes filles qui déambulaient en sens inverse. Elles étaient toutes habillées de la même façon et leur regard avait l'air éteint. C'est du moins ainsi que le perçut Marie-Blanche. Elles cheminaient deux à deux, en rang serré, tout en récitant des *Je vous salue Marie* scandés d'une voix psalmodique. Une religieuse à la longue robe grise et à la cornette marquée à la hauteur du front d'un cercle fait d'un repli de tissu noir, comme portaient toutes celles de sa communauté, marchait devant d'un pas rapide. Marie-Blanche la trouva peu engageante. Elle ressemblait à ces sorcières qu'on représentait avec un balai dans les livres.

— Nous sommes arrivés. Descendez, mes enfants, leur ordonna sœur Madeleine-de-la-Rédemption dès que le cocher eut immobilisé ses chevaux.

L'autre religieuse se saisit de la valise contenant les maigres effets personnels des nouveaux pensionnaires et elle s'élança dans l'escalier. Les petits s'exécutèrent à leur tour. Wilfrid bondit sur ses pieds sans hésitation. Il serait bientôt un homme, et un homme se tient debout tout seul et n'a pas besoin qu'on lui tienne la main. Et il ne pleurait jamais, même s'il en avait envie. Son frère Albert le lui avait assez répété avant son départ.

Ils entrèrent par la grande porte de chêne à deux battants, lourde et difficile à manier, et montèrent lentement les douze marches menant au rez-de-chaussée.

— Attendez-moi ici, les enfants.

De fortes odeurs d'encaustique assaillirent les arrivants dès qu'ils mirent les pieds à l'intérieur de l'établissement. Les planchers du long corridor qui s'étalait sous leurs yeux brillaient tellement qu'on aurait pu s'y mirer. De loin en loin, des fougères en pot déposées à même le sol jetaient des taches de vert et égayaient le décor. Cela correspondait à ce que Marie-Blanche connaissait des écoles tenues par des religieuses, avec la différence qu'ici tout semblait beaucoup plus vaste et plus impersonnel.

Sœur Madeleine-de-la-Rédemption disparut dans le bureau de la réceptionniste. Cette dernière, installée dans un petit local percé d'une vitre, s'exprimait d'une voix nasillarde et gesticulait d'abondance. Marie-Blanche put saisir les mots « orphelins pauvres », « père décédé », « famille nombreuse », et sa vue se brouilla subitement. Des larmes abondantes jaillirent malgré elle.

Elle tentait de les dissimuler lorsqu'une voix inconnue résonna à ses côtés.

— Pourquoi ces larmes, mademoiselle ?

Surprise par la dureté du ton, Marie-Blanche se retourna vivement. Une grande religieuse au teint bistre et à l'air revêche s'approcha. Elle ne souriait pas, et le regard qu'elle posait sur elle était glacial.

— Je vous ai posé une question, mademoiselle. Pourquoi pleurez-vous ?

— J'pleure pas, fit la petite en se hâtant de ravaler ses larmes.

— Et vous mentez, en plus ? Vous commencez mal ici. Quel est votre nom ?

— Marie-Blanche Dumais, ma sœur, bredouilla-t-elle, mal à l'aise et intimidée par ce regard qui la fouillait sans pitié.

— Mère, vous m'appellerez « ma mère » désormais. Quel âge avez-vous ?

— Huit ans, ma mère.

— Vous serez donc dans mon groupe en classe. Et sachez qu'ici on n'apprécie pas les pleurnichardes, mademoiselle Dumais. Vous m'avez bien comprise ?

— Oui, ma mère, balbutia Marie-Blanche.

— C'est qu'elle est nouvelle, mère du Saint-Cilice, intervint sœur Madeleine-de-la-Rédemption, qui venait d'être témoin de la scène. Ces enfants viennent tout juste d'arriver.

— Raison de plus pour leur faire prendre tout de suite le bon pli, n'est-ce pas, ma sœur ? renchérit la grande femme, qui s'adressait à sa compagne avec quelque chose de hautain dans le ton. Et lui, c'est son frère, je suppose ? enchaîna-t-elle en se tournant vers Wilfrid. Quel est votre nom, jeune homme ?

— Wilfrid Dumais, ma mère, répondit-il tout de go.

Il avait vite appris sa leçon.

— Fort bien, fort bien. Lui, au moins, il ne pleure pas. Et il se tient dignement. Quel âge avez-vous ?

— Neuf ans, ma mère.

La religieuse eut un sourire fugace. Elle lui tapota l'arrière de la tête.

— Bien, qu'on les conduise à leurs dortoirs respectifs.

Puis, tournant les talons, elle s'élança dans le corridor avec résolution, comme s'il lui tardait d'épingler ses prochaines victimes.

Sœur Madeleine-de-la-Rédemption fit signe à une religieuse d'accompagner Wilfrid dans ses quartiers pendant qu'elle se chargerait de Marie-Blanche. Wilfrid quitta sa sœur sans un mot et sans se retourner, comme si elle était une parfaite étrangère. Cette apparente absence d'émotion fit mal à Marie-Blanche et acheva de lui briser le cœur.

Elle suivit la nonne dans un dédale de corridors qui lui semblaient tous pareils, de sorte qu'au bout de quelques minutes elle était perdue. Une chatte n'y aurait pas retrouvé ses petits. Elles montèrent trois étages, prirent un long corridor, puis s'engagèrent dans un escalier pentu qui menait au quatrième palier. De là, elles firent un détour vers une section où se trouvaient des bébés. L'odeur de bouillie et de lait envahit le corridor, et Marie-Blanche tourna la tête à plusieurs reprises dans l'espoir d'apercevoir ses cadettes. Qui sait si Rachel, Lisa ou Germaine ne s'y trouvaient pas ? Mais elle n'eut pas le temps de s'attarder puisqu'on s'engageait de nouveau dans un escalier qui menait à l'étage du dessus, où la sœur lui dit que se trouvait son dortoir. Chemin faisant, elles croisèrent des filles d'âges différents qui se déplaçaient toujours en rang et en silence, tête baissée, sous la houlette d'une religieuse qui jouait de son claquoir à la moindre incartade. Marie-Blanche avait le cœur serré. Elle se voyait abandonnée dans un milieu hostile, et sa mère lui manquait terriblement. Elle sentit poindre les larmes une fois de plus, mais se rappelant l'avertissement sans équivoque de la mère du Saint-Cilice, elle réussit à les retenir. Elle eut cependant l'intuition qu'elle ne pourrait désormais compter que sur elle-même.

Comme elles étaient arrivées à destination, la religieuse qui la conduisait se pencha vers elle et, avant de pénétrer dans la pièce, elle lui chuchota d'une voix de conspiratrice :

— N'oublie pas ce que je t'ai déjà dit, Marie-Blanche. Tu peux être heureuse ici, ça dépend de toi. Si tu es obéissante et gentille, tu t'en tireras bien.

Elle allait ébaucher une caresse, mais elle se ravisa. Puis elle se tourna vers la maîtresse du dortoir, qui semblait l'attendre impatiemment :

— Je vous amène une nouvelle, mère Sainte-Jeanne-de-la-Croix. Voici Marie-Blanche Dumais. Elle a huit ans et c'est une fille intelligente.

Elle poussa la petite devant elle.

Marie-Blanche inclina la tête vers l'avant tout en tenant sa robe et en ployant les genoux, comme on le lui avait enseigné à l'école.

— Bonjour, mère Sainte-Jeanne-de-la-Croix, lui dit-elle simplement.

La religieuse prit un air satisfait et lui tendit la main avec gentillesse.

— Bonjour, ma fille, répondit-elle. Bienvenue dans la salle de Sainte-Eulalie.

Puis, s'adressant à sœur Madeleine-de-la-Rédemption :

— Merci, ma sœur, je m'en occupe.

Cette dernière salua et s'apprêta à se retirer. Pourtant, avant de quitter la pièce, elle fit un dernier sourire à sa protégée. Marie-Blanche avait envie de la retenir, de la supplier de ne pas l'abandonner, mais elle eut la sagesse de s'abstenir. Elle tourna plutôt les talons et suivit à contrecœur sa responsable de salle jusqu'au bout du dortoir, où on lui indiqua un petit lit et une armoire murale. C'est là qu'elle dormirait désormais. Elle commença à ranger ses effets personnels. Le lit qu'on lui désignait était en fer noir et ressemblait aux dizaines d'autres qui étaient alignés et tous collés les uns aux autres, dans un ordre parfait. Dans les fenêtres, des rideaux pimpants étaient accrochés. Marie-Blanche promena un regard circulaire. Tout était propre comme un sou neuf. Chaque couchette était équipée d'un couvre-lit en coton carrelé, rose passé, sur lequel reposait un oreiller recouvert du même tissu. Les lits étaient parfaitement faits, à la militaire, et rien ne clochait. Ni ourson de peluche, ni poupée de guenille, rien de personnel pour briser l'harmonie des lieux. Une uniformité qui, pourtant, glaçait l'âme.

— Dès que vous aurez fini de placer vos affaires, Marie-Blanche, nous irons vous présenter à votre classe. Mais montrez-moi d'abord ce que vous avez apporté.

Marie-Blanche étala ses vêtements sur le lit. Elle n'en avait pas beaucoup. Mère Sainte-Jeanne-de-la-Croix avança une lippe de déception.

— C'est tout ce que vous avez ?

Elle passa au peigne fin les quelques robes défraîchies, les camisoles si souvent lavées et reprisées qu'on voyait le jour au travers, les sous-vêtements en piteux état, et elle décréta, l'air découragé :

— Ma pauvre enfant, il va falloir vous habiller des pieds à la tête. Vous n'avez plus rien de présentable. Après la classe, vous m'accompagnerez à la lingerie. En attendant, je vais vous trouver quelque chose de plus décent à vous mettre sur le dos. Mais qu'est-ce que c'est que ça ? ajouta-t-elle en montrant du doigt une chaînette que Marie-Blanche tentait vainement de cacher.

— C'est ma croix de première communiante, ma mère, répondit Marie-Blanche en refermant sa main dessus.

— Montrez-la-moi, petite.

La belle chaîne plaquée argent était toute sa richesse, et Marie-Blanche la gardait jalousement et ne la portait que les dimanches et les jours de fête.

— Vous ne pouvez pas garder ça. C'est contre le règlement.

— Mais pourquoi, ma mère ? C'est à moi !

— Il n'y a ni tien ni mien ici. Vous êtes toutes pareilles, et il n'y a pas de passe-droits. Donnez-moi votre chaîne.

Marie-Blanche empoignait plus fort son trésor en refusant de le rendre.

— Ne jouez pas à cela avec moi. Donnez-la-moi ou vous serez punie.

La voix de la religieuse avait subitement changé de registre, et elle avait serré les dents de colère. Mais Marie-Blanche s'entêtait.

— J'vais la cacher pis je la porterai pas. J'vous le promets, mère Sainte-Jeanne-de-la-Croix.

— Je la veux tout de suite, Marie-Blanche.

La petite faisait non de la tête et pressait sa chaînette sur sa poitrine avec la dernière énergie.

— Donnez-la-moi de votre plein gré ou je vais devoir vous l'arracher.

Voyant qu'elle s'y refusait toujours, la nonne lui prit la main et la serra. Elle lui broya les doigts de telle sorte que l'enfant fut forcée de laisser tomber ce qu'elle retenait. La religieuse se saisit du bijou et le glissa prestement dans la poche de sa large jupe.

Les yeux de Marie-Blanche s'emplirent de larmes.

— Rappelez-vous qu'ici on obéit sans rouspéter. Et considérez-vous comme chanceuse de ne pas avoir goûté à autre chose… Quant à votre chaîne, je vous la remettrai les jours de fête et seulement si vous avez été obéissante.

La maîtresse de salle adoucit sa voix pour continuer :

— Changez de vêtements, maintenant, Marie-Blanche. Allez, enfilez-moi ça.

Elle lui tendait des sous-vêtements et une robe noire faite de toile grossière, toute raide et qui fleurait le savon. Un col blanc plastifié l'égayait.

Marie-Blanche essuya ses larmes et passa les sous-vêtements, puis elle se hâta d'endosser la robe. Elle lui allait à peu près, hormis le fait qu'elle était un peu trop longue. Elle devait avoir appartenu à une grande. Elle mit également les longs bas de laine gris souris qui complétaient l'uniforme. Ils étaient eux aussi un peu grands et ils se plissaient à la cheville et aux genoux, mais peu lui importait. Puis elle chaussa ses souliers du dimanche, les seuls qu'elle avait.

Mère Sainte-Jeanne-de-la-Croix la regardait avec attention. Elle fit une moue.

— Qu'est-ce que c'est que ces cheveux trop longs ? Nous vous conduirons chez la coiffeuse tantôt, pour vous donner une allure plus décente.

Elle poussa un soupir de découragement.

— Enfin, ça ira bien comme ça. Suivez-moi, maintenant.

Et elles firent le voyage en sens inverse, redescendant l'escalier et repassant par la crèche, où Marie-Blanche tenta encore de reconnaître ses jeunes sœurs; mais elle n'arrivait pas à les repérer.

— Est-ce qu'y a une autre crèche ici, ma mère? osa-t-elle demander.

— Pourquoi cette curiosité? dit la maîtresse de salle, tout en claudiquant.

Elle avait une jambe plus courte que l'autre et elle était affligée d'un pied bot.

— Parce que j'ai trois p'tites sœurs qui doivent être là, ma mère, pis j'les vois pas.

— Trois sœurs? Dieu du ciel! Mais vous êtes combien à l'orphelinat?

— Cinq filles pis deux garçons.

— Et tous ici, à Giffard?

— Oui, ma mère.

La vieille nonne roula des yeux étonnés. Les orphelins étaient certes nombreux, mais il était rare que des familles entières se retrouvent au même endroit. D'habitude, on était forcé de les placer dans des institutions différentes.

— Il y a une autre crèche au sous-sol pour les nouveaux arrivés. Vos sœurs y sont peut-être.

— J'aimerais ça les voir, ma mère.

— Il faudra demander cela à votre maîtresse, mère du Saint-Cilice. C'est elle qui donne ce genre de permission. Mais j'aime autant vous dire tout de suite qu'ici, votre nouvelle famille, c'est votre salle, votre groupe d'âge. Personne d'autre. Il faudra vous y faire et oublier vos frères et sœurs. C'est ici, votre maison, désormais. Et vous serez toutes traitées de la même façon: orphelines, enfants de famille riche ou pauvre, illégitimes, toutes égales.

Marie-Blanche se rebiffa intérieurement. Cette grande bâtisse-là ne serait jamais sa maison, elle en était certaine. Son vrai chez-soi était derrière elle, et elle ignorait si elle le réintégrerait jamais. Et puis les paroles de la religieuse l'intriguaient. Elle découvrait un monde dont les règles lui échappaient. Quant au terme *illégitimes*, cela ne lui disait rien. Elle comprenait néanmoins que la permission de voir ses frères et sœurs déprendrait du bon vouloir de mère du Saint-Cilice. Ce qui augurait mal. Le souvenir de sa rencontre avec cette dernière était encore vif, et l'idée qu'elle aurait affaire à elle tous les jours en classe la jetait dans l'épouvante.

Elles redescendirent deux étages et se retrouvèrent devant une salle de classe, bondée d'enfants. Sur la porte était écrit : Troisième année A. La mère du Saint-Cilice officiait d'une voix forte et régnait sans partage sur un groupe de fillettes terrorisées. Marie-Blanche fut introduite au beau milieu d'une leçon de catéchisme. Sa titulaire fronça les sourcils en la reconnaissant.

— N'est-ce pas Marie-Blanche Dumais ? Vous avez une nouvelle compagne, une orpheline, comme vous toutes, précisa-t-elle en se tournant vers le groupe. Figurez-vous que je l'ai surprise tantôt à la porterie en train de pleurer sur son sort à chaudes larmes, comme un bébé de la crèche, dit la maîtresse en prenant sa classe à témoin.

Marie-Blanche rougit jusqu'aux oreilles. La honte la figea sur place. Elle restait plantée là, pétrifiée par la gêne, devant une quarantaine de paires d'yeux qui la scrutaient sans retenue. La responsable de salle en profita pour se retirer.

Si quelques filles gloussaient sous cape, la majorité se contentaient de la dévisager avec intérêt. Marie-Blanche ne sentait pas d'animosité particulière dans leur regard, plutôt de la compassion. Elle devina qu'il devait y avoir beaucoup de souffre-douleur dans cette classe et qu'elle ne serait peut-être pas la seule à en pâtir.

— Où mettrons-nous la nouvelle, mesdemoiselles ? continua la mère du Saint-Cilice d'une voix flûtée.

Deux fillettes se levèrent pour lui indiquer de la placer auprès d'elles. La classe était si encombrée qu'il semblait impossible d'ajouter un pupitre de plus. L'institutrice alla chercher une chaise dans le corridor et la glissa au premier rang, face à elle.

— Comme cela, je pourrai vous avoir à l'œil, glissa-t-elle en observant Marie-Blanche avec attention. Bien. Vous suivrez avec votre voisine en attendant qu'on vous donne votre catéchisme.

Mère du Saint-Cilice retourna à son pupitre et reprit sa leçon. On l'avait à peine amorcée qu'une cloche se mit à sonner longuement. C'était l'heure du dîner. Les enfants se levèrent aussitôt, se placèrent en rang de deux et quittèrent la classe en silence, sous le regard approbateur de leur institutrice.

— Attendez ici, Marie-Blanche, lui commanda sèchement cette dernière.

Lorsqu'elle fut seule avec la petite, elle lui demanda :

— En quelle année étiez-vous avant d'entrer ici ?

— En troisième année, ma mère, lui répondit aussitôt Marie-Blanche, la tête rentrée dans les épaules.

Elle déglutissait avec difficulté, tendue à l'extrême, car elle ignorait à quoi s'attendre de la part de cette furie qui terrorisait toutes celles qui l'approchaient.

— Saviez-vous bien votre catéchisme et vos leçons ?

— Oui, ma mère, j'étais une première de classe, de répondre du tac au tac Marie-Blanche, heureuse de pouvoir se mettre en valeur.

— Une première de classe, voyez-vous ça ! Et elle s'en enorgueillit, en plus. Vous êtes fière et rétive, mademoiselle Dumais, mais ici on vous enseignera la modestie et l'humilité. Vous allez devoir travailler fort pour obtenir d'aussi bonnes notes avec moi. Et pour commencer, vous me copierez pour demain cent fois la phrase suivante : « L'orgueil est un vilain défaut dont je dois me corriger. »

Mère du Saint-Cilice lui tendit sèchement un petit cahier ligné, à la couverture bleu poudre.

— Allez maintenant rejoindre les autres au réfectoire.

Marie-Blanche ne se le fit pas dire deux fois. Les jambes tremblantes, elle quitta la pièce en vitesse et s'élança dans le corridor sans même savoir où se diriger. Enfilant à droite, parce que c'était la direction qu'avaient prise les autres, elle courut droit devant elle et bifurqua à gauche, pour se rendre compte qu'elle s'était trompée. Elle revint sur ses pas et s'engouffra dans le couloir de droite. Elle comprit qu'elle était sur la bonne voie lorsqu'une odeur de viande et d'oignons vint lui chatouiller les narines. Cela réveilla sa faim. Elle réalisa qu'elle n'avait à peu près rien mangé depuis la veille, parce que la pensée de leur départ prochain lui coupait l'appétit.

En pénétrant dans le réfectoire, elle éprouva une hésitation. Plusieurs tables de vingt places, encadrées de bancs de même longueur, occupaient le milieu de la grande salle. Ne sachant pas où s'asseoir, Marie-Blanche resta debout jusqu'à ce qu'une religieuse remarque sa présence et lui fasse signe de s'approcher. Elle l'installa à l'extrémité d'un grand banc.

Une autre orpheline arriva sur ces entrefaites. La petite, qui était à peu près de l'âge de Marie-Blanche, était renfrognée. Son air intimidé et son regard hésitant témoignaient de son dépaysement. La sœur la fit asseoir à côté de Marie-Blanche, qui s'en trouva enchantée. Elle s'empressa de lui murmurer :

— T'es nouvelle, toi aussi ?

— Oui, répondit l'enfant, heureuse d'avoir quelqu'un à qui parler.

Elle était aussi blonde que Marie-Blanche était noire de cheveux, et elle était un peu plus grande qu'elle.

— Comment tu t'appelles ?

— Florence Jobin, pis toi ?

— Marie-Blanche Dumais. T'es arrivée ce matin ?

— Non, la semaine dernière. Toi ?

— C'est ma première journée. T'es en quelle année ?

— En troisième année D. Avec mère de la Sainte-Eucharistie. C'est elle qui nous sert à manger aujourd'hui. Elle est pas méchante.

Un peu déçue que cette nouvelle compagne ne soit pas dans sa classe, Marie-Blanche n'en continua pas moins de marmonner :

— Ça sent bon. Moi, j'ai très faim.

Elles se firent vertement rappeler à l'ordre par mère de la Sainte-Eucharistie, qui leur expliqua qu'on mangeait en silence. Puis cette dernière entonna le bénédicité. Toutes les anciennes le chantèrent avec elle.

— Bon appétit, mes enfants.

— *Deo Gratias*, mère, de répondre le groupe dans un bel ensemble.

La religieuse distribua la soupe fumante en versant une louche dans chaque bol à soupe. Les enfants se ruèrent sur le potage de vermicelles. Il était statutaire, tous les mardis midi. Un morceau de pain brun fut donné à chacune, sans beurre : cette denrée de luxe servie parcimonieusement était réservée au déjeuner et au souper.

Marie-Blanche vida son assiette en un rien de temps, Florence également. Puis on procéda à la distribution des pommes de terre bouillies et du ragoût. Les portions étaient suffisantes pour combler la faim. Si la viande du ragoût était fibreuse et dure, elle contentait néanmoins l'appétit. Marie-Blanche ne fit pas la fine bouche. Elle avala tout. Pour dessert, on leur servit à chacune une grosse pomme rouge bien croquante qui provenait des vergers de l'orphelinat. Celles qui ne faisaient pas honneur à leur plat n'avaient pas droit au dessert, s'empressa-t-on de leur préciser. Quant au lait, il n'était servi qu'aux plus jeunes, et les deux fillettes entraient dans cette catégorie. Mais elles n'avaient droit qu'à un verre chacune. Les grandes, pour leur part, pouvaient prendre indifféremment du thé ou du café, à volonté.

Le repas terminé, personne n'eut le droit de se lever de table tant qu'on n'eut pas desservi tous les couverts et lavé la vaisselle. Les grandes étaient affectées à cette tâche, en rotation.

Deux coups de claquoir de bois marquèrent le début de la récréation. La salle se vida dans l'ordre et le mutisme le plus complet.

Les deux nouvelles amies se mirent machinalement en rang et suivirent les anciennes. La cohorte déboucha bientôt sur une salle de récréation au centre de laquelle étaient dressées des tables encombrées de casse-têtes, de cahiers à colorier et de jeux de cartes. Il y avait aussi, au fond de la pièce, des cordes à danser et de gros ballons rouges faits de plastique dur. Des chaises étaient empilées pour celles qui souhaitaient s'asseoir.

Un autre claquement, et les orphelines se dispersèrent dans toutes les directions, heureuses de pouvoir enfin courir, parler et rire comme des enfants de leur âge. Profitant du brouhaha, Marie-Blanche entraîna Florence vers les tables et lui demanda :

— Est-ce que t'as des frères et des sœurs ici ?

Florence se contenta de faire non de la tête.

— Tes frères et tes sœurs sont à la maison ?

Florence fit encore un signe de dénégation.

— T'en as pas ?

— N... non.

— Et ta mère vient te voir, des fois ?

Florence laissa échapper un soupir d'impatience. Elle semblait choquée. Puis elle tourna la tête vers Marie-Blanche et lui souffla à l'oreille :

— J'en ai pas, de mère, bon.

— Hein ? Ça s'peut pas. Tout le monde a une mère, voyons.

— T'es fatigante avec tes questions. Ma mère, j'la connais pas. Pis mon père non plus.

Florence baissa la tête et s'organisa pour fuir le regard de sa compagne, comme si ce qu'elle venait d'avouer était honteux ou répréhensible.

L'étonnement se peignit aussitôt sur le visage de Marie-Blanche. Elle ne comprenait pas. Comment pouvait-on ne pas avoir de parents ? Cela lui parut impossible.

Florence prit un air fermé, comme si tout cela s'avérait trop pénible à la fin. C'était une réalité qu'elle essayait d'oublier chaque jour, mais que l'interrogatoire serré de Marie-Blanche lui jetait cruellement au visage.

Son regard était noyé de tant de tristesse que cela affligea Marie-Blanche. Elle baissa la voix pour continuer :

— Mais si tu viens d'arriver, t'étais où avant ?

— À la crèche.

— À la crèche, avec les bébés ?

— À la crèche, y a pas que des bébés, voyons. Y a aussi des plus grandes, comme moi, que personne a voulu adopter.

— Qu'est-ce que ça veut dire, « adopter » ?

— C'est quand une maman et un papa qui sont pas à nous veulent nous prendre pour leur vrai enfant.

Marie-Blanche était consternée. Florence n'avait ni vrais parents ni faux parents, un sort qui lui sembla tout à coup mille fois pire que le sien. Elle était seule au monde, sans père ni mère, sans frère ni sœur. Il devait y avoir une erreur. Elle avait pourtant compris, en voyant les chats et les chiens, puis en voyant sa maman, que les bébés poussaient dans le ventre des mères. Alors, où était-elle, cette maman de Florence ? Il fallait bien qu'elle soit quelque part.

Une larme coula sur la joue lisse de Florence. Une minuscule perle d'eau de rien du tout qui aurait pu passer inaperçue sans la perspicacité de Marie-Blanche. Cela fouetta si fort son sens de la justice qu'elle se sentit dans l'obligation de faire un geste pour sa nouvelle amie.

Comme une religieuse venait dans leur direction, Florence s'éloigna et fit mine de chercher une pièce de casse-tête. D'instinct, Marie-Blanche en fit autant. Elle sentait confusément qu'il y avait certaines choses qu'elle aurait intérêt à cacher désormais, pour se protéger. Elle ignorait quoi, mais l'attitude plus aguerrie de Florence le lui confirma. La sœur passa à côté d'elles sans les remarquer. Soulagée, Marie-Blanche s'approcha de sa compagne et lui murmura :

— Si tu veux, j'pourrais te prendre comme ma nouvelle sœur. T'adopter.

Dans son esprit, cela allait de soi. Si des parents pouvaient « adopter » un enfant, pourquoi ne pourrait-elle pas aussi « adopter » une sœur ? Le sourire lumineux qui s'épanouit sur les lèvres de Florence lui fit comprendre qu'elle avait visé juste. Le bonheur qui éclaira ses traits se passait de mots. Florence saisit les mains de Marie-Blanche, comme un noyé s'accroche à une planche de salut, et elle les pressa avidement dans les siennes.

— Tu ferais ça ? Tu serais ma vraie sœur à la vie à la mort ? Pis on s'dirait toujours tout !

Des larmes de joie, cette fois, frangèrent ses cils.

Les deux petites venaient de découvrir que le meilleur moyen de contrer l'adversité consistait à se lier et à faire front commun. À deux, on était plus fortes et plus combatives. Elles furent tellement ravies de ce nouvel engagement d'amitié qu'elles en oublièrent, l'espace d'un instant, et le lieu où elles se trouvaient et leur triste situation. Une bulle illusoire, un espace de sécurité qui vola en éclats quand un coup de cla-quoir impérieux les ramena brutalement à la réalité. Il était temps de reprendre les rangs et de retourner en classe. Les fil-lettes se séparèrent à regret, en se promettant de se revoir dès que possible. Mais quelque chose de l'ordre de l'espoir venait si bien de germer au fond de leur conscience que, en retour-nant à leurs occupations, elles se sentirent à la fois plus légères et plus confiantes.

Marie-Blanche ne termina pas ses classes, parce que mère Sainte-Jeanne-de-la-Croix vint la chercher pour la conduire chez la coiffeuse. Comme il y avait beaucoup de nouvelles recrues et que le règlement leur imposait de se faire couper les cheveux dès leur arrivée, la file d'attente était longue. Marie-Blanche se plaça à la suite des autres et espéra son tour. Ses compagnes trépignaient d'inquiétude comme elle et affichaient un air de chien battu. Ce n'était pas de gaieté de cœur qu'elles se pliaient à l'opération. On allait les passer au peigne fin et couper leurs boudins et leurs jolies boucles, par souci d'hygiène et pour éviter les poux, ce fléau contre lequel les religieuses luttaient avec la dernière énergie. Quand Marie-Blanche ressortit de là, elle ressemblait aux autres pensionnaires de Giffard, avec les cheveux coupés à la hauteur du lobe d'oreille, le front dégagé avec la frange retenue par une barrette, et la grosse boucle de ruban blanc fichée sur le dessus du crâne. La transformation était radicale. En quelques heures, on avait fait d'elle une orpheline comme les autres, un numéro interchangeable et soumis aux aléas du règlement, alors qu'il avait toujours semblé à Marie-Blanche qu'elle était quelqu'un de distinct. Elle rejoignait le rang des enfants abandonnés par leurs parents et se retrouvait dans la même situation que Florence, une idée qui l'attrista tellement qu'elle sentit s'envoler la joie naïve et fugace qui l'avait envahie précédemment.

Après cette journée éprouvante, Marie-Blanche suivit les autres à la salle d'étude, où elle s'empressa de recopier cent fois la phrase destinée à lui faire prendre conscience de son péché d'orgueil. Elle s'y appliqua, pour ne pas se faire rabrouer une nouvelle fois. Puis elle remonta au dortoir avec son groupe, dans un silence parfait. Le rituel voulait qu'avant de se mettre au lit les enfants passent à la salle de bains pour se laver les dents, le visage, les mains et les fesses. Mais comme le nombre de lavabos était limité, c'est par groupes de dix que les petites s'exécutèrent. Après les ablutions, qu'elle fit rapidement parce qu'il ne restait plus ni eau chaude ni savon, les prières interminables récitées à genoux au pied du lit, Marie-Blanche put enfin se glisser sous ses couvertures. Elle avait hâte de se retrouver seule pour s'abandonner à sa peine. Mère Sainte-Jeanne-de-la-Croix fit sa tournée d'inspection pour s'assurer que rien ne clochait, puis elle éteignit les lumières du plafond et alluma les veilleuses. Elle se retira ensuite derrière un paravent qui lui dispensait un peu d'intimité, tout en lui permettant de surveiller étroitement son groupe. Elle pouvait ainsi percevoir la moindre désobéissance, le plus petit manquement au règlement et intervenir sur-le-champ. Et la règle interdisait les conversations, les rires et toute tentative d'aparté. Les fillettes ne pouvaient quitter leur lit que pour aller aux toilettes et elles étaient tenues d'y retourner aussitôt. Il était défendu de vagabonder dans le dortoir et de troubler de quelque façon que ce soit le sommeil des autres.

Au bout d'un certain temps s'installa un silence relatif, ponctué de respirations et de brefs toussotements. Marie-Blanche ne dormait pas. Elle fixait résolument le plafond. Si le calvaire de sa première journée d'orphelinat s'achevait, la longue file des journées toutes semblables qui l'attendait et qu'elle pouvait facilement imaginer ne faisait que commencer. Cette idée lui enleva tout courage. Sa mère et son père lui manquaient terriblement, de même que ses frères et sœurs. Serait-elle capable de survivre à cet arrachement ? Elle en douta tant que des larmes de désespoir lui emplirent les yeux. Mais elle eut la prévoyance de pleurer en silence. Car les larmes leur étaient interdites, même de nuit. « Et gare à celle qui s'oubliera », avait menacé mère Sainte-Jeanne-de-la-Croix.

Marie-Blanche crut pourtant entendre un reniflement caractéristique. Elle prêta l'oreille. Oui, quelqu'un sanglotait doucement. Cela provenait du deuxième ou du troisième lit sur sa gauche. Elle tendit le cou, mais ne put rien déceler d'autre. Sa camarade avait dû étouffer ses larmes sous son oreiller. Elle se demanda combien il y en avait qui pleuraient chaque soir comme elle, et combien il lui faudrait de temps pour apprivoiser son chagrin et dompter son envie continuelle de s'abandonner aux larmes.

Les heures avaient coulé rapidement parce que tout était fait pour les tenir occupées du réveil au coucher, sans aucun temps mort. En repassant dans sa mémoire les événements de la journée, Marie-Blanche repensa à Florence. Pourquoi était-elle seule dans la vie ? se demanda-t-elle encore. Était-ce par une punition divine ? Après avoir tourné la chose dans tous les sens, il lui sembla que c'était impossible et qu'il devait y avoir une autre raison. Mais laquelle ? Florence n'avait pas plus mérité qu'elle d'être privée de parents et de se retrouver à l'orphelinat. Ce genre de pensée l'amena à s'interroger sur le sort de ses petites sœurs. Où était Rachel, sa préférée ? La benjamine lui manquait terriblement. Elle revoyait sa bouche rose et gourmande, ses rires perlés, ses menottes passées autour de son cou, et elle se remit à pleurer. Elle s'inquiétait aussi de Lisa et de Germaine. Où étaient-elles et comment étaient-elles traitées ? Quant à Simone, elle devait se trouver forcément dans le groupe des six et sept ans. Demain, elle demanderait à Florence d'essayer de la repérer. Simone était parfois si intraitable que sa sœur craignait pour elle. Si elle se rebiffait, on la punirait jusqu'à ce qu'elle cède. Mais céderait-elle ? La connaissant, Marie-Blanche en doutait.

Mère Sainte-Jeanne-de-la-Croix avait martelé qu'il était interdit en tout temps d'enlever sa chemise et de toucher son corps. Même en dormant, il fallait toujours laisser ses mains à l'extérieur des couvertures. Et quiconque manquait à la pureté commettait un péché mortel susceptible de la précipiter aux enfers. Marie-Blanche avait été troublée. Effrayée même. Elle avait fait des contorsions pour se laver sans trop se toucher, ce qui n'était pas évident. Se rappelant qu'elle avait déjà déambulé chez elle les fesses à l'air, elle s'inquiéta de son salut. Était-elle condamnée à brûler dans les feux de l'enfer ?

Une idée noire, qu'elle délaissa en repensant à sa mère. Elle se promit de lui dire à quel point elle l'aimait, lors du prochain parloir. Il lui semblait ne l'avoir jamais fait, peut-être parce qu'elle avait tenu pour acquis qu'elle serait toujours là. Mais, elle le savait maintenant, les mamans pouvaient disparaître aussi bien que les papas. Sa lassitude finit par prendre de telles proportions que ses paupières se firent de plus en plus lourdes. Le sommeil la gagnait peu à peu. Elle s'y abandonna avec soulagement, trop heureuse d'échapper enfin à cette cruelle réalité devant laquelle elle se trouvait totalement démunie.

4

Eugénie tricotait vite. Elle avait l'habitude ; elle l'avait tellement fait pour les siens et sa famille élargie qu'elle pouvait s'exécuter tout en parlant. Elle aurait même pu réaliser des diminutions ou des augmentations les yeux fermés. C'est le curé Côté qui venait de la faire entrer au vestiaire des pauvres, afin de lui donner l'occasion de gagner quelques sous. Elle pourrait réparer des vêtements en mauvais état, préparer des boîtes de nourriture et faire du tricot. En attendant son accouchement. Pour le moment, on lui demandait de tricoter des mitaines pour les démunis ; un jeu d'enfant. Il n'en demeurait pas moins que ce n'était pas très lucratif. Elle ne touchait que dix cents par paire, ce qui ne mettait pas de beurre sur le pain, mais peut-être un peu de pain sur la table. Au moins, cela la tiendrait occupée et l'empêcherait de trop jongler. Car elle avait amplement matière à se ronger les sangs.

Elle était entourée de femmes de son quartier ou des environs venues elles aussi apporter leur aide. Certaines le faisaient pour se divertir ou tromper l'ennui, tandis que d'autres s'y astreignaient par besoin ou conviction, par pure charité chrétienne.

Eugénie venait d'entamer une conversation avec sa voisine, une femme dans la trentaine, bien mise et élégante, qui avait choisi cette activité pour échapper à la solitude. Mariée depuis peu à un voyageur de commerce qui couvrait la région de Montréal, elle se trouvait souvent seule. Elle semblait s'être prise d'amitié pour Eugénie et elle avait commencé à lui confier ses petits secrets.

Eugénie, elle, se livrait peu. Elle était encore trop marquée par son deuil et l'abandon forcé de ses enfants pour être capable de se laisser aller à s'épancher. Elle avait l'impression qu'elle n'aurait pas le droit au bonheur tant que ses enfants seraient à l'orphelinat.

— Qu'est-ce que ça va te donner, Eugénie, d'être malheureuse, toi aussi ? Ça va toujours ben pas ramener tes enfants à la maison, ni les rendre plus heureux parce que, toi, tu te morfonds, lui avait répliqué avec raison sa sœur Pauline, toujours pleine de bon sens.

— C'est vrai, mais c'est plus fort que moi, Pauline, lui avait-elle répondu. J'arrête pas de penser à eux autres et à ce qu'ils doivent vivre. J'en perds le sommeil.

Elle avait parlé à M. le curé le matin même. Étrangement, même si elle n'avait jamais été du genre à traîner autour des soutanes, elle avait confiance en cet homme. Elle n'aurait pas trop su dire pourquoi. Peut-être parce qu'il ne parlait pas pour rien, parce qu'il savait écouter ou que quelque chose dans son regard lui rappelait son propre père. Toujours est-il qu'elle s'était ouverte à lui, non pas dans le secret de la confession mais au presbytère même, alors qu'elle s'y rendait pour demander de l'aide. Elle cherchait un travail rémunérateur et, tant qu'à y être, elle en avait profité pour plaider aussi la cause d'Estella. Comme l'écoute était chaleureuse, elle n'avait pas pu se retenir d'avouer en plus sa détresse et sa misère actuelle. Le curé ignorait que le malheur l'avait forcée à placer tous ses enfants à l'orphelinat et il s'en était montré fort attristé.

— Écoutez, madame Dumais, il me semble que, dans votre état, il serait plus prudent de vous livrer à des tâches légères, comme le tricot ou la couture, du moins jusqu'à votre accouchement. Après, je pourrai peut-être vous recommander à une de mes paroissiennes comme femme de ménage. J'ai parfois des demandes pressantes. Pour le moment, je peux vous aider à intégrer rapidement le vestiaire des pauvres. Pour faire des petits tricots, réparer des vêtements abîmés, préparer des boîtes de vivres. Ce n'est pas le Pérou, nous le savons, mais ça peut dépanner en attendant.

— Très bien, monsieur le curé, je suis prête à commencer tout de suite, si vous voulez.

L'abbé Côté avait souri. Il admirait la vaillance et se réjouissait du caractère résolu de la veuve Dumais. Il était d'ailleurs né en Gaspésie lui-même, à Matane plus précisément, et il faisait l'impossible pour aider ses compatriotes dans le besoin.

— Vous me suivrez tantôt au sous-sol de l'église, où je vous présenterai Mme Dumesnil, qui dirige cette œuvre depuis toujours. Vous pourrez probablement commencer aujourd'hui même. Ils ont toujours besoin de bras. Mais dites-moi, votre fille Estella saurait-elle tenir maison ?

— Mais bien sûr, monsieur le curé, je l'ai dressée au ménage, et c'est une vaillante, une bonne travailleuse.

— Parfait, parfait. Ma servante est malade ces temps-ci et elle a besoin d'aide. Votre Estella pourrait faire l'affaire, le temps que Mme Galarneau se remette. Dites-lui de venir me rencontrer dès que possible. Et puis, vous pourrez continuer à chanter à l'office du dimanche, une semaine sur deux. Je peux essayer de vous confier davantage de funérailles, si cela vous intéresse. Ça pourra vous faire quelques sous de plus. C'est le mieux que je puisse faire pour le moment, ma pauvre dame. Vous avez une voix magnifique, le savez-vous ? C'est un talent que le Seigneur vous a donné et que vous avez la responsabilité de faire fructifier.

Eugénie avait souri et remercié le curé de tout son cœur. Comme l'abbé Côté connaissait assez l'âme humaine pour pressentir que sa paroissienne attendait peut-être aussi une autre forme d'aide, il avait continué :

— Quant à vos enfants, madame Dumais, cessez de vous inquiéter pour eux. Ils sont entre bonnes mains avec nos chères religieuses. Ce sont de grandes chrétiennes, dévouées et compétentes, autant dans le domaine de l'éducation que dans celui de la santé et de l'aide aux nécessiteux. Sans elles, que deviendraient nos miséreux, nos malades, nos enfants dans le besoin ? Songez qu'elles remplissent à elles seules une tâche gigantesque et nécessaire. Et j'ai le sentiment que vous croyez à tort que tout cela est votre faute, que vous vous sentez responsable de votre triste situation. Comme si vous aviez voulu la mort de votre mari, comme si vous aviez quoi que ce soit à voir avec cette crise qui sévit durement dans le monde ouvrier et menace de s'étendre à tous les secteurs de notre économie, et comme si vous aviez pu empêcher vos enfants de se retrouver à la charge de l'Église. Ai-je tort ? avait ajouté le vieux prêtre avec perspicacité.

Eugénie avait fait non de la tête, soulagée de voir qu'on pouvait la comprendre sans la juger.

— Ne vous tourmentez plus, madame Dumais, avait-il repris en posant sa main sur son épaule. Faites preuve de plus d'humilité, à l'avenir, et remettez votre sort et celui de vos enfants entre les mains de Dieu. Il pourvoira à leurs besoins. Placez votre confiance en Lui.

Ce discours lui avait fait du bien. Elle se félicitait d'avoir osé se confier, d'autant plus que ce n'était pas dans ses habitudes de parler de ses problèmes et de demander de l'aide. À une autre époque, elle aurait eu honte de ne pas arriver à se débrouiller toute seule, mais maintenant que les choses avaient viré à l'aigre, elle se voyait obligée d'accepter le soutien de son prochain.

Après le travail, Eugénie s'empressa d'aller visiter deux chambres annoncées dans le journal. Elle était en retard dans le paiement de son loyer et elle devait trouver rapidement quelque chose de moins cher. Malheureusement, les chambres en question ne convenaient pas. Tout ce qu'elle avait visité jusque-là s'avérait ou trop coûteux pour ses moyens ou trop délabré pour être habitable. Déçue, elle décida de rentrer chez elle. Elle était fourbue et un peu désespérée. La température était froide et il faisait un vent à arracher la queue d'un âne. Elle avait hâte de se réchauffer près du poêle et de se faire un bon thé.

En traversant au pas de charge la rue Saint-Joseph, elle remarqua que le vieux joueur d'orgue de Barbarie était revenu. Comme elle ne l'avait pas vu dans les parages depuis longtemps, elle s'approcha. Des curieux l'entouraient, des adultes et quelques enfants. L'homme était aveugle et il était toujours accompagné de son chien, un bâtard jaune grognon, mais sans méchanceté. Il jappait quand vous vous approchiez puis vous léchait la main et battait de la queue dès que vous le flattiez. L'organiste faisait tourner sa manivelle tout en fredonnant les paroles d'une ancienne chanson française. Lorsqu'elle reconnut *Le Temps des cerises*, Eugénie sentit monter des larmes. Elle avait dansé des dizaines de fois avec Alphonse sur cette mélodie-là au début de leur relation.

Elle sortit son mouchoir puis fouilla dans son sac pour y trouver quelques sous.

— Prenez, monsieur Debré, c'est pour vous, fit-elle en laissant tomber les pièces dans le verre posé sur le sol. C'est peu, mais j'ai rien d'autre.

Elle se rappelait que des personnes malveillantes avaient fait chasser le joueur de rue sous prétexte que son répertoire était trop triste et qu'elles n'en pouvaient plus de l'entendre répéter les mêmes airs anciens, du matin au soir. Or, cette fois, il s'était abonné à la chansonnette française. Il enchaîna avec *Sous les ponts de Paris*, puis il entonna *Frou-Frou*. Lorsqu'il s'arrêta de chanter, il tourna la tête vers Eugénie et lui dit :

— C'est la p'tite dame qui venait m'entendre jouer chaque jour, autrefois ?

— Oh, vous m'avez reconnue, monsieur Debré ? Comment vous avez fait ?

— Si je n'y vois plus, j'entends encore mieux que quiconque. Et votre voix a une sonorité spéciale, madame. Mais ne veniez-vous pas aussi quelques fois avec votre amoureux ?

— Vous avez une bonne mémoire.

— Je perçois de la tristesse dans votre voix. La vie est dure pour vous en ce moment ?

Le vieux musicien tendit la main au hasard dans la direction d'Eugénie. Rencontrant la sienne, il la serra avec chaleur. Cette dernière sentit de nouveau les larmes inonder ses yeux. Quand donc cesserait-elle de pleurer comme une Madeleine ? se reprocha-t-elle, gênée d'avoir toujours à retenir ce flot d'émotions qui la submergeait sans crier gare. Elle ne réussit qu'à laisser s'échapper un pitoyable « oui », tout cassé et noyé dans les pleurs.

L'homme eut un sourire si touchant qu'Eugénie se jeta à son cou comme une enfant et laissa déborder sa peine. Heureusement que les gens s'étaient dispersés et qu'elle se trouvait seule avec l'organiste, autrement on l'aurait prise pour une folle.

D'abord étonné, l'homme mit ses mains autour de ses épaules et il la laissa s'épancher, comme l'aurait fait un bon père. Il se contenta de demeurer attentif.

— Pleurez, pleurez, madame, cela fait parfois du bien. La vie est souvent si cruelle. Vous avez perdu un être cher, n'est-ce pas ? lui demanda-t-il tout bas.

Surprise de la perspicacité du vieillard, Eugénie se laissa aller à la confidence.

— Oui… mon mari… mort dans un accident du travail à la Pulp and Paper. Et mes pauvres enfants… tous placés à l'orphelinat, parvint-elle à articuler dans un hoquet.

Mais réalisant qu'elle se trouvait dans la rue, exposée aux regards des passants, Eugénie se ressaisit et s'écarta.

— Excusez-moi, monsieur Debré. Vous devez avoir votre lot de misères, vous aussi.

Eugénie se moucha bruyamment et remit de l'ordre dans ses cheveux.

— Le cauchemar que vous vivez justifie toutes les larmes que vous versez. N'ayez pas honte de pleurer. Nous ne sommes que de pauvres humains livrés sans défense à l'adversité. Et si souvent déboussolés.

Eugénie eut un sourire malgré ses larmes. Elle aimait la façon de parler du musicien. C'était un Français qui avait de la culture. En tout cas, il parlait mieux que tous ceux de son milieu. Curieuse d'en savoir plus, elle osa lui demander :

— Mais vous, y me semble qu'on vous a pas vu depuis belle lurette. Où vous étiez passé ?

— J'ai roulé ma bosse à Montréal et dans les environs, et puis j'ai fini par refaire mon répertoire. On était fatigué de m'entendre, alors j'ai changé de contenu.

— J'aime pas mal mieux la chanson française, vous savez. Tout le monde ici doit être content, lui confia-t-elle.

— Je m'en suis bien rendu compte, déclara-t-il en faisant cliqueter son verre d'étain, qui sonnait plein, ce qui était de bon augure.

L'homme souriait. Il avait l'air si calme et paisible qu'Eugénie l'envia. La sérénité qui émanait de lui était contagieuse. Elle se sentait déjà mieux.

Mais il était transi. Il grelottait. Le manteau qu'il portait avait l'air bien mince, et il avait le cou à l'air. Eugénie remarqua aussi que ses mains étaient rougies et gercées par le froid. À force de tourner sa manivelle en portant des gants troués, c'était inévitable, pensa-t-elle. Elle se promit de lui tricoter des gants chauds et un épais foulard de laine. Lorsqu'elle lui proposa de le raccompagner chez lui, il accepta avec reconnaissance.

Eugénie repartit donc bras dessus bras dessous avec le joueur d'orgue de Barbarie. Le chien jaune s'empressa de les suivre en battant de la queue. L'homme vivait dans une maison de chambres de la rue Dorchester. Il habitait à l'étage et devait descendre son instrument le matin, et le monter dans son appartement chaque soir, ce qui n'était pas une sinécure. Même s'il était muni de roulettes, l'orgue était lourd et difficile à manœuvrer. Eugénie dut donc pousser pendant que le vieux monsieur tirait l'orgue de marche en marche.

— Mais vous pouvez pas le laisser quelque part en bas, monsieur Debré ? lui demanda-t-elle, une fois l'opération réussie.

— Non, la concierge ne veut pas, et puis je ne voudrais pas le perdre. C'est mon gagne-pain.

Sur le palier, Eugénie voulut se retirer, mais le musicien l'invita à entrer. Elle accepta et le suivit dans sa chambrette, encombrée de livres et d'objets épars. Un petit coin cuisine était aménagé tout au fond. Le brave chien alla s'installer sur un tapis jonché de poils sur lequel il se laissa choir avec délectation, heureux de retrouver la chaleur de sa tanière.

— Vous prendrez bien une boisson chaude avec moi, n'est-ce pas, madame Dumais ?

— Oh oui, si ça vous dérange pas. Mais appelez-moi Eugénie. Et… attendez, j'peux la préparer moi-même, monsieur Debré, se hâta-t-elle d'ajouter en se précipitant au-devant de l'aveugle pour lui prêter assistance.

— Non, laissez, je suis habitué, vous pensez bien.

Le vieux monsieur avança la main en tâtonnant, repéra la bouilloire, l'apporta près de l'évier et la mit sous le robinet, qu'il ouvrit. Une fois qu'elle fut bien remplie, il la porta sur le petit poêle à deux ronds, qu'il alluma. Puis il se tourna vers l'armoire, l'ouvrit et en sortit un sac jauni contenant du thé en feuilles.

— C'est un thé de Chine. Vous aimez ? demanda-t-il en s'adressant à Eugénie.

— Euh… oui, bien sûr. J'aime tous les thés, mentit-elle, pour ne pas avoir l'air d'une ignorante.

En réalité, Eugénie ne connaissait qu'une sorte de thé, toujours le même traditionnel thé vert qu'elle achetait à l'épicerie du coin. C'était le moins cher.

Le vieillard tira ensuite un sac de l'armoire. Il en sortit quatre biscuits secs qu'il posa sur une assiette.

La bouilloire commençait à chanter. Son hôte approcha une théière de grès couleur lavande et y versa l'eau bouillante. Il prit deux tasses dans l'armoire et les posa sur un plateau, avec l'assiette contenant les biscuits secs. Après y avoir mis aussi la théière fumante, il apporta le tout sur la table. Eugénie l'observait avec fascination. Les gestes étaient précis et sûrs, et la dextérité de l'aveugle était impressionnante. Par deux fois, elle se retint de s'élancer à la rescousse, mais le fait était que l'homme s'en tirait parfaitement sans elle. On voyait que le processus avait été étudié dans ses moindres détails et pratiqué de nombreuses fois.

M. Debré s'assit devant la fenêtre et il fit signe à Eugénie d'en faire autant. Elle n'eut pas à hésiter parce qu'il n'y avait que deux chaises. Elle tira celle qui restait et s'assit.

— J'vais servir, si vous voulez bien.

— Vous êtes inquiète ? répondit en riant l'organiste.

— Non, j'vois que vous êtes habile. C'était pour aider seulement.

— Allez-y, alors.

Le thé avait une belle couleur ambrée et il exhalait un parfum suave. Eugénie y trempa les lèvres et constata qu'il était de loin supérieur au sien. Cela ne ressemblait à rien de connu.

— J'aime votre thé. Il est bien meilleur que le mien.

En jetant un regard sur la pièce, elle s'étonna de la quantité de livres qui s'y trouvaient. Les étagères débordaient. Mais que pouvait faire un aveugle avec tant de livres ? se demanda-t-elle, intriguée.

— Vous venez des vieux pays, n'est-ce pas ? risqua Eugénie, curieuse d'en savoir plus sur cet homme qui sortait de l'ordinaire.

— Des vieux pays, si on veut. J'aime bien l'expression. Je suis né en Bretagne, au bord de la mer. Nous étions onze enfants. Mon père était marin. Et puis la guerre est arrivée. Mon père, mes trois frères et moi-même y sommes allés, bien sûr, mais je suis le seul à en être revenu. J'ai voyagé et j'ai quitté l'Europe pour l'Amérique. Ensuite j'ai rencontré une femme que j'ai beaucoup aimée, mais qui est décédée. Une maladie rare et fulgurante. Quelque temps après, j'ai commencé à perdre progressivement la vue. Vous voyez, nous avons tous deux perdu quelqu'un ou quelque chose d'important. C'est la vie, cela. Tout est en mouvement et rien n'est éternel. La vie n'est que passage.

Il sembla à Eugénie qu'elle avait déjà entendu cela quelque part, mais où ? Elle se rappela que c'était le jeune abbé antipathique qui avait prononcé ces paroles, quand il l'avait visitée avec la sœur de la Charité. À tout prendre, elle jugea que l'idée était la même, mais que la sagesse du vieil organiste était beaucoup plus imprégnée de charité chrétienne que celle du prétentieux ecclésiastique.

— Pis maintenant, vous êtes seul, aveugle, et vous jouez de l'orgue de Barbarie pour vivre. Malgré vos malheurs, vous arrivez à sourire ? J'comprends pas. Moi, j'y arrive plus.

— Parce que vos malheurs sont trop récents. C'est trop neuf. Attendez. Avec le temps, on finit par oublier même ce qu'on a adoré. On finit par ne plus se souvenir d'une couleur de cheveux, d'un regard qu'on croyait unique, d'un sourire à nul autre pareil. Tout s'oublie, et il ne reste que le goût de vivre.

— Et vous avez encore le goût d'vivre ?

— La plupart du temps, oui. J'aime encore le bruit du vent dans les arbres, l'odeur du thé, la senteur des matins enneigés, la beauté d'une mélodie, la profondeur d'une pensée. J'aime encore me réveiller le matin avec mon fidèle chien, Socrate, échanger avec les gens, apprendre, comprendre. J'aime la vie, quoi !

— Et je vois que vous avez plein de livres, mais pour quoi faire ? Vous êtes aveugle !

— Oh, je n'ai pas toujours été aveugle, comme je vous l'ai dit, et je demeure attaché à mes livres. Parfois, je vois assez pour lire et écrire un tout petit peu, avec une loupe et en prenant beaucoup de temps. J'ai d'ailleurs commencé à apprendre le braille, le langage des aveugles. Je fais même des progrès notoires… Mais vous, Eugénie ? Parlez-moi plutôt de vous.

Eugénie fit une grimace, mal à l'aise de devoir raconter le peu qui la concernait.

— Oh moi, y a pas grand-chose à en dire. J'me suis mariée en Gaspésie à un homme que j'aimais et de qui j'ai eu huit enfants. J'attends le neuvième. J'ai jamais rien connu d'autre que le travail de la maison, le soin aux enfants, les tâches routinières. J'ai pas beaucoup fréquenté l'école, mais j'sais lire. Pour ma confirmation, une sœur missionnaire que j'ai vue rien qu'une fois m'a donné un livre. *Vingt mille lieues sous les mers*, qu'il s'appelait. J'ai dû le relire des centaines de fois, jusqu'à ce qu'on le jette aux poubelles tant y était en loques. Je l'ai pleuré longtemps. Chez nous, on était pas des liseux. Ma mère savait pas lire et mon père pouvait à peine signer son nom. Mais y m'semble que moi, j'aurais été capable de beaucoup lire si j'avais pu. J'aurais lu des bibliothèques entières. Après, j'avais trop d'ouvrage pour perdre du temps à lire.

— Lire n'est jamais une perte de temps, Eugénie. Mais attendez donc, dit le vieillard en se levant avec peine.

Il se dirigea vers le fond de la pièce où se trouvaient ses rangées de livres et il posa le doigt sur plusieurs titres. Puis il eut l'air d'en reconnaître un. Il le prit, le retourna dans sa main et, en poussant un grognement de plaisir, il le tendit à Eugénie.

— Voilà votre *Vingt mille lieues sous les mers* ! Je vous l'offre. Et si vous l'aimez toujours, j'ai d'autres Jules Verne ici. Ma bibliothèque vous est ouverte en tout temps.

Eugénie se leva d'un bond, trop excitée pour se retenir. Elle prit le précieux livre avec empressement et réprima un cri de joie. Elle s'en était tellement languie qu'elle n'en croyait pas ses yeux. Mais il était bien là, entre ses mains, propre et comme neuf. Elle le pressa amoureusement contre sa poitrine.

— Vous m'faites un gros cadeau, là, monsieur Debré. J'sais pas comment vous remercier. J'vous promets de vous tricoter des mitaines, un foulard de laine pis une tuque avant les gros froids. J'vous regardais aller tantôt. Vous sortez tout dépoitraillé par des froids de loup, vous risquez d'attraper votre coup de mort.

— Topons là, Eugénie !

— Pardon ? s'enquit celle-ci, qui n'avait jamais entendu l'expression.

— Je veux dire : affaire conclue !

Eugénie lui fit un grand sourire.

— Affaire conclue, comme vous dites. Bon… tout ça fait pas avancer l'ouvrage. Y faut que j'y aille, moi. Ma fille va m'attendre pour souper. Mais je reviendrai. Et de quelle couleur vous voulez votre ensemble ?

— Comme vous voudrez, Eugénie. De toute façon, je ne le verrai pas.

— Moi, oui. Alors ça sera bleu royal. Ça fait plus sérieux pour un monsieur.

Et ils se séparèrent bons amis. Socrate vint même la reconduire jusqu'à la porte en la gratifiant d'un long coup de langue, histoire de lui faire comprendre qu'il l'acceptait désormais. Eugénie se retira en vitesse, encore bouleversée par le cadeau inattendu qu'on venait de lui faire.

Estella jubilait. Elle avait hâte d'informer sa mère des résultats de ses démarches. Elle fit tout le chemin du retour en sautillant de bonheur. La vie était belle et elle avait le cœur à chanter. Elle fit un crochet par la rue Saint-Joseph et s'attarda devant les belles vitrines chargées d'objets de désir offerts à des prix inabordables. Elle croisa de belles dames riches qui sortaient des boutiques de luxe avec des sacs plein les mains, en dépit de la crise économique, et elle se mit à rêver. Un jour, elle aussi s'habillerait avec goût. La superbe robe de tulle rouge et les escarpins assortis qui habillaient le mannequin en face duquel elle se tenait lui iraient joliment bien au teint, se dit-elle, tout en s'imaginant dans les beaux atours. Puis elle s'attarda à son reflet que lui renvoyait la vitrine. Elle paraissait plus que ses quinze ans. Sa taille, bien au-dessus de la moyenne, s'était effilée, et elle avait du genre. « Du chien », comme disait sa tante Pauline. Et son visage aux traits fins et réguliers était particulièrement attirant. En tout cas, elle forçait les regards, malgré les vêtements de pauvrette qu'elle portait. Comme elle se mirait toujours, elle ne vit pas qu'un jeune homme s'était arrêté et la regardait avec intérêt. Elle sursauta lorsqu'il siffla d'un air appréciateur.

— T'es un maudit beau brin de fille ! lui lança-t-il en s'éloignant.

L'homme se retourna par deux fois en la saluant, avant de disparaître dans le flot des passants.

Estella sentit le sang lui affluer aux tempes. Elle était ravie et se sentait désirable, un sentiment nouveau pour elle et qui lui faisait un agréable effet. Depuis quelque temps, des remarques de ce type étaient d'ailleurs monnaie courante. Elle eut l'impression que la vraie vie commençait enfin pour elle.

Elle retourna chez elle sur la même erre d'aller et se réjouit de voir qu'Eugénie n'était pas rentrée. Estella se mit à chanter à tue-tête. Quand sa mère était là, il fallait toujours baisser la voix et chuchoter, comme si on était dans un tombeau. Alors que la jeune femme voulait s'amuser, rire et chanter, aller danser et se faire belle. Elle n'avait que quinze ans, après tout, et elle ne porterait pas indéfiniment le deuil de son père. Il n'était plus là, c'était triste, mais elle n'y pouvait rien. Ses frères et sœurs se retrouvaient à l'orphelinat, soit, mais elle était impuissante à changer cela. Et puis la crise n'en finissait plus de leur gâcher la vie. On ne parlait que de cela depuis des mois. Des statistiques assommantes s'alignaient à pleines pages dans les journaux. On énumérait la liste des usines qui avaient fermé leurs portes à Québec ou qui s'apprêtaient à le faire, et on détaillait la situation critique de plusieurs chômeurs dont les familles se retrouvaient à la rue. Les queues d'approvisionnement s'allongeaient de jour en jour, et le nombre de personnes dépendant pour leur survie de la Saint-Vincent-de-Paul ou des différents organismes de secours était en hausse constante. C'était une ritournelle qu'Estella connaissait par cœur et que tout un chacun ruminait à longueur de journée. Sauf que, elle, elle se sentait jeune et libre, et elle n'en pouvait plus de tremper dans cette atmosphère de misère et de malheur.

Elle chanta à pleine gorge les paroles de la belle chanson d'Albert Marier que sa mère fredonnait parfois : « Les beaux jours sont revenus, soyez heureux, ne pleurez plus, chantez ce refrain soir et matin, les beaux jours sont revenus. »

Cela s'accordait si bien à son état d'âme qu'elle se mit à valser, tout en chantonnant. Elle pivota plusieurs fois sur elle-même, les mains enroulées au cou d'un partenaire imaginaire, comme si elle était sur un plancher de danse. Elle rêvait d'un grand avenir fantasmé en virevoltant comme une ballerine lorsque sa mère pénétra dans la pièce.

Eugénie resta figée sur le pas de la porte, songeuse. Ne l'ayant pas entendue entrer, Estella continuait sa pantomime. Elle paraissait transportée, et un sourire indéfinissable que sa mère ne lui avait jamais vu s'épanouissait sur ses lèvres.

À quelle chimère rêvait-elle donc ? Eugénie l'observa un long moment. Sa fille aînée se transformait en femme. De mignonne petite fille qu'elle avait été, Estella était devenue une piquante jeune femme. Une transformation qu'elle aurait dû remarquer, mais que le tragique des dernières semaines avait occultée. Elle s'attendrit. Elle lui ressemblait, à son âge. Mais si Eugénie avait aussi rêvé de lendemains qui chantent, il lui semblait qu'elle avait plus qu'Estella les pieds sur terre. Et puis la vie se chargeait assez vite de vous changer vos beaux rêves en cauchemars, se dit-elle avec amertume. Si elle n'avait pas le droit de lui enlever ses illusions, elle pouvait au moins tenter de la protéger, puisqu'elle sentait sa fille encore naïve et vulnérable.

— Vous étiez là, maman ? Pourquoi vous l'avez pas dit ? sursauta Estella en apercevant enfin Eugénie.

— J'viens juste d'arriver, mentit-elle, pour ne pas avoir à donner d'explication. Et pis j'avais hâte de t'apprendre la bonne nouvelle. J'ai déjà un travail au vestiaire des pauvres. En plus, M. le curé serait prêt à te prendre au presbytère pour aider temporairement Mme Galarneau. Tu pourrais commencer demain, si tu voulais.

Estella lui rétorqua aussitôt :

— Mais, m'man, j'ai une meilleure nouvelle pour vous. Tenez-vous ben ! J'arrive de la Dominion Corset, et j'ai des chances d'être embauchée ! Le gérant m'a posé des questions sur mon âge, sur l'école, pis il m'a dit que, si je passais le test d'habileté, j'pourrais être choisie. C'est mon amie Yolande qui m'a recommandée. À la Dominion, m'man, vous rendez-vous compte ? C'est des gros gages pis c'est un travail régulier. Et c'est la plus grande compagnie en Amérique ! On serait sorties de la misère !

Estella prit sa mère par la taille et la fit tourner avec elle, tout excitée. Puis elle se mit à battre des mains comme une enfant. Eugénie était loin de partager l'euphorie de sa fille. À la Dominion, le travail était dur et les journées, bien longues. Et Estella n'avait encore que quinze ans.

— Y m'semble que tu serais mieux chez M. le curé. T'es ben jeune pour travailler déjà en usine.

— C'est pas l'usine, ça, m'man, c'est un travail propre dans la couture. Et pis, j'ai pas l'goût de faire du ménage avec une vieille fille qui me reprendrait à la journée longue. Pour un salaire de misère à part ça, et juste en attendant. À la Dominion, j'apprendrais un métier et, si j'fais l'affaire, j'deviendrais corsetière de profession. Avec un bon salaire. C'est presque un dollar par jour au début, avec des augmentations chaque année. En plus des congés et du fonds de pension. C'est pas rien, ça, m'man. Vous pouvez pas m'refuser ça ? Pour l'âge requis, y a pas de problème. On demande un minimum de seize ans, mais y a des filles qui en ont rien que quatorze. Oh, j'allais oublier ! On m'a dit que, si j'étais engagée, j'aurais droit à une chambre. Elles sont réservées aux nouvelles, et on pourrait y habiter toutes les deux. Dites oui, m'man, dites oui !

— J'vais y penser, ma fille. Mais vends pas la peau de l'ours avant de l'avoir tué. Tu sais même pas si t'es capable de passer le test d'habileté. On en reparlera demain. La nuit porte conseil.

Eugénie enleva son manteau et son chapeau, puis elle se défit de ses caoutchoucs. Elle se rendit à la cuisine pour faire réchauffer la soupe de la veille. Avec un bout de pain, cela ferait l'affaire pour ce soir-là.

— Vous voyez à quoi on en est rendues, m'man, reprit Estella, qui avait décidé de talonner sa mère jusqu'à ce qu'elle dise oui. De la soupe au chou tous les soirs, ç'a toujours ben pas de bon sens. On a pas mangé un bout de viande depuis des jours.

– Plains-toi pas, ma p'tite fille. On est encore chanceuses d'avoir de quoi se mettre sous la dent. T'as pas vu la filée de gens qui attendaient à la Saint-Vincent-de-Paul ?

— Ben justement, m'man. On aura plus besoin de passer par là si j'suis embauchée à la Dominion. Finies les enquêtes de moralité pour savoir si on est assez bonnes chrétiennes pour avoir droit à des coupons de nourriture ! Et on aura plus besoin de se cacher des voisins et d'attendre la noirceur pour aller les échanger !

— J'te dis que, quand tu veux quelque chose, toi, tu lâches pas le morceau. Laisse-nous donc manger en paix, au moins à soir.

Eugénie servit la soupe bouillante dans laquelle elle avait jeté de bons morceaux de lard salé. Comme Estella avait l'air surprise, Eugénie lui apprit que c'était M. le curé qui lui avait glissé cela dans la main avant qu'elle ne quitte l'église. Il devait s'inquiéter de sa maigreur et craindre pour sa grossesse.

— Il prend soin de vous, le curé, d'après ce que j'vois.

— Oui, c'est un grand cœur. Et c'est un Gaspésien comme nous autres, à part ça.

Estella engloutit sa portion et en redemanda. Elle avait grand appétit. Eugénie coupa sur la sienne pour l'accommoder, elle lui donna même presque toute la viande. C'était connu que les jeunes mangeaient plus que les adultes, et puis, elle n'avait pas spécialement faim. Elle avait trop hâte de se retrouver seule avec son livre.

— Et la chambre, m'man, y paraît qu'y a tout ce qu'y faut dedans. Un poêle pis une glaciaire. Elle est p'tite, mais on se tassera, c'est tout. Et pis elle est pas trop chère, à part ça. Six piastres par mois, on arriverait à payer ça, nous autres, en nous serrant un peu la ceinture.

— T'es une vraie teigne, Estella. Mais... où elle est déjà, ta chambre ? lui répliqua Eugénie en soupirant.

Estella s'empressa de fournir les explications à sa mère, qui commençait à trouver que la proposition de sa fille n'était pas si bête, après tout. Mais à titre de responsable de famille, Eugénie devait d'abord donner son accord, car Estella était encore mineure.

— Mais c'est difficile d'être penchée pendant des heures sur une machine à coudre. Les journées sont longues et monotones, et tu vas finir tard. Pis tu vas avoir affaire à apprendre vite, ma p'tite fille.

— Ça fait rien, m'man, j'suis capable. Vous avez toujours dit que j'étais une vaillante. Et j'suis habile de mes mains, vous le savez.

— Ce test-là, c'est quoi, au juste ?

— Yolande m'a tout expliqué, m'man. Inquiétez-vous pas, c'est pas sorcier. Y faut juste être capable de faire une couture droite et continue avec le moulin, sans trop dévier. Pis y faut aller vite. J'irai me pratiquer sur le moulin à coudre de tante Adeline.

Eugénie se dit que ça ne donnerait rien de continuer d'argumenter parce que sa fille avait réponse à tout. En plus, qu'elle le veuille ou non, elle se voyait forcée d'admettre que, dans leur situation, elles n'avaient guère le choix. La solution avancée par Estella était alléchante. La seule chose qui la chicotait, c'était de devoir repousser l'offre de M. le curé.

Après avoir pris son thé et fait un petit jeu de patience, Eugénie se retira dans sa chambre. Estella, pour sa part, avait déjà couru chez Adeline pour s'exercer un peu sur sa machine à coudre avant que celle-ci mette les enfants au lit.

Eugénie avait hâte de se plonger dans son Jules Verne. Une excitation qu'elle n'osa pas avouer à sa fille, de peur d'être incomprise. Elle avait d'ailleurs caché le livre dans la poche de son manteau en entrant. Avoir hâte de lire un livre, c'était une fantaisie pas ordinaire pour une femme aussi simple qu'elle, mais une folie qu'elle assumait. Ce serait son vice à elle, sa passion secrète, son échappatoire. Et sans qu'il lui en coûte un sou, M. Debré lui ayant assuré que sa bibliothèque serait à sa disposition quand elle le voudrait.

Eugénie alluma la petite lampe fichée au mur au-dessus du lit et se laissa choir de tout son long sur le matelas. Elle enleva ses souliers et s'enroula dans les couvertures, comme elle le faisait adolescente. Puis elle se plongea dans son livre avec délectation, tournant et retournant les pages avec fébrilité pour retrouver les passages qu'elle avait lus des centaines de fois auparavant. À son grand étonnement, des pans entiers lui revenaient, alors qu'elle croyait avoir tout oublié. Et la magie des mots opéra si bien qu'Eugénie réussit à se soustraire l'espace de quelques heures à sa triste réalité et à s'embarquer dans un univers imaginaire, fait de lois et de règles échappant à toute raison. Ce continent absurde situé sous la mer imaginé par l'auteur lui plaisait tellement qu'elle s'y trouva comme un poisson dans l'eau. Voguant dans le *Nautilus*, Eugénie réussit pour la première fois depuis des jours à se glisser dans le sommeil sans éprouver ni tristesse ni culpabilité, charmée par les aventures loufoques, les évocations romanesques et les contours d'un monde si étranger au sien que lui seul pouvait lui ménager une véritable évasion.

Lorsque Estella revint à la maison, ce soir-là, elle trouva sa mère profondément endormie. Eugénie tenait à la main un livre que la jeune femme ne connaissait pas et sur lequel elle jeta un œil curieux. Le titre à lui seul lui parut complètement fou. Elle le feuilleta distraitement, mais les mots rares, les expressions inconnues et les tournures scientifiques la rebutèrent et lui semblèrent d'un ennui mortel. En quoi le contenu de ce livre pouvait-il intéresser sa mère ? Elle aurait été incapable de le dire, d'autant plus qu'elle n'avait jamais vu Eugénie se livrer à cet exercice auparavant. Elle eut pitié de sa pauvre mère qui ne savait plus comment se comporter, aurait-on dit. Elle ne la reconnaissait plus. Estella reposa le livre sur la table de chevet en soupirant et elle éteignit. Puis elle regagna sa chambre à pas feutrés, pour ne pas la réveiller.

5

Les jours passaient avec lenteur. Il semblait à Marie-Blanche que le temps avait ralenti, qu'il avait changé de rythme et lui jouait des tours. Elle se languissait de sa mère et attendait avec impatience le jour où cette dernière se présenterait enfin au parloir. Le règlement interdisait à un parent de venir voir ses enfants avant quatre semaines, prétendument pour que ceux-ci s'habituent à leur nouvelle vie. « Pour briser les accoutumances et en créer de nouvelles », lui avait assuré sa maîtresse de salle, persuadée que cela facilitait l'adaptation. Mais Marie-Blanche souffrait de cette séparation et trouvait la coupure cruelle et injustifiée.

Et puis, en dépit du fait que les journées étaient bien remplies et ne laissaient place à aucun temps mort, elle les trouvait longues et monotones. L'emploi du temps était identique d'un jour à l'autre et fixé de façon immuable. Le lever avait lieu à cinq heures quarante-cinq tous les matins, suivi de la sainte messe. Après quoi c'était le déjeuner, suivi de la récréation, qui se prenait parfois dehors dans la cour arrière, mais le plus souvent à l'intérieur à cause des pluies d'automne et des mauvaises conditions de météo. De huit heures à onze heures, c'était la classe, entrecoupée de récréations et de pauses variées pour les moins de dix ans. Le dîner avait lieu à onze heures pile, après quoi les fillettes avaient droit à une récréation que suivait un chapelet. La classe reprenait pour quelques heures encore et elle se terminait à trois heures trente. On faisait ensuite une visite au saint sacrement, on suivait une instruction religieuse, on allait à l'étude et le souper était servi. Le coucher tombait invariablement à sept heures du soir, beau temps mauvais temps, et personne ne pouvait s'y soustraire.

Jamais Marie-Blanche n'avait été aussi enrégimentée. Elle s'était conformée à la discipline et au règlement avec application et elle obéissait sans rouspéter à la maîtresse de salle, qui la laissait tranquille. Celle-ci s'avérait même parfois gentille. Peut-être n'était-elle pas méchante et ne faisait-elle que son travail ? se disait la petite lorsqu'elle voyait la religieuse se dévouer en pleine nuit auprès d'une enfant malade. Mais la tristesse ne quittait jamais Marie-Blanche. Toutes les nuits, une fois seule dans son lit, elle pleurait. Des larmes qu'elle étouffait toujours dans son oreiller pour ne pas attirer l'attention. Une peur latente l'habitait aussi. Une émotion viscérale et diffuse dont elle ne comprenait pas l'origine et qui la paralysait : peur pour elle-même, crainte de ne plus jamais revoir sa mère ou le reste de sa famille, elle ne savait trop. Et jamais la mère du Saint-Cilice ne lui avait permis jusque-là de faire des visites, ni à Simone ni à ses autres sœurs, sous prétexte que c'était trop tôt et qu'il fallait attendre.

— Mais attendre quoi ? lui opposa-t-elle ce matin-là, alors qu'elle revenait sur le sujet malgré les rebuffades répétées de sa titulaire.

— Vous n'avez pas à poser de questions, lui rétorqua mère du Saint-Cilice. Ici, on ne répond pas aux questions. Contentez-vous d'obéir, orgueilleuse que vous êtes, lui avait-elle lancé en l'envoyant de nouveau réfléchir à genoux devant la classe.

Marie-Blanche baissa la tête et alla s'agenouiller machinalement devant le groupe. Il lui semblait qu'elle se pliait au rituel au moins une fois par jour, sinon deux. Elle s'agenouillait si souvent maintenant que cela l'indifférait. Elle s'évadait par la pensée. Mais les informations que lui avait fournies Florence, sa nouvelle amie, étaient troublantes. Cette dernière, qui avait été placée temporairement dans le dortoir de Simone en attendant de pouvoir intégrer celui de son âge, faute d'espace, lui avait appris que Simone ne dormait pas dans la salle commune, mais ailleurs, dans une autre pièce. On l'avait isolée, mais pourquoi ? Qu'avait-elle fait pour être si longtemps punie ? Marie-Blanche se promit d'en parler à sa mère lorsqu'elle viendrait. Peut-être alors rencontrerait-elle les autres membres de sa famille et apprendrait-elle enfin ce qui était advenu de son entêtée de sœur ?

Au bout d'un certain temps, jugeant que la punition avait atteint son but, mère du Saint-Cilice lui dit :

— Marie-Blanche, retournez à votre pupitre. Et vous, Odile, allez la remplacer devant la classe.

La fillette se leva et alla s'agenouiller à l'endroit que Marie-Blanche venait de quitter.

C'était une autre souffre-douleur. Il y en avait plusieurs comme elle, et en général les enfants finissaient par s'habituer aux brimades répétées. Mais pas elle. Odile vivait cela chaque fois comme une terrible exclusion et ne s'y faisait pas. Elle se mit à pleurer en silence, et on vit tressaillir ses maigres épaules sous les sanglots. N'y tenant plus, Marie-Blanche se leva et alla s'agenouiller à côté d'elle. Ce qu'elle supportait pour elle-même lui paraissait inacceptable pour les autres.

— Que faites-vous là, vous ? lui demanda sèchement mère du Saint-Cilice.

— Je vais avec elle, pour qu'elle soit pas toute seule.

— Comment, vous allez avec elle ? dit la religieuse, interdite.

— Oui, elle pleure, pis ça me fait de la peine.

Odile la regardait avec des yeux exorbités, paniquée à l'idée qu'elles allaient être punies encore plus durement.

Mère du Saint-Cilice demeura silencieuse pendant un temps qui parut fort long aux deux orphelines. Toutes les filles de la classe retenaient d'ailleurs leur souffle et appréhendaient de graves représailles.

Mais, étonnamment, la religieuse s'exclama :

— Quel bel exemple de charité chrétienne, mes enfants ! Votre compagne se porte au secours d'Odile au risque d'encourir une punition et s'offre à partager son sort pour soulager sa peine. Le Christ, notre Seigneur, en aurait fait autant. Nous sommes devant un parfait exemple de courage et de détermination. Marie-Blanche et Odile, relevez-vous et reprenez vos places. Vous, ma petite, je vous félicite. Votre beau geste vous vaut la médaille d'honneur.

La mère tira d'un tiroir une belle médaille en or qu'elle épingla cérémonieusement sur l'uniforme de Marie-Blanche.

— Voilà, ma fille. Portez cette médaille avec fierté. Puissiez-vous continuer sur les traces du Seigneur, dit-elle enfin, tout en lui caressant les cheveux.

Marie-Blanche n'en croyait pas ses oreilles. Alors qu'elle s'attendait à être punie, on la louangeait. Elle retourna à sa place, le sourire aux lèvres et remplie d'une grande fierté. On avait reconnu son geste de courage pour ce qu'il était, même s'il s'y mêlait aussi un peu de bravade et de révolte. Mère du Saint-Cilice avait fait le choix d'encourager la fermeté d'âme, qu'elle admirait plus que tout. Quelques fillettes entourèrent Marie-Blanche avec respect tout en s'extasiant devant la belle décoration. Elle était en or véritable et finement ciselée à l'effigie du Sacré-Cœur. Et Marie-Blanche aurait le droit de la porter pendant un mois. Elle pourrait donc l'exhiber devant sa mère au parloir.

Comme les bonnes choses viennent souvent par deux, mère du Saint-Cilice donna enfin à Marie-Blanche la permission d'aller voir ses sœurs cadettes à la crèche. Sa maîtresse de salle la laisserait partir, à la fin de la classe. Elle lui signa même une autorisation.

Dès que la cloche sonna, l'enfant se précipita dans le corridor au pas de course.

— Ne courez pas, Marie-Blanche. Suivez les rangs ! lui cria sa titulaire.

Elle se força à reprendre le rang, mais comme les filles n'avançaient pas assez vite, elle s'élança dans l'escalier et franchit les trois étages, deux marches à la fois. Puis elle aboutit dans sa salle en criant :

— Mère Sainte-Jeanne-de-la-Croix, j'ai la permission d'aller voir mes p'tites sœurs à la crèche. Regardez, c'est écrit là !

Elle brandissait le papier sous le nez de sa maîtresse de salle.

— Arrêtez de bouger, si vous voulez que je lise. Et donnez-le-moi.

Marie-Blanche ne se tenait plus de joie.

Lorsque la maîtresse de salle eut parcouru le billet, elle releva la tête avec étonnement.

— Vous êtes dans les honneurs, Marie-Blanche ? C'est bon pour notre salle, ça. Je vous félicite, ma fille, dit-elle en lui pinçant gentiment la joue. Allez-y, voir vos sœurs, allez.

Marie-Blanche était nerveuse. Son cœur battait fort dans sa poitrine, et elle avait hâte d'arriver à la crèche. S'il fallait que les petites ne la reconnaissent pas, pensait-elle, après tout ce temps ? Elle aperçut bientôt Rachel dans un lit placé près de la porte. Il devait y avoir une cinquantaine de bassinettes dans la salle des bébés filles, et pas plus de trois préposées, en incluant la maîtresse de salle. Rachel était couchée calmement et suçait son pouce. Il sembla à Marie-Blanche qu'elle avait un air triste. Mais dès qu'elle la reconnut, la petite lui tendit les bras en souriant.

— Mariblan ! cria-t-elle à pleins poumons.

— Ma poupée d'amour, ma poulette adorée !

Marie-Blanche prit la benjamine et la souleva de son lit. Puis elle la couvrit de baisers.

Elle était bien mise et propre et sentait le talc et le lait. Mais elle se mit bientôt à pleurer et à se serrer contre elle, avec une énergie dont on ne l'aurait pas crue capable.

— Pleure pas, Rachel, j'suis là.

Mais elle était inconsolable. D'autres bébés se mirent à chigner à leur tour. La salle se mua en un concert de lamentations. Ne sachant trop que faire, Marie-Blanche prit une chaise et se mit à bercer la petite, comme le faisait sa mère. Elle finit peu à peu par la calmer.

Puis Marie-Blanche chercha des yeux Lisa. Une sœur l'envoya à l'autre extrémité de la pièce. En tirant Rachel par la main, elle finit par la trouver. Lisa, qui les reconnut, leur adressa un semblant de sourire. Elle ne leur tendit pas les bras et ne se mit pas à pleurer non plus. Elle était apathique, selon son habitude.

Marie-Blanche lui caressa doucement le front. L'enfant se mit à sucer son pouce avec intensité, tout en se balançant de droite et de gauche. La cicatrice qui marquait sa mâchoire et une partie de sa joue s'était tellement atténuée qu'elle ne se remarquait presque plus. « Au moins, une fois adulte, elle ne sera pas défigurée », avait déjà dit Eugénie. Si c'était une faible consolation pour elle, c'était mieux que rien…

Il lui restait à trouver Germaine. Comme Marie-Blanche ne la voyait pas, elle s'adressa à la maîtresse de salle, qui lui apprit que sa sœur devait être en récréation. De fait, lorsqu'une cloche sonna, on vit entrer quelques fillettes un peu plus âgées que Rachel, accompagnées de laïques. Germaine était parmi elles. C'était une enfant de quatre ans, vive et gaie. On aurait dit qu'elle était à l'aise partout. En tout cas, elle ne semblait pas particulièrement malheureuse. Elle tenait la main de la dame qui s'en occupait et riait à pleines dents. En reconnaissant Marie-Blanche, elle courut vers elle.

— Marie-Blanche ? T'étais où ? Rachel t'appelait tout le temps : Mariblan, Mariblan, qu'elle disait. On t'cherchait, nous.

Germaine se blottit dans les bras de sa grande sœur. Rachel la serrait aussi de près, de peur de la perdre, aurait-on dit.

— J'étais ici, comme vous, mais dans une autre salle.

— Pourquoi ?

— Parce que j'suis plus grande que vous. J'suis dans la salle des grandes.

Germaine sembla se contenter de cette réponse, mais elle n'en avait pas fini avec ses questions.

— Et maman, j'veux voir ma maman. Où elle est ?

— Dans deux jours, tu vas la voir. Elle va venir.

— Pourquoi on doit rester ici, nous ?

Marie-Blanche esquiva la question. Elle ne savait comment présenter la chose à une enfant de quatre ans.

— T'as l'air bien ici, Germaine. Les religieuses sont gentilles avec toi ?

— M... oui, des fois, mais pas toujours.

— T'as des amies ?

— Oui, Ginette pis Louise.

La petite montrait du doigt deux fillettes, l'une blonde et l'autre brune, qui se pourchassaient d'un bout à l'autre de la salle. On semblait leur accorder plus de liberté que chez les grandes, ce qui rassura un peu Marie-Blanche. En observant sa sœur, elle remarqua cependant que celle-ci avait perdu du poids.

— Manges-tu beaucoup, Germaine ? On dirait que t'as maigri.

— Des fois oui, des fois non. Quand y a du manger que j'aime pas, j'mange pas.

— Et qu'est-ce que t'aimes pas ?

— La viande en boules... euh... les soupes trop chaudes, pis... les biscuits secs... pis aussi le gruau le matin.

— Si tu manges pas ça, tu manges autre chose ?

— Non, on passe en dessous de la table, que la sœur dit.

— Comme chez nous, Germaine, tu te souviens ? Quand on mangeait pas ce qui était dans notre assiette, on s'en passait. On mangeait au repas suivant.

— Oui, mais moi, j'ai faim encore, dans ce temps-là. Pis y a plus rien.

— Y va falloir que tu sois moins difficile pis que tu vides ton assiette, c'est tout.

En voulant se presser contre Marie-Blanche, Germaine dut pousser un peu Rachel, qui ne lâchait pas sa grande sœur d'un pouce. La benjamine se mit à crier comme un putois. Sur ces entrefaites, une préposée s'approcha et leur annonça que la visite était terminée. Marie-Blanche tenta de se défaire de Rachel, mais la pauvrette s'accrochait à son cou en suppliant :

— Non, Mariblan, reste avec Rachel ! Reste !

— J'dois m'en aller, ma poupée d'amour. Mais j'vais revenir te voir bientôt. Et maman aussi.

— J'veux ma maman ! se mit-elle alors à marteler à tue-tête, pendant que la maîtresse de salle lui détachait les bras de force, l'emportait avec elle et la remettait sèchement dans son lit.

Les cris de protestation doublèrent et se firent encore plus aigus et plus déterminés. Marie-Blanche embrassa Germaine, qui lui renvoya une moue de dépit. Elle non plus ne voulait pas la laisser aller et elle s'accrochait à elle. L'aînée n'eut d'autre choix que de s'enfuir à toutes jambes, bouleversée. Pour que Rachel et Germaine l'oublient au plus tôt et reprennent leurs habitudes, pour faire taire ces cris de désespoir que poussait la cadette et qui couvraient le tumulte de la salle. Germaine se mit à son tour à hurler qu'elle voulait sa grande sœur. Il semblait à Marie-Blanche que cela s'entendait encore deux étages plus haut. Ces appels au secours la hantèrent tellement qu'elle eut de la difficulté à s'endormir. À un point tel qu'elle se demanda si cette visite n'avait pas fait plus de mal que de bien. Y retournerait-elle ? Elle ne put s'assoupir qu'après avoir pris la résolution de s'en ouvrir à sa mère. C'est elle qui déciderait, en dernier recours, et Marie-Blanche se conformerait à sa volonté.

Elles étaient toutes là et attendaient avec fébrilité. Toutes parquées dans la salle attenante au parloir, en attente d'être convoquées. Toutes, non pas, mais seulement celles qui avaient de la famille et des amis. Florence, elle, ne s'y trouvait pas.

Marie-Blanche se promit d'en parler à sa mère pour que, la prochaine fois, elle la fasse demander avec elle. Celles qui avaient droit à une visite avaient revêtu une robe différente de celle qui se portait en semaine. Certaines étaient fleuries, d'autres carrelées, à pois ou à motifs, mais toutes dans des teintes foncées. Ces tenues avaient été offertes par des dames charitables afin que les orphelines aient l'air plus présentables lors des visites ou des sorties. En tout cas, Marie-Blanche était contente d'arborer autre chose que sa sempiternelle tenue quotidienne. Et elle n'avait pas oublié d'épingler sa médaille d'honneur bien en évidence sur sa poitrine, pour que sa mère soit fière d'elle. Le ruban blanc, gros et bouffant, perché haut dans les cheveux, complétait l'ensemble. Les orphelines étaient proprettes et sages. Les jambes croisées l'une sur l'autre, comme on le leur avait enseigné dans les cours de bienséance, elles attendaient leur tour. « Une demoiselle se tient toujours droite, en silence, et elle attend poliment qu'on l'appelle au parloir. Que je n'en voie pas une seule courir ou s'exciter, ou elle le regrettera », leur avait martelé mère du Saint-Cilice. Chacune se le tenait pour dit.

— Marie-Blanche Dumais, au parloir ! tonna la voix forte de la préposée.

Elle se leva d'un bond et faillit s'élancer mais, se rappelant les exhortations de sa titulaire, elle se força à la lenteur. Elle marcha posément, quitta la pièce et se dirigea vers le parloir. C'était une salle haute et claire, relativement grande, meublée de petites tables et de chaises. Des mères étaient assises, en attente. Il ne s'y trouvait que les filles de six à douze ans. Les autres avaient un parloir séparé. Quant aux garçons, le leur était situé dans une autre partie de la résidence. On n'amenait pas les bébés de la crèche au parloir ; il fallait les visiter dans leur salle.

— Ma maman chérie !

Marie-Blanche se précipita dans les bras de sa mère. Celle-ci l'accueillit avec émotion, toute chavirée. Sa fille lui avait manqué. Elle la serra contre elle comme elle ne l'avait jamais fait auparavant.

— J'vous aime, maman, articula Marie-Blanche dans un souffle.

Cela non plus, elle ne l'avait jamais dit à sa mère avant ce jour. La mère et la fille se regardaient avec émotion, paralysées par le manque de mots et d'habitude pour exprimer leur attachement. Eugénie écrasa une larme.

— Mais où elle est, Simone ? fit-elle tout à coup en regardant autour d'elle.

— J'sais pas, maman. Je l'ai jamais vue.

Eugénie se tourna vers la religieuse de garde et lui demanda pourquoi sa deuxième fille n'était pas là. Après s'être enquise du nom de l'orpheline, cette dernière se pencha sur une liste qu'elle tenait en main.

— Dumais, Simone… attendez. La voilà. Euh… non, madame, elle est privée de parloir.

— Comment ça, privée de parloir ? Je l'ai pas vue depuis qu'elle est entrée ici, et elle serait privée de parloir ? Ça s'passera pas comme ça. J'veux voir ma fille. Amenez-la tout de suite.

Eugénie parlait tellement fort que toutes les têtes se tournèrent vers elles. Un silence pesant s'ensuivit, qui mit Marie-Blanche mal à l'aise. Pour calmer le jeu, la religieuse chuchota :

— Écoutez, madame Dumais, votre fille est en pénitence. Mais j'ignore pourquoi. Attendez-moi un instant.

La nonne quitta la pièce en vitesse.

— Tu l'savais, toi, Marie-Blanche, qu'elle viendrait pas ? lui demanda sa mère en se penchant sur elle.

— Non, maman. J'sais juste que Simone dort pas dans le dortoir avec les autres. Mon amie Florence, qui est dans le même dortoir qu'elle, dit que Simone dort ailleurs.

— Qu'est-ce que c'est que cette histoire-là ? soupira-t-elle. Qu'est-ce qu'elle a encore fait, la pauvre enfant ?

Eugénie se mordit la lèvre et replaça machinalement sur la tête de Marie-Blanche le ruban qui avait bougé dans leurs embrassades.

— On te reconnaît plus. Ça t'change, cette coiffure-là. Vous vous ressemblez toutes, on dirait. En tout cas...

Une religieuse longue et effilée apparut. La préposée au parloir la présenta comme étant mère Sainte-Apolline, responsable de la discipline.

— Bonjour, madame Dumais. Vous vous inquiétez de votre fille Simone, à ce que j'entends, dit celle-ci d'une voix onctueuse.

— Oui, ma mère, et je la vois pas. Où elle est ?

Eugénie avait pris sa voix des mauvais jours et elle entendait leur signifier qu'elle ne les laisserait pas maltraiter ses enfants sans réagir.

— Comme vous l'a dit mère Sainte-Gertrude, elle est en punition. Vous n'ignorez pas que votre fille est une forte tête, madame Dumais ? Nous avons eu beaucoup de problèmes avec elle. Elle n'obéit pas, se rebelle, mord les gens, se roule à terre et fait des crises à répétition pour un oui pour un non. Nous avons dû prendre des mesures sévères pour la calmer et la discipliner. Elle est présentement isolée et elle sait très bien pourquoi. Lorsqu'elle sera revenue à de meilleures dispositions, nous la ramènerons avec les autres. Elle sait aussi pourquoi elle est privée de parloir aujourd'hui.

— J'veux la voir, s'entêta Eugénie. J'veux savoir si elle va bien.

— Je vous dis qu'elle va bien, madame. Cela devrait vous suffire. Quant à la voir, ce n'est pas possible. Nous perdrions d'un coup les mérites de notre discipline.

— J'vous dis que j'veux voir ma fille, Simone Dumais !

Eugénie se tenait toute droite, et l'émotion la chavirait tellement qu'elle en tremblait. Marie-Blanche eut une bouffée de fierté pour sa mère, si combative. Elle eut l'impression de ne l'avoir jamais autant aimée.

— Très bien, madame. Si je vous la ramène, vous la gardez dé-fi-ni-ti-ve-ment. Est-ce que je me fais bien comprendre ?

Eugénie eut de la difficulté à avaler sa salive. Elle rougit puis pâlit tour à tour. Des émotions contradictoires la déchiraient. Elle eut envie d'exiger qu'on lui ramène tous ses enfants pour partir avec eux sur-le-champ. Mais en même temps, que ferait-elle d'eux ? Comment les logerait-elle et les nourrirait-elle, dans sa situation actuelle ? Elle les mettrait dans une misère pire encore que ce qu'ils vivaient à l'orphelinat. Un pareil acte lui semblait irresponsable, voire criminel, et elle ne pouvait pas s'y résoudre. Mais en même temps, elle s'inquiétait pour Simone. Encore qu'elle avait toujours été difficile, cette enfant-là. Elle-même n'avait jamais réussi à la dresser. Les religieuses réussiraient peut-être là où elle avait échoué ? Comme elle se sentait impuissante à échapper à la conjoncture actuelle, elle se raccrocha aux paroles du curé Côté, qui présentait les sœurs comme de bonnes éducatrices.

— Vous ne répondez pas, madame Dumais ?

— Je pourrai la voir la prochaine fois ? se borna-t-elle à demander sur un ton las.

C'était une reddition. Eugénie baissa la tête. Deux larmes coulèrent sur ses joues en traçant un sillon dans la poudre.

— Elle vous verra si elle s'est amendée. Autrement, non, dit mère Sainte-Apolline. Avec plus de six cents orphelins et orphelines, nous ne pouvons pas faire l'économie d'une discipline stricte. Le règlement est ce qui nous permet d'éduquer et de soigner tous ces enfants. Je sais que vous le comprendrez. Souhaitons que, lors de votre prochaine visite, Simone ait compris elle aussi où se situe son intérêt. Au revoir, donc, madame Dumais.

Et la femme s'éloigna, laissant derrière elle une odeur de savonnette et de linge propre.

L'admiration que Marie-Blanche éprouvait à l'égard de sa mère quelques secondes auparavant s'évanouit aussi soudainement qu'elle était apparue et se mua en dépit. Elle aurait tant souhaité qu'elle les libère et qu'elle les ramène tous à leur vie antérieure. Pourquoi n'était-ce pas possible ? se demanda-t-elle avec amertume.

Eugénie avait toujours la tête baissée, malheureuse d'avoir dû céder. Mais se souvenant qu'elle avait apporté quelque chose, elle plongea la main dans son sac de papier et en ressortit une belle grosse orange, qu'elle tendit à Marie-Blanche.

— C'est pour toi. Prends-la.

La petite s'en saisit sans enthousiasme. Elle avait la mine basse et elle se sentait solidaire de la honte et de l'humiliation de sa mère.

— Qu'est-ce que c'est, cette belle médaille ? fit tout à coup Eugénie, qui avait été trop bouleversée par l'absence de Simone pour la remarquer auparavant.

— C'est la médaille d'honneur, répondit Marie-Blanche d'une voix éteinte. Parce que j'ai eu le courage de défendre une fille contre la mère du Saint-Cilice. Comme elle était encore punie sans raison et qu'elle pleurait, j'me suis agenouillée avec elle au lieu de la laisser toute seule.

— J'te félicite, ma fille. Le courage, c'est beau, pis la vie nous force à en avoir souvent. Mais y a des moments où le courage, c'est aussi de faire le contraire de ce qu'on aimerait. Comme à c't'heure…

Marie-Blanche leva les yeux sur sa mère et, comme elle sentait qu'elle souffrait et aussi parce qu'elle lui faisait pitié, elle lui prit la main. Elle lui pardonnait à moitié. Elle avait trop besoin d'elle et de son amour pour risquer de se la mettre à dos.

— Mais toi, ma poulette, comment tu vas ? Est-ce qu'on te traite bien, ici ?

— Si j'obéis, oui.

Marie-Blanche se refusait à donner des détails qui auraient accablé davantage sa pauvre mère. La peine qu'elle devinait chez elle était assez grande pour ne pas en rajouter.

— Ben obéis, ma fille, obéis, si tu veux sortir un jour d'ici avec toute ta tête. Obéis, mon Dieu ! Pis si tu vois ta sœur, dis-lui de ma part d'en faire autant. Elle doit plier ou on la brisera.

Se penchant sur elle, Eugénie lui glissa tout bas en lui caressant les cheveux :

— Comprends-tu que maman peut pas faire autrement ? Le comprends-tu, mon trésor ? Si j'avais pu, je vous aurais tous ramenés avec moi. Mais… je peux pas. J'ai pas de sous pis j'aurai plus de place pour vous recevoir. Mais plus tard, un jour, j'te jure que j'vous reprendrai tous. En attendant, sois obéissante. Je reviendrai te voir, les autres aussi. J'te le promets. Pis j'vous apporterai toujours une p'tite douceur. Dis-le à Simone, si tu la vois.

Marie-Blanche fit signe qu'elle comprenait, même si ce n'était vrai qu'en partie. Même si elle en voulait encore à sa mère. Elle lui offrit son plus beau sourire pour ne plus voir ces larmes qui sourdaient encore de ses beaux yeux bleus et qui lui faisaient trop mal, à elle aussi.

— Maman, mon amie Florence a pas de parents. Ni mère ni père. Je lui ai dit que je serais sa sœur. Comme elle a jamais de visites, pourriez-vous la faire demander avec moi au prochain parloir ?

Eugénie fut touchée par la générosité de sa fille. C'était peut-être, de tous ses enfants, celle qui avait le plus de cœur. C'était aussi celle qui ressemblait le plus à Alphonse, par cet aspect du moins. Elle la serra encore très fort dans ses bras.

— Si tu veux. Si c'est pas contraire au règlement. J'la ferai demander, j'te le promets. À dimanche dans deux semaines, ma chérie. Pis sois obéissante. Promets-le.

— J'le promets, maman.

Eugénie quitta la pièce d'un pas décidé. Sa tournée n'était pas finie. Elle devait d'abord se rendre à la crèche des tout-petits. Après quoi elle contournerait l'édifice et se rendrait dans l'aile des garçons, où se trouvaient ses deux fils.

❧

Le retour s'annonçait épuisant. Eugénie en avait pour une heure, à la condition d'avancer d'un bon pas. Et ce vent contraire qui la ralentissait lui fouettait les jambes et lui gelait les doigts. Elle enfonça ses mains dans son manchon de faux renard et se dit qu'elle aurait intérêt à faire ajouter une petite doublure dans son manteau, pour le rendre plus chaud. Le froid le traversait de part en part. Elle voulait éviter le plus possible de prendre le tramway car, à quatre billets pour vingt-cinq sous, c'était un luxe qu'elle ne pouvait pas se payer.

Le paysage était beau et le chemin de la Canardière était bordé de jolies maisons de pierre ou de bois, environnées de bouquets d'arbres. Eugénie trouvait les arbres encore plus touchants lorsqu'ils étaient privés de leurs feuilles, comme en ce moment. Leurs troncs noirs élancés qui tranchaient nettement sur le fond du ciel leur donnaient une majesté particulière. Elle avait toujours aimé le dépouillement de l'automne. De grands espaces de terre encore vierges s'étalaient de-ci de-là, traversés par quelques troupeaux de vaches que leurs gardiens ramenaient tranquillement à l'étable. Elle aurait pu se croire chez elle, dans sa campagne d'Amqui. La lumière était cependant avare et triste, et le soleil entamait déjà sa courbe descendante. Eugénie se désespérait à l'idée que Noël approchait. Elle n'osait pas imaginer comment il serait vécu, cette année-là.

Malgré tout, le fait d'avoir une longue marche devant elle lui semblait providentiel. Cela aurait l'avantage de lui permettre de décanter un peu ses idées. Sa première visite à l'orphelinat avait été éprouvante, et elle craignait de ne jamais s'y habituer. Elle avait le cœur en charpie. D'abord à cause de Simone. Eugénie se creusait la tête pour voir comment lui venir en aide. Elle échafauda différents scénarios, pour finir par se dire que le mieux serait encore d'en parler avec M. le curé. Si elle lui demandait d'intervenir pour elle ? L'idée lui parut bonne. Entre religieux, les choses seraient peut-être plus simples, se dit-elle en prenant la résolution de s'en ouvrir dès le lendemain à l'abbé Côté. Quant aux petites, leurs réactions étaient pires que ce qu'elle avait imaginé. Rachel et Germaine s'étaient jetées désespérément dans ses bras dès qu'elles l'avaient vue arriver, puis s'étaient accrochées à son cou comme des noyées tout le long de la visite. Lorsqu'elle était repartie, cela avait provoqué des crises de larmes à n'en plus finir. La maîtresse de salle lui avait assuré que c'était ainsi la première fois, mais qu'à la longue les enfants s'habituaient à voir repartir leurs parents. Cela lui avait semblé une bien maigre consolation. Mais au moins, la prochaine fois, elle saurait à quoi s'attendre. Pour Lisa, c'était autre chose. Elle n'avait presque pas réagi, la pauvre enfant. En un sens, c'était peut-être une bénédiction parce que, étant moins consciente que les autres, elle risquait moins de souffrir de sa situation, supposa Eugénie. Il lui restait à accepter que cette petite ne serait plus jamais le bébé enjoué et vif qu'elle avait été avant son accident. Un deuil qu'elle n'avait pas encore terminé.

Mais heureusement, il y avait Albert. *Son* Albert. Une préférence qu'elle n'avait jamais avouée. Une mère chrétienne n'était-elle pas tenue d'aimer également tous ses enfants sans jamais faire de passe-droit? Elle ne pouvait pourtant pas s'empêcher de chérir son fils aîné plus que les autres. C'était viscéral. Il ressemblait tant à Alphonse. Autant au plan physique que moral. Et puis il lui rendait bien son amour. Quand il l'avait vue, au parloir, il l'avait serrée si longtemps dans ses bras qu'on s'en était étonné autour d'elle. Eugénie l'avait bien senti quand elle avait vu les têtes se retourner dans leur direction. Elle s'était alors dégagée prestement de l'étreinte, gênée. Il était peu courant qu'un fils témoigne des signes aussi tangibles de tendresse à l'égard de sa mère, et certains esprits mal tournés auraient pu penser qu'il y avait là quelque chose de trouble, voire de répréhensible. Pour ce qui était de Wilfrid, il avait embrassé Eugénie distraitement, presque machinalement, comme pour écourter cela le plus possible. Cet enfant était d'une froideur à son endroit qui ne cesserait jamais de la déstabiliser. Wilfrid lui faisait beaucoup penser à ses propres frères, Léopold et Térence.

— Comment vous allez, mes gars ? s'était-elle empressée de leur demander, pour cacher son émotion.

— Bien, m'man, inquiétez-vous pas, lui avait répondu Albert.

— Pis toi, mon Wilfrid ?

— C'est correct, s'était-il borné à répondre, le regard fuyant.

Eugénie s'était irritée de réaliser une fois de plus que Wilfrid n'arrivait pas à la regarder en face. Il ne fixait jamais les gens et détournait le regard chaque fois qu'on sollicitait directement son attention. On aurait dit qu'il refusait d'entrer en relation avec les autres, ce qu'Eugénie trouvait bizarre. Et puis, après un mois de séparation, n'aurait-il pas été normal qu'il lui manifeste un peu plus de chaleur ? se demanda-t-elle. Elle ne comprendrait jamais cet enfant. Était-ce sa faute à elle ? Pendant toute la durée de la visite, Wilfrid n'avait fait que regarder au loin d'un air ennuyé, trépigner sur sa chaise et se ronger les ongles. Comme si l'heure du parloir n'était qu'un pensum long et ennuyeux, impossible à éviter.

— Pis tes études, Albert ? s'était-elle enquise en détournant son attention de Wilfrid.

— J'continue ma deuxième année préparatoire, et pis j'ai des cours de menuiserie et de cordonnerie. Mais j'ai peur qu'on m'envoie à l'école d'industrie. J'voudrais ben finir mon secondaire, moi.

C'était un nouveau problème qu'Eugénie ne savait trop comment résoudre.

— Mais apprendre un métier, c'est bon, ça, Albert. Quand tu vas sortir, tu vas pouvoir gagner ta vie plus vite.

— Ouais, mais… j'aime ça, étudier, moi, m'man.

— Écoute, mon garçon, on fait ce qu'on peut. Y faut pas trop en demander. Tu étudies, ben profites-en. T'es ben chanceux d'être encore aux études à ton âge. Plains-toi pas. Tes cousins, Gérard pis Arthur, travaillent déjà, eux autres.

— Ouais, pis y vont faire des livraisons pis gagner de p'tits salaires toute leur vie, aussi.

— Y a pas de sot métier, mon gars. Crache pas sur le pauvre monde.

— J'crache pas sur eux autres, m'man. J'ai juste plus d'ambition que ça, moi. C'est pas défendu.

— De l'ambition ? Quand on est arrangés comme on l'est, nous autres, les pauvres, c'est un luxe qu'on peut pas se payer.

Cette vision étriquée et misérabiliste de la vie, Albert ne la partageait pas. Mais il ne répondit pas aux propos défaitistes de sa mère. Il connaissait la chanson et il la réprouvait. Les Canadiens français étaient nés pour un petit pain, on était des porteurs d'eau… Mais lui, il ferait autre chose de sa vie. Il sortirait de la misère et s'élèverait au-dessus du commun des mortels. C'est pourquoi il s'efforçait d'avoir les meilleures notes et de prouver que ce n'était pas parce qu'il était né dans la pauvreté qu'il n'était pas quelqu'un de bien.

— Est-ce qu'ils vous ont mis dans le même dortoir, toi pis Albert ? continua Eugénie en s'adressant cette fois à son plus jeune fils.

— Non, lui répondit laconiquement Wilfrid, tout en fuyant le contact des yeux.

— Il est avec les plus jeunes, pis c'est des sœurs qui lui enseignent. Moi, j'suis avec les plus vieux, et on a des frères pour nous faire la classe. On a pas le même âge. Ça fait qu'on peut pas être dans le même dortoir, lui précisa Albert.

— Es-tu ben traité au moins ?

Eugénie voulait entendre ce que Wilfrid avait à dire.

— Le manger est pas pire… On peut jouer dehors… pis on a des bâtons de hockey.

C'est à peu près tout ce qu'elle avait pu en tirer, le garçon refusant d'ouvrir la bouche après une si longue tirade.

C'est Albert qui avait continué. Il avait expliqué que, si les religieux étaient durs, ils semblaient justes. Mais il trouvait difficile de devoir vivre toujours en groupe et sous haute surveillance, d'être obligé de se conformer à des règles qu'il désapprouvait parfois. Il souffrait aussi de ne pas avoir plus de moments d'intimité, de solitude. Et puis il se plaignait de ne pas voir Wilfrid assez souvent. Il semblait soucieux pour son jeune frère. Eugénie avait refusé de s'en alarmer. Elle en avait assez sur le dos, à l'heure qu'il était, sans devoir s'inquiéter de problèmes hypothétiques. Vivre un jour à la fois était devenu la devise qu'elle se répétait souvent en son for intérieur.

Il n'en demeurait pas moins que ses enfants mangeaient à leur faim, étaient propres et bien tenus, qu'ils poursuivaient leurs études et que, Simone mise à part, ils n'avaient pas l'air si malheureux. Autant de choses qu'elle n'aurait pas pu leur offrir dans les circonstances actuelles. Ils s'en sortiraient, se convainquit-elle. Du moins Albert, Marie-Blanche, Germaine et Rachel. Pour les autres, c'était moins sûr. Avec Wilfrid et Simone, c'était plus problématique. C'étaient déjà des enfants difficiles avant que le malheur ne frappe, et il n'était pas assuré qu'elle s'en serait bien tirée avec ces deux-là. En un sens, c'était peut-être préférable qu'ils se retrouvent entre les mains d'éducatrices sévères, se dit-elle. Quant à Lisa... qu'y pouvait-elle ?

La trop grande sensibilité de Marie-Blanche la troublait cependant. Qui d'autre aurait eu le courage de s'agenouiller à côté d'une enfant punie pour partager son sort ? Et laquelle aurait été assez folle pour vouloir adopter comme sœur une enfant abandonnée, alors qu'elle avait déjà cinq sœurs légitimes ? Eugénie se dit qu'il fallait que sa fille se plie davantage à la discipline et qu'elle cesse de vouloir sauver les chiens perdus. C'est pourquoi elle lui avait conseillé d'obéir. Tant que ses enfants dépendraient de la charité des religieuses, il faudrait qu'ils montrent patte blanche. Elle le leur martèlerait sans arrêt et sur tous les tons. Eugénie s'était assez frottée aux sœurs en bas âge pour le savoir.

Elle pressa le pas. Le soir tombait, et elle était transie. Et pour compliquer les choses, une neige serrée avait commencé à tomber. Reprenant son monologue intérieur, elle se dit qu'elle devait cesser de se plaindre. Ses enfants auraient des sacrifices à faire, c'était vrai, mais au fond, elle aussi, et de très grands. D'ailleurs, qui n'en faisait pas en ces terribles temps ?

De questionnement en rumination, Eugénie finit par atteindre la rue Saint-Joseph. Elle était au bout du rouleau. Sa grossesse la handicapait davantage que les fois précédentes. Elle se sentait de plus en plus souvent épuisée, vidée sans raison de ses énergies. Il n'y avait pas si longtemps, elle aurait parcouru deux fois cette distance sans éprouver la moindre fatigue. Sa grossesse avançait, et elle avait presque quarante ans, après tout. Ce n'était plus si jeune.

En tournant dans la rue Saint-Joseph, Eugénie décida de s'arrêter chez Édouard et Adeline en passant, histoire d'avoir des nouvelles. Et puis cela lui permettrait de reprendre son souffle. Elle était un peu étourdie et elle avait les doigts tellement gelés qu'elle n'arrivait plus à les bouger. Elle s'engagea dans l'escalier. Elle monta lourdement en soufflant à chaque marche comme une locomotive, puis elle frappa à la porte.

C'est Adeline qui lui ouvrit.

— Mon Dieu, Eugénie, c'est toi ? Entre, entre, lui lança sa belle-sœur en la voyant paraître. T'es pâle comme un drap. Aurais-tu rencontré le diable ?

— Ne m'demande pas, Adeline. J'suis gelée comme un creton. Avec la neige qui tombe et le froid qu'y fait, j'arrivais plus à me réchauffer.

— Viens te chauffer près du poêle, là. Tiens, assis-toi ici.

Adeline abaissa la porte du fourneau du poêle à bois, de façon à libérer la chaleur qui s'en dégageait. Eugénie tendit les mains au plus près, en se frottant les jointures et les doigts. Ils étaient presque blancs.

— Elle tricote des gants à longueur de journée pour les pauvres pis elle est même pas capable d'en avoir une paire pour elle ! Elle se promène les mains nues. C'est ben Eugénie, ça !

— Ben non, Adeline, c'est parce que j'ai oublié mes gants au parloir. Quand je m'en suis aperçue, j'étais trop loin pour revirer de bord. J'ai mis mes mains dans mon manchon de fausse fourrure, mais c'était pas assez chaud. Et pis mon manteau est si mince qu'on voit le jour au travers.

— C'est vrai que c'est pas épais, ce tissu-là, dit Adeline en explorant le manteau d'une main experte. J'vais essayer de te l'améliorer. Édouard a rapporté des rideaux de gros velours côtelé qui traînaient dans les fenêtres d'une manufacture qui vient de fermer ses portes. J'les ai lavés pis j'vais en faire des culottes pour les gars et des manteaux pour les filles. Mais y va sûrement m'en rester un bon bout. Si tu veux, je te doublerai ton manteau.

— T'es ben fine, Adeline. J'sais pas ce que je ferais sans toi, Édouard et pis Pauline. Sans vous autres, j'crois ben que j'me découragerais.

Adeline alla lui préparer un thé chaud.

— Tu te découragerais pas parce que t'es une vraie Gaspésienne. Une vraie de vraie. Pis ce monde-là, comme disait ma mère, ç'a sept vies, comme les chats. Ça rebondit tout le temps.

Eugénie se sentait déjà mieux. La chaleur du fourneau et les mots d'encouragement de sa belle-sœur la revigoraient. Elle n'avait pas réalisé que ses pieds étaient aussi gelés que le reste. C'est lorsqu'ils commencèrent à dégeler qu'elle s'en aperçut.

— J'te dis que c'est pas facile, une visite à Giffard, fit-elle sur le ton de la confidence, en s'adressant à Adeline. Ça m'a pris tout mon courage pour pas que je me mette à chialer comme une enfant. De voir mes petits enfermés là comme dans une prison, de les voir attendre un miracle de ma part, comme si je pouvais les ramener à la maison d'un coup de baguette magique, ça m'a fait mal, Adeline, ça m'a fait drôlement mal. J'me suis sentie comme une mauvaise mère. Même si, au fond, ils sont mieux là qu'avec moi, même si j'ai pas voulu ça, j'me suis sentie comme une mère indigne. Y me semblait que c'est ça que je lisais dans les yeux des enfants et même des sœurs. Comprends-tu ça ?

— Y va falloir que t'arrêtes de te triturer les méninges, Eugénie. T'es responsable de rien, m'entends-tu ? De rien ! Que mon Édouard meure donc demain matin, je me retrouverais exactement comme toi, obligée de placer ma trâlée d'enfants à l'orphelinat. Pourquoi ? Parce qu'on vit dans un pays de misère, un pays qui prend pas soin de ses pauvres, qui laisse les riches faire tous les profits, exploiter les travailleurs pis les mettre aux poubelles quand ils sont malades ou plus bons à rien. Pis quand les mères de famille se retrouvent seules, on les aide pas à garder leurs enfants, on les place plutôt à l'orphelinat. C'est le gouvernement qui est responsable de ça. Pas toi, Eugénie. Toi, tu fais rien que ton gros possible. Mais le gouvernement, lui, il veut pas que ça coûte cher. C'est comme Ponce Pilate : il s'en lave les mains, maudit !

Adeline était rouge de colère. Eugénie l'avait rarement vue aussi montée contre quelque chose. Adeline avait appris ces mots-là toute petite, quasiment en tétant son biberon, car son père était engagé depuis toujours dans des mouvements ouvriers et des syndicats catholiques. Certains le soupçonnaient même d'être un « communiste ». C'était un meneur d'hommes, quelqu'un qui savait parler et convaincre. Eugénie se rappelait d'ailleurs avoir entendu dire que des manifestations ouvrières étaient en train de se mettre sur pied, et que le père d'Adeline participait activement à leur organisation.

— Sais-tu ? T'as raison. Si on m'aidait, j'pourrais les garder, moi, mes p'tits. Mais non. Sans un sou, comment tu veux que je m'en sorte ? J'ai peur que mes enfants m'en veuillent, par exemple.

— Y manquerait plus que ça ! Là, ils sont trop jeunes pour comprendre. Tu leur expliqueras plus tard. Quand ils vont connaître la vie, tu vas voir qu'ils vont être moins prompts à juger. Laisse aller, Eugénie. Fais ton possible pis pose-toi pas trop de questions. Coudonc, fit Adeline en se levant subitement pour aller à son poêle enlever le couvercle sur sa chaudronnée qui débordait, j'ai une grosse soupe de légumes sur le feu, resterais-tu à manger avec nous autres ?

— T'es certaine que t'en as assez ?

— Quand y en a pour onze, y en a pour douze. Et puis Édouard est à la veille de rentrer.

Dehors, la nuit s'installait pour de bon. Les enfants d'Adeline avaient tous fini par rentrer de l'école ou du travail, et la maison bourdonnait d'activité. Il s'en dégageait une chaleur humaine qui manquait à Eugénie et qu'elle retrouvait avec attendrissement. Ça lui rappelait les soirées en famille quand Alphonse était revenu du travail et que tout le monde était attablé pour le souper.

Autour de la table, présidée par Édouard, ils se retrouvèrent bien douze en tout, ce soir-là. Une fois le bénédicité récité, le pain rompu et distribué, la soupière fumante fut posée sur la table. Adeline y plongea une louche et commença à remplir les bols. C'était une soupe nourrissante constituée de gros morceaux de légumes qui baignaient dans un épais bouillon fait avec des restants de volaille. Ça embaumait, et une gaieté bon enfant se répandait autour de la table. On servit d'abord à Eugénie une pleine bolée. L'hospitalité et l'entraide étaient des vertus cardinales chez les Gaspésiens, d'ailleurs on n'hésitait pas à se priver au besoin du nécessaire pour satisfaire un invité. Mais aujourd'hui, il y en avait amplement pour tout le monde.

— Avez-vous vu que le prix de la volaille a baissé, pis celui des légumes aussi ? fit remarquer Adeline, l'air soulagé. On va en retrouver pas mal souvent dans notre assiette par les temps qui courent, continua-t-elle avec un sourire.

— C'est drôle de voir ça, en pleine crise économique. Le prix du manger baisse, on pourrait s'attendre au contraire, commenta le jeune Arthur en plongeant sa cuillère dans sa soupe.

— C'est pas difficile à comprendre, Arthur. Le prix du poulet baisse parce qu'y a moins de gens capables d'en acheter. Quand la demande est forte, les prix montent, quand elle est faible, les prix baissent. C'est logique, ça ! répliqua Édouard d'un ton sans appel.

— En tout cas, si les prix baissent, les salaires aussi. On vient d'me couper mes heures et d'me réduire mon salaire de deux cents l'heure. On va pas aller loin avec ça, renchérit Gérard, le plus vieux des garçons.

Il travaillait comme tonnelier dans une usine que la crise avait frappée durement.

— Encore heureux qu'on t'ait pas mis dehors, mon gars. Dans ma *shop*, le *boss* nous a dit qu'il serait peut-être obligé de nous *slaquer* quelques semaines. Heureusement que j'ai d'autres jobs pour compenser, lui répondit Édouard en nettoyant le fond de son bol.

Édouard avait quatre emplois différents et il n'avait jamais chômé. En plus de travailler comme forgeron à temps partiel, il était mécanicien, pompiste pour une nouvelle station-service, et il pouvait aussi faire de petits travaux de menuiserie dans ses temps libres. Trente-six métiers, trente-six misères, avait-il coutume de dire en riant. N'empêche, se disait Eugénie, avec un tel homme, Adeline et les enfants étaient certains de ne jamais manquer de rien. À moins qu'il lui arrive à lui aussi un malheur, ce qu'elle ne souhaitait pour rien au monde.

— Figurez-vous qu'Estella a des chances d'être embauchée chez la Dominion Corset, leur apprit Eugénie.

— La Dominion ? Ils embauchent encore, ceux-là ? On dirait que la crise les dérange pas.

Édouard avait l'air étonné.

— Elle est pas mal débrouillarde, ta fille, dit Adeline. J'lui ai prêté ma machine à coudre et je l'ai regardée aller. Elle est habile et assez vite. Elle a de bonnes chances d'être engagée.

— Ils prennent des p'tites jeunes maintenant parce qu'ils peuvent les payer moins cher. Quand c'est vingt-cinq à trente sous de l'heure de moins, ça commence à faire une sacrée différence. Leurs profits sont plus élevés, ajouta Édouard.

— Écoutez, on sait pas encore. Estella est supposée passer son test d'habileté demain. Souhaitons que ça marche, parce que je commence à plus pouvoir payer les factures. J'arrive plus, là. Ma propriétaire me fait des problèmes. C'est rendu que j'ai peur de rentrer à la maison parce qu'elle me surveille. J'entre par l'arrière pis seulement à la brunante. L'autre fois, elle est venue presque en pleine nuit me réclamer son loyer. J'ai dit que je la paierais par tranches de cinq dollars, et elle a fini par accepter. Mais je sais même pas où j'vais prendre la première tranche. Sans parler des dettes des funérailles…

Édouard avait fini de manger et il avait décidé de s'allumer une pipe. Après avoir jeté son allumette dans le poêle, il se leva et fit un petit signe à Eugénie.

Curieuse de voir ce que lui voulait son frère, elle le suivit dans le salon.

— Ma p'tite sœur, j'ai quelque chose pour toi.

Après ce préambule, il tira de sa poche un petit étui de velours brun et l'ouvrit.

— Te rappelles-tu de ça, Eugénie ?

En s'approchant, elle reconnut la belle bague en or de sa mère, celle que son père lui avait donnée à son mariage. Elle avait dix-huit carats d'or et elle était sertie de quatre diamants.

— C'est la bague de mariage de maman. Elle est montée sur de l'or vermeil. Maman avait voulu que ce soit toi qui en hérites, comme fils aîné.

— Eh ben maintenant, c'est à toi.

— Hein ? Mais voyons, c'est pour Adeline ou pour Bernadette, ton aînée. J'peux pas accepter ça, c'est pas correct.

— Ma p'tite sœur, t'es dans la misère là, pis moi, j'peux pas supporter ça non plus. Ça pourra t'aider à payer une partie de tes dettes. Ça va être ma contribution à moi.

— En as-tu parlé à Adeline ?

— C'est elle qui m'a donné l'idée.

— Brave Adeline… J'sais pas si je pourrai un jour vous revaloir ça, Édouard, j'sais pas.

— Comme dit Adeline, à quoi ça sert une famille, sinon à s'entraider ?

Édouard mit le petit étui dans la main d'Eugénie, replia dessus les doigts de sa sœur et s'esquiva en vitesse, de peur qu'elle ne trouve mille raisons de le refuser.

Eugénie accepta le présent, les yeux pleins de larmes. Puis elle courut embrasser Adeline, en l'assurant que jamais elle n'oublierait leur générosité.

— Si ta mère vivait encore, c'est d'elle-même qu'elle te l'aurait donnée, déclara sa belle-sœur.

Ce soir-là, Eugénie réintégra son logis d'un pas plus alerte, réchauffée par l'amour de ses proches et assurée, grâce à la bague, de pouvoir enfin régler son loyer en retard, l'entrepreneur de pompes funèbres et les frais de l'église pour les funérailles de son pauvre Alphonse.

6

Estella était tendue. On l'avait fait entrer dans une section où se trouvaient des rangées de machines à coudre, devant lesquelles étaient installées les nombreuses couturières qui travaillaient en continu, sans relever la tête de leur plan de travail. Elles étaient des dizaines, placées face à face devant des machines toutes reliées à un moteur central par l'intermédiaire d'un système de courroies et de poulies. Des paniers placés à côté de chacune d'elles contenaient le travail qu'elles avaient à réaliser, et aucune n'avait besoin de se lever. Estella sentait que c'était du sérieux et qu'il n'y avait ni batifolage ni perte de temps dans ce milieu. Personne ne circulait dans les allées hormis les contremaîtresses, et le bruit des machines sans cesse en mouvement était assourdissant. C'était un monde de travail, un monde d'adultes, et elle se sentait intimidée. Elle douta un instant de ses capacités. Elle se dit qu'elle aurait peut-être mieux fait d'accepter la proposition du curé, mais elle se raisonna. Elle n'avait rien à perdre et tout à gagner, et elle devait faire face à la dure réalité. Elles étaient trois jeunes femmes à attendre avec appréhension de voir à quelles épreuves on les soumettrait.

La couturière qui s'avança, Mme Bilodeau, était une dame dans la cinquantaine, qui leur demanda de s'installer devant une machine à une aiguille et de la mettre en marche. Estella s'exécuta en actionnant la pédale. Le mécanisme se mit aussitôt en branle. On leur demanda d'abord de coudre sur du papier, sans aucun fil, juste pour voir si elles étaient capables de coudre en ligne droite. Seulement en piquant avec l'aiguille. Estella s'en tira très bien. Puis on augmenta la difficulté. Il fallut répéter l'opération avec des carrés, des cercles, des zigzags. Chacune s'efforçait de faire du mieux qu'elle pouvait, comme si sa vie en dépendait. Pour Estella, c'était un peu le cas, parce que du succès de cette entreprise dépendrait leur survie des prochaines années, à elle et à Eugénie.

Elle s'appliquait donc à faire vite et bien. Elle comprenait qu'on tentait d'évaluer son habileté naturelle et sa capacité d'atteindre les cadences de travail les plus élevées. On essayait de voir si elle serait assez rentable pour que la compagnie accepte d'investir dans sa formation. La pile de papier qu'on leur fournissait était épaisse, et il leur fallut passer au travers. Chacune dut recommencer, faire et refaire les mêmes exercices jusqu'à ce qu'une cloche se mette à sonner. Estella n'avait pas vu filer le temps. C'était terminé pour ce jour-là. On les convoquait à sept heures trente le jour suivant.

— Et ne soyez surtout pas en retard, mesdemoiselles. Nous recommencerons les mêmes exercices demain matin. Puis on ira plus loin. Mais vous avez fait du bon travail, ajouta Mme Bilodeau, pour les encourager. Au revoir, et à demain.

Et elle s'éloigna sans plus de palabres.

Estella se fondit dans la foule d'employées qui quittaient leur étage pour prendre l'escalier. Une espèce d'euphorie l'habitait. Elle sentait qu'avec un peu de chance elle ferait bientôt partie de ce contingent de femmes libres, qui gagnaient leur vie de façon autonome. Comme c'était séduisant pour quelqu'un qui, hier encore, n'était qu'une petite écolière ! Elle était particulièrement fascinée par un groupe de filles qui dévalaient l'escalier devant elle en riant et en plaisantant bruyamment. Estella les dévorait des yeux. Elles étaient habillées à la mode du jour et perchées sur de hauts talons. Elles avaient les lèvres et les ongles peints rouge vif, des coiffures torsadées avec goût, et certaines avaient même les cheveux teints en blond, le summum du raffinement, selon elle. Elle les trouvait tellement belles qu'elle se promit de leur ressembler. Elle préférait nettement s'identifier à ce type de femmes plutôt qu'à sa mère ou à ses tantes. C'étaient de pauvres besogneuses, toujours enceintes et mal attifées, qui ne respiraient que pour leurs enfants. Elles ne vivaient pas, elles existaient seulement, comme des bêtes de somme, croyait-elle. Mais heureusement que la modernité était là, sous ses yeux ébahis. Estella n'avait pas l'intention de passer à côté de cette nouvelle façon de vivre et elle rêvait de s'y conformer.

Lorsqu'elle sortit, elle remit au portier le coupon qu'on lui avait donné en entrant, puis elle traversa l'immense hall qui l'avait tant impressionnée à l'arrivée. Le parquet du vestibule était en mosaïque où se détachait, bien en évidence, la marque de commerce de la maison, D & A Corset. La boiserie du passage était en chêne et ornée de magnifiques sculptures. Le plafond était à caissons et au centre se dressait une arche cintrée, avec niches latérales contenant différentes plantes. Estella passa sous la superbe suspension de bronze qui éclairait le vestibule. Elle ressemblait à une large coupe, de laquelle pendaient des ornements de cristal et de cuivre en forme de feuilles et de fleurs.

Dehors, la pagaille était monstre. Comme près de mille employés quittaient la Dominion en même temps, la rue se trouva vite embourbée. L'intersection des rues Charest et Dorchester était complètement paralysée. Les autobus, les voitures et les piétons devaient attendre que le flot mouvant se résorbe avant de repartir vers leur destination. C'était ainsi chaque jour à la même heure. Estella avait pris la direction de la maison, lorsqu'elle entendit qu'on l'appelait.

— Attends-moi, Estella !

Elle se retourna et reconnut Yolande, celle qui l'avait recommandée pour ce travail. Estella l'attendit en souriant. La jeune fille traversa la rue pour la rejoindre sur le trottoir opposé.

— T'as l'air au-dessus de tes affaires. Ça veut dire que ç'a ben été, ton initiation ?

— J'sais rien encore, mais y me semble que oui. J'dois revenir demain matin pour continuer.

— Qui t'a montré ?

— Une Mme Bilodeau, je pense.

— Elle est fine, elle. Si on te redemande, c'est bon signe. Ça veut dire qu'on t'a pas trouvée mauvaise. Autrement, on t'aurait tout de suite renvoyée. J'suis ben contente, Estella.

— Comme dit ma mère, faut pas vendre la peau de l'ours avant de l'avoir tué.

— Demain, tu vas savoir s'ils prennent le risque de t'essayer. Ça serait agréable qu'on travaille ensemble, Estella ! On pourrait aller manger des frites, des fois, le vendredi soir avant de rentrer chez nous. Pis on pourrait aussi aller au théâtre, de temps en temps. Y a une belle vue avec Greta Garbo, ça s'appelle *Romance*.

Estella fit mine d'être au courant, alors qu'en réalité elle n'avait jamais mis les pieds dans une salle de théâtre. Le cinéma était trop coûteux pour sa maigre bourse. Mais elle ne perdait rien pour attendre, se dit-elle. Elle pensa aussi que Yolande avait plus de chance qu'elle puisque son père était toujours vivant. En plus, il devait gagner un bon salaire, car il était dans l'administration, à la Dominion. C'était d'ailleurs lui qui y avait fait entrer sa fille comme couturière. Et en plus, leur famille était moins nombreuse que la sienne : Yolande n'avait qu'un frère plus âgé qu'elle, ce qui faisait toute une différence d'avec la sienne.

— C'est quoi, ton salaire, Yolande ? s'enquit Estella, qui ne savait pas comment négocier si jamais on la prenait à l'essai.

— J'gagne quatre-vingt-dix sous de l'heure, et dans quatre mois j'en ferai quatre-vingt-quinze. On a une augmentation chaque année. Mais pendant ta période de formation, t'es pas payée, puisqu'on te forme. Tu rapportes pas à la compagnie, tu comprends.

Estella comprenait surtout qu'elle ne toucherait pas un sou vaillant avant plusieurs semaines et elle s'en désola. Elle ne savait pas trop comment sa mère et elle feraient pour arriver à s'en sortir.

— T'es-tu fait beaucoup d'amies au travail ?

— Pas tant que ça. On est toujours avec les mêmes filles, dans le même département. Mais je les connais toutes. On a pas beaucoup le temps de jaser, sauf le midi, à la salle à manger. Ça, c'est pratique, par exemple. On peut manger tranquilles, dans un beau décor. Et le manger est pas mal bon.

Voyant qu'Estella avait l'air un peu dubitative, Yolande, qui connaissait sa situation économique, s'empressa d'ajouter :

— Tu peux aussi apporter ton repas le midi, c'est sûr. C'est pas tout le monde qui mange à la cafétéria. Pis, si tu veux, tu peux rester à ton poste de travail et manger sur place. Des fois, y a des filles qui préfèrent manger plus vite pour reprendre un travail en retard. Mais t'as pas le droit de prendre de l'avance sur les autres, par exemple. Ça, c'est défendu. Ça serait injuste, autrement.

— Et pis l'histoire des points, comment ça marche ?

— T'as tant de points par pièce réussie. Mais j'aimerais mieux que la contremaîtresse te l'explique. L'important, Estella, c'est de savoir compter si tu veux pas te faire voler tes points par les autres filles. T'étais bonne en chiffres à l'école ?

— Bonne, non, mais j'sais quand même compter.

— Alors, t'as intérêt à ouvrir les yeux et à surveiller ton affaire. Mais j'suis certaine que tu vas te plaire dans ce travail-là. Tu sais, on a comme l'impression de faire partie d'une grande famille. On travaille toutes ensemble à faire de la job ben faite, du travail de qualité, pis c'est ça qui compte. Pis tu peux améliorer ton salaire si t'es plus vite que les autres, c'est encourageant, non ?

Estella faisait oui de la tête et elle était tout excitée.

— Mais y faut que j'me grouille, moi, lui dit Yolande, parce que ma mère est malade. J'dois préparer le souper pour mon père et mon frère.

— Ah ? Qu'est-ce qu'elle a, ta mère ?

— On sait pas encore. Elle tousse à fendre l'âme pis elle maigrit à vue d'œil. L'autre jour, elle a craché du sang. Quand le médecin est venu, il a eu un drôle d'air. Il s'est enfermé avec mon père dans une autre pièce, mais nous, on a rien su de plus.

Estella pensa tout de suite à la tuberculose, mais elle n'osa pas prononcer le mot, pour ne pas effrayer son amie. Yolande ne dit rien d'autre, mais Estella supposa qu'elle devait y penser autant qu'elle. Cette maladie était de plus en plus répandue et touchait de nombreuses familles. Elle avait déjà fait plusieurs morts, et personne n'était à l'abri de ce terrible fléau.

Tout en jasant, les jeunes filles finirent par atteindre une intersection, où elles durent se séparer. Chacune prit une direction opposée. Estella était désolée pour Yolande et sa famille. Elle qui croyait que le gazon était plus vert dans le jardin de son amie se trouvait drôlement détrompée. Elle apprenait que le malheur ne faisait pas de distinction et qu'il pouvait aussi bien frapper le nanti que le défavorisé.

— Vous pouvez pas m'en donner un peu plus, monsieur Casault ? C'est une bague qui vaut son pesant d'or. Et il y a quatre beaux diamants. C'est une antiquité qui a appartenu à ma mère pis à ma grand-mère Saint-Amant.

— Écoutez, madame Dumais, je comprends que ce bijou a une signification sentimentale pour vous, mais il a des défauts qui font chuter sa valeur. D'abord, même si c'est bien de l'or dix-huit carats, le temps l'a beaucoup aminci. Voyez ici, et ici, dit le bijoutier en faisant tourner la bague pour montrer les endroits où elle se trouvait en effet plus mince qu'ailleurs, c'est à peine si elle tient encore. La monture est belle, mais trop mince, quant aux diamants… Voyez vous-même.

L'homme plaça sa loupe de telle sorte qu'Eugénie put voir que l'un des diamants, grossi plusieurs fois, portait une grosse ébréchure dans un coin.

— Mais les trois autres diamants sont corrects, eux autres ?
murmura Eugénie, de plus en plus inquiète.

— Les autres sont corrects, c'est pourquoi je vous offre
trois cents dollars pour votre bague. Et croyez-moi, c'est un
excellent prix. Vous trouverez pas mieux ailleurs dans tout
Québec. Je ne peux pas faire mieux.

Trois cents dollars, c'était tout de même un gros montant.
Eugénie respira mieux. Elle avait craint d'être obligée de laisser
la bague aller à vil prix. Encouragée, elle plongea la main dans
la poche de son manteau et en retira un petit étui. Elle en sortit
un autre bijou. C'était sa propre bague de mariage. Alphonse
l'avait achetée à crédit et il avait bien mis trois années avant
d'éponger sa dette. Elle la tendit avec regret au joaillier.

— Êtes-vous certaine de vouloir vous défaire aussi de ce
bijou, madame Dumais ? Il me semble que vous le faites avec
hésitation. Vous n'aimeriez pas mieux prendre le temps d'y
penser ?

— C'est tout pensé, monsieur Casault, fit Eugénie avec un
profond soupir d'impuissance. Si j'avais le choix, soyez sûr que
celle-là, au moins, je la garderais.

L'homme se faisait l'effet d'être un usurier qui profitait du
malheur d'autrui, et c'est sans enthousiasme qu'il prit la bague.
Il la porta sous la loupe et l'observa longuement. C'était une
belle pièce. Elle était en or jaune de dix-huit carats, et six diamants et deux baguettes la sertissaient. Les diamants étaient
lourds et purs. Lorsqu'il eut fini de l'examiner, il releva la tête
et dit :

— Là, nous avons quelque chose de mieux. Je vous en
offre huit cents dollars, madame Dumais.

Eugénie sentit des larmes lui monter bêtement aux yeux.
« Des larmes, encore », se dit-elle en sortant son mouchoir. Elle
en avait assez de cette faiblesse qui la mettait dans la gêne
devant autrui et la forçait à raconter toujours la même histoire.
Elle était en colère contre elle-même.

M. Casault s'inquiéta.

— Ça ne va pas, ma pauvre dame ?

— Non, c'est rien. C'est seulement... que c'était la bague que mon... défunt mari m'a donnée à mon mariage.

— Et ça vous fait de la peine de vous en séparer ?

— C'est plutôt la perte de mon mari qui me fait de la peine. Mais écoutez, j'accepte votre offre, monsieur Casault.

— Vous êtes vraiment forcée de vendre cette bague, madame Dumais ?

— Quand y faut choisir entre manger et porter une bague, je choisis de manger.

Le joaillier eut un sourire entendu. Comme il savait qu'il était en face d'une veuve éprouvée durement par le sort, il fit un effort et arrondit la somme totale pour les deux bagues à mille deux cents dollars. C'était sa façon à lui de faire la charité.

Eugénie ne savait pas si elle devait accepter. Elle hésitait. Puis elle se dit que le bijoutier avait peut-être rogné sur son offre, et que les cent dollars supplémentaires étaient un moyen de faire taire sa conscience. Elle accepta donc le petit surplus avec reconnaissance et repartit d'un pas plus assuré, avec dans sa poche une véritable fortune.

La charrette était tellement chargée qu'Eugénie eut peur de voir tout l'empilage de meubles placés en équilibre instable s'effondrer et se renverser dans la neige et la boue. On avait pourtant recouvert le tout de bâches de toile parce qu'il neigeait à plein ciel, et on avait passé de solides cordes autour du chargement pour bien l'assujettir. Eugénie marchait à côté de son butin, une main sur l'amoncellement de ses biens, comme si cela suffisait à les protéger. Son gros ventre faisait ballonner son manteau noir de veuve, et elle se déplaçait avec un peu moins d'agilité qu'auparavant. Mais elle avait moins froid depuis qu'Adeline avait doublé son vêtement de gros velours. Pauline suivait de l'autre côté, le manteau ouvert et les cheveux en pagaille. Elle avait égaré son chapeau cloche et elle allait les cheveux au vent, contrairement à son habitude. Eugénie l'avait cherché et avait fini par déclarer forfait. On avait dû l'emballer par mégarde dans une des boîtes et on le retrouverait en les vidant.

Heureusement que les deux plus vieux d'Adeline, Arthur et Gérard, étaient venus leur prêter main-forte, parce qu'elles ne s'en seraient pas sorties toutes seules. Pour hisser les quelques meubles qui s'avéraient lourds, ça prenait des bras d'homme.

Les deux vieux chevaux avançaient lentement, au pas. Debout à l'avant de la charrette, Ovide Poulin, déménageur de son état, tenait les guides. Le véhicule craquetait et bringuebalait dangereusement sous son poids. Le déménagement se faisait en pleine tempête et sous une neige inlassable, alors qu'Eugénie avait toujours considéré un déménagement d'hiver comme une malédiction. Mais elle n'avait pas eu le choix de quitter son loyer en décembre même si les baux ne se terminaient que le premier mai, parce que sa propriétaire avait accepté de la laisser partir sans lui imposer de pénalité. Mme Thérien était une personne sensée et elle avait bon cœur. Et puis elle avait vite compris qu'il ne servirait à rien de retenir une locataire qui n'avait plus les moyens de s'acquitter de ses obligations.

Eugénie partait le cœur léger et sans regrets. Une page de sa vie était tournée. Elle était contente de s'en aller dans la petite chambre gérée par les anciennes de la Dominion. Puisque Estella avait été acceptée comme couturière, la chose s'était réglée rapidement. Il lui semblait qu'elle commençait une nouvelle vie. Les gages de sa fille aînée seraient suffisants pour leur permettre de survivre et, dès qu'elle aurait accouché, elle se trouverait un travail plus rémunérateur que le vestiaire des pauvres. En attendant, elle essayait de tenir le coup et de ralentir un peu. Elle avait placé à la banque l'argent rapporté par la vente des deux bagues, du moins ce qui était resté après qu'elle eut remboursé ses dettes. C'était tout de même une cagnotte appréciable, qu'elle n'entamerait sous aucun prétexte. Qui sait si l'un de ses enfants n'en aurait pas besoin un jour ? C'était son coussin, son paratonnerre en cas d'avarie, sa garantie contre le malheur. En fait, elle se sentait presque riche, elle qui n'avait jamais disposé avant ce jour d'un aussi gros montant.

La charrette tourna et s'arrêta devant une masure peu engageante. À côté de cela, la maison du vieux joueur d'orgue de Barbarie, qu'Eugénie avait trouvée bien chenue, était presque un château. Elle n'avait pas pris le temps d'aller voir la chambre avant le déménagement et elle s'était fiée à Estella, qui ne tarissait pas d'éloges à son sujet. En jetant un œil sur le papier qu'elle tenait en main, elle comprit qu'il n'y avait pas d'erreur : c'était la bonne adresse. La chambre se trouvait à l'arrière, au fond de la cour. Les chevaux enfilèrent le passage dans cette direction et s'immobilisèrent. Le décor était assez rebutant. La maison était petite et semblait en mauvais état. Elle était couverte de panneaux goudronnés mal assujettis, et les fenêtres n'avaient pas l'air de fermer de façon étanche. Pauline fit une grimace lourde de sous-entendus.

— Coudonc, Eugénie, tu vas toujours ben pas vivre dans ça ?

— Attends donc de voir avant de critiquer, Pauline. Estella m'a dit que c'était correct.

Eugénie glissa la clef dans la porte, qui s'ouvrit facilement. La pièce était encore plus décourageante que ce qu'on en voyait de l'extérieur, mais elle ne laissa pas voir son abattement.

— Mais c'est un vrai trou à rats, cette chambre-là. Eugénie, vous allez pas vivre ici, bon Dieu !

— Pourquoi pas ? Quand on aura tout lavé et tout placé, tu vas voir que ça va changer de poil, Pauline. Envoye, aide-moi à décharger.

Et Eugénie s'empressa de demander à M. Poulin de les aider à décharger ses biens. L'homme s'affaira à enlever les cordes et les toiles et à descendre d'abord les boîtes que les garçons d'Adeline avaient placées sur le dessus de la pile. Eugénie et Pauline se mirent l'une à côté de l'autre et firent une chaîne pour se les passer. Quand vint le moment de transporter les meubles, elles s'offrirent à prêter main-forte, mais l'homme refusa. C'était un costaud, qui faisait dans les six pieds et qui était découpé comme une armoire à glace. Il transporta seul le lit double, les chaises, la table qu'Eugénie avait fait scier en deux, de même que la commode, les fauteuils, la berceuse d'Alphonse et le vieux divan éculé. Les quelques lampes, tapis, plantes et objets de toutes sortes furent sortis et déposés dans la chambrette, qui prit rapidement une allure de capharnaüm. Eugénie paya son déménageur et s'attela à nettoyer.

— Maman se retournerait dans sa tombe si elle voyait ça, Eugénie, ronchonna Pauline, l'air dépité.

— Laisse les morts où ils sont, Pauline. Aide-moi plutôt à pousser ces boîtes-là pour que j'arrive à laver le mur derrière.

Les deux femmes passèrent le balai puis nettoyèrent sommairement les murs, après quoi elles s'attaquèrent aux planchers. Ils furent brossés et lavés à grande eau. Après deux bonnes heures, la pièce sentait bon et paraissait propre. Elles entreprirent de placer les meubles qui, heureusement, n'étaient pas nombreux. Elles les tirèrent, les poussèrent contre le mur et les déplacèrent selon leur utilité et l'espace disponible. Elles décrassèrent ensuite la glacière et nettoyèrent le poêle. Comme le vieux divan n'entrait pas dans la pièce, il avait été abandonné dans la cour.

— Tiens, qu'est-ce que t'en penses, à c't'heure ?

— Si c'est mieux qu'à l'arrivée, ça sera toujours ben qu'un taudis, laissa tomber sans détour Pauline.

— T'as raison, mais c'est mieux que rien. Et pis, pour le moment, ça va nous suffire. De toute façon, on passera pas le reste de nos jours ici, hein ?

— J'suis sûre qu'Estella l'aimera pas non plus.

— Je parierais qu'elle l'a même pas vue, cette chambre-là. C'était juste pour m'appâter pis m'arracher la permission de travailler à la Dominion. Elle est rusée, ma fille.

— Ah, la p'tite juive ! Elle aurait été capable de te faire ça ?

— Ça m'étonnerait pas. Elle la voulait tellement, cette job-là.

Pauline se mit à rire à gorge déployée, ce qui mit Eugénie en joie, elle aussi. Elle se laissa tomber sur le lit, qui se trouvait encore sans draps, et elle s'abandonna au rire. Il y avait tellement longtemps qu'elle ne s'était pas prêtée à l'exercice que ça lui faisait un bien fou de se laisser aller un peu.

Pauline en profita pour tirer de sa poche une barre de chocolat au lait, qu'elle partagea avec Eugénie.

— Tiens, sucre-toi le bec, ma p'tite sœur.

— Du chocolat au lait, ça fait des lunes que j'en ai pas mangé. Où t'as pris ça, Pauline ?

— Chez Fiset, le confiseur. C'est le meilleur en ville. J'le prends toujours là.

— T'as les moyens de te payer ça ? Tu fais ben, tiens.

— Certain. C'est un de mes plus grands plaisirs. J'en mange une barre par jour.

— Tu vas te contenter de la moitié, là, par exemple.

— Penses-tu ?

Et elle tira de sa poche une autre barre, identique à la première.

— Gourmande de Pauline ! C'est pour ça que t'es si grassette ?

— Pas si grassette que ça. Et pis t'apprendras que les hommes aiment ça, les femmes qui ont des rondeurs.

Eugénie se redressa, amusée. C'était bien la première fois qu'elle entendait Pauline parler de ce sujet.

— Aurais-tu un soupirant par hasard, ma Pauline ? À t'entendre, on dirait presque.

— Ça t'étonne ? On sait ben, tout le monde me traite de vieille fille, de pas regardable. Penses-tu que je le sais pas que tes enfants pis ceux d'Édouard rient souvent de moi, la vieille matante qui va faire tapisserie toute sa vie parce qu'elle est pas belle ? Mais figure-toi qu'y a quelqu'un qui me trouve pas si mal pis qui m'fait des avances.

Eugénie ouvrit de grands yeux incrédules. Elle se demandait si sa sœur n'était pas en train de la faire marcher.

— C'est vrai que j'ai jamais été belle comme toi ou comme notre sœur Corinne, mais cet homme-là me dit que j'ai des charmes discrets, tu sauras, secrets même, et que c'est aussi attirant que la grande beauté. Pis, pour tout dire, il me fait la cour. Parles-en à personne, au cas où ce serait juste une rêverie, un mirage. J'voudrais pas perdre la face, Eugénie, tu comprends ?

— Mais j'suis contente pour toi, ma Pauline. Tu sais pas comme j'suis contente. T'en fais pas, j'en parlerai pas.

Eugénie la prit par la taille et la fit valser, comme Estella l'avait fait avec elle.

— T'es folle, t'es folle, répétait Pauline en riant.

Elle virevolta un temps avec Eugénie, mais elle s'essouffla si vite qu'elle se laissa choir sur le lit à son tour.

— J'vais te faire une confidence, moi aussi, lui chuchota Eugénie dans l'oreille. Te rappelles-tu du livre que j'aimais tant dans mon enfance et que j'avais dû jeter parce qu'il était en loques ?

— Oui, Seigneur ! On a entendu parler de ce livre-là pendant des mois après. C'était d'un Jules Verne, y me semble. J'ai retenu le nom parce qu'il ressemblait à celui du frère d'une amie.

– Ben quelqu'un de très gentil me l'a donné. Le même livre, que j'ai recommencé à lire tous les soirs avant de dormir. Tu peux pas savoir comme ça m'fait du bien. J'ai l'impression d'être une autre, de m'évader ailleurs, de recommencer ma vie. C'est-tu assez fou ?

— C'est pas si fou que c'en a l'air, Eugénie. Moi, vois-tu, c'est les films qui me font cet effet-là. Quand j'vais au théâtre, pas souvent parce que ça coûte cher, j'pars loin, j'rêve d'autre chose. Que j'aurais pu naître dans les vieux pays, être une femme différente, voir le monde, voyager, apprendre des choses qui sont pas pour des petites gens comme nous. Ou bien être un homme, pourquoi pas ? La lecture pis le cinéma, ça doit se ressembler un peu, Eugénie.

— Peut-être ben, après tout, fit cette dernière, rêveuse.

Elle prit les draps et commença à les placer sur le lit. En fouillant dans une boîte pour trouver les taies d'oreiller, elle retrouva le beau chapeau de feutre noir de Pauline, tout cabossé. D'un tour de main, elle lui redonna sa forme initiale.

— Le voilà, ton caluron. Mets-le sur le cintre pour pas l'oublier ici. Coudonc, est-ce qu'on le connaît, ton prétendant, Pauline ? demanda-t-elle en avançant une mine curieuse.

— Non, c'est un vendeur de la mercerie à côté de ma boutique. Un veuf sans enfants. Mais comme c'est un bel homme, je me méfie un peu. J'voudrais pas jouer les seconds violons ou tenir la chandelle pour une autre. Les hommes sont tellement changeants qu'y faut s'en méfier.

— Tu les connais pas, les hommes, Pauline. Ils sont pas tous pareils. Mon Alphonse était pas comme ça.

— Ton Alphonse, ton Alphonse, on dirait que t'en as fait un dieu. Il était pas parfait, lui non plus. Je l'ai déjà vu faire de l'œil à une autre femme. Y a juste toi qui le voyais pas. Et quand il buvait, il avait la main drôlement leste.

— Avec toi ? lui lança méchamment Eugénie.

— Non, pas avec moi, ben sûr. Méchante d'Eugénie… Avec la Sévigny, par exemple, la belle blonde qui restait en face de chez vous. Je l'ai vu la peloter une fois.

— Quand ça, menteuse ?

— L'hiver dernier. T'étais sortie ce soir-là, pis j'étais passée chez toi pour une raison que j'ai oubliée. J'les ai vus. Alphonse avait plaqué la Sévigny contre le mur du salon pis il jouait dans son corsage. Et elle, la dévergondée, elle se laissait faire.

Eugénie se sentit triste tout à coup. Son mari était un bel homme et il plaisait tellement aux femmes qu'elle avait souvent eu peur de le perdre. Il n'était pas spécialement un coureur de jupon, mais il était sensible à la beauté et au regard des femmes. Si elle avait eu des doutes au sujet de cette voisine qui retontissait chez eux sous différents prétextes, ils étaient confirmés aujourd'hui.

— Merci de l'information, Pauline. Pourquoi tu l'as pas dit avant ? lui opposa Eugénie d'une voix lasse.

— Parce que ç'aurait fait de la chicane pis parce que j'pensais que ça changeait rien au fait qu'il t'a toujours aimée, ton Alphonse.

Réalisant qu'elle lui avait fait de la peine, Pauline se reprit :

— Excuse-moi, Eugénie, j'sais pas pourquoi je t'ai raconté ça. T'en avais pas besoin dans l'état où t'es.

— Au contraire. C'est toujours bon de savoir à qui on a eu affaire, même quand c'est trop tard.

— Ma p'tite sœur, pardonne-moi. Ton Alphonse, c'était un bon gars qui t'a toujours aimée comme un fou. J'peux le jurer. N'en doute jamais.

Eugénie prit un air triste, soucieux. Pauline la secoua par les épaules pour la dérider. Les deux femmes finirent par se tomber dans les bras, et Eugénie fit mine de ne plus attacher d'importance à cette révélation. Et comme le travail commandait, elles reprirent leur balai pour traquer la poussière et le désordre, et redonner à la chambre un semblant de lustre.

Quand Estella arriva, le soir venu, elle eut un choc. Les abords de la maison étaient si rebutants qu'elle s'en voulut de ne pas avoir d'abord pris le temps de la visiter. Elle se dit que sa mère ne lui pardonnerait pas de l'avoir entraînée dans une pareille aventure et elle se mit à craindre le pire. Mais lorsqu'elle pénétra dans la pièce, elle ne put s'empêcher de pousser un cri de surprise. Un plat cuisait sur le feu et de bonnes odeurs parfumaient l'air. Les deux sœurs avaient tellement astiqué les lieux que ça finissait par être accueillant. Les rideaux aux fenêtres, le lit double poussé au fond de l'unique pièce servant à la fois de salon et de chambre à coucher, le tapis élimé à ramages rouge et blanc, les lampes avec les deux fauteuils, la glacière si propre qu'on la croyait neuve, et le poêle qui ronronnait, tout donnait l'impression d'une vraie maison et d'un foyer bien tenus. Estella s'exclama :

— J'vous l'avais ben dit, m'man, que c'était une belle chambre ! On va être bien ici, non ?

— Pour sûr qu'on va être bien ici. En autant qu'y fasse pas trop froid, par exemple. Les fenêtres ferment pas toutes pis l'poêle tire pas beaucoup, mais c'est pas grave. Pis y a pas d'eau à l'intérieur, mais comme y a une fontaine dans la cour, on s'arrangera. Et la toilette est extérieure, mais on sortira nos pots de chambre. Pour l'espace, on se fera à l'idée que tout doit se passer dans la même pièce. Pis pour l'éclairage, ben mon Dieu, avec seulement une couple de prises dans toute la maison, on aura qu'à sortir nos chandelles. Mais à part ça, c'est une chambre parfaite, ma chérie !

Estella ne savait pas si sa mère plaisantait ou si elle était sérieuse. En jetant un regard à Pauline, elle vit que celle-ci riait sous cape. Comprenant qu'Eugénie prenait la situation avec humour plutôt qu'avec humeur, elle prit elle aussi le parti d'en rire.

— Bon d'accord, c'est pas la chambre idéale, m'man. Mais on peut vivre ici un certain temps. On pourra toujours déménager quand j'aurai touché des bonnes payes. Pis on prendra quelque chose de plus confortable.

— T'en fais pas, ma chouette, j'ai déjà vu pire, lui rétorqua Eugénie. Du moment qu'on est pas dehors pis qu'on a un chez-nous, ça pourra aller en attendant. Ça va nous permettre de mettre des sous de côté.

Comme le hachis de légumes apporté par Pauline était prêt, elles s'attablèrent et se mirent à manger avec appétit.

— Pis, ton travail à la Dominion, comment c'est, Estella ? lui demanda Pauline tout en mastiquant, curieuse de connaître ses conditions de travail.

— J'ai pas arrêté, ma tante ; j'ai posé des bandes et assemblé des morceaux. Celle qui me montrait a dit que j'avais des dons pis que, dans pas longtemps, j'serais aussi bonne que les autres.

Pis demain, on va m'initier à un vrai travail. Sur le soutien-gorge, le corset ou la jarretière ! Mais j'aimerais mieux le corset. Bientôt, avec un peu de chance, je pourrai faire tout le corset de A à Z, sans l'aide de personne. Imaginez-vous ça ?

— Vas-tu travailler sur les beaux corsets La Diva ? Je regardais ça, l'autre jour, en passant devant la Dominion. J'te dis que c'est quelque chose, cet attirail-là ! C'est fait avec des baleines antirouille qu'ils disent incassables, indéchirables, pis enfilables sans aide grâce à un laçage avant. Tu parles d'une modernité ! C'est l'actrice du muet, la belle Anita Stewart, qui annonçait ce corset-là au théâtre. Vous la connaissez ?

Eugénie et Estella firent signe que non.

— Mais oui, vous la connaissez. C'est elle qui annonce le corset pis qui dit, la bouche en cul-de-poule : « Ce corset ne comprime pas trop et il ajoute à la grâce de la silhouette. »

Les deux interlocutrices de Pauline éclatèrent de rire.

— T'sais, Pauline, j'ai pas eu ben gros l'occasion d'aller au théâtre ces dernières années, avec ma trâlée. Mais j'aurai peut-être des jours meilleurs.

— En tout cas, moi, j'irai bientôt avec Yolande voir un film d'amour, leur déclara Estella, tout excitée. C'est elle qui m'invite. Peut-être qu'on la verra, ta… comment déjà ?

— Anita Stewart ? Ça m'étonnerait, parce que c'est une vedette du muet. On l'a pas encore vue dans le parlant, mais on sait jamais. En tout cas, ça vous fera pas de mal de sortir un peu, hein ?

— C'est ça, moque-toi, ma Pauline. Ça prend bien rien que de l'argent pour aller au théâtre, ça prend pas une tête à Papineau, hein, que je sache ?

— Choque-toi pas, ma p'tite sœur adorée. Je disais ça pour te faire étriver.

Puis s'adressant à sa nièce, Pauline continua :

— Ouais mais tu pourras pas continuer à travailler là si jamais tu te maries, par exemple. Tu devras démissionner. Le savais-tu, Estella ?

— Ben oui, ma tante. Ils nous l'disent dès qu'on rentre. Y a rien que des célibataires pis des vieilles filles dans cette boîte-là. Mais les hommes, eux, ils sont pas obligés de démissionner quand ils se marient. C'est drôle, non ?

— Drôle ? Pantoute. Deux poids, deux mesures. Ouvre les yeux, fille, lui répondit Pauline avec l'air de qui a vu neiger. Dans la vie, c'est toujours comme ça : les hommes ont le haut du pavé, pis les femmes, le bas. Depuis que le monde est monde.

Estella n'avait pas encore réalisé cela et elle s'agaçait du négativisme de sa vieille tante.

— À part ça, figurez-vous qu'ils donnent aux filles en cadeau de noces un beau corset Nu Back, flambant neuf. Tout en satin, avec des baleines, et qui vous fait une silhouette de rêve.

— Qu'est-ce qu'elles ont besoin de corsets à vingt ans ! Ça pèse à peine cent livres pis ça veut s'amincir ! C'est juste bon pour des femmes plus corpulentes, comme Pauline ou, à la limite, comme moi, tiens, enceinte à pleine ceinture, marmonna Eugénie.

— Mais non, vous comprenez pas, m'man. C'est le progrès, ça, la modernité. La femme doit être belle et mince en tout temps, à n'importe quel âge. On fabrique des corsets très baleinés, des corsets amincissants, des gaines élastiques, des bustiers qui descendent jusqu'à la taille, pis toutes sortes de corsets pour des filles de deux à quatre ans, de sept à douze ans, pour des jeunes femmes, des demoiselles et des dames, même qu'y existe des modèles de maternité et d'allaitement.

Pauline et Eugénie se lancèrent un regard de biais. Les hommes venaient de trouver une autre façon d'embrigader la femme, de la contraindre, de la redessiner à leur goût.

— Voyons donc, des gaines pis des corsets pour les enfants, ça tient pas debout, ça !

— Faut croire qu'on est vieux jeu, hein, Eugénie ? conclut Pauline. En tout cas, moi, j'en porte un, corset. Et je m'en déferais pas pour tout l'or du monde. Ça m'tient le bénitier en place, pis ça me rentre les fesses et les bourrelets. Autrement, j'aurais l'air de quoi ?

— T'aurais l'air d'une femme en santé, c'est tout ! C'est quasiment rendu qu'y faut cacher ce qui fait qu'une femme est femme. Y faudrait être maigre comme des piques même après quarante ans et dix grossesses. En tout cas, j'en porterai pas, moi, de corset, enceinte. Y a toujours ben des limites à la folie !

Eugénie, excédée, se leva et alla se verser une tasse de thé. La théière ronronnait déjà sur le feu. Elle en rapporta une à sa sœur.

— On est peut-être un peu dépaysées, aussi, continua-t-elle. Le monde bouge trop vite par les temps qui courent. On commence à voir des générations de filles qui veulent être élégantes et belles, gagner leur vie comme des hommes et être aussi indépendantes qu'eux. On se serait-tu toutes trompées, nous autres, en faisant autant d'enfants et en restant à la maison ? C'est à se l'demander.

— Fais-toi-z'en pas, Eugénie. Tu vas voir ces jeunes poulettes se dépêcher de courir compléter leur coffre d'espérance dès qu'un beau coq va se pointer le bout du nez.

— Pas moi, en tout cas. J'veux faire comme vous, tante Pauline, et rester célibataire, intervint Estella, tout embrasée par l'avenir radieux qu'elle croyait voir se profiler devant elle.

— Pour rentrer seule tous les soirs, passer tes fins de semaine sans voir personne, sans enfants ni mari ? C'est pas plus drôle. Tu feras ben comme les autres, va, ma fille. On en reparlera, lui répondit Pauline tout en vidant sa tasse de thé.

Eugénie se leva et s'affaira à terminer le travail de récurage si bien entamé. C'est que, à y regarder de près, elle réalisait que le petit coin servant de cuisine était plus encrassé qu'il n'y paraissait.

Et puis cette conversation l'agaçait. En jetant un œil sur Estella, elle remarqua que sa fille commençait à cogner des clous. Sa semaine avait été éprouvante. Son nouveau travail commandait des journées de dix heures et exigeait une attention soutenue. Sans compter qu'elle devait faire le maximum pour être à la hauteur. Eugénie eut pitié d'elle. Après tout, elle n'avait que quinze ans, et la responsabilité qui lui échoyait était lourde. Se sentant coupable de compter sur elle pour subvenir à ses besoins, elle se promit encore une fois de se trouver de l'emploi dès ses relevailles. Elle s'empressa de préparer le lit pour sa fille, afin qu'elle puisse s'étendre si elle en ressentait le besoin. Après la vaisselle, Pauline se retira. Puis Estella avoua qu'elle était épuisée. Elle finit par se laisser tomber pesamment sur sa couche. En quelques minutes, elle dormait déjà à poings fermés.

Assise dans la berceuse d'Alphonse placée près de la fenêtre, Eugénie se replongea dans ses ruminations. Allait-elle se faire à cet environnement qui ne comportait ni confort ni douceur de vivre ? Elle s'était enroulée dans une épaisse couverture pour ne pas mourir de froid et elle avait enfilé des bas de grosse laine. Elle avait éteint la lampe pour permettre à Estella de dormir plus paisiblement, et la pièce n'était éclairée que par la pleine lune. La maison était comme une passoire, et on entendait mugir le vent derrière les fenêtres. Eugénie observa sa fille, qui avait rejeté ses couvertures, comme si elle avait déjà trop chaud. Estella et elle auraient à partager la même couche, faute d'espace. Elle se dit qu'elle s'y ferait, comme elle se faisait à tout depuis le départ d'Alphonse. Elle réchauffa ses mains à sa tasse fumante. En se remémorant les premiers appartements où ils avaient vécu, son époux et elle, elle eut l'impression d'être revenue en arrière. La vie était ainsi faite, se dit-elle, avec ses avancées et ses cruels retours en arrière, alors même qu'on souhaiterait améliorer son sort. En serait-il toujours ainsi ? se demanda-t-elle en sirotant son thé.

Il lui semblait que, depuis le décès de son mari, elle avait vécu dix ans en quelques mois. Tant de choses s'étaient précipitées qu'elle peinait à s'y retrouver. La perte de son homme, les funérailles, les tracasseries d'argent, l'obligation de placer ses enfants, le choc de sa première visite à Giffard, les sentiments de culpabilité et d'incompétence qui la tenaillaient, la nécessité de déménager et de tourner le dos à tout ce qui avait constitué sa vie jusque-là, autant d'éléments qui la plongeaient dans un profond état d'insécurité. Mais en dépit de ces difficultés, elle considérait encore son parcours comme intéressant. Elle réalisait que le goût de vivre et de se battre demeurait intact en elle, et son amitié improbable avec le vieux joueur d'orgue y était aussi pour quelque chose. Petit à petit et sous son influence, elle se découvrait plus forte qu'elle ne l'aurait cru et plus confiante de trouver un jour une porte de sortie. M. Debré ne lui répétait-il pas que le temps arrangerait les choses ? « C'est votre meilleur allié, lui assurait-il. Les choses vont évoluer, vos enfants vont s'aguerrir, la situation économique va s'améliorer, et vous allez tranquillement reprendre le dessus. Faites confiance à la vie. » Ce discours la rassurait autant que celui du curé Côté. Au fond, pensait-elle avec raison, tous deux faisaient appel à la confiance et, à tout prendre, qu'il s'agisse de confiance en la vie ou de confiance en Dieu, il lui semblait que cela pouvait se confondre à la fin. En se disant que rien de tout cela n'aurait été possible sans la mort d'Alphonse, elle en concluait que du grand malheur pouvait parfois sortir du positif.

Elle avait parlé de Simone à l'abbé Côté, et il s'était engagé à aller rencontrer en personne la directrice de l'orphelinat. Elle avait l'espoir de faire adoucir le sort de sa pauvre fille. Quant aux autres, elle les aurait à l'œil et se pointerait aux visites sans déroger. Pour ce qui était d'Estella, Eugénie ne croyait pas devoir s'en inquiéter pour le moment. Son entrée dans le monde du travail était une bonne chose, même si elle était encore jeune. Après tout, combien d'enfants du quartier travaillaient déjà en usine depuis l'âge de douze ans ? Mais elle verrait à exercer un contrôle sur ses allées et venues afin de lui éviter les mauvaises fréquentations. Sa beauté précoce, de même que sa grande naïveté la rendaient particulièrement vulnérable. Elle veillerait au grain.

Eugénie prit la photo de noces qui trônait bien en évidence sous sa cloche, dans une petite niche murale dont elle avait aussitôt tiré parti. Elle l'avait placée là exprès, pour l'avoir constamment sous les yeux. Elle s'adressait à Alphonse plusieurs fois par jour, comme s'il eût été encore de ce monde. Une habitude dont elle n'avait pas osé s'ouvrir, on l'aurait prise pour une folle. Parler à un mort, lui tenir une conversation en règle, demander son avis sur différents sujets, le relancer, l'obstiner même et aller jusqu'à lui faire des reproches, voilà à quoi elle utilisait une partie de son temps lorsqu'elle se trouvait seule. Alphonse était son élément de continuité et de stabilité, son lien indélébile entre le passé et le présent, en dépit de tout. Qui eût pu le lui reprocher ?

Elle observa à la lumière de la lune le beau visage de son homme. C'était la seule image qu'elle voulait conserver de lui. Il l'avait trompée quelques fois ? Elle l'avait toujours su sans en avoir la preuve. Et puis, quelle importance cela avait-il maintenant ? Elle ne lui en voulait pas. Il était si séduisant qu'il était inévitable qu'il plaise aussi à d'autres femmes. Mais jamais elle ne pardonnerait à cette Sévigny, qui avait poursuivi Alphonse jusque dans ses derniers retranchements. Elle avait toujours détesté cette gourgandine, cette aguicheuse qui se pavanait sans gêne devant lui, pendant qu'elle-même se trouvait enlaidie et déformée par ses grossesses successives. Puis, d'une idée à l'autre, elle évoqua leur première rencontre, leur tout premier émoi amoureux. Des images sublimées par l'absence défilèrent dans sa mémoire. Elle ébaucha un sourire. Après un profond soupir de résignation, elle embrassa la photo et la replaça dans sa niche avec la même dévotion que s'il s'était agi d'une statue du Sacré-Cœur. Puis elle s'essuya les yeux et se moucha dans l'espoir de réfréner ces larmes qui montaient encore dans un flot incessant, malgré les efforts qu'elle faisait pour les endiguer.

En se rassoyant, une vive douleur la traversa. Eugénie porta la main à son ventre. Sa délivrance approchait. L'enfant bougeait et lui assénait parfois de violentes bourrades. Il y avait là une vie qui n'attendait que le moment de se manifester, alors qu'elle aurait préféré ne pas avoir à y faire face. Mais comme elle était une mère responsable, elle s'était empressée d'écrire à sa famille. Elle avait demandé à sa sœur Corinne d'entrer en contact avec leur cousine, Anna, pour lui offrir d'adopter son enfant. Sachant que cette dernière avait essayé sans succès de tomber enceinte, elle supposait que cela l'intéresserait. De fait, la cousine avait accepté, à la condition que ce soit une fille, ce qui avait rassuré Eugénie. En huit grossesses à terme, elle avait déjà eu six filles, ce qui donnait à penser qu'elle avait de bonnes chances d'en mettre encore une au monde.

Dehors, une neige de sucre en poudre tombait doucement sur la ville. Les grands flocons étoilés se détachaient et descendaient mollement, avec lenteur, comme s'ils hésitaient à toucher le sol et à se fondre dans la blancheur environnante. La rue Dorchester était toute couverte de bancs de neige qui montaient presque jusqu'aux fenêtres et cachaient la laideur des chaumières. Cette partie de Saint-Roch ne semblait pas très accueillante à Eugénie, mais elle aurait pour avantage de la rapprocher de M. Debré. Il habitait à quelques pas de leur réduit. Chaque fois qu'elle avait raccompagné le vieil aveugle chez lui, elle s'était attardée en sa compagnie. Il était de bon conseil, et sa façon de voir la vie enchantait Eugénie. Quant à Jules Verne, la magie continuait d'opérer dès qu'elle se replongeait dans cet univers chimérique.

Eugénie se leva et prit quelques bûches dans la boîte à bois, que Pauline avait remplie avant de partir. Elle alla en bourrer le poêle. Elle tisonna le feu avec énergie et se dit qu'il faudrait chauffer toute la nuit pour éviter de mourir de froid. En rapportant sa tasse dans la cuisine, elle remarqua qu'il restait un peu de liquide au fond, ce qui lui donna envie de tenter d'y lire son avenir. Elle alluma une lampe pour y voir plus clair. Comme l'idée l'amusait, elle saisit la tasse de la main gauche, la fit tourner trois fois et la renversa lentement sur sa soucoupe. Elle laissa tout le liquide s'écouler avant de la retourner, puis elle se plongea dans l'observation de ce qui en résultait. À son grand étonnement, les feuilles de thé s'étaient toutes agglomérées sur les flancs et le fond de la tasse, ce qui signifiait un avenir proche et un avenir lointain. Sur le flanc, elle distinguait nettement une ancre de bateau, ce qui prédisait un grand succès dans peu de temps. Eugénie se dit qu'elle mettrait au monde une fille. Et dans le fond de la tasse elle crut voir apparaître un éléphant. Sa trompe et sa queue se détachaient de façon évidente, et l'animal s'orientait clairement vers l'anse : cela représentait la chance et la bonne santé. Elle en conclut que tous ses enfants se porteraient bien désormais. Elle aperçut même un petit croissant de lune derrière l'éléphant, ce qui venait en renforcer l'aspect positif. Elle ne voulut pas voir la chouette qui se dessinait tout au fond. Il lui semblait qu'elle avait assez goûté au malheur pour refuser cette fois-ci d'en tenir compte.

Elle émit un petit gloussement moqueur. Elle n'avait jamais pris au sérieux ses talents divinatoires et elle avait les deux pieds trop ancrés dans la réalité pour accorder foi à de pareilles balivernes. Mais cela la divertissait. Et puis, après tout, il était plausible qu'à une longue série de malheurs succèdent enfin quelques petits bonheurs. Rien ne l'interdisait, et Eugénie préférait y croire, ne serait-ce que pour son équilibre personnel. Et la vie n'était-elle pas faite de petites joies et de grands malheurs ? Elle éteignit et commença à se déshabiller. Comme le plancher était froid, elle se hâta de se blottir sous les couvertures, en chien de fusil. Sa fille dormait lourdement, et Eugénie colla ses pieds aux siens pour capter un peu de sa chaleur. Elle envia son sommeil, le sien étant devenu haché et plus problématique. Après avoir récité ses prières, elle se défendit de ruminer et se força à répéter des passages entiers de *Vingt mille lieues sous les mers*, son livre fétiche. Lorsque la fatigue l'envahit pour de bon, elle se tourna sur le dos, parce que c'était la posture la plus confortable étant donné son gros ventre, et elle s'endormit sans s'en rendre compte, les deux mains ouvertes relevées près des épaules, dans la même position confiante et abandonnée que celle de sa fille. On aurait dit deux sœurs sia-moises, portées par la même sérénité et la même quiétude à l'égard de l'avenir, malgré la dureté et l'inexorabilité de leur quotidien.

Deuxième partie

7

C'était la première fois, à sa connaissance, que Marie-Blanche participait à une sortie aussi élaborée, une véritable expédition hors des murs de Giffard qui, en plus, allait les amener jusqu'à la basilique de Sainte-Anne-de-Beaupré. C'était du jamais vu dans les annales de l'institution. C'était M. Déry, le bienfaiteur et mécène de la communauté, qui finançait l'excursion. Des dames charitables avaient aussi concouru à habiller les orphelines pour qu'elles fassent bonne figure : on leur avait fait endosser des robes colorées et pimpantes, assorties à des souliers flambant neufs. Un chapeau de paille, pour éviter que le soleil ne gâche leur teint, complétait la toilette. L'excitation avait grimpé d'un cran dans le rang des grandes quand les camions réquisitionnés chez des fermiers du voisinage avaient fait leur apparition. Marie-Blanche avait réussi à se glisser sur le balcon, d'où elle s'était mise à commenter tout haut leur arrivée :

— On va monter dans des camions pis voyager toutes ensemble, les filles ! J'en vois ben douze au moins, cria-t-elle à ses consœurs, qui s'étiraient le cou pour apercevoir la cohorte de véhicules qui s'alignaient devant l'orphelinat.

Le bruit des moteurs s'enflait démesurément et couvrait tout le reste.

— Mesdemoiselles, dépêchez-vous. Et vous, Marie-Blanche Dumais, revenez ici. Vous avez l'air d'une belle excitée à piailler comme une tête de linotte sur son perchoir, dit la maîtresse de salle en la tirant par le bras pour la forcer à réintégrer le dortoir.

Marie-Blanche n'offrit aucune résistance et se hâta de terminer sa toilette, tout en retenant son envie de rire. Elle était tellement heureuse de pouvoir enfin sortir de Giffard et voir le monde environnant. Ces dernières années, elle ne s'était pas éloignée de plus de quelques dizaines de pieds de sa prison, et encore, toujours dans de modestes promenades vers l'église, le cimetière ou les croix de chemin. Elle pourrait enfin tourner le dos à l'orphelinat et aller vers le monde civilisé. Et Florence serait du voyage, de même que Simone, ce qui était à marquer d'une pierre blanche dans l'histoire familiale.

Une fois que les jeunes filles eurent terminé leur préparation et qu'on les eut passées au peigne fin pour s'assurer qu'elles étaient sortables, le claquoir de bois retentit. Elles se mirent en rang, se dirigèrent lentement vers la sortie et prirent calmement l'escalier. Mais au fur et à mesure de leur descente, le rythme s'accéléra tant que c'est au pas de course que la plupart des orphelines couvrirent les derniers pieds les séparant des véhicules. Elles aboutirent dans la cour en désordre et se dispersèrent en criant vers les bennes qui les attendaient.

En dépit des appels au calme prodigués à tue-tête par les sœurs, elles prirent d'assaut les tombereaux et y grimpèrent en pagaille, comme un troupeau de moutons affolés. Marie-Blanche prit la main de Simone et elle la tira vers elle, puis elle aida Florence à monter à sa suite. Elle aida aussi d'autres filles de sa salle à se hisser à bord. En un rien de temps, tous les camions se trouvèrent remplis de filles qui s'étaient juchées là à la force du bras et en choisissant leurs compagnes de voyage, ce qui allait à l'encontre de toutes les exhortations des religieuses. Les conducteurs, des hommes âgés choisis à dessein, se grattaient le crâne en riant, étonnés de tant d'exubérance.

Les religieuses finirent par déboucher à leur tour dans la cour, les unes à la suite des autres, la mine longue et l'air fâché. Elles se concertèrent. Elles auraient pu priver de sortie leurs protégées, mais elles choisirent de passer l'éponge, quitte à sévir plus tard. On avait déjà trop investi dans cette équipée pour y renoncer. M. Déry et quelques autres bienfaitrices étaient montés à bord de leur automobile et attendaient le signal du départ. La sœur supérieure, mère Saint-Théophile, demanda qu'on arrête les moteurs en marche. Lorsque le silence fut revenu, elle prit la parole :

— Mes enfants, je n'ai pas de félicitations à vous faire pour votre obéissance. Vous deviez descendre lentement et attendre qu'on vous fasse monter dans les camions, comme des jeunes filles bien élevées, au lieu de quoi vous vous êtes toutes précipitées comme des écervelées. Je vous préviens qu'à la prochaine incartade vous retournerez directement à l'orphelinat. Est-ce que je me fais bien comprendre ? claironna-t-elle en se tournant de droite et de gauche vers les véhicules bondés.

Des dizaines de paires d'yeux la fixaient. Les orphelines, tassées les unes sur les autres, accueillirent les paroles de mère Saint-Théophile dans un silence de mort. La religieuse parlait peu et faisait de rares apparitions, mais quand elle ouvrait la bouche, c'était d'importance. On savait qu'elle était sévère et qu'elle pouvait punir durement, tout en étant juste. Le message fut reçu pour ce qu'il était, et chacune en prit note.

— M'avez-vous bien entendue, mesdemoiselles ? répéta-t-elle, un ton plus haut.

— Oui, ma mère, répondirent-elles toutes dans un bel ensemble.

— Voilà qui est mieux. Aidez maintenant vos accompagnatrices à monter à bord.

Des sœurs s'avancèrent, retroussèrent leurs longues robes en tendant la main, puis elles furent hissées à l'intérieur de leurs véhicules respectifs.

Lorsque toutes les religieuses furent en place, mère Saint-Théophile hocha la tête et se retira, après avoir donné le signal du départ.

Les moteurs se remirent en marche et les camions démarrèrent. Les automobiles se rangèrent derrière et les suivirent au même rythme.

Il faisait un temps radieux pour un début de juin. À l'arrière des camions, on riait aux éclats et on s'interpellait fortement. L'aventure sortait de l'ordinaire et s'avérait si excitante pour des jeunes filles qui n'avaient jamais mis le nez dehors ni voyagé de la sorte que les religieuses peinaient à les garder calmes. Il fallait d'ailleurs parler fort et crier même pour pouvoir se faire entendre, à cause du bruit des moteurs et du vent qui sifflait et couvrait tout. Comme le trajet jusqu'à Sainte-Anne-de-Beaupré serait assez long puisqu'on voyageait lentement, un pique-nique était prévu au retour. Dans la benne de Marie-Blanche, mère Sainte-Jeanne-d'Arc s'époumonait à leur répéter de se cramponner solidement aux ridelles et de ne pas trop se pencher vers l'avant pour éviter les accidents. Marie-Blanche était debout entre Florence et Simone, et elle exultait. Elle observait ce qui l'entourait avec avidité et ne cessait de commenter tout ce qui captait son attention.

— Regardez donc les belles vaches dans le champ là-bas, dit-elle en les désignant du doigt. Elles sont plus belles que celles de l'orphelinat. Elles sont brun pâle, avec des poils roux. J'en ai jamais vu, des comme ça.

— Tu parles, on peut pas les connaître, on est jamais sorties de Giffard, nous autres. On connaît rien.

Simone lui avait répondu cela d'une voix forte, d'un air frondeur, en regardant droit dans les yeux la religieuse qui les accompagnait.

— Tu veux dire qu'on est des ignorantes ? lui répliqua Marie-Blanche en riant.

— En plein ça.

— Ce sont des vaches Jersey, les enfants. Elles viennent de l'île de Jersey, dans la Manche, leur précisa mère Sainte-Jeanne-d'Arc en retenant sa cornette à deux mains.

Elle avait vécu à la ferme toute son enfance.

— Rappelez-vous vos leçons de géographie. La Manche, c'est ce qui sépare l'Angleterre de la France. C'est vrai qu'elles sont belles, ces vaches-là, sauf qu'elles produisent moins de lait que nos bonnes vieilles Holstein, nos vaches canadiennes. C'est quasiment six pintes de lait de moins par jour. Par contre, il y a plus de gras dans leur lait, et ça fait de la crème glacée extraordinaire.

Les orphelines écoutaient avec étonnement les indications de leur accompagnatrice. Comme on traversait un pont enjambant une rivière tumultueuse, elles s'intéressèrent à un groupe d'enfants installés sur ses rives et qui se baignaient tranquillement. Simone tourna la tête et les suivit longuement des yeux.

— Ils se baignent comme ça, tout fin seuls, eux autres. Comment ça se fait? lança Florence.

— Comment ça se fait? C'est pas des orphelins, ceux-là, c'est des enfants *normaux*, eux autres. Ils ont pas besoin d'avoir toujours quelqu'un sur les talons. Ils sont libres, contrairement à nous autres, Florence, comprends-tu?

La petite phrase au vitriol, prononcée par Simone, qui fixait toujours la maîtresse dans les yeux, mit Marie-Blanche mal à l'aise. Elle demanda à sa sœur de baisser la voix et de faire attention à ses commentaires. Leurs propos pouvaient être entendus et rapportés et leur causer des problèmes par la suite.

— Toi, t'as toujours peur, Marie-Blanche. Y faut toujours se taire pis faire attention. Moi, j'fais pas attention. J'suis tannée de faire attention.

Simone essayait de provoquer, comme d'habitude. Marie-Blanche regretta de l'avoir incitée à monter avec elle. Sa sœur était une incorrigible rebelle. Elle s'amusait à braver les religieuses sans égard pour les punitions qui s'abattaient sur elle avec une régularité désespérante. Et qu'est-ce qu'elle en retirait? Rien de bon, c'est du moins ce qu'en pensait Marie-Blanche.

Lors de son arrivée à Giffard, Simone avait traversé de durs moments. Elle refusait carrément de se plier à la discipline du dortoir, de même qu'à celle de la classe, et elle exigeait sa mère en hurlant. Comme on ne la satisfaisait pas, elle se roulait à terre, criait à pleins poumons et faisait des crises à n'en plus finir, de sorte qu'on l'avait traînée contre son gré dans un petit local et qu'on lui avait fait endosser une camisole de force. Comme Simone refusait toujours de s'amender, on l'avait laissée dormir seule dans ce réduit pendant des jours, sans autre contact avec l'extérieur qu'une religieuse qui lui apportait régulièrement de la nourriture. On la détachait pour qu'elle puisse manger, mais on la rattachait aussitôt, parce qu'elle crachait dans son assiette et étalait son contenu sur les murs. Le manège avait duré assez longtemps pour que mère Sainte-Apolline, qui craignait pour sa santé, vienne parler avec elle dans l'espoir de la raisonner. Ce fut peine perdue. Simone refusait de l'écouter et de s'alimenter, et réclamait sa mère de manière obsessive. Un jour que la responsable de la discipline lui expliquait qu'elle ne verrait pas sa mère parce qu'elle était punie, Simone s'était jetée sur elle toutes griffes dehors et lui avait arraché d'un coup sa cornette. Puis elle l'avait mordue au visage. Furieuse, la nonne avait pris une lanière de cuir et elle avait commencé à frapper la fillette en continu jusqu'à ce qu'elle demande pardon.

Marie-Blanche connaissait ces détails par Eugénie, qui les tenait du curé Côté. Ce dernier était intervenu auprès de la direction de l'orphelinat et il avait prescrit qu'on laisse Simone voir sa mère de toute urgence. Ce qui avait été fait. La petite avait passé deux heures dans ses bras, et Eugénie avait dû lui promettre de venir la voir exceptionnellement toutes les semaines. Cela parut l'avoir calmée, et on l'avait ramenée dans son dortoir. Mais le moindre accrochage, la plus petite frustration la jetait dans les mêmes excès. On la conduisait alors à l'isoloir et on lui faisait endosser la camisole de force. Depuis lors, elle avait bien dû être envoyée dans le fameux réduit au moins un jour sur quatre. Et plus les mois passaient et plus elle semblait se durcir. Les punitions de toutes sortes lui étaient infligées sans paraître la toucher. On aurait dit qu'elle s'en moquait.

Inutile de préciser qu'on l'avait placée dans la catégorie des fortes têtes et que sa réputation n'était plus à faire. D'ordinaire, celles qui se révoltaient comme elle se retrouvaient rapidement à l'école de réforme. Si Simone y avait échappé jusqu'à maintenant, c'était bien parce que le curé Côté faisait des pieds et des mains pour qu'on la garde à Giffard. La présence assidue d'Eugénie au parloir y était aussi pour quelque chose.

Marie-Blanche indiqua du doigt quelque chose à Florence. Leur camion venait tout juste de dépasser un groupe de marcheuses qui arboraient de jolies robes colorées. Elles étaient vaporeuses, seyantes, et elles laissaient une petite partie des bras et du cou à découvert. Les bottines blanches lacées haut, selon la mode du jour, complétaient l'impression de liberté que dégageaient les jeunes femmes. C'était une révélation pour des orphelines qui avaient toujours porté de lourdes robes noires faites comme des sacs, qui cachaient les bras et le cou, et qui étaient taillées dans du tissu si revêche et lourd qu'on aurait dit de la poche de jute. Plusieurs d'entre elles étaient en admiration devant le phénomène et le commentaient avec excitation.

— Marie-Blanche, on ne montre pas les gens du doigt, cela est mal élevé, la semonça mère Sainte-Jeanne-d'Arc.

— Bien, ma mère, se contenta-t-elle de répondre en baissant la tête.

— Bien, ma mère ! C'est tout ce qu'elle sait dire ? se moqua aussitôt Simone. Oui, ma mère, non, ma mère, comme vous voulez, ma mère… Une vraie pissou !

— Toi, ferme-la, lui répliqua Marie-Blanche, excédée.

Elle se détourna de Simone, à qui il ne fallut pas beaucoup de temps pour fomenter un autre conflit. On l'entendit bientôt crier :

— Aïe ! Elle a fait exprès de me piler sur le pied, celle-là.

L'autre fille jurait qu'elle ne l'avait pas vue et elle lui demandait de l'excuser. Mais Simone en remettait en se tenant le pied à deux mains et en se plaignant comme si on l'avait estropiée. Mère Sainte-Jeanne-d'Arc crut bon d'intervenir. Elle demanda à Simone de lui montrer son pied. Elle l'examina, le tourna et le plia dans tous les sens, pour finir par conclure :

— Simone, je ne vois rien de bien grave. Vous vous plaignez pour rien. Je pense que ça ne vous fera plus mal le jour de vos noces.

La petite se replia dans son coin et fit la moue. Sa tentative d'attirer l'attention avait fait long feu.

Comme on venait d'atteindre la route longeant le fleuve, un silence extasié se fit dans les rangs des orphelines. C'était pour la plupart d'entre elles la première fois qu'elles voyaient le fleuve, et la beauté à couper le souffle du paysage les toucha droit au cœur. L'immensité de la vue, les bancs de goélands qui planaient au-dessus des berges, la rive opposée où on voyait la pointe de l'île d'Orléans se détacher clairement sur un fond de ciel clair étaient autant de raisons de s'émerveiller.

— Voyez, je suis née sur l'île d'Orléans, à l'autre extrémité de l'île, à Saint-François plus précisément, leur expliqua mère Sainte-Jeanne-d'Arc.

Elle montrait du doigt le bout de l'île. Les enfants ouvraient des yeux ébahis et tentaient d'imaginer ce que devait être la vie à Saint-François. Les questions fusèrent sur ce qu'on y cultivait, ce qu'on y mangeait, sur les réjouissances du temps des fêtes, questions auxquelles la religieuse répondait avec force détails devant un auditoire suspendu à ses lèvres. Elle se dit même qu'il faudrait multiplier les activités de ce genre pour parfaire l'éducation de ces pauvres enfants qui, en effet, n'avaient jamais rien vu et ne connaissaient pas grand-chose du monde qui les entourait.

La route était belle jusqu'à Sainte-Anne-de-Beaupré et elle traversait les jolies agglomérations de L'Ange-Gardien et de Château-Richer, aux maisons spacieuses, construites selon l'architecture de l'ancien régime.

— Voyez ici le superbe moulin du Petit Pré. Il a été construit à Château-Richer par nul autre que Mgr de Laval. C'était le premier moulin industriel de la Nouvelle-France.

Mère Sainte-Jeanne-d'Arc tenait toujours sa cornette à deux mains et elle avait le feu aux joues. Elle adorait cette région où elle avait grandi et qui lui manquait souvent. Ce pèlerinage prenait à ses yeux une signification particulière.

Puis on put voir se détacher au loin avec une netteté impressionnante le beau village de Sainte-Anne-de-Beaupré.

— Savez-vous pourquoi on l'a baptisé ainsi, les enfants ? leur demanda-t-elle.

Les passagères firent toutes non de la tête.

— Parce que la bonne sainte Anne aurait rescapé d'un naufrage trois marins qu'une tempête menaçait de noyade. Ballottés par des paquets d'eau et le vent déchaîné, et étant persuadés que leur dernière heure était venue, ils avaient mis leur sort entre les mains de la mère de la Vierge Marie. Eh bien, ils ont été rejetés sur la grève de Petit-Cap, sains et saufs. Une fois remis de leurs émotions, ils se sont précipités dans la petite chapelle de l'endroit pour remercier leur bienfaitrice.

— On fait encore des miracles à Sainte-Anne-de-Beaupré ? s'empressa de l'interroger Simone.

— Oui, beaucoup de personnes ont été guéries ici. Des paralytiques ont commencé à marcher, des aveugles ont retrouvé la vue, des malades ont recouvré la santé. Comme la basilique a malheureusement été détruite par le feu, on l'a reconstruite et on l'a inaugurée il y a un an. Vous allez avoir la chance de visiter quelque chose de complètement neuf. Elle n'est pas encore terminée, mais ce qui l'est est très beau, mes enfants.

— Si elle pouvait faire des miracles et sauver des marins, pourquoi la bonne sainte Anne a pas protégé son église contre le feu, alors ?

Mère Sainte-Jeanne-d'Arc ne répondit pas à la question de Simone, qu'elle trouvait mal intentionnée. Cette enfant avait un mauvais esprit qui pouvait déteindre sur les autres, aussi jugea-t-elle plus sage de l'ignorer.

Les camions se rangèrent un à un devant l'immense basilique. Toutes les orphelines descendirent et se placèrent en rangs serrés derrière leurs accompagnatrices. On leur fit quelques recommandations, et un coup de claquoir leur indiqua de se mettre en marche. Elles obéirent et pénétrèrent tour à tour dans la basilique.

Marie-Blanche et Florence se retenaient de s'extasier à haute voix, car on leur avait bien recommandé de garder le silence. Mais la magnificence du décor impressionnait : les majestueuses mosaïques de la voûte de la grande nef, du transept et de l'abside, les superbes verrières et les rosaces, les sculptures des chapiteaux et des bancs, les nombreuses chapelles chargées de fleurs, le marbre des planchers, la richesse des dorures et des statues, tout était gigantesque et fait pour que le pèlerin se sente petit et insignifiant. Le seul point de comparaison qu'avait Marie-Blanche était l'église de Saint-Roch, qui lui parut moins belle que la basilique de Sainte-Anne-de-Beaupré. Les enfants s'agenouillèrent et récitèrent un rosaire entier, puis on leur fit assister aux dix stations du chemin de croix, commentées tout bas par la chef de groupe. Pendant ce temps, quelques grandes choisies pour leurs bonnes notes eurent le privilège d'allumer des lampions devant un petit autel situé sur le côté droit. Elles durent formuler des vœux, car on les vit se recueillir longuement avant de passer à l'action. Florence savait bien ce qu'elle aurait réclamé si elle avait eu la chance d'être à leur place : elle aurait souhaité connaître sa mère et son père. Mais lampions ou pas, elle se recueillit, ferma les yeux et formula secrètement sa requête. Elle implora de toutes ses forces la bonne sainte Anne de faire un miracle en sa faveur, afin de dessiller les yeux de ses parents et de les amener à sortir de leur anonymat. Elle qui n'avait jamais rien demandé, voilà qu'elle exigeait tout à coup que la vie lui rende enfin justice et lui donne un peu de bonheur.

Après des chants religieux entonnés par la chorale de l'orphelinat, le groupe se dirigea vers le cyclorama, où les attendait une nouvelle expérience. Il s'agissait d'un panorama s'étendant sur plus de trois cent soixante pieds de circonférence et représentant Jérusalem et la crucifixion. L'illusion était parfaite et donnait au spectateur l'impression d'être sur place. De la galerie d'observation, les orphelines purent contempler plus de cinquante milles de campagne environnante aux quatre points cardinaux. Ce voyage visuel unique en Terre sainte les marqua fortement et ce fut ce qui les enchanta le plus.

Après quoi il fallut remonter en camion et prendre le chemin du retour. Marie-Blanche et Florence trouvaient que le temps avait coulé trop vite et s'en désolaient. Elles se réjouirent lorsqu'on leur rappela qu'il restait encore le pique-nique. De fait, les véhicules stoppèrent bientôt le long de la route. L'endroit était planté de nombreux arbres, et le fleuve, qu'on voyait à travers le feuillage, coulait paisiblement sur son lit de roches. Des tables de bois étaient dressées en nombre suffisant pour que tout le groupe puisse s'y installer. Les religieuses et les dames charitables s'empressèrent de placer des nappes sur les tables, de distribuer la vaisselle et de sortir les grands paniers d'osier contenant le dîner.

M. Alphonse Déry, le bienfaiteur de la communauté, était tout sourire. Il s'avançait, accompagné d'un aide qui transportait une grosse caisse de boissons gazeuses. Lorsqu'elle fut posée sur le sol, il commença à les distribuer lui-même, en lançant:

— Qui veut une liqueur? Il y a de l'essence de cerise, d'orange et d'épinette, mesdemoiselles.

Il avait à peine terminé sa phrase que les orphelines l'entouraient déjà, en tendant la main et en criant leur choix.

Le vieux monsieur habitait à l'orphelinat depuis la mort de sa femme et il participait régulièrement aux activités de l'établissement. C'était un commerçant prospère de Québec, qui avait fait fortune dans la confiserie et qui avait entièrement financé la construction de l'édifice de Giffard, en 1925. Il continuait à prendre à sa charge les coûts des différentes activités, de même qu'à faire des cadeaux aux enfants.

Marie-Blanche se souvenait de lui et de sa gentillesse parce qu'elle l'avait déjà rencontré personnellement. Il tenait à se renseigner auprès des orphelins pour s'assurer qu'ils ne manquaient de rien et il lui arrivait souvent d'en convoquer quelques-uns, au hasard.

— Marie-Blanche Dumais, c'est bien ton nom, n'est-ce pas ? lui avait-il dit dès l'abord.

— Oui, monsieur Déry.

— Y a-t-il quelque chose que je puisse faire pour toi, mon enfant ?

— Pour moi, tout va bien, monsieur Déry, à part que j'ai des souliers trop petits et que j'ai mal aux pieds, mais…

L'homme avait abaissé son regard sur ses pieds et avait constaté que les chaussures qu'elle portait semblaient un peu serrées et en mauvais état. En y regardant de plus près, il vit que le cuir de la semelle était tout usé et que le bout du soulier était déformé et retroussait vers le haut, ce qui pouvait être inconfortable.

— Pauvre enfant ! Comment a-t-on pu t'affubler de pareils souliers ? Mais ne t'inquiète pas, je te ferai avoir de bonnes chaussures. Quelle pointure portes-tu ?

— J'sais pas, monsieur, avait dit Marie-Blanche, gênée.

Le vieillard s'était penché sur son pied, lui avait enlevé sa chaussure et avait regardé à l'intérieur. Puis il la lui avait remise.

— C'est du quatre. Très bien, demain tu auras une paire de chaussures de pointure cinq. Ce sera plus confortable. Mais j'ai cru remarquer que tu hésitais. Y a-t-il autre chose que tu voulais me dire ?

Marie-Blanche aurait aimé lui parler de Simone et du fait que sa sœur passait une grosse partie de son temps en isolement, mais elle avait préféré se taire. Elle craignait d'avoir des problèmes si elle abordait ce sujet et elle ignorait si elle pouvait faire confiance à ce monsieur, qui était en bons termes avec les religieuses.

— Non, monsieur Déry, j'vous remercie.

— Es-tu heureuse ici, mon enfant ?

— Je serais plus heureuse avec ma mère, mais… c'est la vie, comme on dit.

Le bienfaiteur avait eu un sourire amusé. Il trouvait que la petite avait un bon sens de la répartie et, aussi, il la prenait en pitié.

— Je vois que tu es une fille raisonnable et courageuse qui comprend la vie. Mais… y a-t-il quelqu'un qui te fait des problèmes ici ?

— Oh non, plus maintenant, avait-elle répondu, un peu trop vite à son goût.

Marie-Blanche s'était mordu la lèvre devant sa stupidité. Elle ne voulait pas dévoiler sa vieille inimitié pour son ancienne titulaire, mais comme l'homme insistait, elle était passée aux aveux. En précisant bien, toutefois, que le problème était réglé depuis qu'elle avait une nouvelle institutrice.

— Si tu as de nouveaux problèmes, reviens me voir et je t'aiderai. Nous sommes d'accord, Marie-Blanche ?

— Oui, monsieur Déry. Et merci beaucoup.

Et le lendemain, on l'avait gratifiée de beaux souliers neufs à sa pointure.

Ce M. Déry, donc, qu'elle avait eu la chance d'approcher, continuait sa distribution de boissons gazeuses. Les filles se bousculaient pour obtenir la fameuse boisson, à laquelle la plupart n'avaient jamais goûté avant ce jour.

— Mesdemoiselles, de l'ordre s'il vous plaît. Chacune à son tour. Il y en a pour tout le monde, leur rappela mère de Saint-Grégoire, la responsable de la salle des grandes.

Simone avait pris une boisson de cerise, alors que Florence et Marie-Blanche avaient préféré une orangeade Crush. Des sandwichs au jambon leur furent distribués, de même qu'une pomme et deux biscuits au chocolat Viau. Puis on donna à chacune une bonbonnière contenant des dragées de toutes les couleurs.

On les pria de s'asseoir ensuite aux tables. Marie-Blanche et Florence riaient de tout et dévoraient leur repas à belles dents, heureuses comme elles ne l'avaient pas été depuis longtemps, pendant que Simone sirotait pensivement sa liqueur de cerise.

— J'ai demandé à la bonne sainte Anne de faire que maman me ramène à la maison au plus vite. Croyez-vous qu'elle va m'exaucer, mère de Saint-Grégoire ? lança tout à trac Simone, avec un petit air narquois.

La religieuse parut décontenancée. Après un moment d'hésitation, elle répondit néanmoins :

— Si elle juge que vous le méritez, probablement, Simone.

— Parce qu'y faut le mériter ?

— Cela dépend. C'est elle qui doit juger si c'est bon pour vous.

— Elle sait tout, elle aussi, comme Jésus ?

Mère de Saint-Grégoire étouffa un soupir. Cette enfant l'exaspérait par ses questions piégées. Son intelligence au-dessus de la moyenne était toujours tournée vers ce qui pouvait choquer ou remettre en question les dogmes établis. La nonne se força tout de même à offrir une réponse qui ne serait pas compromettante.

— J'imagine qu'elle sait beaucoup de choses, elle aussi, mais pas autant que Dieu, qui sait tout.

— Alors, si elle sait pas tout, comment elle peut juger si j'le mérite ou non ?

— Écoutez, Simone, vous posez trop de questions et vous dérangez les autres, à la fin. On est ici pour prendre du bon temps, alors taisez-vous et mangez !

Marie-Blanche jeta un œil amusé à Florence. Pour une fois, elle trouvait que sa sœur avait raison. Mais elle se garda bien de l'exprimer, pour ne pas trop l'encourager à continuer à fronder.

Simone se leva et s'approcha de M. Déry, qui était assis à l'autre table et lui tournait le dos. Elle lui glissa quelque chose à l'oreille. Ce dernier se retourna, il fit oui de la tête et il lui posa une question. La petite répondit, et M. Déry hocha de nouveau la tête, en signe d'acceptation.

Cela n'échappa pas à mère de Saint-Grégoire, qui commanda sèchement à la jeune fille de venir se rasseoir à sa place.

Après le repas, la chorale de l'orphelinat, dont faisait partie Florence, entonna un chant de remerciement à l'égard de M. Déry et des organisatrices de la journée. Il y était question de leur digne fondateur qui, « par sa générosité sans faille, son humanité et son zèle désintéressé, continuait l'œuvre admirable de mère Mallet, la fondatrice de la communauté ». On réaffirmait aussi la reconnaissance du personnel et des orphelins envers les autres bienfaiteurs en la traduisant en ferventes prières répétées chaque matin. Et la chanson se termina sur ces mots : « Ô mon Dieu, bénissez nos bienfaiteurs et protégez-les toujours ! »

Une fois cela fait, on fit remonter les enfants à bord des camions, qui reprirent tranquillement le chemin du retour vers Giffard. Comme quoi même les plus belles choses avaient une fin.

— Je t'attendais, Simone Dumais. Assieds-toi.

La fillette était intimidée. M. Déry l'avait fait demander ce matin-là. Elle supposait que c'était pour donner suite à sa requête le jour du pique-nique. Elle lui avait dit qu'elle voulait lui parler parce que des filles de sa salle lui avaient assuré que le vieux monsieur était gentil et qu'il prenait le parti des orphelines.

Elle tira une chaise et s'assit en face de lui. M. Déry portait une redingote de velours noir et il avait de beaux cheveux blancs très fournis. Son teint rosé et épanoui trahissait la bonne santé. Simone se dit qu'il était aussi beau que son père, ce qui n'était pas un piètre compliment.

Mais elle se sentait mal à l'aise et se demandait si elle avait bien fait de vouloir se confier à quelqu'un qu'elle ne connaissait pas.

— Tu voulais me parler, petite ?

Elle prit une grande respiration et décida de se lancer, advienne que pourra.

— Oui, monsieur Déry. On dit que vous êtes gentil et que vous aidez les orphelines. Je… j'ai… des problèmes avec une sœur. Elle m'envoie dans un endroit dormir toute seule plusieurs nuits, elle m'attache les bras et elle me frappe des fois avec quelque chose qui fait très mal. J'ai peur d'elle.

L'homme fronça les sourcils. Ce qu'il venait d'entendre n'était pas si étonnant que cela, même si la chose se produisait rarement. Il avait déjà vu un cas semblable. Il se souvenait d'avoir fait une grande colère lorsqu'il l'avait appris, et aussi, malheureusement, de s'être mis temporairement à dos la directrice de la discipline. Mais il ne pouvait pas refuser d'écouter les doléances de cette pauvre enfant. Son statut de bienfaiteur privilégié de la communauté lui conférait d'ailleurs assez de pouvoir pour lui permettre de faire cesser ce genre d'abus.

— Avec quoi te frappe-t-elle?

— Avec quelque chose comme une ceinture de cuir qui fait très mal. Ça saigne parfois, pis j'ai de la misère à m'asseoir après.

— Tu peux me donner le nom de cette religieuse?

— C'est mère Sainte-Apolline, monsieur Déry.

— Est-ce que cela est arrivé souvent?

— Trois fois, monsieur.

— Et pourquoi te frappait-elle, le sais-tu?

— Parce que je désobéissais. Une fois, c'est parce que j'ai arraché la cornette de la sœur et que je l'ai mordue. Mais les autres fois, j'avais juste crié parce qu'on voulait pas que je voie ma mère au parloir.

Simone se sentait en confiance et elle n'avait pas de raison de redouter de répondre aux questions.

— Et pour la camisole de force, cela est-il arrivé aussi souvent?

— Chaque fois que je continuais à crier et à pleurer. Beaucoup de fois, j'les ai pas comptées.

— Et ta mère ne peut pas te reprendre?

— Non, elle est trop pauvre depuis que mon père est mort. Tous mes frères et sœurs sont ici, aussi.

— Qu'est-ce que te demande mère Sainte-Apolline pour faire cesser les punitions qu'elle t'impose ?

— D'arrêter de pleurer et de faire des crises.

— Pourquoi fais-tu des crises, Simone ?

— Parce que je veux voir maman. Je m'ennuie d'elle. Pis j'aime pas ça vivre ici.

— Tu la vois souvent, ta maman ?

— Chaque fois qu'y a parloir, maintenant. Pis j'suis moins tannante qu'avant aussi. Mais on dirait que les sœurs m'haïssent. Elles m'aiment pas, en tout cas. Dès que j'ouvre la bouche, on m'envoie dormir toute seule dans cette chambre, loin des autres. J'aime pas ça.

M. Déry était ambivalent. Il voulait aider, mais il fallait qu'il le fasse de façon à ne pas pénaliser davantage la fillette. Il se dit qu'il interviendrait au moins pour qu'on cesse d'envoyer Simone en isolement et pour que les brimades dont elle était victime prennent fin.

— Si tu me promets de ne plus faire de crises, je vais essayer de t'aider, Simone. Mais tu devras faire de gros efforts pour changer de comportement. Tu en es capable. Quand tu penseras avoir été traitée injustement, viens me voir plutôt que de te rouler par terre, de hurler ou de mordre, et j'essaierai de régler le problème avec la religieuse concernée. Es-tu d'accord, Simone ?

— Oui, monsieur, se borna-t-elle à dire.

Elle était soulagée de voir qu'on ne la traitait pas comme une enfant et qu'on prenait sa plainte au sérieux.

Elle s'en retourna dans sa salle de classe assez satisfaite de sa rencontre et persuadée que l'intercession du vieux monsieur suffirait à arranger les choses.

�֍

— Simone Dumais, venez ici tout de suite.

Mère Sainte-Apolline, qui l'avait rejointe pendant qu'elle se rendait en classe avec ses compagnes, la força à sortir du rang. Puis elle lui ordonna de la suivre.

Simone sentait que ses jambes se dérobaient sous elle, mais elle s'efforçait de n'en rien laisser paraître. Il ne fallait pas montrer sa peur.

Lorsqu'elles se trouvèrent à l'abri des regards, dans un local situé au fond d'un corridor qu'on n'empruntait jamais, la sœur se tourna vers elle avec un rictus de colère.

— Vous vous êtes plainte de moi à M. Déry ? Pourquoi ?

La religieuse la tenait par le bras et la secouait comme un prunier. Simone prit peur, s'arracha à son emprise et tenta de se sauver, mais la sœur referma la porte sur elle d'un coup de pied.

— Répondez-moi. Pourquoi avoir parlé à M. Déry ?

La voix était méchante, et les paroles étaient prononcées entre des dents serrées de rage.

Simone ne répondait pas. Elle tremblait trop pour pouvoir formuler quoi que ce soit.

Comme l'enfant refusait toujours de répondre, la mère la gifla de toutes ses forces puis elle la poussa contre le mur.

— Tu vas avoir des problèmes avec moi, ma petite. Il ne fallait pas aller te plaindre, surtout pas à ce monsieur-là. Tu vas payer pour cela. Suis-moi.

Le passage du *vous* au *tu* donna froid dans le dos à Simone. La mère l'agrippa par le bras et elle la sortit de force de la pièce. Elle la poussa ensuite devant elle jusqu'à une salle de bains, où elle la força à pénétrer.

— Attends ici et déshabille-toi. Ne garde que ta chemise.

Simone s'exécuta, la mort dans l'âme. Elle ne savait pas ce qui l'attendait, mais elle se doutait bien qu'elle passerait un mauvais quart d'heure. Au bout d'un long moment, elle vit arriver une grosse laïque peu engageante, qui s'agenouilla devant elle et se mit à manipuler les robinets pour tester la température de l'eau. La femme ne lui adressa pas la parole et ne lui jeta aucun regard. Lorsqu'elle fut satisfaite, elle dirigea le jet d'eau directement sur Simone, qui suffoqua sous le choc. La douche glacée lui coupait le souffle. C'était si froid que Simone se mit à hurler à pleins poumons. Mais l'autre continuait comme si de rien n'était. Elle l'arrosa copieusement et pendant un long moment. Comme si cela ne suffisait pas, la tortionnaire prit ensuite une brosse de crin et elle se mit à frotter vigoureusement le dos et les fesses de Simone, comme s'il s'agissait d'un plancher encrassé.

L'enfant hurla de douleur. Elle se débattait à l'aveuglette pour échapper à l'opération, mais la femme la maintenait d'une main de fer.

— Ça sera de même chaque fois que tu désobéiras. Chaque fois, lui lança-t-elle méchamment entre des dents gâtées.

Elle prolongea le supplice assez longtemps pour briser la résistance de la rebelle. N'en pouvant plus, Simone éclata en sanglots, elle qui s'était juré de ne pas pleurer. Ses larmes coulèrent et se mêlèrent à l'eau qui dégoulinait sur son visage. Elle claquait des dents, la peau du dos et des fesses lui chauffait terriblement, et elle ne voyait plus rien.

Vaincue par la peur et comprenant qu'on pourrait lui faire encore plus de mal si elle résistait, Simone se laissa faire sans protester. Voyant cela, la grosse femme s'arrêta net. Elle ferma le robinet, tira sa victime par le bras et elle la ramena dans la pièce attenante. La bénévole la remit aux bons soins de la sainte mère, qui l'attendait patiemment.

Simone était trempée jusqu'aux os et elle grelottait. Mais elle avait cessé de pleurer. Avant de tourner les talons, la grosse préposée laissa tomber du bout des lèvres :

— Celle-là, c'est une forte tête.

⁂

M. Déry faisait les cent pas devant le bureau de la mère supérieure. Lorsqu'il la vit arriver, il s'élança à sa suite. La religieuse s'empressa de refermer la porte sur eux. Il fallait éviter que cette histoire ne s'ébruite. Un scandale était toujours un événement à craindre, et il n'était pas question que la réputation de l'orphelinat en souffre.

— Mère supérieure, cette pauvre enfant a été maltraitée par ma faute. C'est moi qui ai parlé à mère Sainte-Apolline, en espérant qu'elle aurait assez de contrôle sur elle-même pour que les choses se tassent. Mais je me trompais. Elle a fait battre cette fillette d'une façon que je qualifierais d'abusive.

Il l'avait appris de la bouche même de Simone, qui s'était précipitée chez lui en catastrophe dès qu'elle avait pu échapper à la surveillance des religieuses.

La supérieure soupira bruyamment. Elle n'avait pourtant pas besoin de ce problème supplémentaire.

— Écoutez, monsieur Déry, mère Sainte-Apolline voit mal que vous vous mêliez de questions de discipline. Cela est de son strict ressort.

— Quand il s'agit d'enfants maltraités, je ne puis que m'en mêler. Je n'ai pas financé cette institution pour qu'on y torture de pauvres orphelins.

— Torture, torture, c'est vite dit. N'oubliez pas que nous avons, à titre de responsables, non seulement le droit, mais le devoir de les corriger pour les ramener dans le bon chemin. La loi nous le permet. Nous avons les mêmes pouvoirs qu'un bon père de famille.

— Un droit de correction ne signifie pas qu'il faille faire saigner l'enfant ni lui infliger de grandes douleurs. Or cette petite est maintenant à l'infirmerie parce que sa peau du dos et des fesses est tellement enflée qu'elle ne peut plus s'asseoir. Elle ne peut dormir que sur le ventre. Et j'ai su aussi qu'elle était isolée des autres, qu'elle dormait souvent avec une camisole de force et qu'elle était parfois battue avec une courroie de cuir. Par la même personne, bien entendu.

— Je vous concède, mon cher monsieur, qu'il y a eu exagération. Même si elle est particulièrement difficile et même si sa mère elle-même n'a jamais réussi à la mater. Vous savez, nous héritons souvent de problèmes humains insolubles, causés par des milieux familiaux tarés et réfractaires. Ce qui ne change rien au fait que mère Sainte-Apolline a manqué de jugement et a erré, nous en convenons tous les deux. Je peux vous promettre que cela ne se reproduira plus. N'oubliez pas que le rôle de responsable de la discipline est bien ingrat. Mère Sainte-Apolline a refusé cette charge à maintes reprises, se disant incapable de l'assumer, mais on la lui a imposée. Elle a obéi, comme nous le faisons toutes.

— Peut-être y aurait-il lieu alors de lui confier des tâches plus en accord avec ses talents ? Que faisait-elle avant ?

— C'est une musicienne accomplie, monsieur Déry.

— Eh bien, confiez-lui les prochains cours de musique que vous souhaitez implanter ici. Elle sera plus heureuse et davantage compétente.

— Nous ne fonctionnons pas de cette façon, malheureusement. Le bonheur n'entre pas dans notre équation quand il s'agit de distribuer les tâches. On les donne à celles que nous croyons le plus aptes à les remplir. Or mère Sainte-Apolline est une personne talentueuse et brillante, qui s'est toujours bien acquittée de ses responsabilités. Mais je sais qu'elle est épuisée, en ce moment, et qu'une période de repos lui serait salutaire.

— Je le crois aussi. Faites en sorte qu'elle prenne des vacances dans sa famille ou ailleurs. Un congé assez long, qui lui permettra de regagner des forces.

— Je peux en effet veiller à ce que cela se réalise, monsieur. Quant à cette enfant, cette Simone Dumais, je m'arrangerai pour qu'elle ne soit plus en contact avec elle. Cela vous convient-il ?

Le bienfaiteur fit un grand oui de la tête. Il se dit satisfait et il demanda que la fillette soit soignée avec la plus grande attention.

— Cela va de soi, monsieur, bien sûr. J'aimerais cependant que cette histoire ne soit pas ébruitée. Pour protéger la réputation de la maison. Vous me comprenez, n'est-ce pas ?

175

M. Déry comprenait. Il s'engagea à ne parler à personne de ce malheureux incident. Avec les garanties de la supérieure, il pouvait espérer qu'un tel abus de pouvoir ne se reproduirait plus. Il quitta la mère supérieure le cœur plus léger, convaincu de n'avoir fait que son devoir de bon chrétien.

Simone passa trois jours à l'infirmerie et elle récupéra si bien que, lorsque Eugénie vint la visiter au parloir, elle était guérie. Elle se garda bien, toutefois, de lui parler de son aventure de peur d'avoir de nouveaux problèmes. Elle avait obtenu de M. Déry l'assurance que mère Sainte-Apolline n'aurait plus jamais affaire à elle, et cette seule perspective suffisait à la soulager.

Dès qu'elle avait vu entrer sa mère, ce dimanche-là, elle s'était jetée éperdument dans ses bras, comme s'il y avait des mois qu'elle n'était pas venue la visiter. Eugénie avait failli perdre l'équilibre sous l'assaut.

— Mon Dieu, qu'est-ce qui te prend, ma Momone ? T'as failli me renverser.

Elle venait voir Simone tous les dimanches, maintenant, et ses autres enfants aux deux semaines seulement. C'est ce qui avait été entendu à la suite des pressions du curé Côté. Ce qui signifiait que, un dimanche sur deux, Eugénie n'appartenait qu'à Simone. Sa mère tout entière n'était là que pour elle. Elle en profitait pour se blottir dans ses bras et lui faire toutes sortes de câlins.

Elle remarqua que sa maman était plus belle que jamais. Elle avait beaucoup maigri et elle avait presque repris sa taille de jeune fille. Ses beaux cheveux brun clair étaient coiffés avec soin, comme du temps où leur père était vivant. Eugénie portait aussi des souliers plus hauts, à semelle compensée. Simone se dit que sa mère devait faire tourner les têtes et elle en conçut un brin de fierté.

— Mais t'as encore changé, toi, s'exclama Eugénie en regardant sa fille avec attention.

Elle trouvait qu'elle grandissait vite et que c'était perceptible d'une semaine à l'autre, lui semblait-il. C'est vrai que Simone avait presque douze ans et elle faisait déjà cinq pieds. Elle serait grande comme son Alphonse, songea-t-elle en s'attendrissant. Grande et élancée, mais pas aussi racée ni aussi belle qu'Estella ou Marie-Blanche, cependant. Mais elle aurait son charme, elle aussi, une fois passée l'adolescence.

— Vas-tu bien, Simone? Y m'semble que t'es pâle.

— Inquiétez-vous pas, maman, j'vais bien.

— Bon, tant mieux. Pis cette histoire de te faire dormir dans une autre pièce pis de t'frapper avec une ceinture, c'est réglé?

— Oui, maman, j'dors toujours avec les autres à c't'heure, mentit Simone.

Eugénie eut l'air soulagée.

— Notre curé Côté a fait du bon travail. J'vais le remercier encore une fois. Pis est-ce que t'as des contacts de temps en temps avec tes sœurs?

— Pas souvent. Seulement avec Marie-Blanche, des fois. J'vois pas souvent les autres. Elles sont dans la salle des plus jeunes.

— Quand vous allez sortir d'ici, vous vous reconnaîtrez même plus. Ça va faire une belle famille. Comment ça se fait que les religieuses essaient pas de vous réunir de temps en temps? Y m'semble que c'est important, la famille. Mais tu devrais voir Germaine, continua Eugénie. Elle a huit ans, elle est assez grande pis elle parle tout le temps. Et pis elle est drôle, un vrai bouffon. Et Rachel, à c't'heure, elle est belle comme le jour. Je sais pas où elle a pris cette beauté-là, mais c'est vraiment spécial. Pis elle a une voix superbe de soprano. Un vrai talent.

Cette remarque produisit chez Simone un petit pincement au cœur. Elle en avait ras-le-bol de toujours se faire dire que

Rachel était belle comme le jour. Et elle, alors, il n'y avait rien à en dire ?

Simone se mit à ronger la peau autour d'un de ses ongles.

— Arrête donc de te manger les ongles pis tiens-toi droite. Tu te tiens toujours voûtée comme une vieille. Sois plus fière de toi. T'es grande, élancée, pis t'as une belle tignasse, ma Momone, lui chuchota-t-elle en lui caressant les cheveux.

Mais Eugénie changea de sujet et prit un air inquiet.

— J'te dis que c'est pas facile à la maison par les temps qui courent. Tout est devenu hors de prix. J'trouve que c'est pire qu'en 1930. Au moins, on savait qu'on était dans le creux de la crise pis on pouvait espérer que le temps arrangerait les choses. Mais non, j'ai l'impression que c'est pire encore. Si la nourriture est un peu moins chère, y a pas plus de travail, pis les salaires remontent pas vite. On vivote. Ton frère gagne très peu comme homme à tout faire à la fonderie, pis ta sœur Estella commence à penser au mariage, imagine. Si elle part, on perd un bon revenu. Avec le peu que je fais, j'vois mal comment on va pouvoir s'en tirer. J'fais pourtant des ménages, des lavages, des repassages, mais ça suffit pas. À vingt-cinq cents le ménage, on va pas loin.

Simone prit un air de chien battu. Elle se désolait à l'idée que ce n'était pas demain la veille qu'elle retournerait à la maison.

— Oh, je t'ennuie avec mes problèmes, ma pauvre p'tite fille. Tu dois ben penser que ta mère est une mauvaise mère qui arrive pas à se débrouiller. Mais tu verras quand tu seras sortie comme c'est dur, la vie. Mais parle-moi plutôt de tes études, Simone. Comment ça va ?

— Bien, maman. J'ai encore eu dix sur dix en calcul et en français. Pis j'ai eu neuf sur dix en géographie. Y a qu'en religion que j'ai pas des bonnes notes. J'haïs ça, moi, la religion. Je trouve que ça s'apprend pas, ça. On croit ou on croit pas.

— Comment, on croit pas ? Tu parles pas de toi, j'espère ? Tu crois en Dieu, Simone ?

— Mais oui, maman. Mais des fois, quand tout va mal, j'crois plus en rien.

— Tu m'fais peur. Quand est-ce que ça va si mal pour toi, ma Momone ?

— J'parlais pas pour moi, maman, mentit-elle encore une fois, en rougissant un peu. C'est en général, quand ça va pas autour de moi. Des fois, les filles sont malheureuses ici. Y en a des pires que moi. Des vraies orphelines, sans père ni mère, ou bien qui ont été battues par leur père.

— Ah bon, j'aime mieux ça. Si on te traitait mal, tu me le dirais, hein, Simone ?

Si Eugénie avait fait intervenir le curé Côté, c'était parce que sa fille ne dormait pas avec les autres et que la responsable de la discipline l'avait frappée une fois. Elle ignorait encore, par contre, qu'on lui avait fait porter une camisole de force et qu'on l'avait battue à plusieurs reprises. Quant aux mauvais traitements dont Simone avait été victime récemment, elle ne l'apprendrait que quand celle-ci se déciderait à tout lui avouer.

— Ben sûr que je vous le dirais, maman, voyons, mentit-elle une troisième fois.

Pour le moment, elle préférait taire cette histoire. Et puis elle découvrait avec fierté qu'elle était capable de se défendre toute seule. C'était toujours bien grâce à son initiative que les derniers événements s'étaient précipités et que son problème avait trouvé une solution. Elle voulait épargner sa mère, qui semblait tellement dépassée qu'elle se refusait à l'accabler davantage. Pour tout dire, elle redoutait surtout que son intervention ne gâte la sauce. Eugénie était si impulsive que cela pouvait faire plus de mal que de bien, croyait-elle.

— Maman, j'voulais vous dire que je suis grande fille, maintenant, lui chuchota Simone, pour faire diversion.

— Déjà, mon Dieu ! Mais quel âge t'as, toi ?

— J'ai bientôt douze ans, maman.

— Douze ans, mais c'est pas un peu tôt pour être indisposée ? Y m'semble que moi, je l'ai été plus tard… j'me souviens plus. Que le temps passe vite. T'es donc une femme, à c't'heure, ma Momone. Marie-Blanche aussi… Déjà des femmes, et encore si p'tites, au fond.

Eugénie plaignit ses pauvres filles, qui rejoignaient trop tôt la cohorte des femmes en âge de procréer, avec tous les avatars rattachés à leur sexe.

— Marie-Blanche a presque treize ans, elle. Pis les trois autres qui poussent derrière : Germaine, Lisa pis Rachel, qui vont bientôt être des femmes… Ça va trop vite pour moi.

Simone aurait eu envie de répliquer à sa mère que, pour elle, ça n'allait pas assez vite à son gré. Car dans combien d'années quitterait-elle sa prison ? se demandait-elle. Trois, quatre ans encore ? Ou davantage ? Elle l'ignorait, mais les détails que sa mère lui donnait sur sa situation monétaire donnaient à penser que ce serait encore long.

— Écoute, ma chérie, l'important, c'est que ça aille mieux pour toi. Si on te fait plus dormir dans une pièce à part, c'est que ça va mieux. T'es bien obéissante, au moins ?

— Oui, maman. J'obéis tout le temps maintenant.

— T'aurais pas eu de problèmes si t'avais fait comme ta sœur, Marie-Blanche. Elle a vite compris que ça donnait rien de se révolter, elle. Tu sais qu'elle a des bonnes notes, elle aussi ? Comme toi, ma Momone. Pis elle a souvent la médaille d'honneur. J'suis vraiment fière de vous deux.

Simone n'écoutait plus. Elle savait ce qui allait suivre puisqu'elle se faisait servir le même couplet chaque fois. Toujours ces comparaisons entre elle, si rebelle, et sa sœur, Marie-Blanche, si gentille et si fine. Elle, elle était différente, et elle avait décidé une fois pour toutes qu'elle ne se plierait pas à n'importe quoi. Voilà tout !

Réalisant que Simone avait l'air ennuyée, Eugénie changea de sujet :

— Vois-tu ton frère Wilfrid de temps en temps ?

— Des fois, je lui fais signe de la main quand il passe avec son groupe. Mais il m'répond pas souvent. C'est un drôle de gars. On dirait qu'il me reconnaît pas.

— La dernière fois que j'suis venue, reprit Eugénie avec une pointe de tristesse dans la voix, il a refusé de venir au parloir. Cet enfant-là m'en veut, mais pourquoi ? Il est à l'école d'industrie, comme l'était Albert, pis y m'semble qu'il devrait être heureux d'apprendre des choses qui vont lui servir plus tard. Il a presque quatorze ans, c'est plus un bébé, après tout. Albert vient le voir souvent pis il s'inquiète de lui. Mais je vois pas pourquoi. Il est pas si mal ici, pourtant.

Et le reste de la conversation d'Eugénie se déroula sur la même erre d'aller. Elle était préoccupée du sort de l'un ou de l'autre de ses enfants et elle s'en ouvrait à sa fille, comme si celle-ci avait pu la conseiller. Mais Simone plaignait secrètement sa mère et elle la prenait en pitié. Et puis elle se jurait que, une fois adulte, elle n'aurait jamais d'enfants. Vue de ses douze ans, cette tâche lui semblait bien trop ingrate. Elle n'en voulait pas à sa mère et elle comprenait qu'elle ne faisait que son possible, mais elle était en révolte contre tout le reste. C'était un sentiment informe, dirigé de façon générale contre l'autorité et les privilégiés de ce monde. Chaque fois qu'elle croisait les belles jeunes filles du pensionnat lors d'une sortie de groupe, Simone sentait monter en elle un sentiment de colère et de jalousie mêlées devant leurs vêtements bien taillés, leurs sacs de cuir souple et leurs souliers raffinés. Mais elle ne parla pas non plus de cela à sa mère, qui l'aurait peut-être blâmée.

Elle la laissa faire ses commentaires sur tout et sur rien, se contentant de se coller à elle de temps à autre pour s'en rapprocher, effleurer sa joue et s'enivrer de son parfum bon marché. Ce jour-là et jusqu'à son départ, Simone retint la main de sa mère dans la sienne, comme si elle avait peur de la perdre et d'être abandonnée à nouveau. Et lorsque Eugénie se retira, ce départ fit aussi mal à Simone que la première fois qu'elle l'avait quittée pour l'orphelinat, à croire qu'elle serait une éternelle infirme, incapable de s'accoutumer aux séparations et aux incontournables ruptures que leur imposait la vie de tous les jours.

8

L'alarme d'incendie se déclencha au milieu de la nuit, et on l'entendit résonner sur chaque étage et jusque dans les moindres recoins de l'orphelinat. Les enfants se réveillèrent en sursaut. Comprenant ce qui se passait, les grands sautèrent rapidement au bas de leur lit et se dirigèrent vers la sortie.

— C'est la cloche de feu, les enfants. Sortez des dortoirs, dirigez-vous vite, en ordre et sans courir, vers les escaliers, criaient les maîtresses de salle.

Une cohorte d'orphelins en robe de nuit et en pyjama, les yeux encore bouffis de sommeil, se forma bientôt sur chaque étage. Puis elle s'écoula calmement par les escaliers.

Les responsables de la sécurité, marqués d'un brassard jaune enroulé à l'avant-bras, dirigeaient les enfants et aidaient ceux qui semblaient paniqués. Il fallait réfréner les comportements dangereux et empêcher tout ce qui pouvait ralentir l'évacuation. Marie-Blanche était responsable de la sécurité pour son groupe d'âge. Avec d'autres, elle avait suivi une formation pour aider ses camarades à sortir rapidement et sans gêner. Ce n'était qu'un exercice de feu, mais personne ne le savait, à part les autorités de l'orphelinat. On voulait tester la vitesse d'évacuation de façon à éviter les problèmes advenant un véritable incendie.

La tension était tout de même palpable, et un petit nombre, surtout parmi les plus jeunes, étaient carrément paniqués. Certains refusaient de quitter leur salle, et il fallait les tirer dehors de force. C'est ce que Marie-Blanche dut faire quand une maîtresse de salle vint lui demander de l'aider à faire sortir deux fillettes, qui s'étaient cachées sous un lit. Elles pleuraient et refusaient de bouger de là. Marie-Blanche les appela par leur nom, leur ordonna de sortir d'une voix forte et, voyant que rien n'y faisait, elle plongea sous le lit et en empoigna une par les jambes. Elle la tira avec force et la confia ensuite à sa maîtresse de salle, qui l'emporta avec elle. La deuxième enfant fut plus difficile à contrôler.

— Viens, Louisette, aie pas peur, lui dit Marie-Blanche. Viens avec moi. Je te ferai pas de mal. Y faut rejoindre les autres, on nous attend dehors, dit-elle à la petite, tout en essayant de l'attraper par une jambe.

Mais l'enfant était tellement affolée qu'elle donnait des coups de pied à la volée et se débattait avec la dernière énergie. On aurait dit que sa vie en dépendait. Marie-Blanche essayait de la raisonner, mais elle ne voulait rien entendre. Elle s'accrochait aux montants du lit, aux pieds, aux barreaux, et lorsqu'elle était forcée de lâcher prise, elle empoignait autre chose. En désespoir de cause et voyant le temps passer, Marie-Blanche frappa l'enfant d'un coup de poing à la tête. La fillette devint toute molle. Elle en profita pour la tirer à elle et la sortir de là. Elle la saisit à bras-le-corps et elle l'emporta en courant vers l'escalier.

Dehors, c'était la cohue. La nuit était un peu fraîche, mais il ne pleuvait pas, heureusement. Des centaines d'enfants étaient réunis dans la cour de récréation à l'arrière de l'édifice et attendaient, pêle-mêle, les instructions. Les religieuses et les laïques les entouraient et tentaient de les calmer, mais une extraordinaire tension régnait. Personne ne savait si c'était un vrai feu ou si ce n'était qu'un entraînement. Les pompiers étaient présents à bord de leurs camions rutilants, bien alignés devant le bâtiment. Des dizaines d'orphelins sortaient encore par la porte arrière et venaient rejoindre leur groupe d'âge et leur salle. On avait déjà fait des exercices de feu par le passé, et ils savaient qu'ils ne devaient ni courir ni se bousculer, et qu'il fallait conserver une discipline sans faille.

Marie-Blanche aboutit dans la cour avec l'enfant dans les bras. La petite commençait à reprendre ses esprits. Dès qu'elle fut remise, elle se mit à pleurer à chaudes larmes. Marie-Blanche la porta à sa maîtresse de salle, qui la prit aussitôt en charge.

— J'ai été obligée de la frapper pour pouvoir l'attraper, ma mère. Elle voulait pas m'suivre, lui avoua-t-elle, un peu gênée.

— Vous avez bien fait, Marie-Blanche. Vous auriez sauvé une vie, dans un véritable incendie. Je vous félicite, mon enfant.

Lorsque tout le monde eut rejoint la cour arrière, la mère supérieure prit un porte-voix et elle s'adressa à la foule. Elle leur annonça que, même s'il ne s'agissait que d'un exercice de feu, ils avaient malgré tout réussi à évacuer leur monde dans les limites de temps prescrites, ce qui était très bien. Elle les félicita tous de leur discipline et elle leur donna la permission de remonter se coucher. Elle ajouta qu'exceptionnellement il n'y aurait pas de messe et que le réveil ne sonnerait qu'à sept heures, pour leur permettre de récupérer le sommeil perdu.

Les rangs se reformèrent et les groupes commencèrent à remonter. Mais l'excitation était encore vive, et les enfants peinaient à garder le silence. Marie-Blanche observa un groupe qui déambulait près du sien. C'étaient des grands de l'école d'industrie. Elle s'étira le cou et, n'arrivant pas à repérer Wilfrid, elle se dit qu'il devait déjà être dans l'orphelinat. Elle suivit ses consœurs et se retrouva dans sa salle, où elle s'empressa de s'enrouler dans ses couvertures. Il faisait encore nuit et, Dieu merci, il lui restait encore trois bonnes heures de sommeil.

Eugénie se leva en hâte et enfila sa robe de chambre. Il n'était que six heures du matin, et voilà que deux policiers venaient tambouriner à sa porte. C'est Albert qui leur avait ouvert. Il se préparait pour aller travailler lorsqu'il avait entendu frapper.

— Je suis Mme Dumais. Qu'est-ce qui se passe, ce matin ? leur dit-elle lorsqu'elle se fut présentée.

— Vous avez un fils du nom de Wilfrid Dumais ?

— Oui, fit Eugénie, blanche comme un cierge tout à coup. Qu'est-ce qu'il a fait ?

Elle se mit à craindre le pire. Elle jeta un œil à Albert, qui avait changé d'expression. Lui aussi appréhendait un drame, et depuis longtemps. Mais il avait toujours caché les frasques de son jeune frère pour ne pas inquiéter inutilement Eugénie. Wilfrid tenait tête aux professeurs, affichait une indifférence inquiétante devant les règlements et se montrait parfois très violent avec ses camarades. Il avait provoqué deux batailles épiques durant lesquelles trois d'entre eux s'étaient retrouvés avec des dents cassées. On venait de le menacer de l'envoyer dans une école de réforme s'il ne changeait pas d'attitude.

Albert avait tenté à plusieurs reprises de le raisonner, mais c'était peine perdue. On aurait dit que Wilfrid n'écoutait plus et qu'il n'avait plus confiance en qui que ce soit, même pas dans son grand frère, qu'il avait pourtant toujours adoré.

— Votre fils s'est sauvé de l'orphelinat d'Youville en pleine nuit, pendant un exercice de feu. Il a assommé le gardien de sécurité pis il a étranglé le chien.

— Mon Dieu !

Eugénie se laissa tomber sur une chaise. Elle se doutait bien qu'elle aurait un jour des problèmes avec cet enfant-là.

— Mais pourquoi il a fait ça ? Il était pourtant bien à Giffard. Il apprenait un métier…

— Votre fils est un délinquant endurci, madame. Dès qu'on le retrouvera, on l'enverra à l'école de réforme.

— L'école de réforme, comment ça ? s'exclama Eugénie en se tournant vers Albert. Tu savais ça, toi ?

Albert opina de la tête.

— Pourquoi tu me l'as pas dit avant ?

— Ç'aurait rien changé, m'man. Il m'écoutait plus depuis longtemps. Il écoutait plus personne.

— Madame Dumais, votre fils va peut-être essayer de vous revoir. Si jamais il donnait signe de vie, vous devez nous le faire savoir. Y a un mandat d'arrestation émis contre lui. C'est sérieux, ça, madame. Vous devez nous avertir. Sinon vous allez avoir des problèmes avec la justice. Votre fils a frappé un homme à la tête pis il l'a blessé. C'est un délit grave. Pis y a aussi délit de fuite.

Après le départ des policiers, Eugénie se versa une tasse de thé chaud et s'installa dans la berceuse d'Alphonse. Elle était effondrée. La police, la justice, il ne manquait plus que cela, se lamenta-t-elle. Et qu'allait devenir ce pauvre enfant ? Wilfrid n'avait que quatorze ans, après tout, c'était encore bien jeune. Cette histoire lui rappela ce qui était arrivé à son frère Térence, au même âge. Il s'était enfui du camp de bûcherons où il travaillait et, avant de se sauver, il avait assommé son patron. Celui-ci était injuste à son égard, et comme Térence était bouillant de caractère, il s'était emporté et il l'avait frappé. Puis il avait fui à travers bois. On ne l'avait retrouvé que beaucoup plus tard. Il avait survécu de cueillettes de racines, de chasse et de pêche.

Mais Wilfrid, comment s'en sortirait-il ? se demandait-elle, inquiète à l'extrême. De quoi vivrait-il et de quoi se nourrirait-il, le malheureux ? On était en pleine ville, et il aurait la police aux trousses, comme un malfaiteur. Et il n'aurait nulle part où aller. Il se sentirait traqué comme une bête aux abois…

Albert termina de déjeuner en vitesse et il s'apprêta à partir au travail. Il était sombre et préoccupé. Il serrait les dents de rage.

— Tout ça à cause de la christ de Pulp and Paper. Les maudits salauds !

— Blasphème pas, Albert. Ça donnera rien de plus.

— On s'est retrouvés dans la misère quand papa est mort. Et pourquoi il est mort ? Parce que la compagnie voulait pas mettre une maudite cenne dans la sécurité. C'était pas important, une vie d'homme. Pourtant, c'était pas la première fois que ça arrivait, des accidents mortels. Mais non, ç'aurait coûté trop cher pis ç'aurait fait baisser leurs profits. Mais ils perdent rien pour attendre. Ils vont payer un jour pour ça, eux autres, j'vous l'jure, m'man !

— Arrête de dire des niaiseries, Albert ! On a assez de troubles comme ça. Que je te voye pas faire des folies pour te venger. Mêle-toi pas de ça. La vie est assez compliquée, rajoutes-en pas, Seigneur !

Albert partit en claquant la porte.

Eugénie se berçait furieusement pour essayer de faire décanter ses idées. Estella avait tout entendu, mais elle attendait le départ des policiers pour se lever. Elle ne voulait pas déambuler devant eux en vêtements de nuit.

— Bon, y manquait plus que ça, à c't'heure, dit la jeune femme, excédée. Quand est-ce qu'on va arrêter d'avoir des tracas, nous autres ? Vous allez encore vous faire des cheveux blancs à ruminer toute la journée. Coudonc, ça va peut-être lui faire du bien de se retrouver à l'école de réforme, le Wilfrid. Ça va lui calmer les nerfs, pis ça va lui mettre un peu de plomb dans la tête. Tu parles d'un p'tit morveux. Aller frapper le gardien de sécurité pis se sauver comme un malotru. Il va se faire ramasser, ce sera pas long. Faites-vous-en pas trop, m'man. Ils vont lui apprendre à vivre, eux autres.

Eugénie leva les yeux sur sa fille avec étonnement. Elle la trouvait un peu injuste, tout à coup. D'ailleurs, elle avait remarqué que son discours se durcissait souvent ces derniers temps. Un changement qu'elle n'était pas loin d'attribuer à Fernand, son nouveau cavalier. Un drôle d'oiseau, en qui elle n'avait nulle confiance. C'était quelqu'un qu'Estella avait rencontré lors d'une sortie au théâtre et dont elle s'était follement éprise. Il était grand, bien bâti et très noir de cheveux. On aurait dit un Indien. C'était indéniablement un bel homme. En tout cas, les femmes étaient sensibles à son charme. Eugénie les avait surpris un soir sur le trottoir, marchant main dans la main, les yeux dans les yeux. Estella était pendue à son bras et elle le regardait en pâmoison. Pourtant, chaque fois qu'une jeune femme jetait un regard intéressé sur Fernand, il tournait la tête et lui renvoyait un sourire appuyé. Une constatation qui avait attristé Eugénie. Elle en conclut que ce gars-là mangeait à tous les râteliers et que sa belle Estella ne pourrait faire autrement que d'en pâtir, un jour ou l'autre.

— J'te trouve dure avec ton pauvre frère, Estella. L'école de réforme, c'est pas à conseiller. Y faut l'éviter le plus possible. On raconte tellement de choses sur ces écoles-là.

— C'est pas si pire que ça, au dire de Fernand, m'man. Il prétend que son jeune frère y est allé, pis que ça l'a sauvé.

— Tiens donc, son frère. Pis qu'est-ce qu'il avait fait, son frère, pour se retrouver là ?

— J'sais pas. Il avait volé, je pense.

— Pis maintenant, qu'est-ce qu'il fait ?

— Il vend des chars.

Estella ajusta son manteau et son foulard devant la glace accrochée près de la porte. Elle replaça ses cheveux et lissa ses sourcils, puis elle appliqua son rouge à lèvres. Elle se maquillait tous les matins, désormais, et les fards n'étaient pas bon marché. Sans compter qu'elle dépensait pas mal pour son habillement. En tout cas, Eugénie trouvait qu'elle exagérait. Comme ce matin-là, par exemple. Quel besoin avait-elle de porter de fins bas de soie et un tailleur de lainage fait sur mesure pour aller s'asseoir toute une journée devant une machine à coudre ? Eugénie savait très bien que tout ce scénario n'avait d'autre but que de séduire son beau Fernand, qu'elle s'empresserait d'aller rejoindre après le travail. Elle disait à sa mère qu'elle faisait du temps supplémentaire, mais Eugénie savait pertinemment qu'elle lui mentait.

— Tu vas rentrer à quelle heure, ce soir, Estella ?

Cette dernière fit mine de n'avoir pas entendu. Elle détestait avoir à rendre des comptes. Après tout, elle avait dix-neuf ans et elle était devenue un soutien de famille. Elle donnait les trois quarts de sa paie à sa mère et elle gardait le reste. Estella estimait qu'elle faisait plus que sa part d'efforts et qu'elle avait droit à un peu de considération. Albert, lui, ne gagnait presque rien et, en plus, il suivait des cours de mécanique automobile le soir. Des cours que sa mère payait avec son argent à elle, en plus.

— J'sais pas, m'man, quand on aura fini. On a des gros contrats, ces temps-ci, finit-elle par répondre de façon évasive.

— Des gros contrats, hein. Avec ton Fernand, j'suppose ?

— Qu'est-ce que vous avez contre lui, donc ? Quand vous en parlez, vous faites toujours la grimace.

— J'ai rien contre, mais j'ai pas grand-chose pour non plus. Cet homme-là, il te sort presque tous les soirs, pis tu rentres de plus en plus tard. Mais qu'est-ce que vous faites ensemble si longtemps ? Oublie pas que t'es encore mineure, ma fille, et que c'est moi qui remplace ton père. Je l'ai vu t'embrasser l'autre soir quand tu pensais que je dormais, pis j'ai trouvé qu'il avait la main pas mal baladeuse. Est-ce qu'il te respecte, au moins, ce gars-là ? Fais-toi respecter, ma fille, si tu espères l'épouser. Autrement, si tu lui donnes tout ce qu'il veut avant le mariage, il te mariera jamais, Seigneur. Tu les connais pas, les hommes. La femme risque de se retrouver piégée, alors qu'eux, ils ont toujours les quatre fers blancs.

Estella soupira. Elle connaissait la ritournelle. Les hommes étaient tous des cochons qui n'attendaient que le faux pas d'une femme pour en abuser. Mais elle était convaincue que son Fernand était d'un autre acabit. Il était respectueux et il l'aimait. Et il le lui déclarait avec fougue chaque fois qu'il la voyait. Elle n'avait aucune raison de croire qu'il profiterait d'elle. Si leurs étreintes étaient parfois un peu passionnées, elle savait qu'il saurait s'arrêter à temps pour éviter de la mettre dans l'embarras. Et qu'il ne ferait rien contre sa volonté.

— À plus tard, m'man. Inquiétez-vous pas trop pour Wilfrid. J'suis sûre qu'on va le retrouver plus vite qu'on pense.

Et Estella prit rapidement la porte, pour éviter d'avoir à se disputer avec sa mère.

Eugénie se mit à ses tâches avec fébrilité. Au moins, le travail lui changerait les idées. Et, Dieu merci, elle n'en manquait pas. Elle avait des montagnes de linge à laver et à repasser pour Mme Legris, une bourgeoise de la Haute-Ville qui la fournissait en commandes sur une base régulière. Cette dernière recueillait les demandes de ses clientes et les refilait à des femmes de la Basse-Ville dans le besoin comme Eugénie, moyennant une petite ristourne. Elle ne payait pas beaucoup, mais c'était mieux que rien. Cela permettait à Eugénie de mettre du bois dans le poêle et du lait dans la glacière de temps en temps. Elle ne travaillait pas dans une maison privée, comme elle avait souhaité le faire, puisque Estella et Albert s'y étaient opposés. Ils disaient gagner assez pour la faire vivre, mais ce n'était pas suffisant. Ils ne savaient pas les prodiges de créativité qu'elle devait déployer pour mettre un peu de viande dans leur assiette et un soupçon de beurre sur leur pain. Il était même souvent arrivé à Eugénie de se priver de nourriture pour les contenter. C'est que les salaires avaient encore été diminués, à cause de la crise.

Elles avaient emménagé dans un nouveau logis après avoir quitté la chambre inconfortable fournie par la Dominion. L'arrivée d'Albert, sorti de l'orphelinat, aurait nécessité quelque chose de plus grand, mais Eugénie n'en avait pas les moyens. Aussi s'entassaient-ils dans un malheureux trois-pièces aux dimensions liliputiennes.

Elle termina le lavage commencé la veille et elle entreprit une nouvelle brassée pour une autre cliente. Entre les brassées, elle repassait les grands draps et les taies d'oreiller encore humides. Elle manquait d'espace, car sa laveuse à linge, branchée sur l'évier de la cuisine, encombrait une partie de la pièce. Pour repasser, elle devait se replier sur le minuscule salon, qui servait aussi de salle à manger et de chambre à coucher. Quand son fer à repasser fut assez chaud à son goût, Eugénie se mit à la tâche. C'était un vieux modèle qu'elle devait chauffer sur le poêle, même l'été, ce qui faisait monter la température dans le logement. Elle le trouvait inutilement lourd, mais elle ne pouvait se permettre l'achat du nouveau fer électrique dernier cri qu'elle avait vu dans une vitrine, sur la rue Saint-Joseph.

En fin d'après-midi, n'en pouvant plus, elle laissa tout en plan. Elle n'arrivait pas à chasser de son esprit l'idée que Wilfrid était peut-être seul, affamé et mal en point. Cette éventualité l'obsédait et l'empêchait de rester en place. Elle se dit qu'il ne pourrait pas la retrouver parce qu'il ignorait où elle habitait, mais que, si elle arpentait le quartier, elle le croiserait peut-être si jamais il revenait rôder dans les environs. Ne pouvant pas rester les bras ballants quand son fils avait besoin d'elle, Eugénie prit la décision de sortir. Elle débrancha sa lessiveuse, mit son chapeau cloche et enfila en vitesse son vieux manteau, et elle partit en trombe. Dehors, il faisait un temps incertain, et la journée s'annonçait moins belle et moins chaude que la veille. Si le trois faisait le mois, elle se dit que cela n'annonçait pas un mois de juin bien agréable. Elle fonça droit devant.

Elle parcourut plusieurs fois les rues Saint-Joseph, Dorchester, Saint-François, Sainte-Marguerite, des Prairies puis, dans l'autre sens, les rues Sainte-Anne, Craig et de l'Église. Ensuite, elle refit le même circuit en dévisageant tous ceux qui ressemblaient de près ou de loin à Wilfrid. Mais en vain.

« Qu'est-ce que tu t'imagines, que tu vas tomber dessus comme ça, par la magie du Saint-Esprit ? » se chantait-elle, en repoussant les pensées noires qui commençaient à affluer.

L'inquiétude la tenaillait tellement qu'elle n'avait pas vu le temps chavirer. Le ciel avait noirci subitement, et un vent fou s'était levé. En tendant la paume de sa main, elle comprit que la pluie commençait à tomber. Puis ce fut le déluge. Et elle n'avait pas de parapluie. Eugénie se mit à courir, mais il pleuvait si fort qu'elle fut bientôt mouillée de la tête aux pieds. Elle s'arrêta, en se disant qu'il ne servirait à rien de s'agiter puisque le mal était fait. Soudain, son cœur fit un bond. Elle crut reconnaître Wilfrid qui s'engageait dans la rue devant elle. Elle s'élança à sa poursuite. C'était lui, elle en était certaine. Il avait la même carrure et une démarche identique. Ça ne pouvait être que lui !

— Wilfrid, attends-moi. Wilfrid, c'est maman !

Elle courait de toutes ses forces, indifférente à la pluie qui la fouettait, occupée seulement à rattraper son pauvre fils. Elle cria jusqu'à ce que le jeune homme se retourne.

Ce n'était pas Wilfrid. Elle s'était trompée. La ressemblance qui l'avait frappée de dos s'était dissipée lorsqu'elle avait pu discerner les traits du marcheur.

Eugénie se traîna tout essoufflée jusqu'à un banc de parc sur lequel elle se laissa choir, découragée.

— Pauvre folle, pauvre folle, se morigéna-t-elle.

Comme si ç'avait pu être aussi simple. Comme s'il y avait jamais eu quoi que ce soit de simple dans sa maudite vie !

Et elle s'abandonna aux larmes. Ce n'étaient pas des larmes libératrices, mais des larmes de colère, de dépit. Des larmes qui lui brûlaient les yeux et qu'elle ne cherchait même plus à retenir. Puis elle pensa à M. Debré.

Sans prendre le temps de réfléchir, Eugénie prit la direction de son galetas. Il fallait qu'elle parle à quelqu'un.

Elle refit le parcours en sens inverse d'un pas rapide et se retrouva devant la masure dans laquelle elle avait emménagé avec Estella, après l'embauche de celle-ci à la Dominion. Elle eut l'impression que c'était dans une autre vie. Bien de l'eau avait coulé sous les ponts depuis lors. Cette époque-là avait été bien difficile. La chambre inconfortable, l'obligation d'aller chercher l'eau dehors, de transporter des seaux trop lourds dans son état, le froid et la neige qui s'immisçaient par les interstices et les fenêtres mal calfeutrées, le poêle qui tirait mal et enfumait la maison, et le froid constant, omniprésent, tout cela lui remontait en mémoire. Elle se souvenait d'avoir eu froid tout le temps et particulièrement dans ses dernières semaines de grossesse. Un froid qui lui collait à la peau et qu'elle n'arrivait pas à juguler, malgré les couches successives de vêtements qu'elle ajoutait les unes aux autres pour se réchauffer. C'était au point où elle se réveillait en panique chaque nuit en hurlant parce qu'elle se croyait enfermée vivante dans un tiroir de la morgue.

Et puis son dernier était arrivé. La petite, car c'était encore une fille, pesait à peine cinq livres, juste assez pour survivre. Elle était grosse comme un navet et elle tétait avec l'énergie du désespoir. On aurait dit qu'elle sentait qu'elle n'était pas la bienvenue. Elle lui pompait les seins avec avidité, comme si le temps lui était compté, et elle s'endormait pesamment, repue et satisfaite. Mais Eugénie n'avait pas voulu s'attacher à cette enfant, qu'elle avait fait baptiser Agnès, comme sa grand-mère maternelle. Elle l'avait donnée, et sa mère adoptive s'était mise en route pour Québec dès l'annonce de sa naissance. Sa cousine Anna était en effet arrivée par un soir neigeux de février. Elle venait prendre la fillette et l'emporter dans sa Gaspésie natale. Cet épisode, Eugénie en avait oublié les détails. Elle avait beau essayer de se souvenir, elle n'y arrivait plus. C'était trop douloureux. Donner son enfant, c'était quelque chose dont elle ne se serait pas cru capable et, pourtant, elle n'aurait pas non plus été en état de la garder. Mais Agnès serait entre bonnes mains avec Anna, qui était douce et maternelle. Eugénie savait que sa fille ne manquerait de rien. Depuis lors, Anna lui écrivait régulièrement. Elle lui avait même envoyé une photo récente de la petite Agnès, montrant une belle enfant de quatre ans, épanouie et souriante, qui tenait amoureusement son chaton dans ses bras. Ça lui avait donné comme un coup au cœur.

Quand elles avaient déménagé du quartier trop bruyant – à cause des canicules de l'été, pires encore que les froids humides de l'hiver –, Eugénie et Estella s'étaient installées dans leur trois-pièces actuel, un peu moins rebutant que leur taudis précédent. Toujours dans Saint-Roch, cependant. Et parce que Albert avait quitté Giffard et était revenu vivre avec elles, Eugénie lui avait cédé la seule chambre disponible. Elle continuait à dormir au salon avec Estella. Inutile de dire que cette dernière renâclait et considérait qu'elle était traitée injustement, même si Eugénie faisait valoir que, puisque son frère était encore étudiant, il fallait qu'il ait assez de tranquillité pour se consacrer à ses études.

Eugénie s'engagea dans l'escalier menant à l'appartement de M. Debré. Sur le palier, elle hésita à frapper à la porte. Il y avait un filet de lumière, mais elle avait peur de déranger. Elle était là, appuyée contre le chambranle, toute dégoulinante et gelée, le cœur en charpie, lorsque la porte s'ouvrit brusquement. Le vieux monsieur promena une tête inquiète dans sa direction.

— C'est vous, Eugénie ? fit-il, attentif.

— Oui, comment vous le savez ?

— J'ai reconnu votre pas. Mais ne restez pas là, entrez.

Eugénie ne se faisait pas à l'idée qu'un aveugle pouvait développer une telle acuité auditive pour compenser sa cécité. Elle suivit le musicien dans son petit réduit et elle se laissa tomber sur une chaise. Socrate vint lui lécher les mains, et elle le prit aussitôt dans ses bras.

— Il vous reconnaît, maintenant, et j'ai l'impression qu'il vous cherche parfois. Certains jours, il tourne en rond, ce qu'il ne faisait pas avant de s'habituer à vous.

— C'est une brave bête, lui répliqua Eugénie en caressant le pelage du chien. Les animaux sont comme nous, ils finissent par s'attacher.

— Vous avez une petite voix, il me semble.

— J'suis gelée, monsieur Debré. J'ai attrapé la pluie de plein fouet cette fois-ci.

— Cette idée aussi de sortir sans parapluie.

Eugénie s'étonna.

— Comment vous savez que j'avais pas de parapluie ?

— Simple déduction, déclara le vieil organiste. Si vous aviez eu un parapluie, vous ne seriez pas aussi mouillée, n'est-ce pas ? argumenta-t-il en riant. Voulez-vous un bon thé chaud ?

— Oh, oui, ce sera pas de refus. Mais j'vais le faire, si vous voulez.

— Non, séchez-vous plutôt près du poêle.

Eugénie se leva et s'approcha de la petite truie qui dispensait une chaleur réconfortante. Elle enleva son manteau tout trempé, de même que ses chaussures, et elle les posa sur une chaise près du feu. Sa robe dégoulinait, elle aussi. Elle tordit le bas de sa jupe pour en extirper le plus d'eau possible. En passant la main dans ses cheveux, elle réalisa qu'ils lui collaient à la tête. Elle se pencha sur la fournaise pour offrir sa chevelure à la chaleur du poêle.

— Vous avez pris une bonne douche ? plaisanta M. Debré de la cuisine, où il s'affairait à préparer le thé.

— Comme vous dites. Et dire que j'ai hésité à prendre mon parapluie avant de sortir.

Le vieil homme alla ouvrir un placard duquel il rapporta une robe de chambre.

— Tenez, mettez cela si vous voulez faire sécher votre robe.

Eugénie le remercia avec empressement. Elle enleva sa robe et son jupon et ne garda que son corset, qui avait été miraculeusement épargné par la pluie. Elle enfila la robe de chambre par-dessus et vint s'asseoir devant la petite table. Le thé était servi. Les petits biscuits secs Viau l'accompagnaient. C'était devenu une tradition entre eux deux.

Eugénie servit d'abord M. Debré, puis elle emplit sa tasse.

— Alors ? dit son hôte, d'un petit air narquois.

— Alors ? répéta Eugénie malgré elle.

— Je vous connais assez pour savoir que vous avez vécu quelque chose de difficile et que vous avez besoin d'en parler. Est-ce que je me trompe, Eugénie ?

— Non, vous vous trompez pas.

Et elle lui raconta tout. La visite impromptue de la police, la mauvaise nouvelle de la fugue de Wilfrid, l'angoisse qui l'avait poussée à partir à sa recherche comme une folle dans Saint-Roch, sa méprise et son effondrement.

M. Debré l'écoutait avec attention. Il avait une grande capacité d'écoute. Eugénie put laisser libre cours à son désespoir. Elle pleura beaucoup, et son vis-à-vis ne l'interrompit pas, ce qui lui fit du bien. Il posait parfois sa main sur la sienne pour lui signifier qu'il n'était pas insensible à son chagrin. Elle se plaignit de la vie qui semblait lui réserver toujours la part la plus ingrate et elle déplora le mauvais sort qui s'acharnait sur son fils.

— Il a quatorze ans, madame, ce n'est plus un enfant, finit-il par lui dire. Combien de jeunes de douze ou treize ans sont déjà responsables de faire vivre leur famille, de nos jours ? Ne vous inquiétez pas outre mesure. Il a quitté l'orphelinat de son plein gré, peut-être pour échapper à quelque chose qui ne lui plaisait pas. Il a fait son choix, et il est bon qu'il en assume les conséquences. Il va se frotter à l'école de la vie, maintenant. Qui sait si ce n'est pas un mal pour un bien ?

Eugénie ne demandait qu'à croire que ce qui arrivait à son fils était positif, après tout. Mais elle avait de la difficulté à l'imaginer en adulte. Il lui semblait que c'était encore un enfant.

— Et dites-moi, qu'auriez-vous fait si vous l'aviez vu ce matin dans Saint-Roch ?

— J'sais pas, répondit Eugénie en hésitant. J'aurais cherché à l'aider. J'aurais pas pu l'héberger à la maison parce que les policiers doivent la surveiller de près, mais je lui aurais parlé, pis je lui aurais donné à manger. En tout cas, je l'aurais pas livré à la police, c'est ben sûr. Je lui aurais donné un peu d'argent pour qu'il prenne le train pour la Gaspésie, où ma famille aurait pu le cacher, le temps qu'il se fasse oublier.

— Vous n'aidez pas votre fils en lui permettant de se soustraire à ses responsabilités, Eugénie. Il doit faire face aux conséquences de ses actes. C'est comme ça qu'on devient un homme.

Eugénie regarda son hôte avec intérêt. Il avait probablement raison, se dit-elle, mais elle savait qu'elle n'aurait pas été capable de révéler à la police l'endroit où se trouvait Wilfrid. Elle aurait eu l'impression de vendre son enfant, de le trahir.

— Vous avez pas d'enfants, monsieur Debré ?

Elle fréquentait cet homme depuis toutes ces années, et pourtant c'était la première fois qu'elle pensait à lui poser une pareille question.

— Pourquoi, parce que vous supposez que, si j'étais père, je ne vous ferais pas une suggestion comme celle-là ?

Eugénie lui répondit que, en effet, cela lui avait effleuré l'esprit.

— Eh bien, je vais vous étonner en vous disant que j'ai un fils, moi aussi, qui vit actuellement à Montréal. Et je suis même grand-père d'une fille. C'est avec leur aide que j'arrive à joindre les deux bouts, comme vous dites ici, les mois où mes revenus sont trop maigres. L'orgue de Barbarie a déjà connu des temps meilleurs…

Eugénie était renversée. Elle avait toujours cru que cet homme était seul au monde et abandonné de tous. Elle pensa aussi que, au fond, elle était chaque fois venue vers lui pour se confier, pour parler de ses problèmes, sans vraiment s'intéresser à lui.

— Je réalise que j'sais rien de vous, monsieur Debré. J'viens ici, j'me plains, je gémis sur mon sort, pis vous m'écoutez, vous me remontez le moral, vous me donnez des conseils, vous m'offrez votre merveilleux thé, pis vous m'prêtez des livres, mais moi, qu'est-ce que j'vous donne en retour ? J'savais même pas que vous aviez un fils pis une p'tite-fille.

— Ce n'est pas votre faute, Eugénie. D'abord, vous avez eu plus que votre part de malheurs, alors il est normal que vous ayez besoin de parler, de vous confier. Et puis, j'ai aussi mes torts. Je dois dire que je ne suis pas aussi doué que vous pour la confidence. Je suis un vieil ours mal léché qui garde tout pour lui. Je ne consens pas beaucoup à me révéler, à parler de moi.

Dans un geste spontané, Eugénie prit la main de M. Debré et elle la porta à ses lèvres. Pour lui témoigner sa reconnaissance.

— Merci ! Vous me faites beaucoup de bien, merci !

Des larmes perlèrent dans les yeux de M. Debré. Il sortit son mouchoir et se moucha bruyamment.

Puis il dit, avec un tremblement dans la voix qui marquait à quel point le geste d'Eugénie le touchait :

— Vous aussi, Eugénie, vous me faites du bien, par votre présence régulière, votre grand cœur, par tous ces tricots qui me tiennent au chaud et que vous me fabriquez à la pochetée ! Sans parler de toutes ces fois où vous m'avez raccompagné chez moi avec mon instrument ! N'oubliez pas qu'ils sont rares, les gens qui parlent à un vieillard mendiant, aveugle, joueur d'orgue de Barbarie, et Français par surcroît. On ne se bouscule pas au portillon autour de moi, parce que je suis trop différent. Vous, vous n'avez pas hésité une seconde à m'offrir votre amitié. C'est à mon tour de vous remercier.

Il lui prit la main et il y posa délicatement les lèvres. Eugénie était touchée à son tour. Elle ne retira pas sa main tant que son hôte ne l'eut pas libérée. Puis M. Debré se leva et se dirigea vers sa bibliothèque. Il chercha un livre un certain temps. Il était hésitant.

Eugénie eut l'impression que son vieil ami était plus voûté et plus lent que d'habitude. En tout cas, sa démarche paraissait moins assurée.

— Vous cherchez quoi, là ? dit Eugénie en se levant elle aussi. J'pourrais vous aider.

— Cette fois, je crains bien de ne pas y arriver tout seul. Trouvez-moi donc *Au bonheur des dames*, d'Émile Zola.

Eugénie chercha dans la section de la bibliothèque qu'il lui indiquait, pour finir par mettre la main sur un vieil exemplaire du livre. *Au bonheur des dames* lui semblait un bien drôle de titre. Elle le lui tendit.

— Gardez-le, Eugénie. Je crois que vous allez l'aimer. Émile Zola est un de nos meilleurs écrivains. Nous en reparlerons.

Et Eugénie repartit chez elle le cœur plus léger, le livre enroulé dans un papier brun et placé en sécurité dans son sac à main. La pluie avait cessé, ses vêtements étaient presque secs, et le ciel déclinant de cette fin de jour était troué d'une embellie orangée. Son découragement s'était résorbé, au point qu'elle sentit qu'elle avait encore en elle assez de force pour continuer son périple.

9

Les jardins de l'orphelinat étaient d'une grande luxuriance, cette année-là. Tout y poussait avec exubérance, et les orphelines étaient réquisitionnées pour aider aux récoltes. Marie-Blanche et Florence s'activaient à ramasser les carottes, les oignons, les patates et la chicorée, qui venait comme du chiendent et envahissait tout l'espace. Les religieuses en faisaient une salade délicieuse, assaisonnée à la crème, qu'on leur servait avec des concombres et des haricots verts.

— Quand on va être sorties d'ici, Marie-Blanche, on va plus jamais se quitter, lui chuchota Florence.

C'était un thème qui lui était cher et sur lequel elle revenait souvent.

— On va habiter ensemble, pis plus tard, l'une à côté de l'autre avec nos familles. T'aimerais ça avoir des enfants, toi aussi, Marie-Blanche ? lui demanda-t-elle avec une espèce d'inquiétude dans la voix.

— Oui, un jour, certain. Mais pas autant que maman. Neuf, c'est trop.

— Huit frères et sœurs, tu parles d'une chance, Marie-Blanche !

Celle-ci ne voyait pas trop en quoi elle devait se réjouir d'avoir autant de frères et de sœurs avec lesquels partager l'amour, l'espace et l'attention des parents. Sans parler de toutes ces choses dont ils se privaient parce qu'ils étaient trop nombreux et que la vie coûtait cher. Mais Marie-Blanche comprenait aussi ce que cela pouvait représenter de chaleur et de sécurité pour une enfant qui, comme Florence, n'avait aucune famille.

Leur amitié s'était épanouie au fil des jours, et surtout depuis que Florence avait été déménagée dans la même salle que Marie-Blanche. On avait enfin réussi à la caser avec les filles de son âge dès qu'une place s'était libérée dans le dortoir de Sainte-Eulalie. Les deux filles essayaient de se trouver ensemble chaque fois que c'était possible, sans trop attirer l'attention. Car les sœurs n'aimaient pas les amitiés particulières et elles faisaient tout pour les décourager. Elles avaient été séparées quelques fois par des religieuses un peu trop zélées mais, généralement, elles arrivaient à se parler à la sauvette à peu près tous les jours.

Pour Florence, cette amitié avait pris une importance démesurée. Comme elle n'avait personne, elle comblait son absence de famille auprès de Marie-Blanche. Eugénie l'avait fait demander avec sa fille à quelques reprises, et l'orpheline en avait ressenti un très grand bonheur. Elle s'était rapidement attachée à elle et avait commencé à la considérer un peu comme sa propre mère. Jusqu'à ce que les religieuses lui interdisent le parloir, sans donner d'explications. Florence en avait été terriblement blessée. Pour la consoler, Marie-Blanche avait essayé de l'amener visiter ses sœurs cadettes. Le stratagème avait marché un certain temps. Rachel, Germaine et Lisa s'étaient montrées gentilles et ouvertes à l'égard de Florence, et celle-ci s'était rapidement prise d'affection pour elles. Puis, là encore, la permission de visiter les petites avait été retirée à Florence.

Mais elle continuait à nourrir des fantasmes de vie de famille, de clan soudé et de communauté qui lui redonneraient, croyait-elle, ce que la vie lui avait refusé jusque-là.

— Pis une fois dehors, on va travailler à la même place, on va faire notre marché ensemble, pis on va être enceintes en même temps.

Marie-Blanche ne comprenait pas cette propension qu'avait son amie à se projeter ainsi dans le temps. Seul le moment présent comptait pour elle, et elle avait de la difficulté à penser si loin devant. Et la fusion dont rêvait Florence lui semblait un mirage. Tant de choses pouvaient se produire dans la vie qu'elle essayait d'éviter de trop rêver. Mais elle se gardait bien de contredire Florence, de peur de lui faire de la peine.

En revenant du potager, leurs paniers pleins de légumes, Marie-Blanche et Florence croisèrent un groupe d'orphelines qui partaient en vacances, leur valise à la main. Elles les regardèrent longuement déambuler. Les enfants jubilaient à l'idée de passer deux semaines avec leurs parents, loin de Giffard et de tout ce qui y ressemblait. Cette permission n'était réservée qu'à celles qui avaient une famille capable de les héberger et de les nourrir. Ces petits groupes de privilégiées se multipliaient depuis quelque temps. Les laissées-pour-compte demeuraient sur place et étaient forcées d'assister, impuissantes, au bonheur des autres. Marie-Blanche et Florence en conçurent un dépit et une jalousie bien légitimes. Le fait de se voir toujours confinées au même endroit les rendait parfois moroses et tristes. C'est pour cette raison que le mois de juillet était souvent vécu par plusieurs orphelines comme une malédiction. Marie-Blanche aurait donné cher pour pouvoir elle aussi s'évader de sa cage. Conscientes de l'injustice, les sœurs essayaient dans la mesure du possible d'adoucir la discipline et d'égayer le quotidien des moins chanceuses en les autorisant à prendre quelques libertés avec le règlement.

C'est pourquoi les grandes eurent la permission de faire une excursion au petit bois, situé le long d'un ruisseau tranquille et peu profond. C'était une première. S'il n'était pas question pour les filles de se baigner, un privilège réservé aux seuls garçons, du moins pourraient-elles se rafraîchir les pieds dans l'eau et pique-niquer toutes ensemble. Le départ se fit tôt le matin. C'est la maîtresse de salle la plus gentille, mère Sainte-Catherine, qui guidait le groupe. Elle enseignait en sixième année, et Marie-Blanche adorait sa titulaire. Elle était primesautière et gaie, et était à peine plus vieille que les filles de sa salle. L'expédition était prometteuse. Marie-Blanche s'était fait plusieurs amies dans le groupe des grandes et elle était contente d'y participer. C'est dans un climat de joie que la petite bande se mit en marche en fredonnant des airs de la Bonne Chanson et en transportant des paniers remplis de provisions. Il fallait se rendre au bout du terrain, contourner le grand potager et les nombreux bâtiments, et traverser une petite forêt de conifères jusqu'à un ruisseau qui coulait sagement sur un lit de sable. Les orphelines le suivirent sur trois quarts de mille vers l'est et s'arrêtèrent sur une vaste étendue de belles pierres plates, très propres à pique-niquer.

— On s'installe ici, les filles ! leur cria mère Sainte-Catherine, tout enjouée.

La nonne enleva le gros sac à dos qu'elle portait sur ses épaules et elle le déposa sur la pierre. À ses pieds coulait une eau limpide et vive.

— L'endroit n'est-il pas magnifique ? Voyez comme c'est beau, dit-elle en montrant de la main les arbres, le ciel et l'eau bleue.

Elle était vêtue de blanc, une tenue que les sœurs portaient dans les chaleurs de l'été, et cela lui allait bien. Elle était jolie, d'une beauté simple de paysanne. Ses joues roses, ses traits forts mais réguliers lui donnaient un air de santé et de vivacité. Toutes ses élèves l'aimaient et lui obéissaient au doigt et à l'œil.

C'était la première fois que Marie-Blanche venait dans cet endroit au charme indicible. Elle n'avait pas souvent été en contact avec la nature, et le site enchanteur produisit sur elle un effet tranquillisant. Elle oublia du coup ses ruminations et se laissa bercer par le doux clapotis de l'eau et pénétrer par la chaleur du soleil. Il faisait tellement beau !

Une fois les nappes étendues sur les pierres et les paniers posés sur le sol, de petits groupes se formèrent selon les affinités. Mère Sainte-Catherine fut tout de suite entourée de ses admiratrices.

— On a la permission de marcher dans la rivière. Vous pouvez enlever vos souliers et vos bas et essayer de marcher sur les pierres. Suivez-moi, fit-elle en s'empressant de se déchausser.

Puis elle quitta la grosse roche sur laquelle elle se tenait et s'engagea courageusement dans l'eau. La grimace qu'elle fit donnait à penser qu'elle était glacée.

— Venez, n'ayez pas peur, leur disait-elle en les invitant de la main à en faire autant.

Elle riait de toutes ses dents, ses longues jupes relevées sur ses mollets blancs.

Elle n'eut pas besoin d'en faire davantage, car les filles se lancèrent à sa suite en gloussant d'excitation. L'expérience était nouvelle pour la majorité d'entre elles, et c'est avec un enthousiasme bruyant qu'elles s'exécutèrent. On entendit des cris, des protestations, des hurlements parce que l'eau était glaciale. Marie-Blanche s'était élancée la première pour suivre son égérie. Elle fut surprise par la température de l'eau, mais elle s'y habitua vite. Elle prit bientôt plaisir à sauter d'une pierre à l'autre, tout en mettant à l'épreuve son agilité. Elle faillit tomber quelques fois, mais elle réussit toujours à reprendre son équilibre. Et ce soleil indécent qui chauffait la peau et donnait le goût de vivre ! L'expérience était si agréable qu'elle fut envahie par une espèce d'euphorie sensuelle. Elle sentit qu'elle faisait corps avec ce qui l'entourait, et une joie de vivre animale se substitua bientôt à sa morosité des jours précédents.

Le jeu consistant à sauter d'une pierre à l'autre pour rejoindre la cohorte des émules de mère Sainte-Catherine se prolongea longuement. Toutes les jeunes filles finirent par se prêter à l'exercice. Ces orphelines, constamment contraintes à marcher en rang et en silence, à s'arrêter et à repartir au son du claquoir, redevenaient par la magie du plein air des enfants comme les autres. L'expérience dut leur être salutaire, car lorsqu'elles revinrent à leur point de départ elles n'étaient plus tout à fait les mêmes. Les joues rouges, les cheveux épars, le bas de leur robe mouillé et leurs vêtements en pagaille attestaient du plaisir qu'elles avaient éprouvé. Elles riaient aux éclats, s'interpellaient gaiement et se racontaient les difficultés de leur parcours, comme si elles venaient de traverser le Saint-Laurent à la nage. La religieuse les regardait avec attendrissement. Elle avait gagné son pari, qui se résumait à leur faire découvrir des plaisirs simples et, surtout, à leur faire oublier leur chagrin de n'avoir pas pu partir en vacances comme les autres.

— Et maintenant, j'ai un autre jeu pour vous. La première qui trouvera un bolet ou une chanterelle, ces deux champignons que nous avons vus en classe de sciences naturelles, sera la reine du jour. Elle aura droit à la plus grosse portion de gâteau aux fraises. À vos marques, dit mère Sainte-Catherine, son sifflet entre les dents.

Puis elle déclencha une course effrénée vers la forêt. Les filles s'égayèrent dans toutes les directions en criant de joie. Le sol de cette forêt de conifères, détrempé par la pluie des derniers jours, augmentait les chances de trouver au moins quelques beaux bolets, à défaut d'une chanterelle. Et puis c'était un prétexte à explorer, à comparer les spécimens.

Marie-Blanche était demeurée sur place parce qu'elle s'était foulé un pied en glissant sur une roche. Elle n'avait rien ressenti sur le coup, mais à présent une petite douleur la prévenait de rester immobile. Elle s'installa à côté de mère Sainte-Catherine, sur une grande pierre plate qui dominait le site. Ce moment imprévu d'intimité lui sembla un grand privilège. La religieuse en profita pour lui parler d'un sujet la concernant, qu'elle qualifia de « bonne nouvelle ».

— J'ai parlé de vous, Marie-Blanche, avec d'autres sœurs qui vous ont déjà enseigné, et nous pensons que vous seriez capable d'exercer un rôle d'auxiliaire d'enseignement pour la première année. Cela signifierait que vous laisseriez vos études pour apprendre à enseigner. Qu'en pensez-vous, mon enfant ?

La tirade fut prononcée sur un ton enjoué. Marie-Blanche se montra étonnée. Elle se trouvait un peu jeune pour abandonner ses études et elle en fit part à la sœur.

— Vous n'êtes pas si jeune. Vous aurez bientôt treize ans, ma fille. Et vous avez terminé votre sixième année du primaire. Songez que beaucoup de jeunes filles de votre milieu ne se rendent jamais si loin. À votre âge, je travaillais déjà à plein temps sur la ferme paternelle et j'avais quitté l'école. C'est une occasion intéressante pour vous de vous rendre utile à la communauté. Nous manquons de titulaires pour la première année, et votre dossier est impeccable. Vous travaillez bien, vous êtes disciplinée et à votre affaire, et vous avez une bonne influence sur vos compagnes. Ce sont autant de qualités qui font de vous une candidate idéale. Vous seriez aidée par une enseignante, au début du moins. Par la suite, si vous vous en tirez bien, on vous donnerait une classe régulière. Il va sans dire qu'on vous verserait un petit pécule chaque mois, que nous mettrions de côté pour vous. Il me semble que c'est une vraie bonne nouvelle. Qu'en pensez-vous ?

Marie-Blanche se sentait à la fois flattée et embarrassée. Devait-elle accepter ? Il lui semblait difficile de refuser, dans l'optique où on lui présentait la chose comme étant utile à la communauté. Après tout, elle se sentait redevable aux sœurs de l'avoir recueillie, nourrie et instruite gratuitement pendant toutes ces années, et il aurait été ingrat de sa part de refuser de leur rendre service. Elle se dit ouverte à l'idée, mais elle demanda de pouvoir d'abord en parler à sa mère lors du prochain parloir.

— Mais bien sûr, Marie-Blanche. Mais dites-lui bien le service appréciable que cela rendrait à notre communauté, n'est-ce pas ?

— Oui, mère Sainte-Catherine, j'lui dirai.

Marie-Blanche était touchée de la confiance qu'on lui marquait et elle avait hâte d'en parler à Florence.

Des cris se firent entendre, et on vit surgir de la forêt une poignée de filles, puis d'autres encore qui les talonnaient de près, des champignons plein leurs jupes.

— Montrez-les-moi, leur dit la religieuse.

Les jeunes orphelines l'entourèrent, excitées à l'extrême, et elles lui présentèrent leurs spécimens. La sœur les examina avec attention.

— Nous avons ici un très beau bolet, mesdemoiselles.

Elle le tendit à la ronde pour le faire admirer.

— Voyez sa forme caractéristique. Il a un large chapeau et un gros pied évasé. C'est typique. Et il est jaune foncé. Il y a peu de bolets toxiques dans nos forêts, mais il faut quand même faire attention.

Il y avait plusieurs champignons acceptables, d'autres moins. Mère Sainte-Catherine élimina ceux qui étaient parasités ou trop flétris, et elle déposa les autres dans un grand panier.

— Oh, donnez-moi celui-là, Diane. Il s'agit d'une espèce dangereuse. C'est une amanite vireuse. En manger un seul pourrait causer la mort. Voyez, il est complètement blanc, son pied est bulbeux et il est en forme de cloche.

Après l'avoir bien montré, la religieuse le jeta à l'eau. Les filles le regardèrent dériver dans le courant, impressionnées de réaliser que le sous-bois, qui paraissait si inoffensif, pouvait quand même receler des espèces toxiques. Personne n'avait trouvé de chanterelles, mais les bolets étaient assez nombreux pour en faire une omelette, ce que mère Sainte-Catherine leur promit pour le repas du soir.

C'est Florence qui fut nommée reine du jour, parce que c'est elle qui avait rapporté le premier bolet. Après la leçon de botanique, on s'apprêta à pique-niquer. Toutes s'installèrent sur les grandes pierres plates et se mirent à dévorer les sandwichs de pain de campagne aux œufs et au fromage que les sœurs leur avaient préparés. Et le temps coula si vite qu'il fallut bientôt penser à prendre le chemin du retour. C'est à regret que chacune s'y résolut, encouragée par la possibilité de revenir dans ce paradis avant la fin de l'été. Une promesse qu'on arracha de justesse à mère Sainte-Catherine, après qu'on l'eut longuement tourmentée.

⚬

— Écoute, Eugénie, il va ben finir par se faire mettre la main au collet, ton Wilfrid, lui assura Édouard en secouant sa pipe dans un cendrier.

Il se désolait du nouveau drame qui s'abattait sur sa sœur. Comme si elle avait besoin d'un problème supplémentaire, elle qui se morfondait tant pour ses enfants.

Mais Eugénie commençait à douter de cette éventualité. Il y avait plusieurs semaines que son fils s'était évadé de l'orphelinat et, malgré qu'elle se soit rendue de nombreuses fois au poste de police pour prendre des nouvelles, on lui disait toujours qu'on ne savait rien de plus. Les policiers avaient fouillé les abords de Giffard, tout Saint-Roch et le reste de la ville, mais ils n'avaient rien trouvé. Wilfrid s'était évaporé, volatilisé, il était disparu sans laisser de traces. Les paris étaient ouverts. On supposait qu'il avait pu se cacher sur un bateau en partance pour Montréal ou ailleurs, qu'il avait quitté la ville pour la campagne et qu'il travaillait à la ferme, ou qu'il se cachait à Québec, mais où ? Dieu seul le savait. Eugénie dormait mal et elle se faisait du mauvais sang. Chaque fois que quelqu'un frappait à la porte, elle se précipitait dans l'espoir que ce soit enfin son fils.

Albert aussi s'alarmait, elle le savait bien. Elle l'avait vu partir à la recherche de son frère à plusieurs reprises. Il avait fait sa petite enquête en passant certains secteurs de la ville au peigne fin, en particulier le port, au cas où Wilfrid aurait essayé de se glisser sur un bateau. Puis il était allé à l'école d'industrie pour parler avec les professeurs, pour voir s'il aurait pu glaner quelques informations utiles. Mais ces derniers décrivaient invariablement Wilfrid comme un enfant fermé, qui n'avait pas d'amis et s'exprimait peu. Comme un chat de ruelle aussi, qui cognait dur et semblait insensible aux blessures qu'il infligeait à ses compagnons. On ne savait pas ce qui lui était passé par la tête, mais on présumait qu'il avait pris ses jambes à son cou de peur de se retrouver à l'école de réforme. Bref, Albert n'avait rien appris de neuf, et Eugénie l'avait vu revenir à la maison la mine basse et l'air découragé. Elle avait compris qu'il se reprochait de n'avoir pas vu venir la chose, en dépit des visites régulières qu'il avait faites à son jeune frère. Mais comment deviner ce qui pouvait traverser l'esprit d'un jeune qui se fermait et refusait tout contact humain ? disait-elle à Albert, pour le rassurer.

— Peut-être ben qu'on finira par le retrouver. Si Dieu le veut, reprit Eugénie en vidant sa tasse de thé.

Adeline lui passa une main encourageante dans le dos.

— Ma pauvre p'tite belle-sœur. Comme si t'avais besoin de ça, après tous les malheurs qui te sont tombés dessus. Qu'est-ce qu'y faut pas faire pour gagner son ciel, hein ?

Plusieurs personnes étaient réunies chez Édouard, ce soir-là. Pauline y était, de même qu'Armand, le frère d'Adeline. Ce dernier était accompagné de sa nouvelle épouse, Alma. C'était une frêle jeune femme qui souriait beaucoup et paraissait assez timide. Si elle ouvrait la bouche, c'était toujours après avoir jeté un regard inquiet du côté de son mari. On aurait dit qu'elle quêtait son approbation avant de se risquer.

Armand conduisait un camion de livraison à la laiterie Frontenac, rue de l'Église. Il aimait son travail, mais comme il était le dernier arrivé, il avait peur d'être le premier à prendre la porte advenant une baisse des ventes. Son salaire était par ailleurs tellement bas qu'il ne voyait pas comment faire vivre une famille. Alma venait de perdre son emploi de vendeuse parce qu'on l'avait congédiée dès qu'on avait su qu'elle se mariait.

— Qu'est-ce que vous pensez de la politique de retour à la terre du gouvernement ? demanda Armand en s'adressant à la ronde.

Il fumait la pipe lui aussi, et l'air empestait. Adeline avait ouvert une fenêtre du salon pour aérer un peu la pièce. Comme cela ne produisait pas l'effet escompté, elle ouvrit toute grande la porte d'en avant.

— C'est quoi, cette politique-là ? C'est sérieux ou ben c'est rien que des racontars ? répliqua Édouard, toujours aussi soupçonneux devant les initiatives gouvernementales.

— J'pense que c'est du sérieux, répondit Armand. C'est le ministre de la Colonisation, Vautrin lui-même, qui mène ça. C'est pas juste pour les chômeurs, mais aussi pour les journaliers comme moi, et les fils de cultivateurs. Ils donnent sept cents piastres par colon, c'est pas rien.

— Ah, ça paraît ben, mais est-ce que ça marche ?

— Ç'a l'air que oui. Y a ben des gens que j'connais qui se sont laissé tenter. Alma pis moi, on commence à y penser sérieusement.

Il lança un regard du côté de sa jeune épousée, qui s'empressa d'acquiescer.

— Où c'est qu'ils donneraient des terres ? s'enquit Adeline, curieuse.

— Ça serait dans les régions de Rimouski pis de Matane. Ils donnent un lot de colonisation pis des primes pour la construction de maisons et de bâtiments de ferme, pour l'achat aussi d'instruments et de bétail. Le premier ministre Taschereau a dit qu'il mettrait dix millions pour aider les gens à s'installer sur des terres. C'est des gros sous.

— Oui mais, très souvent, les terres qu'ils donnent sont trop petites pis pas bonnes pour la culture. Pis c'est des terres de roches, des vraies terres de Caïn. J'en parle en connaissance de cause parce que, Alphonse pis moi, on s'est esquintés sur ce genre de terre-là. Ça faisait même pas vivre une famille de trois personnes.

— Écoute ce que dit Eugénie, Armand. Elle pis Alphonse, ils ont travaillé comme des bêtes de somme pour arriver à joindre les deux bouts.

— C'était y a longtemps, ça. Mais aujourd'hui, ils vont ouvrir de nouveaux territoires de colonisation pis ils vont nous donner des terres rentables. Autrement, ça donnerait quoi d'investir autant dans le retour à la terre ?

— Souhaitons que ça se passe comme ça, mon p'tit frère, renchérit Adeline. Remarque que vous êtes juste deux, pour le moment. C'est le bon temps de prendre des risques. Après, avec une grosse famille, c'est trop tard.

— En tout cas, moi, j'préfère encore rester en ville, y a plus d'embauche. Sur une terre, t'as pas grand choix, si elle est pas rentable.

— C'est pas vrai, ça, Édouard. Tu peux toujours couper du bois de chauffage, faire des travaux de voirie ou de chantier, donner quelques heures à la scierie locale, lui opposa Armand.

— Ouais, à ce compte-là, t'es aussi ben en ville. Tu deviens un journalier sur ta ferme, c'est pas mieux que d'en être un en ville, s'entêta Édouard.

— Arrête donc de les décourager, mon mari, se rebiffa Adeline. C'est des jeunes qui ont un rêve, pis moi, j'trouve ça beau. Pis le travail de la terre, c'est loin d'être bête.

— On parle pour parler, ma belle Déline, lui rétorqua Édouard. Pis regarde-moi donc comme notre Arthur écoute avec intérêt ! Il boit les paroles d'Armand, on dirait. T'aimerais ça, toi, une terre en bois debout, hein, mon gars ?

— J'aimerais ça certain ! Une vie libre, où t'es seul maître après Dieu. Avec ton bétail pis tes légumes. Ça me semble une bonne job pour un homme. Pour une femme aussi, continua-t-il en jetant un regard entendu du côté de la belle Émilie, qu'il fréquentait depuis quelque temps.

Il songeait même à demander sa main à son père. Celle-ci fit oui de la tête en rougissant. Elle adorait son Arthur, qui le lui rendait bien.

— T'as toujours ben pas l'intention de t'installer sur une terre, Arthur ?

Édouard rêvait de garder tous ses enfants près de lui, et il lui semblait que la survie était plus assurée en ville qu'en campagne.

— J'en sais rien, p'pa. Mais j'ai le droit de rêver.

— Rêve éveillé, mon gars, rêve éveillé, fit-il en secouant sa pipe si fort que la cendre s'éparpilla sur le bois de la table.

Il la ramassa en vitesse en surveillant la réaction d'Adeline, qui ne l'avait pas remarqué.

— Ici, t'as des chances de te perfectionner, poursuivit-il. Si tu continues tes cours du soir, comme ton cousin Albert, tu vas finir par trouver un bon travail, certain. Et pis tu sais, quand ça va mal comme ça va mal dans le pays depuis une couple d'années, c'est bon d'avoir la famille pas loin pour t'épauler. Penses-y, à ça, mon gars.

Dans la cuisine, Adeline et Eugénie avaient commencé à chuchoter de leur côté.

— Eugénie, lui dit sa belle-sœur, j'ai de l'information sur ce que tu m'as demandé, l'autre soir.

— À propos de quoi, donc ?

— Sur la famille de Fernand Allard, le beau merle qui fréquente ton Estella.

— Alors ?

— T'avais raison de t'inquiéter, ma chère. C'est pas une famille trop trop recommandable. J'tiens ça de ma voisine, Mme Taillefer, qui a grandi à côté des Allard, justement. Le père a fait de la prison plusieurs fois, paraîtrait, pour vol. C'est une espèce de voyou qui a élevé ses enfants tout croche, en leur laissant la bride sur le dos et en les encourageant à voler et à mentir. Tous les fils Allard ont fait l'école de réforme, ton beau Fernand aussi…

— C'est pas *mon* beau Fernand, Adeline, c'est celui d'Estella, malheureusement, l'interrompit Eugénie, découragée de ce qu'elle apprenait.

— Et pis, à part ça, le Fernand, c'est un joli moineau. Un grand coureur de jupon. Y paraît qu'il a mis une fille enceinte et qu'il l'a abandonnée aussitôt qu'il l'a su. Il court la galipote pis il fréquente les bars et les putains, même qu'il tremperait avec ses frères dans une affaire louche. J'sais pas ce qui est vrai dans tout ça, mais comme on dit, y a pas de fumée sans feu.

Eugénie dut se tirer une chaise et s'y asseoir, tellement elle était atterrée.

— Tu parles d'une nouvelle. Comment je vais faire pour convaincre Estella de le laisser tomber, à c't'heure ? Si tu savais comme elle en est amoureuse. Je l'ai jamais vue comme ça. Elle rêve de lui tout le temps. Quand il est avec elle, elle le regarde dans les yeux comme si c'était le bon Dieu, pis elle boit ses mots. Elle prend au pied de la lettre tout ce qu'il dit, comme si c'était parole d'évangile. Elle est ensorcelée, c'est pas compliqué. Adeline, j'ai peur pour elle.

— Attends, attends, Eugénie. Elle est pas encore sous sa coupe. T'as ton mot à dire en tant que chef de famille. Tu peux t'opposer à ce mariage-là. Elle est encore mineure, ta fille.

— On voit que tu la connais pas, toi, Estella. Elle a changé depuis qu'elle travaille à la Dominion. Comme c'est elle qui nous fait vivre, Albert pis moi, elle est plus arrogante que jamais. J'ai de la misère à la contrôler. Elle me donne ben du fil à retordre. J'sais pas comment je vais faire pour la convaincre de lâcher ce gars-là. Qu'est-ce que tu veux, quand y a plus de père, aussi…

Eugénie poussa un long soupir de résignation.

— Écoute, Eugénie, dis-lui, mine de rien, que t'as entendu parler à travers les branches de la famille Allard et de lui, surtout. Parle-lui donc de cette fille qu'il a mise en mauvaise posture pis qu'il a abandonnée. De ses fréquentations des mauvais endroits. Tu vas voir comment elle va réagir. Peut-être qu'après s'être fâchée contre toi elle va essayer d'en savoir plus sur lui. Peut-être qu'elle va commencer à se méfier de lui. On sait pas, des fois ?

— T'as peut-être raison, Adeline. Pis j'aime mieux savoir à quoi m'en tenir que d'ignorer à qui on a affaire. Mais ça me dit que mon intuition était bonne. J'ai jamais eu confiance en cet homme-là, moi. J'le trouvais hypocrite, je m'en méfiais. Même quand il est arrivé le premier soir avec un bouquet de fleurs pour Estella pis une boîte de chocolats pour moi – tu parles, ceux que j'préfère, à part ça –, j'me suis méfiée. Il avait la bouche en cœur pis il débitait des compliments qui en finissaient plus. C'était trop beau pour être vrai, justement. Estella, elle, elle portait plus à terre. Elle rêvait, elle flottait sur un coussin d'air, on aurait dit qu'elle se prenait pour la princesse au bois dormant. Pis si tu voyais tous les soutiens-gorge, les corsets, les gaines qu'elle s'est achetés. D'accord, elle a une bonne déduction, mais quand même. C'est pour lui, tout ça !

La jeune amie d'Arthur entra dans la cuisine pour se mêler aux femmes, et Adeline changea aussitôt de sujet. Elle trouvait qu'Émilie était une gentille fille, et son fils avait l'air d'en être assez épris. Elle avait l'impression qu'Arthur ferait sa demande aux alentours des fêtes, si les choses continuaient sur ce train. Alma, sa belle-sœur, s'approcha elle aussi. Eugénie aida à servir une pointe de tarte aux invités, puis elle leur versa une boisson chaude ou un verre de bière d'épinette, selon les goûts. Les hommes, eux, en étaient au caribou.

Vers les dix heures, Eugénie prétexta la fatigue pour s'éclipser. Elle voulait laisser les jeunes entre eux, et puis elle se languissait de son livre. Elle se demanda si elle n'était pas un peu folle de préférer la lecture à la présence de ses proches, mais elle se convainquit du contraire. Après tout, se dit-elle, un livre, c'est aussi un concentré de vie, comme le concentré de tomates qu'on vendait à l'épicerie. Pour faire un livre, il fallait observer les humains, les regarder vivre, les comprendre, et surtout il fallait savoir raconter.

Chemin faisant, elle eut encore une pensée pour Wilfrid. En regardant la voûte étoilée, elle se demanda s'il respirait le même air qu'elle et s'il observait lui aussi ce si beau ciel d'été. Elle se dit que, si on ne l'avait pas encore retrouvé, c'est qu'il avait réussi à se débrouiller seul, à s'organiser. M. Debré prétendait que plusieurs jeunes fuyaient régulièrement leur famille ou un parent abusif, et qu'ils s'en sortaient souvent très bien. Son Wilfrid était grand et fort et, en plus, il avait l'air de n'avoir peur de rien. Du coup, elle se sentit un peu moins inquiète, et elle osa espérer que, un jour ou l'autre, il lui donnerait signe de vie. À moins qu'il ait décidé de ne plus jamais se manifester à elle, de la rayer à jamais de sa mémoire. Elle s'interrogea à savoir si elle n'avait pas été injuste à son égard, si elle n'avait pas fait preuve de lâcheté en l'abandonnant trop souvent à Albert, sous prétexte qu'elle ne savait pas comment s'y prendre avec lui. En poussant plus loin sa réflexion, Eugénie dut s'avouer qu'au fond elle n'avait jamais aimé Wilfrid autant que ses autres enfants. Il l'avait toujours agacée, irritée. Peut-être parce qu'elle n'avait jamais eu d'emprise sur lui, et qu'il était tellement différent des autres qu'on aurait juré qu'il était né d'une étrangère.

En traversant une rue, elle surprit le regard d'un homme posé avec intérêt sur ses jambes. Il remonta ensuite sur sa taille, puis il s'attarda à détailler ses seins et le reste de sa personne. Eugénie soutint son regard, amusée. L'homme ne devait pas avoir beaucoup plus de quarante ans et il était plutôt élégant. Après quoi l'inconnu souleva son chapeau d'un air appréciatif, sourit à Eugénie et continua son chemin. Cela réveilla quelque chose en elle qui n'avait pas été sollicité depuis longtemps. Les hommes, elle ne s'en était plus soucié depuis la mort d'Alphonse, mais il lui arrivait parfois de sentir monter en elle un désir obsédant de contact physique. Comme si, à force d'être refoulé, ce besoin devenait impérieux, viscéral. Elle s'était surprise récemment à faire un rêve érotique et elle s'était réveillée avec une sensation nouvelle de bien-être, de plénitude. En fait, elle était encore jeune et elle pouvait séduire, si elle continuait à soigner son apparence. Sa chevelure, qu'elle portait en chignon, n'était encore déparée par aucun cheveu blanc, et la peau de son visage était ferme et sans rides. Et puis sa silhouette s'était grandement améliorée depuis qu'elle portait le fameux corset Nu Back que lui avait offert Estella. Des œillades appréciatives, elle en suscitait depuis quelque temps, ce qui lui donnait à penser qu'il serait temps de se prendre un amant. Pourquoi pas ? Elle était veuve, après tout, et libre de ses actes. Et elle avait toujours aimé l'amour.

Il faut dire que cette exceptionnelle nuit d'été incitait à ce genre de rêvasserie, en raison de la douceur de l'air et de la particulière beauté du ciel. Un indéfinissable parfum de fleur flottait autour, et il faisait tellement bon qu'on aurait presque pu dormir dehors. C'était le genre de soirée parfaite, qui ne se produisait que deux ou trois fois par été et qui donnait envie de s'attarder et de profiter de la vie.

Eugénie ralentit le pas pour étirer un peu le plaisir. Lorsqu'elle se trouva devant sa maison, elle crut percevoir un filet de lumière. Elle hésita d'abord à entrer, puis elle poussa la porte, qui s'ouvrit sans effort. Dans la pénombre de la pièce, où ne brillait que la petite lampe du salon, elle vit deux corps étroitement enlacés. Estella était abandonnée dans les bras de Fernand, qui la couvrait de baisers. Ils sursautèrent dès qu'ils aperçurent Eugénie. Estella lâcha un petit cri en se précipitant sur sa robe, pendant que Fernand enfilait son pantalon.

— Estella ! Je savais que j'pouvais pas te faire confiance. Pis toi, espèce de salaud, t'es pas honnête ! Sors d'ici tout de suite !

Eugénie se saisit de la chemise du beau séducteur et la jeta sur le plancher. Puis elle fonça sur lui en lui intimant de nouveau l'ordre de déguerpir. Peu intimidé, Fernand lui rétorqua effrontément :

— Calmez-vous donc, la mère Dumais. On se caressait un peu, c'est pas la fin du monde. Votre fille pis moi, on va se marier, de toute façon.

— Tu me parleras pas sur ce ton-là, toi. Pis y aura pas de mariage tant que je serai sa mère. Allez, sors d'ici !

Estella se redressa, rouge de colère.

— J'me marierai avec lui même si vous voulez pas, m'man. On a déjà fait publier les bans. Je l'aime.

— Quoi, sans m'en parler ? Tu sais rien de cet homme-là, Estella. C'est un mauvais sujet. Toute sa famille est de la même pâte. C'est des menteurs pis des voleurs. Ton beau Fernand a déjà mis une femme enceinte pis il l'a abandonnée, si tu veux savoir. Il te respecte pas, pis tu vas te retrouver pareil, toi aussi.

Estella avait pâli en écoutant le discours accusateur de sa mère. Elle se jeta devant elle en criant :

— Vous dites n'importe quoi pour pas m'voir partir, m'man. Vous avez peur de perdre mon salaire. Pis pour cacher ça, vous vous évertuez à noircir Fernand. J'crois rien de ce que vous dites. C'est des racontars de jaloux. Pis j'vais l'épouser, même si vous voulez pas.

Entre-temps, Fernand avait ramassé sa chemise et ses chaussures. Il se posta crânement devant Eugénie et prit résolument la main d'Estella.

— On s'marie dans trois semaines. J'ai trouvé un prêtre. Tout ce qu'on vous a raconté sur ma famille pis moi, c'est faux, la belle-mère. Mettez-vous surtout pas sur mon chemin. J'aime Estella, pis j'en ferai ma femme, c'est tout !

— Elle est mineure, pis c'est moi, le chef de famille. J'en veux pas, de ce mariage-là. T'es un mauvais parti pour ma fille.

Albert arriva sur ces entrefaites. À voir la tête des différents protagonistes, il comprit qu'il y avait un problème. Eugénie le mit rapidement au courant de la situation, et il se rangea aussitôt du côté de sa mère.

— Fernand, pars d'ici sur-le-champ. Ma mère s'oppose à ton mariage avec ma sœur, pis elle est dans son droit.

— Mêle-toi de tes affaires, mon frère, lui cria Estella en enfilant son manteau. J'ai décidé de l'épouser pis j'vais le faire. C'est pas vous autres qui allez m'en empêcher.

Elle fouilla dans ses affaires et en sortit quelques vêtements qu'elle mit dans un fourre-tout. Elle prit son sac à main et tira Fernand par le bras.

— Viens-t'en. J'pars avec toi.

— Estella, j'te défends de sortir ! lui lança Eugénie en se plaçant devant la porte pour lui bloquer le passage.

Fernand la prit par les épaules et il la repoussa si violemment qu'elle perdit l'équilibre et se retrouva sur le sol. Puis il tira sa promise par la main et il l'entraîna avec lui. Ils quittèrent la maison en trombe.

Albert aida sa mère à se relever. Eugénie s'était blessée à l'épaule en tombant. Elle se frottait le bras en grimaçant.

— C'est une brute, ce gars-là. Pauvre Estella.

Albert était atterré, mais pas autant que sa mère, qui se mit à pleurer.

— Pleurez pas, m'man. Y doit y avoir une solution. Estella est mineure, vous avez autorité sur elle. Vous devriez en parler à M. le curé. Je connais pas son Fernand, mais à voir ce qu'il vient de vous faire, c'est pas rassurant.

— Moi, j'ai appris des choses terribles sur lui et sa famille, justement…

Et Eugénie lui raconta ce que lui avait dit Adeline.

Albert avait changé de visage. Il était inquiet.

— Raison de plus pour continuer à nous opposer au mariage. Ce gars-là est un voyou qui respecte rien. À voir comment il traite sa belle-mère, ça en dit long sur ce qu'il va faire à sa femme tantôt.

Eugénie s'était de nouveau réfugiée dans la berceuse d'Alphonse. Elle se balançait nerveusement, tout en se frottant l'épaule.

— On dirait que j'ai quelque chose de déchiré. Ça me fait mal pis c'est en train d'enfler.

— Attendez, m'man.

Albert fouilla dans la petite pharmacie, qui ne contenait pas grand-chose, à part quelques aspirines et un ou deux baumes tout usage. Il en prit un qu'il appliqua méthodiquement sur l'épaule de sa mère, tout en massant doucement pour le faire pénétrer.

— C'est à base de menthol, ça devrait pas vous faire de tort. On va voir demain si ça marche.

— Ça fait du bien, mon gars, ça fait du bien, mentit-elle pour ne pas inquiéter inutilement son fils.

Mais elle éprouvait une douleur plus profonde à l'âme. De voir sa fille enlisée dans une relation dont elle pouvait prédire qu'elle lui serait néfaste la jetait dans le découragement. Comment Estella pouvait-elle refuser de voir ce qui crevait pourtant les yeux ? L'homme dont elle s'était éprise était un sans-cœur, porté à la violence. Et un être égoïste, qui ne se souciait pas de la mettre enceinte et de lui faire perdre sa réputation. À moins qu'Estella ne finisse par en prendre conscience d'elle-même ?

Eugénie eut un rire amer. Elle ne croyait pas la chose possible, à voir la façon dont sa fille suivait aveuglément Fernand. Elle n'avait qu'à se rappeler l'amour inconditionnel qu'elle portait elle-même à son Alphonse, dès le début de sa relation. On aurait voulu l'en détourner qu'elle s'y serait opposée avec la même énergie qu'Estella. Mais au moins, le choix était justifiable, puisque son homme était bon de nature. Mais ce butor, ce mal élevé de Fernand Allard ne méritait pas l'amour de sa belle Estella. Sa fille courait allègrement à sa perte.

— Arrêtez de ruminer, m'man, pis allez donc vous coucher, lui suggéra Albert, qui se terra dans sa chambre en refermant doucement la porte derrière lui.

Heureusement, il y avait son Albert. Il ressemblait de plus en plus à Alphonse. C'était un doux qui ne lèverait jamais la main sur une femme, lui. Mais elle savait qu'il nourrissait des projets de vengeance, et cela aussi l'inquiétait. La rancune qu'il ressassait depuis des années commençait à l'enfermer dans une obsession malsaine.

Elle repoussa cette idée. Il lui semblait qu'elle avait assez de problèmes pour le moment sans en inventer de nouveaux. Elle avait pour son dire qu'il ne servait à rien de s'en faire d'avance et qu'il fallait prendre les tracas les uns à la suite des autres et tenter de les régler dans cet ordre. Autrement, on ne s'en sortirait jamais. Mais elle avait manqué de tact en accablant Fernand devant sa fille. Elle aurait dû attendre son départ avant de lui parler de ce qu'elle avait appris sur lui. Qu'il fallait donc se tourner la langue sept fois dans la bouche avant de parler, Seigneur !

C'est dans cet état d'esprit qu'elle se mit à préparer le lit qu'elle partageait ordinairement avec Estella. C'était un divan-lit inconfortable qu'on dressait au milieu du salon. Il fallait se déplacer un bon bout de temps avant de trouver une position permettant d'échapper aux ressorts fatigués du vieux matelas. Elle constata néanmoins que le fait de ne pas avoir à partager son lit rendait la chose plus facile.

Elle s'enroula dans ses couvertures et se replongea dans le livre d'Émile Zola. Cette histoire de vendeuse embauchée dans un grand magasin, *Le Bonheur des Dames*, la surprenait de plus en plus. Elle découvrait, ébahie, qu'on pouvait faire de la littérature avec du monde ordinaire. Le sort de l'héroïne, une jeune fille toute simple venue de la campagne et dont les autres vendeuses se moquaient cruellement, la touchait profondément. Et le fait que la Denise en question se voyait devenir la cible de railleries sur ses chaussures démodées, ses allures de paysanne ou sa chevelure difficile à coiffer la rendait sympathique à ses yeux. Elle s'identifiait à elle, et son cœur battait d'empathie pour les difficultés qu'elle vivait. Elle ne décolérait pas contre le frère aîné qui la manipulait et l'exploitait effrontément, au point de la forcer à travailler en plus la nuit pour réussir à éponger ses dettes. Elle compatissait à ses angoisses et s'attendrissait sur les sentiments qui commençaient à poindre entre elle et son patron.

C'était la première fois qu'Eugénie réalisait qu'elle pouvait aussi s'attacher à des livres qui traitaient des vrais problèmes de la vie, plutôt que d'univers fantastiques à la Jules Verne. Elle se dit aussi qu'à ce compte-là on aurait bien pu la prendre comme héroïne, ou sa sœur Pauline, ou n'importe quelle autre femme de son milieu. L'éventualité qu'on fasse de son destin à elle, Eugénie Dumais, le sujet d'un roman la fit sourire. Comment pouvait-on, en effet, raconter quelque chose d'aussi banal et d'aussi peu d'intérêt que les misérables péripéties de sa pauvre vie ? se demanda-t-elle en riant franchement. Et qui, d'ailleurs, aurait été assez fou pour penser seulement faire une œuvre avec si peu ?

Après s'être traitée d'insensée, elle se fit la réflexion que la lecture était en train de devenir pour elle une véritable passion. C'était quelque chose de dévorant et auquel elle n'arrivait plus à se soustraire. Souvent, elle avait hâte au soir pour pouvoir s'y livrer en toute quiétude et sans témoins. Car elle cachait ses livres au fond de ses tiroirs et ne lisait que lorsque ses deux enfants dormaient à poings fermés. Comme s'il y avait une honte à prendre du plaisir à une activité stérile parce que d'aucune utilité, qui se pratiquait dans la solitude et qui ne servait à rien d'autre qu'à la distraire et à lui faire oublier le poids de son quotidien et de ses nombreux malheurs. Non seulement cela la détendait, mais cela la libérait aussi d'une certaine forme de mal de vivre, qui autrement n'aurait pas connu d'exutoire. Peut-être que le fait de voir d'autres gens se débattre avec les problèmes de la vie et réussir à s'en sortir lui donnait le courage de continuer à en faire autant ? Elle accordait d'ailleurs à l'écrit un pouvoir presque magique. Si c'était imprimé quelque part, cela acquérait pour elle une existence incontestable. Elle avait l'impression que c'était une école de vie à nulle autre pareille. Quand elle refermait son livre, elle devait s'y arracher de force parce qu'il était tard, même si elle mourait d'envie de connaître la suite. Une constatation qui, chaque soir, lui faisait bénir le ciel d'avoir eu la bonne idée de mettre sur sa route une personne aussi précieuse que M. Debré, sans lequel jamais rien de tout cela n'eût été possible.

10

— Vous devez vous opposer à ce mariage, madame Dumais. Ne donnez pas votre consentement. Vous en avez légalement le droit. Votre fille est mineure, et cet homme est un mauvais sujet. Sa famille, d'ailleurs, ne fréquente pas les sacrements depuis longtemps. On ne les voit jamais à la messe ni à la confesse. Ces Allard-là sont des incroyants.

Le curé Côté prenait tellement à cœur le problème d'Eugénie qu'il en était rouge de colère. Lui, d'habitude si calme, elle ne le reconnaissait plus. C'est que ces histoires de mariages décidés sans le consentement des parents se produisaient trop souvent à son goût et troublaient l'ordre établi. Surtout lorsqu'il s'agissait d'impies comme ce Fernand Allard et sa famille.

Eugénie écoutait le curé avec intérêt, mais une idée inquiétante commençait à lui trotter dans la tête.

— Mais croyez-vous qu'il y aurait déjà eu… consommation ? continua le prêtre.

Il venait de mettre le doigt sur le mal.

— Je crains bien que oui, monsieur le curé. À voir la façon dont ils étaient enlacés, l'autre soir. Et presque nus, à part ça… Et pis Estella est partie avec lui depuis une semaine déjà. J'ai peur pour elle.

Elle n'osait mettre de mots sur l'appréhension qui l'assaillait, pour ne pas la voir se concrétiser. Mais c'est l'abbé Côté qui la formula directement.

— Si votre fille se trouvait… enceinte, madame Dumais, vous ne pourriez plus vous opposer au mariage. Le chenapan aurait trouvé le moyen de vous forcer la main. Autrement, continua le curé sur le ton de quelqu'un qui poursuit un monologue intérieur, s'il n'y a pas eu consommation, nous pourrions peut-être obtenir une déclaration de nullité du mariage, mais cela est une démarche longue et coûteuse, que je ne crois pas que vous ayez intérêt à entreprendre.

— Ben sûr que non, monsieur le curé. Je voudrais pas entrer dans une affaire aussi compliquée.

— Mais vous dites qu'il aurait trouvé un prêtre pour les unir ? reprit l'abbé, décidément bouleversé par cette histoire.

— Oui, c'est ce qu'il m'a dit. Ils devraient se marier dans deux semaines.

— Deux semaines ? Ça signifie qu'ils ont entamé leurs procédures depuis un bon bout de temps. Vous savez où ils ont l'intention de se marier ?

— Malheureusement, non. J'sais juste qu'ils ont déjà fait publier les bans. J'sais pas où, pis j'sais pas non plus où il a emmené Estella.

— C'est grave. Pour pouvoir se marier en dehors de leur paroisse, il faut une permission du curé. Comment ont-ils pu trouver un prêtre qui fait fi de cela, de même que de l'absence de consentement parental dans le cas d'une mineure ? Et plus grave encore, ce Fernand Allard pourrait être accusé d'enlèvement et de détournement de mineure. Son cas s'alourdit, et vous pourriez le traîner devant les tribunaux, madame. Pensez-y. De toute façon, tenez-moi au courant de l'évolution de l'affaire.

Sur le chemin du retour, Eugénie essaya de mettre de l'ordre dans ses idées. D'abord, les mots « enlèvement » et « détournement de mineure » ne lui disaient rien de bon. C'étaient des machinations d'avocats, et ça impliquerait des frais qu'elle ne serait jamais en mesure d'assumer. Et puis, ça représentait des complications, de la chicane, des démarches difficiles qu'elle n'avait pas envie d'enclencher. Faire déclarer le mariage nul, si jamais il se célébrait dans les conditions présentes, ne lui disait rien qui vaille non plus. C'était encore des affaires de curés. Ça amènerait des embrouilles et ça risquait de faire plus de mal que de bien, craignait-elle. Elle pourrait décider plutôt de se plier à la volonté de sa fille qui, elle l'espérait, avait encore toute sa tête. Si Estella aimait cet homme-là, il devait bien y avoir quelque chose de raisonnable dans ça, puisque sa fille avait toujours été saine d'esprit, du moins jusqu'à preuve du contraire. Elle reconnaissait toutefois que l'amour pouvait dans certains cas faire perdre la raison et plonger ceux qui étaient touchés dans un état second, bien loin d'une attitude lucide et rationnelle. Mais qu'y pouvait-elle ?

Après avoir brassé cela dans tous les sens, après avoir pesé le pour et le contre, Eugénie finit par prendre une décision. Elle aiderait plutôt Estella à faire un beau mariage. Elle pardonnerait à son prétendant et elle ferait désormais meilleure figure devant lui. D'ailleurs, il était vrai qu'elle n'avait pas beaucoup donné la chance au coureur et qu'elle avait pris Fernand Allard en grippe dès le début. À partir de maintenant, se promit-elle, elle se rendrait agréable aux yeux de son futur gendre ainsi qu'à ceux de sa fille, qu'elle aimait plus que tout.

Ce qui l'attendait à son arrivée chez elle la plongea cependant dans de nouvelles affres. Estella se trouvait sur le pas de la porte en plein cœur de l'après-midi, au lieu d'être au travail. Elle espérait visiblement sa venue en tournant la tête de façon pressante de droite et de gauche.

Eugénie passa à côté d'elle et enfonça la clef dans la serrure. Estella la suivit à l'intérieur.

Eugénie s'en fut directement à la cuisine pour préparer du thé, dans l'idée que cela faciliterait la conversation. Estella se laissa tomber tout habillée sur le divan-lit, comme si elle était épuisée. Cela intrigua Eugénie, qui revint bientôt avec une théière fumante. Elle la déposa sur le buffet attenant et elle en remplit deux tasses. Elle recevait régulièrement de M. Debré un peu de thé chinois qu'elle aimait tant et dont elle n'arrivait plus à se passer.

— J'te trouve pâlotte, ma fille. T'es certaine que tu vas bien ?

— Oui, m'man, j'vais bien, faites-vous-en pas, répondit-elle d'une voix un peu traînante.

Estella se redressa et prit la tasse que lui tendait sa mère. Eugénie tenait à ce que les choses se déroulent de façon plus civilisée, cette fois. Elle ne devait pas se mettre en colère, mais plutôt se maîtriser, si elle voulait que les problèmes se résorbent.

— Où t'étais, ma p'tite fille ? J'me suis fait de la bile à ton sujet.

— J'sais ben, pauvre m'man. J'étais dans la famille de Fernand, avec sa mère pis ses frères et sa sœur. Ils ont été gentils. C'est pas la famille dévoyée que vous pensez. En tout cas, pas à première vue.

— Probablement que t'as raison, ma fille. J'ai repensé à tout ça pis j'pense que je l'ai jugé un peu vite, ton Fernand. Ça doit être un bon gars, qui veut pas te mettre dans le trouble pis qui t'aime. J'te donne mon consentement pour le mariage.

— Oh, m'man ! fit Estella en s'élançant dans les bras de sa mère.

Elle la serra très fort, en pleurant à chaudes larmes.

— Pleure pas, ma chérie. On va te faire un beau mariage. J'ai déjà une idée pour ta robe de noce. En tulle blanc, avec des empiècements de satin devant, et…

— M'man, y faut que j'vous dise… que je… que je… suis… déjà… enceinte.

— Comment ? T'es… enceinte, t'es… certaine ?

— Oui, j'ai vu un médecin tantôt. J'ai au moins six semaines de faites.

— Il était ben pressé de te faire un bébé, le beau vicieux ! L'hypocrite, le menteur, qui promettait de te respecter ! dit Eugénie en se levant brusquement sous l'effet de la colère.

Estella ne dit rien. Elle baissa la tête et se mit à fixer le tapis élimé.

— Dis-moi pas qu'il veut plus te marier, à c't'heure ?

— Ben non, au contraire, il est heureux. Il dit que ce sera un garçon, pis qu'on va l'appeler Onésime, comme son grand-père.

— Ma pauvre p'tite fille, j'aurais tant aimé que tu deviennes mère juste une fois mariée.

Eugénie était accablée. Mais comme celle qui était le plus à plaindre dans tout ça était encore sa fille, elle se força au calme. Elle se pencha sur Estella et la serra de nouveau dans ses bras.

— Le mariage est pour quand ?

— Dans deux semaines, m'man.

— Mais c'est trop court, ça. On pourrait prendre plus de temps pour te préparer quelque chose de beau, lui répliqua Eugénie, qui imaginait déjà la belle robe blanche que sa fille arborerait, et le voile, et les fleurs, et les invités à la noce. Un mariage, c'est un sommet dans la vie d'une femme.

Mais Estella battit l'air de la main en signe de dénégation. Elle voulait pour sa part que les démarches s'accélèrent.

— Maman, j'suis déjà enceinte, pis ça commence à paraître. J'veux pas que les gens pensent que j'me suis mariée obligée.

— Fallait y penser avant, ma fille. De toute façon, les mauvaises langues vont jaser quand on va comprendre que vous avez pris de l'avance. Au moins, vous vous mariez pareil. C'est ça qui compte. Le reste, ç'a pas d'importance. Si je m'étais toujours occupée de ce que pensent les autres, j'aurais été malheureuse pour rien. Mais dis-moi donc comment ça se fait que tu travailles pas un jour de semaine ?

— Parce que j'viens de donner ma démission à la Dominion. Ils avaient entendu dire que j'me mariais pis ils m'ont convoquée. Comme j'ai tout avoué, ils m'ont demandé de démissionner.

— T'es certaine de ce que tu fais, ma fille ?

— Oui, maman, j'suis certaine. J'aime Fernand, pis il m'aime.

La conviction avec laquelle son enfant prononça ces dernières paroles dissipa une partie de ses doutes. Mais Eugénie ne pouvait s'empêcher de trouver sa précipitation suspecte. Estella craignait-elle qu'en différant le moindrement la date du mariage son soupirant finisse par changer d'idée et se refuse à convoler ? Une interrogation qu'elle se retint de partager avec elle pour ne pas l'inquiéter davantage. Et si Eugénie se demandait encore en son for intérieur si cette union serait bonne pour sa fille, elle n'osa pas aborder le sujet non plus. L'affaire était entendue. Comme elle était déjà enceinte, il était toujours préférable, dans pareil cas, d'avoir un mari et un père pour l'enfant, même si ce dernier n'était pas le compagnon idéal. C'était une considération majeure, qui malheureusement primait sur toutes les autres, autant pour la réputation d'Estella que pour celle de sa famille.

Le problème étant réglé aux yeux des deux femmes, il ne restait plus qu'à organiser la cérémonie pour faire croire à un mariage dans les règles. Elles s'employèrent à préparer du mieux possible ce jour de noces, qui représenterait pour Estella le moment le plus mémorable de sa vie, celui qu'elle raconterait à ses enfants des années plus tard, et auquel elle reviendrait avec nostalgie quand les relations commenceraient à se gâter au sein du couple.

Albert attendit la nuit faite pour quitter la maison. Il se leva en silence, prit ce qu'il voulait apporter et s'avança dans le salon. Sa mère et sa sœur dormaient sur le petit lit-canapé, tassées l'une contre l'autre, dans un concert de ronflements saccadés. Eugénie ronflait comme une toupie d'Allemagne, ce qui ne dérangeait pas Estella, qui dormait toujours d'un sommeil de plomb. En contournant leur couche sur la pointe des pieds et avec d'infinies précautions, il se fraya un chemin et sortit par la porte d'en arrière. Il n'y avait pas de lune, et il en bénit le ciel, car cela servirait mieux son projet.

D'épais nuages rendaient la nuit opaque, et la chaleur humide était encore grande. Albert prit la route d'un pas décidé et il alla se poster au coin des rues Saint-François et du Pont. C'est là qu'Adrien devait le retrouver. Il attendit un certain temps, un peu anxieux, jusqu'à ce qu'il reconnaisse la silhouette dégingandée de son ami. Celui-ci s'approcha et le prit par les épaules.

— C'est maintenant ou jamais, Albert.

— Comme tu dis, maintenant ou jamais. As-tu ce qu'y faut?

— Oui, regarde.

Adrien lui montra ce qu'il avait apporté.

— Parfait, moi, j'ai du papier pis un briquet. Avec ça, on devrait s'en tirer.

Et les deux hommes se mirent en marche, tout en essayant d'avoir l'air le plus normal possible. Mais ils étaient tendus et nerveux. L'opération était risquée, et ils ne devaient pas attirer l'attention. La nuit était tellement chaude que certains avaient préféré rester dehors et traîner encore un peu avant d'aller dormir. Ils croisèrent un groupe de jeunes qui paraissaient un peu gris et qui chantaient à tue-tête. Albert et Adrien les saluèrent en riant, puis ils continuèrent leur chemin. Ils devaient atteindre rapidement leur objectif, s'exécuter sans hésiter et se replier en vitesse.

Mais cela nécessitait du sang-froid et, même si les deux amis avaient bien réfléchi à la stratégie à adopter, il n'en demeurait pas moins que l'enjeu était de taille. S'ils échouaient et se faisaient attraper, ils risquaient d'être envoyés à l'ombre pour un bon bout de temps. Par contre, s'ils réussissaient, il fallait à tout prix éviter qu'il y ait mort d'homme, ce qu'Albert ne se pardonnerait jamais.

Adrien avait perdu comme lui son père, fauché dans un accident du travail à la papetière. Des billots de bois étaient tombés d'une bande transporteuse et l'avaient tué sur le coup. La compagnie n'avait pas accepté sa responsabilité, et on avait refusé d'indemniser la veuve. La famille d'Adrien, comme celle d'Albert, avait été plongée dans la misère et avait dû se débrouiller pour survivre. Adrien et ses frères s'étaient retrouvés à l'école d'industrie de l'orphelinat d'Youville, où Albert avait fait sa connaissance. Le même désir de vengeance les habitait, et c'est ce qui les avait rapprochés. Les soirs de grisaille et d'ennui où la vie de l'orphelinat leur pesait particulièrement, ils s'étaient mis à imaginer le jour où leurs pères et leurs familles seraient enfin vengés de tout ce qu'ils avaient enduré par la faute de dirigeants cupides et inhumains. Ce moment était venu. Adrien, qu'une longue maladie des poumons avait handicapé, était enfin remis sur pied et prêt à passer à l'action. En quelques rencontres, ils avaient planifié leur coup et fixé la date. C'était cette nuit-là ou jamais. Il n'y avait pas eu de pluie depuis quelques jours et le nombre d'employés était réduit à cause des vacances, ce qui faciliterait l'entreprise.

La nuit était sombre, et plus ils approchaient de la Pulp and Paper, moins il y avait de badauds. Adrien semblait fébrile. Il serrait les dents et marchait un peu trop vite pour que cela paraisse naturel. Albert le rassura en lui disant qu'il savait où passer et qu'il connaissait bien la zone. Il avait souvent accompagné son père du temps où celui-ci vivait et il avait gardé en mémoire la configuration du site. Et puis, il y était aussi retourné quelques fois par après pour planifier son projet.

Ils traversèrent la rue des Capucins et entrèrent sur le terrain de la compagnie. Le site couvrait une large surface. Même s'il était clôturé, il y avait un endroit où on pouvait passer parce que la clôture était défoncée. Albert entraîna son compagnon vers un coin isolé et peu éclairé, où il y avait un espace suffisant pour qu'un homme puisse se glisser sans peine. Ils s'y engouffrèrent aussitôt.

Il y avait des miradors et il fallait éviter de se trouver dans le champ de vision des surveillants. Albert et Adrien se coulèrent au plus près des bâtiments et les longèrent, à l'abri de la lumière. Ils progressèrent vite. Ils transpiraient abondamment, autant à cause de la chaleur humide que de la tension qui les habitait.

Ils se dirigèrent vers les îlots de rondins de bois accumulés en immenses cônes tout au fond du terrain, près de la rivière. C'était là que le bois aboutissait quand les courroies transporteuses le déversaient, après l'avoir tiré des camions qui le transportaient.

— Longeons les trains, pour pas que les gardiens nous voient.

Ils se collèrent aux wagons en stationnement et avancèrent lentement, par petits bonds, tout en surveillant ce qui se passait sur le terrain. Deux gardiens de nuit patrouillaient avec leur lampe et éclairaient devant eux un périmètre mouvant, ce qui les rendait facilement repérables. Adrien et Albert, quant à eux, n'avaient aucune source de lumière et profitaient du peu de clarté que leur ménageait la nuit. Ils avançaient en se guidant de la main aux wagons, de façon à se rapprocher de leur but. Après quelques minutes éprouvantes où ils se crurent découverts, ils atteignirent enfin l'immense pyramide de billots d'épinette noire déjà écorcés. C'était un cône haut de plusieurs dizaines de verges et constitué d'une accumulation de rondins d'épinette, de copeaux et de résidus de sciure. Le tout formait un agglomérat sombre qui se détachait à peine du ciel plombé.

— Vite, allume une cigarette.

Adrien s'exécuta. Le feu de sa Player's troua la nuit. Albert sortit de son fourre-tout des boules de papier imbibées d'essence et y mit le feu. Il lança aussitôt la torche dans l'amas de bois, puis il répéta l'opération. Le feu éclata bientôt dans différents points et se propagea rapidement. Des craquements et des crépitements déchirèrent le silence de la nuit.

– Viens-t'en. On décolle d'ici.

Et Albert prit son compagnon par le bras et l'entraîna à l'abri des wagons, qu'ils entreprirent de suivre à l'aveuglette, en sens contraire.

Une sirène se déclencha. Les gardiens des miradors venaient d'apercevoir la flamme et ils alertaient l'équipe de secours. On entendit des bruits de pas précipités. Des hommes accouraient de partout vers le site du feu, avec des boyaux d'arrosage.

Cette agitation permit aux deux téméraires de faire rapidement le trajet de retour. L'opacité de la nuit protégeait leur fuite, mais les desservait aussi puisque, n'y voyant rien, ils butaient constamment sur des obstacles invisibles. Mais ils se relevaient aussi vite et repartaient au pas de course, main dans la main pour ne pas se perdre, la peur au ventre. Ils se débrouillèrent si bien qu'ils parvinrent en peu de temps à la sortie.

Ils firent le chemin inverse sans s'arrêter jusqu'au pont, où ils se remirent à marcher normalement. Il leur fallait déambuler lentement et donner l'impression de promeneurs du dimanche. Albert sentait son cœur qui s'emballait entre ses côtes, et Adrien avait l'air aussi tendu que lui. Lorsqu'ils arrivèrent à la rue Saint-François, ils se retournèrent.

— Regarde-moi ça, Adrien, c'est pas croyable !

Sur le terrain de la Pulp and Paper, un gigantesque mur de flammes de plusieurs dizaines de pieds de haut s'élevait et éclairait la nuit. Puis on entendit des explosions se produire à répétition. L'alarme de l'usine résonnait sans interruption, et les pompiers de la ville, toutes sirènes hurlantes, se ruaient en panique sur les lieux de l'incendie.

— Y a du soufre, de l'ammoniac, du chlore pis toutes sortes de produits inflammables dans cette usine-là. Regarde ben ça, Adrien. Tu reverras pas ça de sitôt.

Adrien écarquillait les yeux, heureux de constater que c'était par leurs bons soins que cela avait été possible.

Une grosse explosion se produisit, suivie d'une autre tout aussi forte.

— Celle-là, c'est pour ton père, Athanase, mort pour rien. Pis l'autre, c'est pour mon père, Alphonse, mort dans la fleur de l'âge. Pis aussi pour nos deux familles, qui ont mangé d'la marde à cause de ça. Passez au *cash*, mes maudits Anglais !

Et ils se séparèrent.

Le lendemain matin, Albert se réveilla tôt. Il ne s'était endormi que fort tard et il était si agité qu'il s'était réveillé en sursaut. Il venait de rêver que des policiers lui passaient les menottes et l'amenaient au poste. Il enfila son pantalon et sortit de sa chambre. Dans le salon, sa mère et sa sœur dormaient encore à poings fermés. En levant les yeux sur l'horloge, il réalisa qu'il n'était pas encore six heures. Il sortit pour ne pas réveiller les dormeuses. C'était tranquille, et Albert fit quelques pas dans la rue. Il lui tardait d'avoir des nouvelles de la papetière. Il se dirigea machinalement vers la rue du Pont, qu'il remonta jusqu'à ce qu'il aperçoive un long panache de fumée qui montait droit dans le ciel. L'air empestait, et des curieux s'étaient déjà amoncelés. Albert se mêla à eux.

— Qu'est-ce qui se passe ? demanda-t-il à un homme dans la cinquantaine, qui promenait son chien.

— On sait pas. Le feu a pris la nuit dernière. Y en a qui disent que ce serait à cause de la pitoune qui était accumulée là depuis trop longtemps. Y s'est peut-être formé de la combustion dans ça, pis comme on l'a pas aérée depuis des semaines, c'est peut-être ça qui a causé le feu. D'autres disent que ça serait un incendie criminel, mais ça, c'est pas prouvé. En tout cas, ça flambe en maudit.

— Oui, pis y a eu ben des explosions, de continuer un autre. Ça sent pas trop fort, mais on sait jamais. Y a des produits chimiques dans ça qui sont assez toxiques, y paraît. Y va falloir qu'ils se dépêchent de stopper le feu, y a ben des maisons autour qui pourraient être incommodées. En tout cas, ils doivent avoir des grosses pertes certain, parce que ça brûle comme ça depuis des heures.

— Oui, mais tous les pompiers de la ville sont là, pis ils ont envoyé des tonnes d'eau pour éteindre le feu, reprit un troisième. Ils ont pas de problèmes avec l'eau, vu que la rivière pis le fleuve sont à côté. Mais j'suis sûr qu'ils ont perdu gros.

— Est-ce qu'y a des blessés ? fit Albert, mine de rien.

Cette idée n'avait cessé de l'obséder depuis la veille, et il se disait que, s'il y avait des blessés ou des morts, cela invaliderait son action.

— Ç'a pas l'air. En tout cas, j'ai pas entendu d'ambulance, pis j'ai passé la nuit sur le balcon à surveiller ça. Y aurait rien que des pertes matérielles, d'après ce que j'ai pu voir.

Albert se retira, un peu moins anxieux. Les produits chimiques étaient une autre source d'inquiétude, mais le fait que tous les secours étaient sur place et s'activaient sans relâche pour contrer les dégâts était tout de même rassurant. Il n'en voulait qu'aux dirigeants de la papetière et son seul but était de leur infliger des pertes matérielles. Il aurait été bien malheureux d'apprendre que des gens étaient blessés ou malades par sa faute.

À la maison, il se fit des rôties et un café. Estella se réveilla, puis Eugénie émergea elle aussi. La journée était encore chaude, mais sombre à cause des gaz et de la fumée qui se répandaient dans le ciel et masquaient l'horizon.

— C'est drôle, ça sent fort la fumée, on dirait, fit remarquer Eugénie en se préparant un café.

Voyant par la fenêtre que des gens se regroupaient dehors, comme si quelque chose d'anormal s'était produit, Estella sortit aux nouvelles. Lorsqu'elle rentra, elle affichait une mine d'enterrement.

— Y a eu un gros feu à la papetière la nuit dernière, à ce qu'y paraît. Même que ça flambe encore. Pis y a eu beaucoup d'explosions. On raconte que ce serait dû au bois accumulé trop longtemps, qu'on aurait pas assez aéré.

— C'est pas étonnant, ils ont jamais voulu écouter les employés qui leur disaient de faire des cônes plus petits pis plus espacés, lui répondit Albert, sur un ton détaché.

Eugénie se servit un café tout en jetant un œil distrait sur les curieux qui s'agglutinaient à l'extérieur.

— En tout cas, c'est pas moi qui vas pleurer sur leur sort, eux autres, renchérit Albert, l'air satisfait.

— On le sait-tu assez que tu les haïs, les dirigeants de la Pulp and Paper, toi.

Estella s'était souvent chicanée avec son frère, qui n'arrêtait pas de déblatérer contre cette compagnie et la façon dont elle traitait ses accidentés du travail. Si elle comprenait que la procédure imposée à leur père et à d'autres avait été injuste, elle n'en faisait pas une maladie. Elle considérait que ce genre de malheur faisait partie de la vie et qu'il ne fallait pas passer son temps à rêver de vengeance. Estella n'avait pas la fibre revendicatrice et elle était plutôt du genre accommodant. Albert taxait son attitude de mollesse et de lâcheté. Lui, il n'avait pas la mémoire courte.

— Toi, à part ton mariage, y a pas grand-chose qui t'intéresse.

Estella versa en riant un peu de lait dans le dos de son frère. Celui-ci se leva d'un bond et lui immobilisa les bras.

— Arrêtez donc de vous tirailler, les enfants. On peut-tu déjeuner en paix de temps en temps ? leur opposa Eugénie.

Elle prit un air inquiet, tout à coup.

— Coudonc, peut-être qu'on va en apprendre plus par les journaux ? C'est gros, à ce que vous dites, cet incendie-là. Ça veut dire qu'y va encore y avoir des gens sur le chômage. Encore du pauvre monde qui va tirer le diable par la queue.

— Peut-être pas tant que ça, maman. Pis ça sera sûrement un mal pour un bien. Ils vont ben être forcés de changer les directives d'entreposage du bois, d'améliorer la sécurité, pis de trouver des façons plus efficaces de prévenir le feu et les accidents. On va en savoir plus dans *Le Soleil* d'aujourd'hui, l'assura Albert. J'vais l'acheter sur le chemin du travail.

Les deux femmes se mirent à parler mariage. Comme Estella avait démissionné de son poste, elle s'attendait à recevoir un cadeau de mariage princier de la part de la Dominion Corset.

Normalement, on donnait à celles qui partaient un corset de leur choix, ainsi qu'un soutien-gorge.

— J'vais choisir le corset Nu Back, comme le vôtre, m'man. Mais il est encore plus décolleté dans le dos. C'est un vrai bijou. Pis j'ai aussi droit à une brassière. J'vais prendre le dernier modèle, celle avec des bonnets de satin pis des agrafes d'aluminium. C'est le dernier cri, pis j'en ai assez cousu pour y avoir droit gratuitement cette fois-ci. Ça va me cacher le ventre pis me donner une silhouette parfaite.

— Ma pauvre enfant. Ça paraît pas tant que ça, ton p'tit ventre. Même que t'as l'air d'avoir maigri, Estella.

Elles continuèrent à converser un long moment avant de se remettre au travail. Eugénie avait de grosses commandes de linge à laver et à repasser, de même que des contrats de tricot pour l'automne qui approchait. Une fois leurs tâches terminées, elles décidèrent de passer chez Adeline pour la robe de mariée. Elle s'était proposée pour la confectionner. Eugénie se résigna à sortir vingt-cinq dollars de sa cagnotte pour l'occasion. C'était un gros montant mais, après tout, ce n'était pas tous les jours qu'on mariait sa fille.

Avant d'aller chez Adeline, les deux femmes s'arrêtèrent dans un magasin de tissus, rue Saint-Joseph. Elles choisirent un morceau de satin, pour le devant, et de la fausse soie bon marché, pour le reste. Le tissu présentait aussi bien que ce qu'elles avaient vu dans les vitrines des grands magasins, et le modèle qu'elles choisirent était à la mode du jour. Avec la fermeture éclair, le fil, les boutons, le patron et le voile de tulle, cela entrait à peu près dans le budget d'Eugénie. Estella acheta de la teinture blanche pour teindre ses vieilles chaussures à talons hauts. Adeline les reçut avec gentillesse et se mit aussitôt en quête de ses outils de travail. Elle demanda à Estella de ne pas bouger pendant qu'elle prenait ses mesures.

— Tiens-toi droite et rentre un peu ton ventre, ma fille, lui indiqua Adeline lorsqu'elle se fut installée avec son galon à mesurer.

Estella se troubla quelque peu, ce qui alerta Adeline.

— Quoi, qu'est-ce que j'ai dit ?

— Elle est enceinte de six semaines, figure-toi donc, lui souffla Eugénie, pour que les choses soient claires entre elles. À toi, je peux le dire, mon Adeline.

— Ah oui ? fit celle-ci, sincèrement désolée pour Eugénie et pour sa nièce.

Mais elle l'aurait parié, étant donné la nature du prétendant. Puis elle tapota avec tendresse le visage d'Estella.

— Écoute, j'vais te faire une robe avec un drapé sur la hanche qui va camoufler ton p'tit ventre. Tu vas être belle comme tu l'as jamais été, ma p'tite Estella.

Eugénie en eut les larmes aux yeux.

— Brave Adeline, j'sais pas ce qu'on ferait sans toi, déclara Eugénie.

Estella prit sa tante dans ses bras et elle l'embrassa. Pour ne pas se laisser gagner par l'émotion, cette dernière s'ébroua.

— Ça fait pas avancer l'ouvrage, toute cette sentimentalité-là. Monte sur la chaise, Estella, que j'prenne tes mesures comme y faut. Pis toi, Eugénie, sers-nous donc un p'tit verre de bière d'épinette. Ça va nous remettre sur le piton. En tout cas, ma fille, continua Adeline en prenant sa nièce par le cou, personne n'en saura jamais rien avant ton mariage. Après, les vilaines langues pourront toujours se faire aller tant qu'elles voudront, tu t'en ficheras ben parce que tu seras mariée.

Et l'après-midi fila rapidement. L'atmosphère de tendresse et de complicité permit à Eugénie de se laisser aller à rire et à plaisanter comme elle ne l'avait pas fait depuis longtemps. Elle avait même oublié que, sans le salaire d'Estella, ils risquaient de se retrouver dans une situation difficile. Ce n'était pas avec le peu que touchait Albert à la fonderie Drolet, ni avec les revenus de ses lavages et repassages, qu'elle pourrait payer les factures. Mais tout cela, elle préféra ne pas y penser pour se livrer en paix à la joie de préparer le mariage de sa première fille.

Troisième partie

11

Il y avait beaucoup de monde autour de la table ce dimanche-là. C'était la première fois depuis sept ans qu'ils se retrouvaient tous au grand complet. Eugénie présidait au service, les joues en feu et le rire facile, excitée et heureuse comme une jouvencelle. Elle portait pour l'occasion une robe de lainage bleu, qui se mariait harmonieusement avec l'azur de ses yeux, et elle paraissait avoir dix ans de moins. C'est qu'elle venait enfin de réaliser ce pour quoi elle s'était battue durant de si nombreuses années : réunifier sa famille. Elle s'était juré un jour en serrant les dents qu'elle y parviendrait, et ce moment tant attendu était enfin arrivé.

Tous ses enfants, hormis Wilfrid, dont elle n'avait jamais réentendu parler et qu'elle tenait pour mort, étaient assis autour de la table et se passaient les plats. Ils riaient et se taquinaient en échangeant des propos décousus et animés. Les plats contenant la poule au pot, les petits pois verts et la purée de pommes de terre se promenaient de main en main, et le vin de table blanc coulait abondamment.

Comme c'était une occasion exceptionnelle, Eugénie avait donné congé à trois pensionnaires pour pouvoir rassembler pour dîner toute sa nombreuse couvée.

Albert était assis en bout de table, à la place qu'aurait occupée Alphonse s'il avait vécu, et Estella, l'aînée des filles, était assise à ses côtés. Marie-Blanche se tenait à sa droite, suivie de Simone, de Germaine, puis de Lisa. Rachel se trouvait de l'autre côté, à proximité d'Olivar Dubé, un pensionnaire de la maison. Ce dernier faisait maintenant partie de la famille puisqu'il partageait régulièrement la couche d'Eugénie, ce que ni Albert ni Estella ne prisaient particulièrement. Mais leur mère n'avait cure de leurs réticences et considérait qu'elle aussi avait droit à un peu d'affection. La petite amie d'Albert, Dina René, était également de la partie, de même que Florence, la grande amie de Marie-Blanche. Cette dernière avait pu sortir de l'orphelinat avec les autres et s'installer en pension chez Eugénie, qui tenait une maison de chambres, rue Saint-Jean, au cœur de la Haute-Ville. Fernand, l'époux d'Estella, ne s'était pas présenté, ce qui n'avait nullement peiné Eugénie, qui ne l'aimait toujours pas, malgré les nombreux efforts qu'elle avait faits pour y parvenir. Elle savait d'ailleurs Estella plus détendue quand son mari ne l'accompagnait pas.

— À notre famille enfin réunie après tant de tristes années ! lança Albert en levant sa coupe.

Les adultes portèrent le toast avec lui et choquèrent leurs verres.

Albert avait changé. Il était devenu un jeune homme distingué, qui faisait un peu intellectuel avec ses petites lunettes rondes et son veston de laine cardée, à l'anglaise. Il commençait déjà à perdre ses cheveux, malgré son jeune âge, comme son grand-père Dumais, ce qui lui donnait un air plus sérieux. Il gagnait un petit salaire régulier comme mécanicien dans un garage et il parlait de se fiancer avec Dina à la Noël. Il coula un regard attentif à sa promise, qui lui faisait face et souriait à la ronde, et il se rassit. Cette dernière était une modiste qui cousait elle-même ses vêtements et qui avait un goût exquis. Elle travaillait aussi la fourrure, et le petit manteau de rat musqué qu'elle arborait à l'arrivée, ce jour-là, avait fait l'envie de toutes les femmes de la maison. Il était court et coupé selon le style du moment, avec de larges manches et un grand col bateau. Elle l'avait refaçonné à partir d'un manteau de sa mère et elle assurait à qui voulait l'entendre qu'elle pouvait en faire autant de n'importe quelle vieille fourrure. L'embêtant, c'est qu'en ces années de misère personne n'avait les moyens de se payer de la fourrure, même usagée, de sorte qu'on se contenta d'admirer la création de Dina sans trop oser en rêver.

Estella aussi s'était transformée au fil du temps, mais pas forcément dans le sens souhaité. La jeune fille en fleur qu'elle était s'était épaissie de la taille après deux grossesses successives, et elle n'arrivait plus à reprendre sa ligne. Elle, autrefois si fière, se laissait maintenant aller à porter n'importe quoi et elle ne prenait même plus la peine de se coiffer, comme si son allure n'avait désormais plus d'importance. Ses enfants en bas âge la sollicitaient beaucoup, il est vrai, mais elle ne semblait plus avoir le cœur à la coquetterie. Mais plus grave encore, quelque chose dans son regard s'était éteint. La joie de vivre et la spontanéité qui la caractérisaient s'étaient envolées, et elle affichait parfois une mine triste, ce qui inquiétait sa mère.

Comme l'heure était à la réjouissance et qu'il fallait souligner ces retrouvailles tant attendues, Eugénie crut bon de faire un petit rappel. Elle se leva et, après avoir un peu hésité, elle se jeta à l'eau.

— On a traversé des moments difficiles, les enfants, commença-t-elle en toussant pour s'éclaircir la voix et cacher son trouble, mais on s'en est finalement tirés. J'vous ai promis… y a sept ans… que j'vous sortirais de l'orphelinat dès que j'serais capable. Ben, c'est fait aujourd'hui… J'vais pouvoir vous garder tous, à condition que les plus vieilles fassent leur part. Y m'reste trois bouches à nourrir pis à envoyer encore à l'école : Lisa, Rachel pis Germaine. Les trois autres, Marie-Blanche, Simone pis toi aussi, Florence, que j'considère comme ma fille, vous êtes en âge de travailler, pis j'vais compter sur vos gages. Mon Olivar va aider à vous placer, continua-t-elle en promenant un regard attendri sur sa nichée.

Puis Eugénie se pencha sur son amoureux pour caresser ses beaux cheveux ondulés. Il les teignait en blond, par coquetterie et parce qu'il était convaincu que les femmes l'adoraient ainsi, et on pouvait dire que c'était un bel homme, dans son genre du moins. Olivar renvoya à Eugénie un sourire indéfinissable et il lui baisa la main avec solennité et par trois fois.

Albert et Estella gloussèrent en échangeant des regards lourds de sous-entendus. C'étaient ces manières obsolètes et passées de mode qui avaient justement séduit Eugénie, et elle se moquait bien de ce qu'en pensaient ses deux plus vieux. Elle ne tiqua pas et poursuivit :

— Avec ces revenus-là, ajoutés à la rente que j'touche pour les mères nécessiteuses, avec aussi ce que me rapportent mes pensionnaires pis une partie du salaire d'Albert, on va s'en sortir.

Puis en baissant le ton elle ajouta, d'une voix hachée par l'émotion :

— Vous savez pas comme j'me suis morfondue de vous autres, mes enfants… pendant toutes ces années… vous saurez jamais toute la peine que j'ai eue… et…

Eugénie fondit en larmes.

Elles ruisselèrent sur ses joues, détrempèrent sa poudre de riz et coulèrent dans son cou. Les plus jeunes se levèrent et l'entourèrent en la câlinant et en lui susurrant des mots d'amour. Rachel se pendit à son cou, de même que Germaine, pendant que Simone lui caressait les cheveux.

Eugénie tira un mouchoir qu'elle gardait toujours entre ses seins, au cas où, et elle se moucha discrètement.

— Oh, pauvre m'man, on le sait que vous avez trouvé ça dur, s'empressa de faire remarquer Estella en se levant. Vous aurez plus de raison de pleurer, à c't'heure, parce qu'on est tous autour de vous.

Elle la serra très fort dans ses bras.

Eugénie s'ébroua.

— Si j'pleure, c'est de joie, mes enfants, c'est de joie… C'est pas pareil.

Et elle finit par se rasseoir. Une fois calmée, elle se mit à manger en incitant sa progéniture à en faire autant avant que cela refroidisse.

Marie-Blanche riait un peu fort, le vin lui montait à la tête. Albert lui avait servi une coupe avec son repas, mais elle l'avait bue trop vite et elle avait l'impression que tout bougeait autour d'elle. Florence était elle aussi dans un état second. Ni l'une ni l'autre n'avaient jamais touché à l'alcool, et les premières gorgées, avalées rapidement sur un estomac vide, produisaient un terrible effet.

Les trois plus jeunes mangeaient à toute vitesse, avec un appétit dévorant.

— Votre poulet est ben meilleur qu'à Giffard, maman, nota Rachel de sa voix mélodieuse. Là-bas, j'mangeais presque plus parce que j'aimais pas ça. Surtout les boulettes de viande deux fois par semaine pis la soupe au chou. J'peux plus en voir en peinture.

— M'man cuisine ben mieux que les sœurs, c'est vrai. Attendez de goûter à son gâteau aux cerises, renchérit Estella d'un air appréciatif.

Marie-Blanche se mit à rire aux éclats et apparemment sans raison. Florence en fit autant.

— Bon, v'là ces deux-là complètement *chaudettes*, à c't'heure. Mais qu'est-ce que tu leur as donné, donc, Albert ?

— Mais, m'man, rien qu'un peu de vin, comme tout le monde. Elles l'ont bu trop vite, c'est tout. Mais c'est pas grave. C'est jour de fête pour nous autres aujourd'hui, oui ou non ?

— C'est pas une raison pour se soûler, ça. Pour une fille qui voulait rentrer chez les sœurs, ça fait dur.

— Laisse faire, Simone. C'est des affaires du passé, ça. Vous êtes sorties de l'orphelinat, les filles, comprenez-vous ça ? Sorties pour toujours ! lui rétorqua Albert en riant à belles dents.

Mais Marie-Blanche se cabra. Elle n'acceptait pas que Simone la ridiculise parce qu'elle avait demandé à sa mère de rester à Giffard.

— Ça te regarde pas, ça, Simone. J'avais le droit de vouloir devenir religieuse. Moque-toi pas de ça, correct ?

— T'étais toujours dans les jupes des sœurs. Une vraie sainte nitouche. On aurait dit que t'étais déjà religieuse.

— Qu'est-ce que t'inventes là, toi ? J'enseignais en première année pis j'étais supervisée par des sœurs, c'est pour ça que j'étais toujours avec elles. Pis tu comprends rien à tout ça, idiote. Tu mêles tout.

Marie-Blanche poussa du coude Simone qui, ne le prenant pas, la poussa à son tour. Elle faillit tomber de sa chaise. Les deux filles en vinrent aux mains avec hargne.

— Ça va faire, là. Gâchez-moi pas ma journée, vous autres, leur cria Eugénie, qui se leva d'un bond pour calmer les belligérantes.

Elle était indignée de voir ses filles qui ne s'étaient pas fréquentées depuis des années commencer déjà à se chamailler.

— Mais maman, elle est malveillante, Simone. Elle s'est toujours moquée de tout pis elle continue. C'est une jalouse.

— Jalouse toi-même. T'as toujours voulu attirer l'attention sur tes notes pis sur les cours que tu donnais, comme si t'étais la seule capable de faire ça. J'ai eu d'aussi bonnes notes que toi, mais on m'a jamais proposé d'enseigner, moi.

— Tu parles, t'étais ben trop chialeuse. Y avait jamais rien de correct pour toi. Tu critiquais tout pis tu riais des autres. Tout l'monde t'haïssait.

— Ça suffit, là. Arrêtez de vous crêper le chignon. Deux p'tites sœurs qui se sont pas vues depuis longtemps. Ça commence ben, mon Dieu ! Essayez donc de vous accorder, mes pauvres filles, les supplia Eugénie, choquée de voir que sa belle fête virait à l'eau de boudin.

Albert intercéda pour calmer le jeu et tenter de ramener l'harmonie. Florence, de son côté, paraissait consternée. Elle ne disait rien, mais on sentait qu'elle avait un parti pris pour Marie-Blanche. Et puis cette algarade l'attristait. Cela ne cadrait pas avec l'image idéalisée qu'elle s'était faite de la famille Dumais. Elle n'allait d'ailleurs pas tarder à découvrir qu'une famille pouvait parfois s'avérer une véritable galère.

Estella leur changea les idées en leur annonçant qu'elle attendait un troisième enfant.

— J'suis certaine à c't'heure. J'espère que ça sera un garçon.

Elle avait deux filles, et son Fernand ne lui pardonnait pas de ne pas lui avoir encore donné un garçon. Il disait à qui voulait l'entendre que c'était sa faute à elle. Alors elle espérait que cette fois serait la bonne.

— Ma pauvre p'tite fille, y m'semble que c'est rapproché. T'en as encore deux aux couches. Tu vas trouver ça lourd.

— Ça fait rien, m'man. J'ai l'habitude.

— Qu'est-ce qu'il faisait, à matin, ton beau Fernand ? demanda innocemment Albert, mine de rien.

Estella hésita un moment avant de répondre. Elle couvrait si souvent ses lâchetés qu'on ne savait jamais si elle mentait ou si elle disait la vérité.

— Il est allé voir une partie de hockey.

— Qui c'est qui garde ?

Eugénie savait bien que Fernand refusait de s'occuper des enfants et qu'il les confiait à sa mère ou à sa sœur dès qu'Estella franchissait la porte.

— C'est ma belle-mère.

— La pauvre femme. Y m'semblait qu'elle était malade du cœur pis qu'elle avait été à l'hôpital récemment ?

— C'est vrai, m'man. Mais si je l'avais pas eue, j'aurais pas pu venir ce matin. D'ailleurs, y faut que j'y aille, là. Pour pas qu'elle fasse le dîner.

Eugénie soupira, mais ne dit rien. Elle ne voulait pas accabler sa fille en lui parlant encore une fois de l'égoïsme de son mari. Estella savait assez à qui elle avait affaire pour ne pas en rajouter.

Cette dernière se leva en vitesse, embrassa sa mère et alla prendre son manteau dans la chambre d'Eugénie. Puis elle partit en catastrophe.

Eugénie la suivit des yeux d'un air réprobateur. Elle ne pouvait s'empêcher de penser que Fernand, s'il avait eu du cœur, aurait pu se retenir un peu pour espacer les grossesses et permettre à Estella de reprendre son souffle. Elle était pâle et paraissait tellement épuisée. Mais c'était probablement trop attendre d'un pareil homme...

On avait séparé Marie-Blanche et Simone en demandant à Germaine de se placer entre les deux. Mais les sœurs continuaient à se jeter des regards lourds de colère et à se bouder résolument.

Pour faire diversion, Eugénie s'en fut à la cuisine chercher son gâteau aux cerises, qu'elle déposa cérémonieusement au centre de la table. Il était nappé d'une épaisse couche de crème fouettée, une folie qu'elle ne s'était permise que ce jour-là, car la crème fraîche coûtait la peau des fesses. Mais c'était la fête, et cela commandait quelque chose d'exceptionnel.

— Goûtez-moi ça, les enfants, déclara-t-elle en commençant à en découper de grosses portions pour ensuite faire circuler les assiettes de main à main.

Un concert d'exclamations enthousiastes s'éleva. Les plus jeunes tendirent leurs bras avec excitation comme si elles se mouraient de faim, alors qu'elles venaient de se remplir le ventre.

— J'veux l'plus gros morceau, moi ! cria Germaine en se battant avec Rachel pour être servie la première.

— Chacune à son tour. C'est à l'orphelinat que vous avez appris à vous bousculer comme ça ? leur reprocha Eugénie, excédée. Donnez-moi l'temps de vous servir, coudonc.

Le gâteau s'avéra délicieux et chacun voulut en reprendre. Il y en avait heureusement pour tous. Olivar, qui avait le bec sucré, dévora sa portion avec appétit et tendit de nouveau son assiette à Eugénie avec un sourire gourmand. C'était un petit homme replet, qu'elle s'ingéniait à nourrir abondamment. Comme elle était persuadée que pour retenir son homme il fallait le prendre par l'estomac, elle lui cuisinait des plats riches en viande et en gras, ainsi que quantité de desserts sucrés, dont il raffolait.

La tablée était jeune et animée, et un semblant de paix était revenu. Eugénie promena un regard attendri sur chacun de ses enfants. Elle les détailla longuement les uns à la suite des autres, des larmes de joie aux yeux.

Son Albert était rayonnant. Ses amours avec Dina l'avaient épanoui et son travail dans l'atelier mécanique du garage Stanton avait l'air de lui convenir. Du moins pour un bon bout de temps, ce qui la rassurait. Son mariage avec Dina ne pouvait que le stabiliser et l'empêcher de rêver à d'autres folies. Eugénie s'était bien doutée lors de l'incendie de la Pulp and Paper que son fils avait trempé dans cela, à voir sa nervosité et son intérêt exagéré pour toute nouvelle concernant la papetière, mais elle n'en avait jamais parlé avec le principal intéressé. Par peur de voir se concrétiser ses appréhensions, en se disant un peu sottement que ce qui n'est pas mis en mots n'existe pas. Mais elle s'était rongé les sangs pour son fils, qui n'avait cependant jamais été soupçonné. On avait parlé vaguement d'un incendie criminel, mais on n'en avait jamais eu la preuve. Des chiffres avaient circulé dans les journaux, et on alléguait que la compagnie avait perdu gros dans cette affaire-là, ce dont Eugénie n'avait pas pu s'attrister.

Marie-Blanche, qui avait maintenant quinze ans, était une piquante jeune femme, dont le teint d'un blanc éclatant contrastait avec l'abondante chevelure bouclée, noire comme l'ébène. Son sourire victorieux aurait pu faire damner un saint, et le soupçon de mélancolie qu'on devinait parfois dans son regard le nimbait d'une aura de mystère. Quand Eugénie était allée chercher ses enfants pour les ramener à la maison, Marie-Blanche avait refusé de quitter l'orphelinat en prétendant être appelée par Dieu. Elle disait vouloir plutôt entrer en communauté. Eugénie avait plaidé qu'il fallait d'abord qu'elle connaisse autre chose que le couvent pour pouvoir faire un choix éclairé.

— T'as seulement quinze ans, Marie-Blanche, lui avait-elle dit, c'est trop jeune pour t'enterrer dans un couvent. Sors d'ici, viens apprendre c'est quoi la vie. Pis après, si c'est ça que tu veux, si ton cœur te dit encore que c'est ta vocation, ben, tu pourras toujours revenir.

Comme cela lui avait paru sensé, Marie-Blanche avait obtempéré. L'assurance de pouvoir revenir sur sa décision lui avait permis de quitter Giffard sans trop de regrets, en restant persuadée qu'elle y reviendrait bientôt. Mais c'est l'idée de devoir se séparer de mère Sainte-Catherine qui lui coûtait le plus. Elle avait développé un grand attachement pour cette religieuse, qui lui avait servi de modèle et l'avait souvent empêchée de sombrer. Cette ferveur semblait suspecte à Eugénie, et elle la comprenait mal, mais elle avait eu la bienveillance de ne pas la discuter. Elle avait pour son dire que l'expérience valait mille mots et que la vie se chargerait peut-être un jour d'ouvrir les yeux de sa fille.

Simone, quant à elle, était toujours difficile à cerner. C'était une enfant compliquée, sombre et peu sûre d'elle. Eugénie avait eu l'occasion de réaliser que son intelligence était sans cesse en éveil, mais que cela pouvait aussi être un handicap. Il était vrai qu'elle était souvent jalouse de Marie-Blanche et agressive à l'égard de ceux qui approchaient sa mère d'un peu trop près. Eugénie avait déjà remarqué l'hostilité de Simone à l'égard d'Olivar, mais elle avait décidé d'imposer son amant à sa famille, quoi qu'il en coûte. À quatorze ans, Simone était en âge de comprendre la vie et de s'y adapter. Il lui semblait également qu'elle pourrait travailler comme servante dans une bonne famille, si Olivar la recommandait. Celui-ci occupait un poste enviable de fonctionnaire à l'hôtel de ville et il avait des relations utiles dans différents milieux. Il y avait aussi Florence. Cette enfant-là n'avait personne pour veiller sur elle. Comme aucune famille ne l'avait réclamée à sa sortie de Giffard, Eugénie se considérait désormais comme sa mère adoptive. Elle aimait sa simplicité et son enthousiasme à l'égard de leur famille, de même que ses bonnes manières. On la décrivait à l'orphelinat comme une jeune fille honnête et travailleuse, qui serait une bonne chrétienne et un grand apport pour sa nouvelle famille. Elle savait coudre, parce qu'elle l'avait appris la dernière année, et elle cuisinait aussi un peu, autant de talents qui seraient mis à profit dans une bonne maison.

Le regard d'Eugénie s'attarda plus longuement sur Rachel, son plus beau fleuron, sa perle d'eau douce. Elle s'étonnait chaque fois de la trouver aussi épanouie, comme si l'orphelinat n'avait été qu'un épisode passager sans grand retentissement et ne laissant chez elle aucune trace. C'était une rieuse fillette de huit ans, qui babillait comme un pinson et semblait se jouer de tout. Tous ceux qui l'approchaient s'y attachaient, et tout lui réussissait, autant les matières scolaires que le chant et la musique. La religieuse responsable de la chorale avait regretté le départ de celle qu'elle appelait sa « voix d'or ». C'est que la petite montrait une telle facilité pour ces deux disciplines que cela sortait de l'ordinaire. Eugénie se disait qu'elle lui ferait suivre des cours de chant si jamais elle en avait les moyens, ne serait-ce que pour ne pas laisser en friche un pareil talent.

Quant aux deux autres, Germaine et Lisa, il n'y avait pas grand-chose à en dire pour le moment. Germaine était une petite boulotte de onze ans, ni spécialement jolie ni particulièrement douée, qui faisait quand même son chemin sans s'attirer de problèmes. À l'orphelinat, elle était à son affaire et paraissait bien adaptée. Le passage de la vie en institution à la vie familiale se ferait probablement sans trop de heurts, s'était dit Eugénie en la regardant fonctionner, et ce serait bien ainsi.

Pour ce qui était de Lisa, les années n'avaient rien changé à sa réalité. L'enfant, qui aurait bientôt dix ans, était aussi lente et apathique qu'auparavant. Si les choses ne s'étaient pas améliorées dans son cas, du moins n'avaient-elles pas empiré. « C'est toujours ça de pris », se disait Eugénie, résignée à voir que cette enfant-là ne serait jamais comme les autres. Elle avait de mauvaises notes à l'école et elle était en retard sur les filles de son âge. À l'orphelinat, les sœurs avaient renoncé à la pousser et ne lui avaient jamais demandé beaucoup, hormis de demeurer sage, ce qui ne lui était pas difficile étant donné sa placidité naturelle. Pour l'heure, elle terminait tranquillement sa portion de gâteau, sans trop prêter l'oreille à la nouvelle querelle qui venait d'éclater autour de la table.

Marie-Blanche et Simone étaient encore à couteaux tirés.

La chicane portait cette fois sur le lit qu'elles occupaient dans leur chambre commune. Simone, Florence et Marie-Blanche devaient dormir dans la même pièce, où se trouvaient un lit simple, attribué à Florence, et un lit superposé. Marie-Blanche avait dormi dans le lit du bas et Simone dans celui du haut, mais cette dernière désirait maintenant échanger sa couche avec celle de sa sœur, parce qu'elle disait ne pas pouvoir supporter les hauteurs. Comme Marie-Blanche refusait, la situation s'envenimait.

— Au couvent, on dormait chacune dans un lit ordinaire. J'aime pas ça dormir en haut, j'étouffe, moi.

— Voyons donc, t'étouffe ! Y a pas de raison, Simone. Y fait pas plus chaud en haut qu'en bas, lui répondit Marie-Blanche, excédée par ce qu'elle croyait n'être qu'un caprice inventé par sa sœur pour la contrarier.

— Oui, c'est plus chaud, pis j'ai pas assez d'espace. C'est trop p'tit.

— Tu dis n'importe quoi, Simone. Si y a quelque chose, c'est plus étouffant en bas qu'en haut.

— J'veux le lit d'en bas, c'est tout. Si c'est plus étouffant en bas, prends celui du haut.

— Non, je céderai pas à tes caprices. Va au diable !

— Mais coudonc, allez-vous arrêter de vous prendre aux cheveux, vous autres ?

Eugénie était hors d'elle. Depuis leur arrivée, ces deux-là se disputaient pour un oui pour un non, et ça devenait carrément insupportable. Elle commençait à regretter d'avoir tant fait pour les réunir et elle craignait de ne plus savoir comment gérer une aussi nombreuse famille. Il faut dire que le fait de se retrouver d'un coup avec six enfants, après avoir été presque seule durant sept ans, c'était tout un défi. Et elle se mit à douter de sa capacité à en venir à bout.

Albert prit la chose en riant et, pour dérider la tablée, il rappela à Simone que, lorsqu'elle était petite, elle se roulait à terre et hurlait comme un putois quand elle était contrariée.

— Tu courais même te réfugier sous l'escalier, t'en souviens-tu ?

— Pourquoi tu me dis ça, toi ? lui opposa-t-elle avec humeur. J'peux pas m'en souvenir, j'étais trop p'tite.

— Tu te rappelles pas de ça ? Moi, oui. T'étais une vraie chialeuse, continua-t-il, tout en faisant le tour de la table pour aller caresser les beaux cheveux remontés en rouleaux de sa douce Dina.

— Pis après ? Qu'est-ce que tu veux dire, là ? Que j'ai pas changé ?

— En plein ça ! lui répondit Albert en faisant mine de se protéger pour échapper à sa colère.

Il était comique, et tout le monde se mit à rire.

Au lieu d'en faire autant parce que c'était inoffensif, Simone se cabra.

— On sait ben. Tu prends pour Marie-Blanche, toi aussi. Vous êtes tous de son bord contre moi.

Et elle quitta la table en courant et prit l'escalier pour aller se réfugier dans sa chambre. On entendit claquer bruyamment la porte du deuxième étage.

— Fin finaud d'Albert. T'aurais pas pu te taire ? On avait ben besoin de ça, à c't'heure ! s'exclama Eugénie.

— C'est pas grave, lui chuchota Olivar en prenant sa main pour la rassurer. C'est rien que des histoires d'enfants. Demain, ça va être oublié.

Connaissant le caractère buté de Simone, Eugénie en doutait. Elle fit néanmoins une tentative pour aplanir les difficultés.

— Marie-Blanche, t'es plus vieille pis plus raisonnable que ta sœur. Laisse-lui donc le lit d'en bas, si ça te dérange pas. Comme ça, on va avoir la paix.

— Aujourd'hui, c'est le lit, demain, ça va être autre chose. J'la connais, moi, la Simone, ç'aura pas de fin. Mais j'vais changer de place avec elle juste pour vous faire plaisir, maman.

— T'es donc fine, ma poulette.

— Mais non, pas besoin, s'empressa de proposer Florence. J'peux lui laisser mon lit pis prendre celui du dessus, si vous voulez.

Les disputes la mettaient sur des charbons ardents. Elle souhaitait l'harmonie à tout prix et elle était prête à faire toutes les concessions pour la maintenir. Et puis, c'était un peu sa faute, croyait-elle, si les deux sœurs étaient obligées de dormir dans un lit à étages.

— Y en est pas question, Florence, lui répondit aussitôt Eugénie d'un ton sans appel. T'as ton lit à toi, pis personne te l'enlèvera. Le problème est réglé.

Dehors, la journée était belle. C'était un superbe après-midi d'automne tout mordoré et chaud, qui succédait à un été pourri et pluvieux. Sur la rue Saint-Jean, l'animation était grande. De nombreux badauds déambulaient par groupes et profitaient du jour du Seigneur pour reprendre leur souffle et se réchauffer au soleil. Des familles entières échangeaient bruyamment, tout en jetant des regards intéressés aux vitrines des commerces, débordantes d'objets plus tentants les uns que les autres. Si très peu d'entre eux pouvaient s'offrir le luxe et les gâteries qui s'étalaient sous leurs yeux, ils adoraient faire du lèche-vitrine. Pour alimenter le rêve, et en attendant la reprise économique qui tardait à se pointer.

Marie-Blanche et Florence progressaient côte à côte sur le trottoir, le nez au vent et le pas rapide. Elles s'étaient évadées une fois la vaisselle terminée, avec l'idée de commencer à apprivoiser leur liberté nouvelle. C'était leur première vraie échappée depuis leur arrivée chez Eugénie, et elles en frémissaient d'excitation. Québec était enfin à leur portée après toutes ces années de couvent, et elles se pinçaient pour se convaincre qu'elles ne rêvaient pas et que c'était bien d'elles qu'il s'agissait. C'est qu'il avait d'abord fallu déménager de Giffard, transporter leurs objets personnels et s'installer dans leur nouvelle chambre, s'entendre sur la place qui leur serait allouée et se familiariser avec les lieux. Puis elles avaient accueilli les plus jeunes, qui n'étaient arrivées que le lendemain. Il avait fallu rassurer les enfants perturbées par le branle-bas et qui ignoraient à quoi s'attendre. Si les petites savaient qu'elles quittaient l'orphelinat pour enfin retourner vivre chez leur mère, elles avaient par contre peu de notions de ce que qu'était une vie de famille. Lisa avait d'abord semblée décontenancée, et Germaine s'était mise à rouler des yeux effarés, ne sachant trop quelle attitude adopter. Quant à Rachel, elle paraissait enchantée et à son aise, comme toujours. Elle allait de l'un à l'autre en se pendant à leur cou et en les inondant de baisers mouillés. Puis les plus grandes avaient aidé Eugénie à faire les lits, à défaire les valises des cadettes et à les installer définitivement. Une fois cela fait, elles avaient prêté main-forte pour préparer les repas, laver les vêtements, faire la vaisselle, balayer le plancher et effectuer les différentes tâches qui s'imposaient. Eugénie venait tout juste de leur donner la permission de sortir, à la condition de demeurer ensemble et de ne pas trop s'éloigner. On n'avait pas eu à le leur dire deux fois.

— Attention, v'là le tramway !

Marie-Blanche fit un saut malgré elle et se colla instinctivement à la clôture jouxtant le trottoir, alors qu'elle avait assez d'espace pour ne pas avoir à se déplacer. Elle n'avait pas prêté attention au lourd véhicule chargé de passagers parce qu'elle était absorbée dans la contemplation des corniches ouvragées des maisons anciennes. La rue Saint-Jean était bordée de belles demeures au charme désuet, mais qui semblaient laissées à l'abandon. La plupart de celles qu'elles longeaient étaient poussiéreuses et décrépites, et plusieurs de ces résidences cossues étaient transformées en maisons de chambres, en maisons pour touristes et en petits hôtels. Dans son souvenir, la rue Saint-Jean était pourtant un fief de gens fortunés, et voilà qu'elle découvrait avec étonnement que sa population était plutôt constituée de gagne-petit. Elle ignorait alors que les mieux nantis l'avaient désertée pour s'installer dans la Grande Allée ou dans des banlieues plus salubres, mieux pourvues en stationnements pour les automobiles et en grands jardins pour élever des enfants. Elle comprenait maintenant pourquoi sa mère tenait une maison de pension sur cette rue. Le fait d'être montée de la Basse-Ville à la Haute-Ville n'était donc pas un signe de promotion sociale, comme elle l'avait d'abord cru, mais bien de pénurie, puisque cette rue était tombée en discrédit, et que seuls les pauvres gens et les bohèmes y habitaient désormais.

Le tramway les dépassa et s'immobilisa dans un bruit strident de friction d'acier contre acier. Le mastodonte, d'un rouge éclatant liséré d'or sur le pourtour des fenêtres et des portes, était alimenté par une perche reliée à des fils qui couraient au-dessus de la ville. Ce réseau aérien était soutenu par des poteaux utilisés aussi pour l'éclairage des rues. Partout où portait la vue se retrouvait le même dispositif qui, telle une immense toile d'araignée, étendait ses ramifications aux principales rues de l'agglomération. Un flot de passagers sortit du véhicule et se répandit tout autour. Puis la voiture reprit lentement sa course dans un frottement de ferraille. Un homme pressé bouscula Florence en passant à côté d'elle. Il lui demanda de l'excuser en souriant et il continua sa route, poussé par on ne savait quelle urgence. Les deux filles éclatèrent de rire. Il se retourna et leur sourit à nouveau.

— Il est beau, tu trouves pas ? souffla Florence à l'oreille de Marie-Blanche, en rougissant fortement.

— C'est pas mon genre, lui répondit celle-ci avec un air malicieux.

Et elles se remirent à déambuler gaiement, tout en scrutant avec des yeux ébahis les détails de leur nouvel environnement.

Il y avait un nombre impressionnant de boutiques de souvenirs, contenant des objets hétéroclites et de mauvais goût destinés aux touristes. Puis des restaurants, des hôtels, une pharmacie, une tabagie, une boutique de chapeaux, et enfin une grande épicerie Dominion. C'est là qu'Eugénie s'approvisionnait en viande et en légumes. Pour le reste, elle fréquentait la petite épicerie du coin. Au bas de la côte du Palais, elles s'arrêtèrent devant le Zellers. On exposait différents modèles de chaussures, et Marie-Blanche fut transportée d'admiration en voyant une paire d'escarpins caramel, à hauts talons.

— Regarde, Florence, les beaux souliers ! C'est à peine croyable. Si hauts pis si fins. J'sais pas comment on peut arriver à tenir là-dessus. Mais ça doit faire des belles jambes.

Les deux filles s'extasièrent un bon moment, puis elles tombèrent en pâmoison devant une robe à bretelles toute vaporeuse, confectionnée dans un tissu satiné noir.

— Me vois-tu dans ça ? lui demanda Florence, tout excitée.

— Pantoute. C'est trop sophistiqué, on dirait. C'est pour des riches qui font une grande sortie. Pas pour nous autres. On rirait de nous. Pis ça doit coûter cher !

Le prix de la robe n'était évidemment pas affiché, et la boutique était fermée le dimanche. Elles poursuivirent leur chemin pour s'immobiliser cette fois à la hauteur de la boutique Simons. La vitrine attirait l'œil. Les élégants modèles de robes et de tailleurs, auxquels étaient assortis des sacs à main de cuir et des chapeaux empanachés de plumes de paon, leur semblaient éminemment exotiques. Les deux amies écarquillaient les yeux d'incrédulité. Elles n'étaient pas habituées à autant de couleur et de luxe dans le détail vestimentaire, elles qui avaient évolué pendant des années dans des robes austères, faites dans des tissus foncés, raides et frustes.

— Penses-tu que quelqu'un va nous offrir ça, un jour ? demanda Florence, le regard rivé sur un tailleur gris agrémenté d'un col de renard roux, une merveille dont elle n'arrivait pas à détacher les yeux.

— Faut pas compter sur un homme pour nous gâter. On s'achètera ça nous-mêmes quand on travaillera.

Florence la regarda, l'air étonné. Elle était plus rêveuse et romantique que Marie-Blanche et elle croyait dur comme fer au prince charmant qui viendrait l'enlever, réparer toutes les souffrances qu'elle avait endurées et lui offrir un bonheur éternel. Le réalisme de Marie-Blanche la blessait, mais elle ne dit rien, de peur de la froisser.

Elles croisèrent à plusieurs reprises des dizaines de touristes anglophones. Ils étaient vêtus richement, déambulaient en prenant tout le trottoir et parlaient fort, comme s'ils étaient chez eux. Elles en conclurent que ce devait être des Américains. Elles remarquèrent d'ailleurs que la plupart des commerces s'annonçaient en anglais.

— *Gift… shop, bar… bèr shop*, prononça lourdement Marie-Blanche, qui n'avait aucun talent pour les langues et surtout pas pour l'anglais.

À l'école, elle n'avait jamais réussi à se mettre cette langue-là dans la tête, et il lui semblait que c'était du charabia.

— *Tourist… room*, qu'est-ce que ça veut dire, ça ? l'interrogea Florence.

— Ben, j'imagine que c'est pour les touristes. J'me rappelle plus du mot *room*. Coudonc, tout a l'air d'être en anglais par ici. C'est drôle, non ? lui répliqua Marie-Blanche, un peu étonnée de découvrir un visage ignoré de sa ville.

— Oh, y a un film au cinéma Le Canadien, regarde !

Florence lui montra la devanture qui annonçait une grande production américaine. Le seul titre les laissa pantoises.

— *A-ny-thing… goes*, qu'est-ce que ça peut ben vouloir dire ?

Marie-Blanche souleva les épaules en signe d'ignorance. Son anglais atteignait là ses limites.

— Aucune idée. Attends, fit-elle en s'approchant de l'affiche dans l'espoir d'y glaner quelque information utile.

— On dit que c'est un long métrage tout en anglais. C'est pas pour nous certain. On ira au Classic, un peu plus haut. On est passées devant tantôt. Ils doivent ben projeter des vues en français, coudonc.

Elles croisèrent des franciscains en sandales, qui longeaient les murs comme des ombres, tête basse et l'air pressé, puis des sœurs du Bon-Pasteur et des ursulines.

— Regarde qui vient là, lui dit Florence en désignant du doigt deux vieilles nonnes qui cheminaient en sens inverse.

Elles portaient le même uniforme que les sœurs de la Charité, avec leur costume foncé et leur étrange cornette qui leur faisait une espèce de cercle au milieu du front.

Les religieuses les croisèrent sans les remarquer et sans les saluer. Cela leur fit tout drôle. C'était bien la première fois qu'elles n'étaient pas obligées de plonger dans une révérence obséquieuse lorsqu'elles en croisaient une. Cela les fit rire aux éclats et les renforça dans la conviction qu'elles étaient maintenant libres et affranchies.

— J'ai toujours haï leur costume, pas toi ?

Florence fixait Marie-Blanche avec insistance. Le soleil qui traversait ses yeux leur donnait des reflets irisés qui rappelaient ceux de certains chats.

— Pour te dire franchement, j'l'ai tout de suite trouvé laid. J'me rappelle même que ça m'avait donné envie de pleurer. C'est la cornette qui va pas. On dirait que les sœurs ont un trou dans le front.

Elles pouffèrent de rire une fois de plus, comme des écolières en cavale. Leur joie se passait de mots. À quinze ans, une pareille libération était forcément ressentie comme quelque chose d'exaltant. Tout était nouveau, et le regard qu'elles posaient sur la ville était dénué de préjugés. Mais une fois la première excitation passée, une forme d'angoisse qu'elles auraient eu de la difficulté à nommer les saisit. Car si leur nouvelle situation avait des avantages évidents, elle comportait aussi des impondérables. Ce monde nouveau dans lequel elles devaient maintenant évoluer était encore inconnu, et elles se sentaient peu outillées pour y faire face. Elles savaient qu'elles devraient travailler et apporter leur quote-part, Eugénie le leur avait assez seriné, mais y parviendraient-elles ? Et comment trouver du travail dans une ville où la misère et le chômage étaient encore si répandus ? se demandait Marie-Blanche avec inquiétude. Et puis elle avait l'impression de ne rien savoir faire de monnayable, à part servir dans une maison privée et prendre soin d'enfants. Car qu'avait-elle appris au couvent ? Rien. Avec une sixième année primaire, on ne pouvait pas aller bien loin dans ce monde de cruelle compétition. Si Marie-Blanche avait beaucoup réfléchi à l'orphelinat, la peur s'était emparée d'elle dès qu'elle s'était souvenue des vicissitudes de la vie de sa pauvre mère. Était-ce pour cela qu'elle s'était montrée plus attentive aux appels pressants à prendre le voile de mère Sainte-Catherine ? Entrer au couvent lui éviterait d'avoir à assumer sa destinée et la soustrairait aux aléas de la vie, mais en faisant ce choix, comment savoir si elle ne tournerait pas le dos à une vie plus exaltante ? Et elle n'était même pas certaine d'avoir la vocation…

C'est tout cela que soupesait Marie-Blanche en explorant son nouveau quartier. Elle en vint bientôt à se reprocher son manque de courage. Elle se dit qu'elle avait tellement souhaité quitter Giffard qu'elle n'allait pas battre en retraite maintenant que c'était chose faite. Si sa mère avait réussi à s'en sortir, elle en ferait autant, se persuada-t-elle, d'autant qu'elle était plus jeune qu'elle, plus énergique et tout de même plus instruite.

Elle prit la main de Florence et la serra très fort, en lui chuchotant que leur vie serait belle désormais, et qu'elles s'en tireraient bien. Et surtout, qu'elles ne seraient plus jamais seules, puisqu'elles étaient entourées d'une nombreuse famille.

Le sourire reconnaissant qui s'épanouit aussitôt sur les lèvres de son amie effaça les affres de l'inquiétude qui commençaient à poindre. Elle aussi était assaillie par le doute et la peur de la vie. Marie-Blanche tira Florence par le bras et lui lança un défi.

— Celle qui arrivera la première à la maison trouvera avant l'autre le mari idéal.

Fouettées par la gageure, les deux filles partirent à toutes jambes sur le trottoir encombré, en contournant et bousculant un peu ceux qui gênaient leur progression. Certains passants se retournaient sur elles, l'air de se demander quelle mouche les avait piquées. Florence fit si bien qu'elle dépassa bientôt sa compagne d'une bonne tête. Marie-Blanche la laissa délibérément prendre de l'avance. Elle connaissait ses obsessions. La recherche du mari parfait était une considération dont, pour sa part, elle se moquait éperdument. Pour l'instant, l'urgence de vivre à fond sa liberté retrouvée comptait plus que n'importe quelle supposition sur son avenir. Florence atteignit son objectif et elle se campa fièrement sur la première marche, à bout de souffle et rouge de plaisir, puis elle fut rejointe par Marie-Blanche.

— J'ai gagné, j'ai gagné ! lança-t-elle, la prunelle ardente, à des passants indifférents.

Puis les jeunes filles tirèrent la porte avec énergie et s'engouffrèrent bruyamment à l'intérieur de la maison de chambres, dans un grand rire triomphant. C'étaient deux petites filles trop longtemps muselées dans leur spontanéité qui rattrapaient d'un coup tout le temps perdu.

12

Marie-Blanche prit la petite Charlotte dans ses bras et elle l'étendit doucement sur le lit pour lui changer sa couche. L'enfant d'un an était mignonne et enjouée. Elle ressemblait d'ailleurs étrangement à Rachel bébé, avec la différence que ses yeux étaient noirs comme l'ébène. Elle se dit qu'ils étaient comme les siens et qu'elle aurait difficilement pu renier sa nièce.

Comme Estella avait désespérément besoin d'aide, Eugénie avait pensé que la meilleure solution serait de lui prêter Marie-Blanche quelque temps, afin de lui permettre de reprendre son souffle. Depuis lors, celle-ci se rendait dans le quartier Saint-Roch chaque matin pour en revenir le soir. Il était entendu qu'Estella ne pourrait verser aucun salaire à sa jeune sœur, mais elle lui offrait néanmoins les repas, ce qui faisait une bouche de moins à nourrir pour Eugénie. Cette dernière acceptait de bon gré de se priver du revenu que pourrait générer Marie-Blanche, puisque Florence et Simone apportaient leur contribution de leur côté. La première était entrée comme bonne chez une famille aisée de Grande Allée, et même si le salaire qu'on lui versait était maigre, sous prétexte qu'elle manquait d'expérience, c'était mieux que rien. Simone, pour sa part, faisait des ménages dans la Haute-Ville en maugréant contre un travail qu'elle trouvait dévalorisant, mais elle n'avait pas le choix. C'était beaucoup moins de revenus que ce qu'Eugénie avait d'abord espéré, mais elle était convaincue qu'avec le temps les filles réussiraient à trouver un meilleur emploi.

Marie-Blanche attrapa ensuite Nicole, qui courait à vive allure. L'enfant avait la bouche barbouillée par le biscuit qu'elle venait de manger et qui avait dégouliné sur sa jaquette. La petite se mit à crier et à donner des coups de pied parce qu'on l'empêchait d'empoigner Grisou, le chat roux qui avait couru se réfugier sous un fauteuil. Marie-Blanche dut la retenir de force pour lui laver le visage et les mains. Une fois cela fait, elle s'enquit d'Estella.

Sa sœur était étendue sur le lit et semblait en mauvais état. Elle était si épuisée qu'elle dirigeait Marie-Blanche de sa couche, apparemment incapable de se lever.

— Apporte-moi donc Charlotte pour que j'lui donne le sein…, dit-elle, tout en se relevant sur un coude.

Marie-Blanche prit l'enfant et la remit à sa mère. La fillette avait les joues gâtées par des plaques sèches, et on ne savait trop à quoi imputer cette poussée de rougeurs qui s'intensifiait. Estella lui mettait un baume à base de vaseline mais, apparemment, cela ne produisait aucun effet.

Charlotte mordit le sein avec une surprenante avidité, ce qui fit crier Estella de douleur. La jeune mère le lui retira en attendant que l'affamée se calme, puis elle lui présenta à nouveau le mamelon. Estella n'avait plus beaucoup de lait, et sa maigreur de même que sa pâleur étaient inquiétantes. Sa troisième grossesse s'annonçait mal, et il était à craindre qu'elle ne puisse la mener à terme. Marie-Blanche regardait aller sa sœur aînée et elle la plaignait. Si c'était cela, être mère, pensait-elle, il valait peut-être mieux demeurer célibataire…

Il fallut préparer le dîner et, en attendant que les légumes soient cuits, Marie-Blanche passa le balai et ramassa les objets épars sur le sol. Nicole s'amusait tranquillement dans le petit salon attenant à ce qui servait de cuisine et qui s'apparentait plutôt à un misérable réduit. Tout était d'ailleurs débraillé dans cet appartement. Il était situé dans la section la plus pauvre de Saint-Roch, et c'est à peine s'il était chauffé. L'hiver précédent, Nicole et Charlotte avaient cumulé bronchite sur bronchite, et Estella avait dû se précipiter à tout bout de champ au dispensaire de l'Hôtel-Dieu pour faire soigner ses filles. Le calvaire risquait de se répéter cette année encore si on ne chauffait pas davantage, mais rien n'avait pu améliorer la situation. Estella s'était plainte au propriétaire, qui avait allégué que le loyer payé par son mari était trop bas pour qu'il leur fournisse plus de chauffage.

Marie-Blanche broya les légumes avec un pilon à patates et elle y ajouta du lait. Puis elle cassa deux œufs pour rendre la bouillie plus nourrissante. C'est Estella qui lui montrait à cuisiner, car elle ne l'avait pas appris à l'orphelinat. Une fois assaisonné, le potage lui sembla goûteux, mais un peu clairet. Elle en remplit tout de même trois bols. Des morceaux de pain furent tranchés et distribués à chacune. Comme il n'y avait plus de beurre, elle en conclut qu'on s'en passerait, c'est tout. Elle versa du lait à Nicole et se contenta de thé, pour elle et pour Estella. Les ressources de sa sœur étaient tellement limitées qu'elle n'avait souvent pas un traître sou pour acheter du lait ou du pain. Son mari s'avérait de moins en moins généreux et il ne lui versait pas toujours de quoi renouveler ces denrées essentielles.

Estella se leva en chancelant et s'approcha de la table.

— Ça sent bon, Marie-Blanche. Tu t'améliores de jour en jour, on dirait, lui dit-elle pour l'encourager.

Elle s'attabla lourdement. Charlotte babillait, assise dans son berceau. Nicole était déjà installée dans sa chaise de bébé et chipotait dans son assiette. Elle porta à sa bouche un morceau de pain déjà tout déchiqueté puis elle le recracha en riant. Elles étaient comiques et pleines de spontanéité, et Marie-Blanche les caressa à tour de rôle, en recommandant toutefois à Nicole de manger au lieu de gaspiller sa nourriture.

— Heureusement que t'es là, j'sais pas trop ce que j'ferais sans toi. J'suis au coton, cette fois-ci. On dirait que j'passerai pas au travers.

— T'es drôlement pâle, Estella. Tu serais pas mieux d'aller voir un docteur ?

— Y faudrait aller à l'Hôtel-Dieu, vu que mon docteur m'a signé un certificat qui dit que j'ai pas les moyens de payer, mais j'me sens trop fatiguée aujourd'hui. Demain, peut-être...

Estella picora dans son assiette pendant que Marie-Blanche faisait manger Nicole, qui se mit à dévorer à belles dents. C'était un bonheur de la voir manger avec autant d'appétit. Elle en redemanda autant. Une fois son assiette vidée, elle entama sa compote de pommes avec conviction.

— Tu manges pas, Estella. Tu reprendras pas de forces comme ça.

— J'sais pas ce que j'ai. J'me sens faible, pis...

Elle lâcha un grand cri, se prit le ventre à deux mains en se courbant vers l'avant.

— Oh, ça fait mal ! dit-elle, toute repliée sur elle-même et pâle comme la mort.

Marie-Blanche se leva pour lui porter secours, mais elle ne put l'empêcher de basculer sur le sol, où elle s'effondra, inconsciente. Marie-Blanche tenta aussitôt de la ramener à elle et de la relever, mais Estella était tellement lourde qu'elle n'y parvint pas. Elle entreprit alors de la tirer par les pieds, pouce par pouce, jusqu'à la chambre, où elle espérait pouvoir la remettre au lit. Ce faisant, elle constata avec horreur qu'elle laissait tout le long de son parcours d'épaisses traces de sang noir qui tachaient le bas de sa robe et le parquet.

— Mon Dieu, elle fait une fausse couche certain ! s'exclama Marie-Blanche, au bord de la panique.

Que devait-elle faire ? Elle était responsable des petites qui, d'abord interdites, s'étaient mises à pleurer puis à crier à tue-tête. Le fait de voir leur mère dans cet état les affolait complètement.

Marie-Blanche pensa aux voisins. Elle laissa tout en plan et dévala l'escalier en catastrophe jusqu'au palier inférieur. Elle tambourina à la porte, qui s'ouvrit bientôt.

— Pas besoin de défoncer, la fille. Qu'est-ce qu'y a donc ?

La femme qui lui répondit était rougeaude, et son visage était profondément marqué par l'âge. En voyant l'expression de Marie-Blanche, elle enleva le loquet de sa porte et elle l'ouvrit toute grande, dans une attitude plus réceptive.

— Ma sœur est après perdre son p'tit, madame. Elle est sans connaissance. Pouvez-vous garder ses deux filles pendant que je vais aller quérir un docteur ?

— C'est Mme Allard ?

Marie-Blanche fit oui de la tête.

— J'la trouvais verte aussi, depuis quelque temps. Pour sûr que j'vais garder les enfants. Attendez que je prenne mon châle…

Et la vieille femme suivit Marie-Blanche à l'étage supérieur. Rien n'avait bougé et Estella n'avait pas repris conscience. La voisine s'occupa des filles tandis que Marie-Blanche décampait à toutes jambes. Elle s'en fut au dispensaire, où elle savait qu'elle trouverait des hospitalières et peut-être un médecin. On lui posa quelques questions pour évaluer le problème, puis un médecin l'accompagna d'urgence chez Estella.

— Aidez-moi à la soulever, lui ordonna celui-ci dès qu'il trouva Estella, qui baignait dans son sang.

Marie-Blanche s'exécuta. Estella fut installée dans le lit et le médecin lui prit le pouls. Il l'examina sommairement et, comme ses battements cardiaques étaient faibles, il décida de la conduire à l'hôpital sur-le-champ.

— On doit l'hospitaliser. Vous pouvez prendre soin des enfants, mademoiselle ?

— Oui, c'est sûr.

— Préparez-lui quelques vêtements et des objets de première nécessité pendant que j'alerte l'hôpital.

Et le Dr Tessier disparut comme il était venu. Il fallait contacter l'urgence de l'Hôtel-Dieu et y expédier la patiente au plus vite. Comme son pouls était faible et qu'elle saignait beaucoup, il n'y avait pas de temps à perdre. Le médecin put téléphoner depuis un commerce voisin et demander une ambulance.

Estella fut emportée rapidement sur une civière, sans avoir repris conscience. Marie-Blanche souhaitant avertir Eugénie, elle put négocier avec la voisine assez de temps pour courir chez elle et l'informer du drame.

Il était neuf heures du soir, et Marie-Blanche était toujours seule chez Estella. Eugénie s'était précipitée à l'Hôtel-Dieu dès qu'elle avait appris la mauvaise nouvelle, et Marie-Blanche était revenue aussitôt garder les enfants. Mais depuis ce temps, elle était sans nouvelles et très inquiète. Elle avait fait manger les petites et les avait couchées.

Et puis le père des filles qui n'arrivait toujours pas ! Où était donc passé ce grand fainéant de Fernand Allard, et que faisait-il ? se demandait Marie-Blanche, de plus en plus furieuse. Il lui semblait qu'il pourrait bien prendre la relève et y mettre un peu du sien, celui-là, ronchonnait-elle tout en se berçant nerveusement. Mais pourquoi ne rentrait-il pas ? Peut-être avait-il eu vent de l'incident par un voisin et s'était-il rendu directement à l'hôpital ? songea Marie-Blanche, pour donner la chance au coureur. Mais plus elle y pensait et moins cela lui paraissait plausible. Fernand devait rentrer souvent tard, en fait ce devait même être monnaie courante…

Elle éprouva une bouffée de pitié pour sa pauvre sœur. Comment une belle femme comme Estella avait-elle pu tomber amoureuse d'un tel minable, mauvais père, lâche et coureur de jupon par surcroît ? Cela relevait du mystère.

Les secrets de ce qu'on appelait « l'amour » lui échappaient et lui rendaient la chose plutôt rebutante, vue de ses quinze ans. Elle se jura que, en ce qui la concernait, elle saurait tenir la dragée haute aux hommes. Elle les laisserait faire leurs preuves et elle n'accepterait jamais d'être trompée par quiconque. Elle s'en fit la promesse tout haut, ce soir-là, les poings serrés d'indignation et de colère.

Elle s'était assoupie tout habillée sur le petit canapé du salon lorsqu'elle sentit qu'on la frôlait. Un corps, une chaleur ou quelque chose d'inconnu se pressait contre elle. Elle crut d'abord que c'était le chat, mais elle finit par comprendre que le poids était trop important pour qu'il s'agisse d'une si petite bête. Elle ouvrit les yeux en poussant un grand cri. Un homme se collait à elle et la caressait entre les jambes. Marie-Blanche se redressa d'un bond.

— Chut, tu vas réveiller tout le monde, fit Fernand, en essayant de la bâillonner avec sa main.

Elle le mordit et se leva du canapé, en s'éloignant de son assaillant.

Fernand émit un petit cri qu'il réfréna aussitôt, de peur de réveiller Estella.

— T'es une vraie furie, la p'tite belle-sœur. T'es ben trop farouche pour rien, lâcha-t-il entre ses dents.

— Touche-moi pas, espèce de salaud de Fernand Allard. Pis au lieu de me peloter, va donc voir ta femme à l'hôpital, mon écœurant !

L'homme fit une grimace d'étonnement.

— Comment ça ? Elle est pas ici ?

Il agressait sa belle-sœur alors qu'il croyait son épouse endormie dans la chambre voisine, la preuve qu'il était d'un sans-gêne stupéfiant, se dit Marie-Blanche en maudissant intérieurement son beau-frère.

— Estella a fait une fausse couche pis elle est à l'Hôtel-Dieu.

Elle laissa tomber ces mots d'une voix méprisante et dure.

— Bon, y manquait plus que ça. Moi qui pensais avoir enfin un gars. Il doit être beau, mon gars, à c't'heure.

— Tu penses à ton gars au lieu de penser à ta femme ? C'est touchant, l'amour.

— Toi, la p'tite belle-sœur, laisse-moi tranquille avec ta morale, correct ?

Marie-Blanche se précipita dans la cuisine, où elle enfila son manteau. Puis elle saisit son sac et s'apprêtait à sortir quand

Fernand lui bloqua le passage. Il avait dans les yeux une lueur diabolique qu'elle ne lui avait jamais vue.

— T'es pas mal mon genre de femme, toi, sais-tu ça ? lui dit-il dans un souffle.

L'homme la plaqua contre le mur et il tenta de lui enlever de force son manteau. Voyant qu'elle résistait, il glissa sa main sous sa robe et il la fit remonter entre ses jambes. Il était fort, et le poids de son corps empêchait Marie-Blanche de se dégager. L'odeur de sa salive qui empestait la bière et la cigarette la dégoûta et elle fit un effort pour ne pas crier.

Sentant la peur l'envahir, elle tendit la main à tout hasard vers l'évier et s'empara d'un couteau à viande qui traînait. Puis elle le brandit vivement en hurlant :

— Tu me lâches ou j'te dépèce, mon salaud !

Fernand s'immobilisa. Il sembla à Marie-Blanche qu'il pâlissait. En tout cas, il relâcha sa pression et s'écarta un peu. Elle crut bon de renouveler sa menace en l'assortissant d'un sacre bien senti, au cas où il n'aurait pas compris le message.

L'effet fut instantané. Fernand la relâcha et il s'éloigna en la traitant de démente.

— Une vraie folle, comme ta mère. Toutes des folles dans la famille.

Marie-Blanche en profita pour prendre la porte. Elle dévala les marches quatre à quatre sans réfléchir, poussée par le besoin de mettre le plus de distance possible entre elle et son maquereau de beau-frère. Elle courut droit devant elle à en perdre haleine, sans réaliser que la nuit était noire et les rues, complètement désertes. Son cœur battait fort contre ses côtes, et la sueur lui coulait entre les seins, en dépit du vent froid qui la fouettait. Puis elle s'arrêta net et se retourna. Elle avait l'impression que quelqu'un la suivait. Elle se dit que ce n'était que son imagination et elle reprit sa course folle en direction de l'escalier de la Chapelle, qui reliait Saint-Roch à la Haute-Ville. Elle s'engagea à toute vitesse dans la vieille construction de bois, qui comptait pas moins d'une centaine de marches, et elle la gravit sans s'arrêter. Elle ne croisa personne. Qui aurait été assez fou pour se poster là en pleine nuit et dans un froid pareil ? se dit-elle, pour se rassurer. Le bon citoyen dormait du sommeil du juste, et elle en voulut encore une fois à son misérable beau-frère de l'avoir forcée à prendre de tels risques, à une heure aussi avancée.

Elle déboucha dans la rue Saint-Jean, où elle se sentit plus en sécurité. Pourtant, non loin de là, elle vit s'avancer un groupe d'hommes éméchés, dont certains titubaient et ne tenaient debout que par la chance. C'étaient des militaires ou des matelots en goguette. Pour éviter de les croiser, Marie-Blanche traversa la rue et courut se réfugier sur l'autre trottoir de bois. Elle entendit des sifflements intéressés, mais elle ne se retourna pas. Elle continua son chemin jusque devant chez elle, où elle se rendit compte qu'elle avait oublié son sac chez Estella et que, par conséquent, elle n'avait pas sa clef. Elle appuya furieusement sur la sonnette.

Elle frissonnait et elle avait hâte de se retrouver en sécurité. Il lui sembla qu'on ne réagissait pas vite, alors que, dans la maison de chambres, le bruit d'un carillon en pleine nuit avait produit tout un branle-bas.

— Olivar, ça sonne à la porte. Va donc voir qui c'est, lui chuchota Eugénie, réveillée en sursaut.

Elle alluma la lampe de chevet pour réaliser qu'il était deux heures du matin. Qui donc pouvait se pointer ainsi en pleine nuit et sans avertissement ? se dit-elle, soudain inquiète. Puis elle pensa à Estella et elle bondit de son lit. Peut-être était-elle en train de passer ? Eugénie se précipita dans l'escalier à la suite d'Olivar, la robe de chambre dénouée et les cheveux en bataille.

Croyant qu'on ne venait pas lui répondre parce qu'on ne l'entendait pas, Marie-Blanche se mit à marteler la porte à coups de poing.

— Ça va, ça va, on arrive ! cria Olivar de l'intérieur.

Il eut à peine le temps d'entrouvrir que Marie-Blanche se glissait comme un chat dans l'interstice.

Elle s'en fut d'emblée à la cuisine, où elle s'effondra sur une chaise. Eugénie et Olivar la suivirent et firent de la lumière.

— Doux Jésus, mais veux-tu m'dire ce qui t'arrive de retontir ici en pleine nuit, Marie-Blanche ? Pis les enfants ? Est-ce qu'y a quelqu'un avec eux autres ?

Marie-Blanche ne répondit pas. Elle était pâle et elle tremblait de tous ses membres. Ses dents s'entrechoquaient et ses genoux claquaient convulsivement. Puis elle éclata en sanglots. La tension qu'elle n'avait pas pu exprimer dans l'urgence du moment venait de se relâcher d'un coup.

— Mais qu'est-ce qui se passe, pour l'amour de Dieu ?

Marie-Blanche prit une ample respiration dans l'espoir de retrouver son calme et elle leur raconta tout. Eugénie en fut proprement catastrophée.

— Il a osé faire ça, le vicieux ! À une enfant de quinze ans, à part ça ! Mais à quoi il a pensé ?

Elle était si choquée qu'elle frappait à répétition du poing contre la table en criant :

— Faire ça à une enfant, pis l'obliger à traverser la moitié de la ville en pleine nuit, au risque de se faire assassiner ! Le sans-génie, le malfaisant ! Mais il l'emportera pas au paradis, le maudit sans-cœur. Il va m'entendre, certain, le misérable ! Oh, qu'il va donc m'entendre...

Olivar alla préparer du thé en douce et il leur en rapporta deux tasses. Marie-Blanche lui en fut reconnaissante. La chaleur de la boisson lui fit du bien. Lorsqu'elle se fut calmée, elle s'approcha de sa mère et elle lui passa les bras autour de la taille.

— Maman, faites-vous pas trop de cheveux blancs avec ça. Il a pas pu rien me faire. Il a eu peur de moi, le grand lâche. C'est rien qu'un peureux. Si vous aviez vu sa tête quand j'ai pris le couteau. Blanc comme un drap, qu'il était, le beau Fernand. Il se mourait de peur, et j'en ai profité pour me sauver. Il a dit aussi qu'on était toutes des folles dans la famille.

Olivar s'empressa d'opiner du bonnet en riant.

— Là, il a pas tort. Si être folle, c'est jouer du couteau, t'as de qui tenir, ma p'tite fille, ajouta-t-il en jetant un sourire sibyllin à Eugénie, qui venait de tremper ses lèvres dans son thé.

— Toi, Olivar Dubé, fais pas ton comique. C'est pas l'temps, marmonna-t-elle en le fusillant du regard.

Marie-Blanche releva la tête, intriguée.

— Pourquoi vous dites ça, monsieur Dubé ?

— Parce que ta mère m'a déjà reçu avec un couteau, figure-toi.

— C'est vrai ça, maman ? Mais pourquoi ?

— C'est de sa faute à lui, le grand fou. Il est entré un soir dans la maison par le balcon de la chambre à coucher, pour me surprendre. Mais il s'est accroché les pieds dans le portemanteau pis il est tombé avec. J'ai eu tellement peur que j'ai ramassé le premier couteau venu pis j'suis montée à l'étage. Je l'ai trouvé là, mort de rire. L'idiot. N'empêche que t'as eu un bon réflexe, ma fille. Autrement, qui sait ce qui aurait pu t'arriver, lui dit Eugénie, qui semblait s'être un peu remise de ses émotions.

Elle ajouta :

— En tout cas, Marie-Blanche, t'iras plus jamais travailler chez Estella. J'te le jure. On va te trouver une bonne famille en Haute-Ville. Des gens recommandés par les sœurs, comme Florence.

— Et Estella, maman, est-ce qu'elle va bien ?

— Quand je l'ai laissée, elle allait mieux. Elle perdait plus de sang, pis ses crampes avaient cessé. Le médecin a dit qu'elle se remettrait. Pour le p'tit, c'était trop tard. Elle l'a perdu… C'est ben de valeur. Y paraît que c'était un garçon. Pauvre Estella ! se lamenta Eugénie en secouant la tête.

Elle était profondément attristée de voir sa fille réduite à composer avec un pareil homme. Elle se dit cependant qu'elle ferait tout pour qu'Estella n'apprenne pas ce qui s'était passé cette nuit-là. Son aînée avait assez de misère sans devoir subir d'autres revers. Elle fit même promettre à Marie-Blanche et à Olivar de ne jamais lui en souffler mot.

Eugénie soupira lourdement. Elle regrettait souvent de ne pas avoir suivi l'avis du curé, qui lui avait conseillé de tout faire pour empêcher ce mariage-là. Mais comme elle n'avait pas de boule de cristal, elle jugea qu'elle avait fait son possible, dans les circonstances. Et elle rumina encore l'idée que, si son Alphonse avait vécu, de telles horreurs ne se seraient jamais produites.

— Bon, c'est pas tout, ça, la vie continue, pis le jour va bientôt se lever. On va aller se recoucher pendant qu'y est encore temps, suggéra enfin Eugénie en resserrant sa robe de chambre sur sa taille parce qu'elle avait froid.

L'incident était clos, pour le moment du moins. On éteignit, et chacun s'empressa de remonter dans sa chambre pour retrouver le sommeil et la chaleur du lit.

Le lendemain, Eugénie ne put résister à la tentation d'aller chez Estella s'enquérir des petites, dont le sort l'inquiétait. Si la mère ou la sœur de Fernand n'avaient pas pu prendre la relève auprès des enfants, qui s'en occuperait pendant qu'il serait au travail? se demandait-elle, avec raison. Elle croyait l'homme capable de tout, y compris de les laisser sans ressources, ce qu'elle voulait éviter à tout prix.

De fait, lorsqu'elle arriva à l'appartement, elle trouva les deux petites assises seules à même le sol, toutes dépenaillées et à moitié trempées, occupées à jouer avec une poupée dont le tronc et les membres étaient arrachés. Elles n'avaient pas grand-chose sur le dos, et il faisait tellement froid dans la pièce qu'elles avaient le teint bleu et le nez encombré et tout enchifrené. Elle vit que Fernand avait laissé sur le plancher du salon, à la portée de Charlotte et Nicole, des biscuits et une banane à moitié entamée, au cas où les filles auraient eu faim. Il y avait également un cruchon d'eau, qui avait été renversé sur le tapis du salon et dans lequel les petites avaient pataugé, ce qui expliquait pourquoi leurs vêtements étaient si mouillés.

— Ç'a-tu du bon sens, Seigneur ! Laisser des enfants de cet âge-là tout seuls ! Le grand lâche, le bon à rien, que j'lui mette pas la patte dessus. Il va savoir ce que j'pense, ce maudit-là !

Elle enleva aux petites leurs vêtements mouillés et elle leur fit endosser un pyjama sec. En regardant autour d'elle, Eugénie vit que les manteaux des enfants étaient suspendus à la patère près de l'entrée. Elle ramassa ce qui semblait leur appartenir et elle les appela.

— Venez, mes chéries. On va faire un beau tour chez grand-maman. On va s'habiller.

Nicole toussait sans arrêt.

— Coudonc, fille, on dirait que t'es consomption, toi. Y va falloir te soigner certain. Grand-maman va s'en occuper.

Elle nettoya le nez de l'enfant avec un mouchoir et elle lui décrotta le visage et les mains. Puis elle lui mit sa grosse tuque de laine. C'était celle qu'elle avait tricotée, assortie avec un foulard et des mitaines. Elle prit des vêtements de rechange, des couches et un biberon, quelques autres babioles pour les amuser, et elle fourra le tout dans un sac. Elle prit soin de ramasser le sac à main de Marie-Blanche qui traînait sur le sol et elle le mit par-dessus le reste.

Eugénie emmitoufla les deux fillettes du mieux qu'elle put avec ce qui lui tombait sous la main. La petite Charlotte ne pesait presque rien, et Eugénie s'étonna de la trouver si délicate. C'était une puce, « un brin sur rien », comme elle disait. Puis elle quitta les lieux avec le carrosse double laissé au bas de l'escalier, dans lequel elle installa ses petites-filles. Elles progressèrent ainsi lentement jusqu'à la Haute-Ville, avec la promesse que, si elles ne pleuraient pas, grand-maman les gaverait de bonbons à l'arrivée.

En attendant le retour d'Estella à la maison, ce qui ne saurait tarder, d'après le médecin, Eugénie se chargerait des petites. On s'arrangerait pour les coucher avec les grandes en se tassant un peu, pensa-t-elle. Après tout, ce ne serait jamais l'affaire que de quelques jours, le temps que sa fille se remette définitivement sur pied.

⸎

Lorsqu'elle apprit qu'Estella avait eu son congé de l'hôpital, Eugénie, accompagnée cette fois de Marie-Blanche, fit le chemin inverse et ramena les enfants à leur point de départ.

— Marie-Blanche, c'est entendu qu'on dit rien à propos de Fernand à Estella ? lui rappela-t-elle à mi-voix, pour ne pas que les petites saisissent leur conversation.

— Mais pourquoi toutes ces cachotteries, maman ? Ça serait pas mieux de tout lui dire, pour qu'elle sache une fois pour toutes à qui elle a affaire ? lui répliqua sa fille, convaincue que la vérité valait toujours mieux que le mensonge et la fuite.

— Parce que Estella est pas prête à entendre ça, lui chuchota Eugénie, énervée de voir sa fille revenir encore sur le sujet.

Elle pensait pourtant l'avoir convaincue du bien-fondé de sa stratégie.

— Pas prête, maman ? Qu'est-ce que ça veut dire, ça ? Qu'est-ce que ça prend donc pour être prête ? Elle aime mieux se mettre la tête dans le sable pis faire semblant toute sa vie ?

— C'est pas si simple que ça, ma p'tite fille. Juge pas les autres à partir de toi. Estella est pas forte comme toi, Marie-Blanche, pis elle a deux enfants avec cet homme-là. Deux. C'est pas rien, ça. Pis j'pense qu'elle l'aime encore.

— Elle l'aime encore, maman ? Mais ça s'peut pas ! Avec tout ce qu'il lui fait vivre ? Comment on fait pour aimer encore un pareil salaud ? Il l'abandonne, il est même pas allé la voir une seule fois à l'hôpital, il laisse ses bébés tout seuls à la maison, il rentre tard le soir pis il essaie d'agresser sa belle-sœur qui garde ses p'tites, pis elle l'aimerait encore ? Ben, savez-vous, maman, avec ce que j'vois là, j'aime mieux jamais être en amour. Si ça ressemble à ça, l'amour, autant rentrer chez les sœurs. C'est trop fou !

— Ma pauvre p'tite fille. Tu parles à travers ton chapeau. Tu sais rien de la vie pis tu juges trop vite. Oui, ce Fernand-là, c'est un beau salaud, c'est vrai, mais tant que ta sœur l'aimera, on pourra rien changer à ça. C'est elle qui va décider si elle reste avec lui ou pas. Pis mêle-toi pas de ça. En attendant, on la laisse tranquille pour qu'elle reprenne son souffle. Elle a assez pâti sans en rajouter. Tu m'feras pas le coup d'en parler, toujours ?

— Ben non, maman. Vous savez ben que j'dirai pas un mot. On parle pour parler, là.

Elle était tout de même déçue de sa mère et de son étrange entêtement à cacher la vérité, alors qu'elle était convaincue qu'Estella aurait eu avantage à connaître la conduite répréhensible de son mari.

Estella les attendait avec impatience. Elle embrassa sa mère et sa sœur, et elle serra ses filles dans ses bras. Charlotte et Nicole se pendirent aussitôt à son cou. Estella s'était abominablement ennuyée d'elles. Mais elle avait meilleure mine que la dernière fois et elle paraissait complètement remise.

— Vous êtes donc fine d'avoir pris les p'tites avec vous, m'man. C'était plus facile pour Fernand, qui a pas arrêté de travailler comme un fou, le pauvre. Pis toi, Marie-Blanche, tu vas mieux ?

Marie-Blanche jeta un regard interrogateur à sa mère, qui s'empressa de commenter :

— Ben oui, comme Marie-Blanche a eu un gros rhume pis qu'elle se sentait trop faible pour prendre soin des p'tites, j'ai préféré les emmener à la maison. Mais tu vas mieux, Marie-Blanche, hein ? dit Eugénie en la poussant du coude.

— Euh… oui, mentit-elle à son tour, j'me sens mieux.

Puis, pour se conforter dans sa fiction, Eugénie enchaîna aussitôt :

— Tu sais que Marie-Blanche a été demandée dans une bonne famille de la Haute-Ville, sur la Grande Allée, Estella ? Elle pourra plus venir travailler ici, mais j'vais la remplacer de temps en temps pour te donner un coup de main. Elle a été recommandée par les sœurs. Pis c'est sûr que ça va faire du bien au portefeuille. La vie coûte cher par les temps qui courent, et j'ai beaucoup de bouches à nourrir.

— J'comprends, m'man, j'comprends.

Estella était déçue, mais elle n'en laissa rien voir. Après tout, il était vrai que Marie-Blanche méritait un salaire et que sa mère en avait besoin. Et ce n'était pas à elle qu'il fallait démontrer que la vie coûtait cher. Elle s'était cependant attachée à sa jeune sœur et elle lui manquerait désormais. Mais puisque Eugénie s'offrait à l'aider à l'occasion, c'était mieux que rien, et Estella aurait été ingrate de ne pas s'en accommoder.

Les petites s'empressèrent de courir retrouver le chat et leurs habitudes de jeu. Estella fit du café et elle servit à Eugénie et Marie-Blanche une tarte de sa confection. Puis la conversation roula sur des sujets qui ne prêtaient pas à controverse et qui ne risquaient pas de créer de conflits. Eugénie donna des nouvelles de la maison, des trois tantes des petites, qui poursuivaient leurs études chez les sœurs de la Charité, et des frasques de Charlotte et de Nicole. Les petites avaient dormi avec les trois grandes et elles s'étaient promenées des bras de Simone à ceux de Marie-Blanche et de Florence, en changeant de lit au gré de leurs humeurs. En fait, on se les était arrachées tant elles étaient câlines et affectueuses. La mignonne Charlotte s'était particulièrement attiré les bonnes grâces de Rachel et de Germaine, qui se disputaient pour avoir le droit de la promener et de la faire boire. C'était au point où il avait presque fallu établir des tours de garde pour que chacune ait sa part des attentions de la petite. Bref, la présence de ces enfants-là avait créé toute une excitation, et on se demandait bien quand elles reviendraient dormir chez Eugénie.

— Quand vous en aurez la force, m'man. J'sais ben que c'est pas facile, deux p'tites. Mais si vous voulez en avoir une de temps à autre, j'vous la prêterais. Ça m'aiderait à me rétablir.

Eugénie acquiesça. Elle voulait la soutenir, mais il était vrai que la responsabilité de deux enfants en bas âge était lourde, surtout avec sa trâlée et la nécessité de faire rouler une maison de pension.

— Vous avez su que c'était un p'tit garçon, maman ? Fernand avait tellement rêvé d'en avoir un…, leur confia Estella, avec un sanglot dans la voix.

— Oui, j'sais ben, ma p'tite fille. Mais sais-tu quoi ? C'est moins pire de perdre un enfant avant qu'il soit sorti de ton ventre qu'après. Au moins, tu l'as pas connu et t'as pas eu le temps de t'attacher.

— C'est vrai, m'man, ç'aurait pu être pire. Celui-là, j'ai pas pu le rendre à terme, mais quand même… c'était enfin un garçon.

— T'en auras d'autres, ma fille, j'suis pas inquiète, lui répliqua Eugénie. Et Fernand, il est-tu allé te voir à l'hôpital ? demanda-t-elle sans transition.

Marie-Blanche s'en étonna. Elle croyait qu'il fallait éviter le sujet et elle ne comprenait pas pourquoi sa mère y revenait, d'autant qu'elle connaissait déjà la réponse. Probablement qu'elle avait tellement de rancune contre lui qu'elle ne pouvait pas s'empêcher de chercher à le discréditer.

Estella répondit sur-le-champ :

— Il a travaillé plus que d'habitude pour remplacer un gars malade, ça fait qu'il a pas pu venir. Mais il est venu me chercher à l'hôpital, par exemple. Pis regardez le beau bouquet qu'il m'a apporté.

Estella leur indiqua un vase dans lequel baignaient trois belles roses rouges à tige rigide.

— Oh ! firent en chœur Eugénie et Marie-Blanche, impressionnées.

Fernand n'était pas homme à offrir des fleurs sans avoir quelque chose à se faire pardonner, se dit tout de même Eugénie, prévenue contre le personnage. Il devait sûrement craindre une révélation gênante de la part de sa belle-famille et il préparait le terrain en conséquence. Mais l'innocente d'Estella y voyait une marque d'amour, ce qu'on lui avait bien chichement prodigué jusque-là, il est vrai. D'où son attendrissement.

— Tu commences à travailler quand, Marie-Blanche ?

La question inattendue d'Estella plongea sa sœur dans l'embarras, mais Eugénie vola encore une fois à son secours.

— J'ai parlé avec une religieuse de Giffard, qui est venue à la maison. Ça devrait se faire vite, qu'elle m'a dit. Savais-tu que Florence se tirait bien d'affaire dans sa maison de Grande Allée ? enchaîna-t-elle pour changer de sujet et ne pas trop s'attarder sur des mensonges. Pis qu'elle aime ben ses bourgeois ? C'est une famille parente avec le ministre Dussault, le ministre de l'Agriculture. Une grande famille, pis bien élevée, à part ça.

Marie-Blanche était estomaquée de voir sa mère mentir si effrontément. En l'espace de quelques minutes, elle avait menti trois fois d'affilée sans la moindre difficulté, exactement comme Judas au jardin de Gethsémani. À voir la facilité avec laquelle elle inventait des situations qui n'avaient pas eu lieu, on aurait dit qu'elle n'avait fait que cela toute sa vie.

Une fois dans la rue, Marie-Blanche regarda sa mère avec attention et elle lui dit, en toute sincérité :

— Maman, à vous entendre, on vous aurait donné le bon Dieu sans confession. Vous mentez bien.

— Ma fille, dans la vie, faut pas tout dire. Apprends à te taire ou à dire juste ce qu'y faut, pour éviter des troubles plus grands. Faut que tu juges quand être honnête pis quand forcer la vérité. Mentir pour épargner d'la peine à quelqu'un, c'est à moitié pardonné.

— C'est pas ça qu'on m'a appris à l'orphelinat, en tout cas.

— Les sœurs sont ben trop hypocrites pour te dire de mentir, même si c'est ça qu'elles font plus souvent qu'à leur tour. L'orphelinat pis la vie, c'est deux choses ben différentes.

Marie-Blanche éclata de rire. Le sans-gêne de sa mère était rafraîchissant. Elle aimait qu'on bouscule les tabous.

— Mais comment on va faire à c't'heure que vous avez dit à Estella que je travaillerais sur Grande Allée ?

— Comment ? Mais tu vas travailler sur Grande Allée, ma p'tite fille. Florence m'a dit qu'une voisine de sa patronne cherchait quelqu'un. Je lui ai dit d'en parler à sa bourgeoise pis que tu serais prête tout de suite. Florence va t'en reparler à soir.

Marie-Blanche était renversée de la débrouillardise de sa mère. C'était le genre de personne qui trouvait toujours mille solutions aux problèmes de la vie.

En approchant de la maison, Eugénie lui demanda si elle s'habituait à la vie à l'extérieur de Giffard.

— J'sais pas encore, maman. C'est sûr que ça me manque, des fois, la vie en groupe, les journées organisées, les habitudes, mais j'sais même pas si j'ai la vocation. Peut-être pas. Pis j'aime ça, marcher en liberté dans la ville, faire ce que j'veux, plus avoir à prier vingt fois par jour. J'aime ça aussi apprendre à penser toute seule.

— T'es sur le bon chemin, Marie-Blanche. Continue. Tu vas voir que la liberté, c'est plus important que tout. Pis toutes ces niaiseries, ces bondieuseries qu'on vous faisait faire là-bas, c'était-tu assez fou ? J'me suis souvent tourné la langue sept fois dans la bouche pour pas laisser voir ce que j'en pensais.

Marie-Blanche éclata à nouveau de rire.

— Pas de danger que vous nous auriez dit ça quand c'était l'temps !

— Un bel exemple de choses qu'y faut pas dire quand c'est pas l'temps, justement. Y aurait pas fallu que j'critique les sœurs devant vous autres. Ça aurait fait plus de tort que de bien, pis j'voulais pas vous mettre dans l'eau chaude. Mais aujourd'hui, t'es capable d'entendre ça pis de faire la part des choses. T'es presque une adulte, à c't'heure, Marie-Blanche.

Arrivée à destination, Marie-Blanche s'effaça pour laisser entrer sa mère. Elle la voyait avec des yeux nouveaux, tout à coup. Elle se sentait fière d'être la fille d'une femme qui n'avait peut-être qu'une troisième année, mais qui savait décoder la vie avec discernement et lucidité. Elle se dit que, s'il y avait une qualité à admirer et à imiter chez Eugénie, c'était bien sa propension à penser par elle-même et à refuser catégoriquement de se laisser influencer par les opinions toutes faites.

13

Les mois avaient passé, la routine s'était installée et des habitudes s'étaient créées chez les résidents du 1140, rue Saint-Jean. Comme pas moins de douze personnes cohabitaient dans un espace somme toute assez restreint, il avait fallu établir des horaires et des territoires bien définis. Ainsi, par exemple, Lisa, Germaine et Rachel prenaient leur repas le midi avec Eugénie dans la cuisine et, le soir, elles y demeuraient seules, parce qu'il n'y avait pas assez de place à la table de la salle à manger pour elles toutes. Après quoi elles s'empressaient de faire leurs devoirs. C'était Marie-Blanche qui surveillait leurs travaux quand elle était libre, mais parfois aussi Florence, que les petites trouvaient plus coulante que leur grande sœur. Le samedi soir, exceptionnellement, on se tassait à dix dans la salle à manger, parce que deux des quatre locataires, Mme Verrier et M. Plessis, mangeaient à l'extérieur.

Les petites fréquentaient l'école primaire des sœurs de la Charité, ce qui ne les changeait pas trop de leur ancien environnement, et elles paraissaient en voie de s'adapter. Germaine et Rachel avaient eu de bons résultats à leur première session, tandis que Lisa traînait à la queue, comme toujours.

La vie allait donc son train. Un automne frileux avait coulé avec lenteur, puis Noël avait été fêtée avec particulièrement de faste, car c'était la première fois depuis longtemps que la famille se retrouvait au grand complet, Wilfrid mis à part, évidemment. Et puis Albert et Dina en avaient profité pour se fiancer officiellement lors d'une petite cérémonie qui s'était terminée par un souper en famille.

Puis, les grands froids de janvier et de février avaient commencé à sévir. Le mercure était tombé à moins trente degrés, et on gelait dans toute la maison, ce soir-là. Eugénie avait beau bourrer le poêle de bois franc, on aurait dit que la chaleur fuyait aussitôt par les murs mal isolés et par les fenêtres pourtant calfeutrées avec de l'étoupe. C'est Albert qui avait bouché les interstices du mieux qu'il avait pu, mais en vain.

Dans la salle à manger, l'animation était grande. Le froid sibérien, le sujet de conversation préféré de tous depuis des jours, venait de passer au second plan pour céder la place à cette épouvantable histoire qui courait maintenant dans toute la ville. Chacun y allait de son interprétation personnelle. Les pensionnaires avaient fini leur plat principal, et on en était à servir le dessert et les boissons chaudes lorsque Mme Verrier déclara tout à trac :

— En tout cas, on dit qu'il a filé par les toits. J'dormirai pas cette nuit, c'est certain.

— Y faudrait pas exagérer, madame Verrier, ce gars-là a pas intérêt à traîner sur les toits par un froid pareil, il crèverait ! répondit Albert, qui se voulait rassurant.

Il n'empêche que les rumeurs qui circulaient n'étaient pas aussi tranquillisantes qu'il le paraissait. Il s'agissait de deux repris de justice, un dénommé Bernard et un autre du nom de Fontaine, qui s'étaient évadés quelques semaines plus tôt de la prison des plaines d'Abraham. Pourchassés par la police, qui était sur les dents, ils s'étaient réfugiés quelque part dans la ville. On avait longtemps ignoré où, et les journaux s'en étaient donné à cœur joie en répandant toutes sortes d'informations plus contradictoires et fantaisistes les unes que les autres à l'effet qu'on les aurait vus tantôt dans la Basse-Ville, tantôt dans le quartier Saint-Jean-Baptiste, tantôt dans Limoilou ou sur Grande Allée. Le suspense avait été constant pendant des semaines, et les gens ne parlaient plus que de cette spectaculaire évasion. Depuis lors, toute la ville était sur ses gardes et suivait cette histoire en retenant son souffle. Dans les rues, chacun croyait reconnaître les malfaiteurs, et la méfiance s'était installée. On avait enfin retrouvé la veille les deux évadés de prison dans une maison du quartier Saint-Jean-Baptiste, qu'on avait cernée. Il y avait eu une chasse à l'homme mémorable, suivie d'une terrible fusillade. Fontaine avait été abattu, ainsi qu'un policier, mais l'autre larron, Bernard, avait pris la fuite. On disait qu'il courait sur les toits et qu'il était aux abois et extrêmement dangereux. À partir de là, tout devenait possible, et la panique s'était emparée pour de bon de la population.

— Quel intérêt il aurait à courir sur les toits ? On pourrait le repérer facilement, y m'semble, argumenta Olivar, la mine sceptique.

— On dit qu'il pourrait se cacher sur les plus vieux toits pis qu'il serait quasi introuvable, répliqua M. Plessis, un ancien compagnon de travail d'Olivar.

— C'est sûr qu'on va lui mettre rapidement la main au collet. Les policiers passent tout au peigne fin, reprit Albert.

— Y a des gens qui ont bouché leurs fenêtres avec des cartons pour donner à croire que leur maison est pas habitée, rétorqua Eugénie, qui l'avait ouï dire d'une voisine.

— C'est une bonne idée, ça, reprit Mme Verrier. On devrait pas faire pareil ?

— Ben voyons donc, y faut pas exagérer. Ce gars-là est plus sur les toits depuis longtemps. Il a dû filer loin de Québec. En tout cas, si j'étais lui, c'est ben ce que j'aurais fait, moi.

La remarque venait d'Olivar, qui trouvait aussi qu'on paniquait pour rien.

— M. Dubé a ben raison, continua Albert. Il a dû disparaître loin d'ici, pis je gagerais qu'on lui mettra pas la main dessus avant longtemps.

— En tout cas, y faudra barrer les portes à double tour ce soir, ordonna Mme Verrier, décidément fort inquiète.

— C'est pas bête, ça, acquiesça Eugénie.

Elle se leva et alla vérifier si les portes d'en avant et d'en arrière étaient bien fermées à clef. Cela fait, elle vint se rasseoir. Comme Rachel l'avait suivie depuis la cuisine, elle fit signe aux autres de changer de sujet pour ne pas effrayer inutilement les plus jeunes.

L'enfant vint se coller à sa mère en la prenant par le cou.

— Maman, c'est qui le monsieur qui court sur les toits ?

— De quel monsieur tu parles, ma chouette ? fit-elle, tout en secouant la tête de droite à gauche, comme si elle ignorait de quoi il était question.

La petite promena un air interrogateur autour d'elle et, voyant que sa question tombait à plat, elle l'oublia.

— As-tu fini tes devoirs ?

— Oui, pis Germaine aussi. Mais pas Lisa.

— Bon, aidez-la à terminer pis ramassez vos affaires, les p'tites. Simone va vous mettre au lit.

Eugénie fit un petit signe de tête à sa fille, qui se leva de table à regret. La conversation engagée ce soir-là lui semblait palpitante, et elle avait peur d'en manquer des bribes. Les grandes se chargeaient de la mise au lit en alternance une semaine sur trois et, cette fois, c'était son tour. Simone partit néanmoins d'un pas rapide à la cuisine, où elle aida Lisa à terminer son devoir au plus vite. Puis elle ramassa en vitesse les livres éparpillés de ses sœurs. Elle vérifia si elles se lavaient bien la bouche et les mains à l'évier de la cuisine, puis elle les dirigea vers l'escalier. On entendit un « Bonne nuit » sonore, auquel toute la tablée répondit en chœur.

— Y faut donc faire attention à ce qu'on dit devant les enfants. On dirait qu'ils entendent tout, eux autres.

Mme Verrier hocha la tête, tout en tendant son assiette.

Eugénie commença à distribuer les portions de gâteau, pendant que Florence versait le café fumant.

On continua à ressasser l'affaire dans tous les sens, ce qui eut pour effet de faire augmenter la fébrilité ambiante. Il faut dire que c'était du jamais vu dans Québec, une ville d'ordinaire assez tranquille.

Marie-Blanche réfréna un frisson en pensant à ce qui aurait pu lui arriver si cet évadé de justice avait été au large la fameuse nuit où elle avait fui Fernand Allard et traversé une partie de la ville pour rentrer chez elle.

M. Plessis prétendit avoir des informations de première main sur la façon dont s'était déroulée la fusillade, puisqu'il était tout près de l'endroit où on avait abattu le dénommé Fontaine. La scène s'était déroulée non loin de chez Eugénie, à quelques toises à peine de là.

— Fontaine s'est traîné blessé sur plusieurs pieds en plein milieu de la rue, armé jusqu'aux dents, avant de rendre l'âme. Il visait les policiers tout ce temps-là, le fusil pointé dans leur direction. Quand il est mort, il baignait dans son sang.

M. Plessis aurait pu être témoin puisqu'il travaillait dans une mercerie jouxtant la maison où les évadés s'étaient réfugiés.

— J'voyais tout de la vitrine pis j'entendais tous les coups de feu comme si j'y étais. Mais j'me suis caché pour éviter de me faire descendre.

— Mais pauvre de vous, vous avez dû avoir peur à mort ! s'exclama Mme Verrier, toute vibrante d'admiration pour le courage de son voisin de table.

— Oh, mais j'ai l'habitude, par exemple, lui répliqua ce dernier, tout gonflé de l'importance soudaine qu'on lui attribuait.

Le fait d'avoir été témoin de la chose semblait l'auréoler d'une gloire improbable.

— Comment ça, vous avez l'habitude ? lui demanda Simone, qui était revenue s'attabler sur ces entrefaites.

Ne voulant rien perdre de la conversation passionnante qui se déroulait à la salle à manger, elle avait expédié la mise au lit à toute vapeur.

— Dans mes jeunes années, j'ai été pompier volontaire, moi, mademoiselle. Un entraînement qui nous dresse à faire face à des affaires de même.

On regarda le vieux garçon avec un certain respect. L'information le rehaussait dans l'esprit de ses compagnons de table.

— Pompier volontaire, monsieur Plessis, vous nous avez jamais dit ça !

Le ton impressionné que prit Eugénie pour décliner ces quelques mots produisit sur l'homme un effet magique. Il se sentait enfin reconnu à sa juste valeur.

Le sourire enchanté qu'il renvoya à la tablée valait mille mots.

— Mais vous étiez quand même à l'abri dans le magasin, monsieur Plessis, si j'comprends bien ? reprit Simone, qui avait envie de s'amuser un peu à ses dépens.

— Oui… et non. Si le bandit avait voulu s'en prendre à nous autres, on était faits. Il avait juste quelques pas à faire pour nous descendre. Une vitrine de magasin, ç'a jamais protégé personne contre un fou armé jusqu'aux dents, mademoiselle.

— Oui, mais vous dites qu'il se traînait à terre, tout en sang. J'vois pas trop comment il aurait pu se relever pis tirer sur vous autres, amanché comme il était, en plus qu'il avait les policiers sur le dos.

— Euh… oui, mais il aurait pu tirer dans notre direction pis nous abattre d'une balle perdue.

— C'est sûr, c'est sûr, monsieur Plessis, pis on salue votre courage, reprit Eugénie pour ne pas faire perdre la face à son meilleur pensionnaire.

L'homme payait bien et plus que les autres, ce qui justifiait qu'elle en prenne un soin particulier.

Elle jeta un regard noir à Simone et Marie-Blanche, qui riaient sous cape. La logique imparable de sa fille n'était pas appropriée, dans les circonstances, et elle entendait lui signifier de la boucler.

— Mais s'il vous avait visé, ç'aurait plus été une balle perdue, monsieur Plessis ? continua l'entêtée qui, décidément, commençait à bien s'amuser. Pis comment la balle aurait pu vous atteindre, si vous étiez caché à l'intérieur ? s'acharna la taquine en se retenant de rire.

— Ah, vous coupez toujours le cheveu en quatre, mademoiselle Simone ! Un homme armé qui tire de tout bord tout côté est toujours un danger pour celui qui est pas armé. Sachez-le.

Simone lui éclata de rire au nez.

— C'est ce que les sœurs appellent « une vérité de La Palice », ne put-elle s'empêcher de déclarer, d'un petit air fin finaud.

— En plein ça ! Vous m'enlevez les mots d'la bouche, mademoiselle, parce que c'est justement ce que la police a dit, quand ç'a été fini.

Eugénie aurait été aussi en peine que lui de dire qui était cette *palisse* dont parlait Simone, mais elle était assez fine pour comprendre que son pensionnaire venait de commettre une bévue, dont se moquaient cruellement les filles. Elle leur décocha une œillade incendiaire, qui les tétanisa sur place. Puis elle se leva en invitant ses pensionnaires à passer au salon pour siroter leur café en paix, « loin de ces têtes de linotte qui ne savent pas reconnaître le vrai courage lorsqu'il se présente », déclara-t-elle avec le plus grand sérieux du monde. Elle croyait ainsi ménager l'orgueil blessé de M. Plessis.

Les pensionnaires, accompagnés d'Albert, continuèrent à disserter sans fin sur les tenants et aboutissants de cette sombre affaire tout en reprenant du café, histoire de prolonger l'excitation du moment. D'habitude, ils se retiraient rapidement de table et s'installaient dans le petit salon pour converser, lire ou encore tricoter, dans le cas de Mme Verrier, jusqu'au coucher. Les filles avaient pour consigne de commencer à débarrasser la table dès que le café était servi, pour inciter les chambreurs à se retirer dans la pièce qui leur était réservée. Eugénie disait qu'elle ne pouvait vraiment *dételer* que lorsque le repas était terminé, ses locataires retirés dans leurs quartiers, la vaisselle lavée et la cuisine bien récurée.

— Moqueuses de Simone et Marie-Blanche, c'est pas correct de rire de ce pauvre monsieur. Il a pas pu étudier comme vous autres, mais c'est pas un imbécile pour autant, leur reprocha tout bas Eugénie lorsque la porte séparant la salle à manger du salon fut bien refermée.

— C'est à lui à pas faire le grand jars, aussi, lui rétorqua Simone, le rouge aux joues. Il est toujours en train de se gonfler pis de se donner le beau rôle. Pis c'est un vrai menteur, à part ça. Hier, il a dit qu'il était pas à la mercerie quand la fusillade a commencé, pis ce soir, il dit le contraire. Il nous prend-tu pour des niaiseuses ?

— C'est vrai, ça, il ment pis il pense qu'on s'en aperçoit pas, ajouta Marie-Blanche, sans avoir repris son sérieux.

— C'est un vieux monsieur qui paie bien, pis que j'veux pas perdre, ça fait que fermez-vous-la, la prochaine fois, se choqua Eugénie. Pis avec les vieilles personnes, y faut toujours rester polies. C'est pas au couvent certain qu'on vous a enseigné le contraire, continua-t-elle, tout en rangeant la nappe bien repliée dans le tiroir du buffet.

Simone fit un petit sourire de complicité à Marie-Blanche. Les deux sœurs se liguaient parfois pour tirer la pipe à Olivar Dubé ou à M. Plessis, quand ce n'était pas à Mme Verrier. Le quatrième pensionnaire, M. Morin, ne faisait par contre jamais les frais de leurs taquineries. Comme il était infirme – il avait un pied bot – et bègue par surcroît, elles n'osaient pas s'attaquer à lui, de peur qu'il le prenne mal.

Chacun retourna à ses occupations, et les filles se retirèrent dans leur chambre. Marie-Blanche repassa sa coiffe et sa robe pour le lendemain, puis elle prit à son tour l'escalier en souhaitant le bonsoir à la ronde. Eugénie, Olivar et Mme Verrier monteraient se coucher seulement après avoir terminé leur dernière partie de cartes.

Il y avait sept chambres dans la maison. Albert dormait au rez-de-chaussée dans une minuscule pièce située derrière la cuisine. Si l'espace était restreint, cela avait au moins pour avantage de lui fournir une certaine intimité. Quand tout le monde était remonté, il pouvait bricoler en paix, étudier ou se consacrer à la lecture s'il le voulait. Il lui était même arrivé une fois de retenir un temps auprès de lui sa belle Dina, sans que personne s'en rende compte. Celle-ci habitait la rue voisine et elle venait souvent gratter à sa fenêtre, les soirs de beau temps, pour qu'il l'accompagne dans une marche.

Le deuxième étage était divisé en quatre chambres. Celle d'Eugénie et d'Olivar était la plus spacieuse et avait vue sur la rue, celle de Mme Verrier, qui lui faisait face, était à peu près de même dimension et donnait sur la ruelle. Les deux autres chambres, dont une était réservée à M. Plessis et l'autre à M. Morin, étaient légèrement plus petites.

Le troisième étage, celui des combles, abritait les chambres mansardées des filles. Les trois petites dormaient dans la première, et les trois grandes, dans la seconde. Leur surface était restreinte, il y faisait un froid de loup l'hiver et une humidité d'étuve l'été venu.

Dans la pièce réservée aux grandes se trouvaient un lit simple et un lit à étages, séparés par une méchante commode à six tiroirs. Dans un des recoins, il y avait une table bancale, entourée de deux chaises droites. Cela constituait tout l'ameublement de la pièce. Il y avait en outre une petite penderie encastrée dans le mur et servant aux trois jeunes filles. Dans d'autres circonstances, sa petitesse aurait posé problème, mais étant donné qu'aucune d'elles n'avait grand-chose à se mettre sur le dos, cela pouvait encore aller.

Marie-Blanche, en particulier, avait de la difficulté à se faire au manque d'espace, elle qui était si habituée aux grandes pièces communes. Elle avait parfois l'impression que les murs très pentus étaient trop rapprochés et qu'ils se refermeraient sur elle. Mais ce n'était pas tant l'espace réduit qui dérangeait que la promiscuité nouvelle imposée par la vie de famille. Si à l'orphelinat elle avait vécu essentiellement en groupe, elle avait par contre très peu développé de relations intimes. Le mode de vie en public le leur interdisait. Elle se souvenait trop bien de la façon dont les religieuses avaient découragé les apartés et les confidences qu'elle avait essayé d'établir avec Florence, ses sœurs ou d'autres filles. Mais voilà que c'était le contraire qui se produisait dans cette maison : elle passait sans transition d'une situation de pénurie d'intimité à une espèce de pléthore de conciliabules et d'échanges. Elle se voyait forcée de supporter un rapprochement et une familiarité qui la déstabilisaient. Elle s'était tellement déshabituée au coude-à-coude et à la proximité que les confidences de Florence ou de Simone, comme aussi parfois celles d'Eugénie ou de Rachel, l'angoissaient. C'était un revirement de situation brutal qui aurait nécessité un apprivoisement. Par moments, elle se sentait tellement envahie et dépossédée qu'elle avait l'impression d'étouffer, de manquer d'air. Il lui arrivait alors de quitter la maison en catastrophe pour s'engager dans une longue marche solitaire qui l'aidait à retrouver son équilibre. Si Simone vivait quelque chose de semblable, elle l'exprimait différemment. Son ras-le-bol prenait la forme de discours agressifs, incisifs ou moqueurs à l'égard des siens. Florence, de son côté, était plutôt encline à fusionner et à éviter à tout prix les affrontements.

Marie-Blanche franchit rapidement les trois étages, atteignit le palier des combles et se dirigea silencieusement vers sa chambre. Les autres devaient dormir parce que la lumière était éteinte. Elle se déshabilla à la faible lueur dispensée par les lucarnes. Elle déposa ses vêtements bien pliés sur le dossier d'une chaise et enfila sa robe de nuit. Elle frissonnait. Marie-Blanche s'engagea ensuite avec précaution dans l'échelle menant au lit du dessus. Pour avoir la paix, elle avait cédé celui du bas à Simone. Elle s'étendit enfin de tout son long en rabattant sur elle les couvertures. Il faisait terriblement froid et sa couche était glacée.

Florence et Simone semblaient s'être assoupies. En tout cas, si elles ne dormaient pas, elles en donnaient l'impression. On n'entendait que le long mugissement plaintif du vent qui courait le long des murs. La maison craquait de toutes parts comme si c'eût été un vieux rafiot travaillé par les vagues. Marie-Blanche avait pris l'habitude d'écouter chaque soir l'étrange musique. Avant de s'endormir, elle prêtait une oreille attentive à la moindre plainte qui surgissait de la vieille structure, au plus petit craquement qui en émergeait et se propageait parfois d'un bout à l'autre de la charpente. Et elle s'amusait à en imaginer la cause : le sautillement léger d'un oiseau, le grouillement des rats, le piétinement nerveux d'un écureuil ou d'une marmotte, ou simplement le vent qui poussait un caillou ou arrachait un bardeau de la toiture. Mais ce soir-là, en repensant à l'évadé de prison, le jeu prit une tout autre tournure. Car elle eut bientôt l'impression d'entendre marcher au-dessus d'elle : elle aurait juré que des pas bien frappés et espacés se détachaient dans le silence relatif de la nuit. Elle ne rêvait pourtant pas... Elle prêta attentivement l'oreille, mais n'entendit rien d'autre que le claquement sec de la grêle contre les vitres. Puis, des pas de nouveau, des pas qui se rapprochaient et s'alourdissaient, comme si quelqu'un avançait en portant un lourd fardeau. Elle demeura interdite, clouée au lit par la peur. Un homme, assurément, marchait en traînant un autre homme ou peut-être une femme, qu'il aurait enlevée et violée...

Marie-Blanche sentit une terreur poisseuse l'envahir. Elle se retint de respirer pour ne pas attirer l'attention de *l'homme*, comme si cela pouvait changer quelque chose. Puis elle se traita de stupide. Son imagination lui jouait sûrement des tours.

— Marie-Blanche, entends-tu des pas ? Y a quelqu'un sur le toit.

Elle sursauta et se redressa sur un coude.

C'est Simone qui avait chuchoté d'une voix blanche.

— Oui, on dirait les pas d'un homme, lui confirma Marie-Blanche.

— J'ai peur.

Simone quitta son lit en catastrophe et escalada en vitesse les quelques marches qui la séparaient de sa sœur. Puis elle vint se coller à elle en tirant toutes les couvertures.

Les deux filles se serrèrent l'une contre l'autre en retenant leur souffle. Elles fixaient le plafond avec appréhension, comme si l'évadé pouvait le traverser d'une minute à l'autre et les enlever à leur tour.

— Qu'est-ce que tu veux qu'il fasse, au fond ? finit par raisonner Marie-Blanche. Il peut pas entrer dans la maison, il peut juste passer sur un autre toit. Y a qu'une trappe barrée à clef pis impossible d'accès, d'après maman. Écoute... on entend plus rien, on dirait.

Le temps coula. Chacune tendait l'oreille avec anxiété, les nerfs en boule. De fait, le silence semblait revenu pour de bon. Était-ce leur imagination qui s'était emballée ? S'étaient-elles laissées enflammer par les histoires à dormir debout des pensionnaires ?

Comme tout s'était tu et qu'elles étaient éreintées, elles se dirent qu'elles avaient dû rêver éveillées. Simone ayant trop peur pour regagner son lit, Marie-Blanche dut se résoudre à partager le sien le restant de la nuit. Même si l'espace était restreint, les deux sœurs parvinrent à trouver une posture assez confortable pour s'abandonner enfin au sommeil. Elles y sombrèrent facilement, vu que leur journée avait été bien remplie, et que celle qui les attendait le jour suivant ne le serait pas moins.

Marie-Blanche se dit qu'elle aurait sûrement le temps de repasser les robes des filles et de madame avant de s'attaquer à l'argenterie. Elle était entrée au service de la famille Poulin à titre de bonne quelque temps auparavant. En réalité, elle était plutôt une femme à tout faire puisque, en plus d'entretenir la maison au quotidien, elle devait aussi faire de gros travaux de lavage des murs et des plafonds, repasser, prendre soin des enfants, et même cuisiner à l'occasion. Toutes les occupations semblaient de son ressort, même si ce n'était pas ce qui avait été entendu au départ. Marie-Blanche se voyait mal refuser de faire ce qu'on lui demandait, car Mme Poulin avait une façon autoritaire d'exiger ces services, qui rendait tout refus impossible.

Sa patronne avait d'ailleurs l'art de lui ajouter une corvée de dernière minute quand l'heure du souper venait de sonner. Marie-Blanche obtempérait, en se promettant de ne pas passer sa vie en service domestique. Elle se dit que ce n'était qu'une question de temps et qu'elle finirait bien par trouver un emploi plus rémunérateur et, surtout, plus intéressant. En attendant ce moment béni, ses tâches étaient lourdes et elles s'étiraient sur de longues heures.

Quant au salaire, il était plutôt symbolique. On ne lui versait qu'un dollar cinquante par jour, pour presque douze heures de travail assidu. Corinne, l'autre servante, une femme dans la quarantaine, touchait certainement davantage, mais Marie-Blanche n'avait jamais réussi à savoir combien. Elle était persuadée qu'on profitait du fait qu'elle n'avait que quinze ans pour la payer en deçà des tarifs habituels.

Elle mit un peu d'empois sur la collerette de la belle robe d'organdi de Mme Poulin et la repassa avec application. Marie-Blanche était méthodique et perfectionniste. Elle aimait le travail bien fait. Les religieuses lui avaient d'ailleurs appris très tôt que ce qui méritait d'être fait méritait d'être bien fait. Une leçon qu'elle avait retenue et qui lui servait tous les jours.

Elle ne détestait pas le travail manuel, surtout lorsqu'il lui permettait de s'évader par la pensée. Le repassage lui procurait cette possibilité, de même que le fait de frotter l'argenterie. Cela la détendait.

Lorsque tout fut bien repassé, Marie-Blanche sortit les pièces d'argenterie et elle les aligna sur le comptoir de la cuisine. Il y en avait beaucoup : les couverts, les plats de service, les candélabres, le service à thé et à café, les vases à fleurs, tout était terni et nécessitait un bon polissage. C'était une opération qu'il fallait refaire chaque mois et qui représentait un après-midi complet de travail. Madame exigeait que ce soit parfait au point de pouvoir se mirer dans l'argenterie.

Elle passait d'ailleurs au peigne fin tout ce que faisait Marie-Blanche, dans l'espoir peut-être de la prendre en défaut. Il faut dire que c'était un plaisir que cette dernière lui offrait bien rarement...

Elle se disait souvent qu'elle avait de la chance de ne pas être forcée d'habiter chez sa maîtresse, comme les filles de la campagne. Ces malheureuses étaient sous la coupe des patrons à longueur de semaine, tandis que Marie-Blanche jouissait de plus de liberté. Sa journée terminée et à la condition qu'on ne la retienne pas indûment, elle n'avait que quelques rues à traverser pour se retrouver aussitôt chez elle. Et puis, il y avait Florence qui travaillait juste à côté. Quelques fois, après le dîner, quand les gens de la maison étaient retournés à leurs activités, Marie-Blanche faisait un signe de la main à Florence de la fenêtre de la cuisine. Les deux filles s'empressaient de profiter de ces précieuses minutes de répit pour s'évader ensemble et faire quelques pas dans Grande Allée. À peine dix minutes, ce qui leur faisait grand bien. Jusqu'à ce que Mme Poulin lui fasse une colère carabinée en l'accusant de lui voler du temps.

— Je ne vous paie pas à rien faire, mademoiselle Dumais ! lui avait-elle lancé méchamment au visage.

À partir de ce moment, Marie-Blanche avait renoncé à ses sorties du midi.

La porte s'ouvrit au moment où sonnaient les cinq heures. M. Poulin apparut dans l'embrasure. Il partageait un bureau avec quatre notaires qui occupaient tout le premier étage. Il était réglé comme du papier à musique. Chaque matin, il montait à son cabinet à neuf heures pile et il en ressortait chaque soir à cinq heures tapantes. Cinq jours par semaine et huit heures par jour.

L'homme était méticuleux et obsessif. Il ne dormait jamais deux nuits d'affilée dans les mêmes draps et il exigeait que ses chemises soient repliées et boutonnées de haut en bas, comme quand on les achetait. De plus, il fallait accourir dès qu'il avait besoin de quoi que ce soit. Il ne tolérait pas de devoir attendre. C'était un nerveux et un colérique.

M. Poulin passa derrière Marie-Blanche et s'approcha d'elle. Elle se tendit comme un arc.

— Vous êtes plus belle que jamais, mademoiselle. Votre teint d'albâtre réjouit l'œil.

Et comme pour donner du poids à ses paroles, il effleura son visage d'une main caressante.

Marie-Blanche s'éloigna en disant :

— Faites pas ça, monsieur.

L'homme s'amusa de ce qu'il croyait être de la timidité. Il pensait cependant qu'elle était secrètement flattée de ses avances et qu'elle espérait chaque jour sa venue.

Marie-Blanche bouillait intérieurement en se disant que, si elle était obligée de tout accepter en termes de travail, elle n'avait pas à subir en plus les avances de son patron. Cela ne faisait pas partie du contrat. Elle savait trop, d'ailleurs, où ce dernier souhaitait en venir.

M. Poulin passa deux mains appréciatives autour de la taille de Marie-Blanche et il les joignit. Ses doigts ouverts arri-vaient à la contenir toute.

— Vous êtes mince comme une gazelle, mademoiselle. Combien faites-vous de tour de taille ? Vingt-deux, vingt-trois pouces ?

« Ce n'est pas pour tes grosses pattes, mon salaud », se dit-elle en continuant à frotter son argenterie.

Elle ne répondit pas à la question. La colère l'amena à faire tomber un chandelier sur le sol. Le notaire se pencha et le ramassa, en se relevant lentement. Il laissa courir un regard intéressé sur les jambes, les fesses et les hanches de Marie-Blanche, puis il effleura son arrière-train. Celle-ci ressentit toute la lubricité de son geste.

— J'haïs ça quand on me touche comme ça, monsieur. J'suis pas une putain.

L'homme eut un rire rentré. Il la trouvait un peu gourde de s'énerver pour si peu.

— Tout de suite les grands mots. Un homme ne peut pas apprécier une femme sans qu'elle pense qu'il a de mauvaises intentions ?

Marie-Blanche se tourna vers lui et déclara sans sourire :

— La prochaine fois, faites-le sans toucher à la marchandise, si ça vous fait rien.

— Oh, la comique. Elle exige. Vous n'avez rien à exiger de moi, mademoiselle. C'est moi qui suis en droit d'exiger, ici. Pas vous. Vous n'êtes qu'une petite bonne à rien faire, fit-il, piqué au vif.

Marie-Blanche se retint de rire. Son orgueil blessé lui paraissait tellement ridicule. Elle s'éloigna de lui en pensant qu'il la laisserait tranquille, mais c'est le contraire qui se produisit. Probablement excité de voir sa proie lui résister, le notaire la poussa contre le comptoir de tout son poids et lui mit les deux mains sur les fesses.

Marie-Blanche sentit la moutarde lui monter au nez.

— Laissez-moi ou j'crie.

L'homme se raidit quelque peu puis, croyant qu'elle ne passerait pas à l'acte parce qu'elle tenait à son emploi, il remonta la main jusqu'à sa culotte. Il enfonça un doigt inquisiteur entre ses jambes et se mit à la caresser en lui murmurant des mots grivois à l'oreille.

Mal lui en prit, car Marie-Blanche se mit à hurler de toutes ses forces en appelant Mme Poulin à la rescousse.

Déstabilisé, l'homme recula aussitôt. Il reprenait contenance lorsque son épouse déboucha dans la pièce, l'air choqué.

— Qu'y a-t-il ? Pourquoi criez-vous comme une folle ?

— Parce que votre mari est en train de me peloter, madame.

— Pardon ? Oscar, est-ce vrai ?

Elle se tourna vers son époux avec une mine outrée.

— Jamais de la vie ! La démente prend ses rêves pour la réalité. C'est elle qui m'a fait des avances auxquelles j'ai résisté. Et pour se venger, elle a crié après toi.

Mme Poulin eut un air paniqué. On aurait dit qu'elle ne savait plus quel parti prendre, celui de son mari ou celui de sa servante. Si elle donnait raison à Marie-Blanche, elle se retrouverait avec un gros problème sur les bras, par contre, si elle donnait raison à son mari, elle n'aurait qu'à congédier la fautrice de troubles. Elle n'hésita pas longtemps.

— Vous êtes une menteuse et une intrigante, Marie-Blanche Dumais. Il y a longtemps que je l'ai remarqué. Mais vous ne viendrez pas mettre la chicane dans mon couple. Je vous congédie. Partez sur-le-champ !

Marie-Blanche se cabra.

— J'partirai pas avant qu'on me donne mes gages, madame. Vous me devez une semaine de salaire. J'perdrai pas cet argent-là pour votre maquereau de mari, certain !

Mme Poulin pâlit de colère.

— Vous avez en plus l'audace de me demander de vous payer, après ce que vous venez de faire ? Sortez d'ici tout de suite, espèce de dévergondée !

— J'suis pas une dévergondée, pis votre mari est rien qu'un hypocrite pis un obsédé. Chaque fois qu'il est seul avec moi, il en profite pour essayer de m'prendre les seins ou les fesses. Tantôt, il a essayé de m'enlever ma culotte. Autant regarder les choses en face, madame : votre mari, c'est un parfait cochon.

Marie-Blanche lui lança à la tête le linge à vaisselle qu'elle avait en main et elle prit l'escalier pour aller récupérer ses vêtements. Mme Poulin avait les yeux exorbités de dépit, et son mari n'en menait pas large.

En passant devant la chambre de sa maîtresse, Marie-Blanche eut l'idée de lui dérober quelque chose pour compenser sa perte de salaire, mais la prudence le lui interdit. Cela pourrait lui nuire si elle cherchait un autre emploi. Elle ramassa furieusement ses affaires et redescendit en hâte. Elle enfila ses bottes, mit son chapeau et prit la porte sans se retourner. Elle la claqua avec tellement de vigueur qu'on aurait pu craindre que la vitre ne tombe en miettes sous l'impact.

Dehors, elle prit la direction de la rue Saint-Jean. Des larmes de rage que figeait le vent glacial coulaient sur ses joues. Elle se sentait profondément humiliée et avait le sentiment d'avoir été traitée injustement. Elle n'acceptait pas d'avoir été congédiée de façon aussi cavalière. À cause de l'impudicité d'un homme que sa femme protégeait, sans doute pour éviter d'avoir à sévir. Elle repensa à Estella et à son beau Fernand. Les femmes étaient-elles toutes ainsi, prêtes à tout, même à fermer les yeux sur des choses inacceptables, pour ne pas perdre leur homme ? se demanda-t-elle brusquement, inquiète pour elle-même s'il lui arrivait de tomber amoureuse. Elle se dit pourtant qu'il était impossible que toutes les femmes soient faibles et aveuglées par leur attachement. Et les hommes, alors, étaient-ils tous aussi obsédés par le sexe ?

Étrangement, cela lui rappela la conversation qu'elle avait eue un jour avec mère Sainte-Catherine, à propos justement de maternité et de mariage. Si son égérie louangeait les mères et leur rôle social évident, elle nourrissait par contre une espèce de dédain pour le mariage et l'amour physique qui en découlait. La religieuse lui avait déclaré que c'était certainement une grande épreuve pour une femme que d'avoir à se lever tous les jours aux côtés du même homme, de devoir supporter sa mauvaise haleine du matin, ses sautes d'humeur, ses caprices, son gros ventre et, surtout, ses avances sexuelles. Marie-Blanche avait été étonnée de la voir grimacer de dégoût en prononçant ces paroles. C'était la seule fois qu'elle s'était sentie en désaccord avec les propos d'une personne dont elle admirait généralement la modération et le bon sens.

De fil en aiguille, elle réalisa avec inquiétude que le fait de susciter l'intérêt sexuel des hommes avait l'air de n'arriver qu'à elle. Ni Simone ni Florence n'avaient d'expériences similaires à déplorer, semblait-il. Mais pourquoi elle, en particulier ? Son attitude était-elle en cause ? s'interrogea-t-elle, soudainement alertée. Était-elle trop aguichante ou donnait-elle des signaux laissant croire aux hommes qu'elle était ouverte à ce genre d'entreprise ? Un fort sentiment de culpabilité l'envahit peu à peu. Il y avait forcément quelque chose chez elle qui clochait. Cette prise de conscience ne fit que la déprimer davantage. Et puis elle se doutait bien que sa mère serait déçue de la voir encore sans travail, en plus d'avoir perdu le salaire de sa dernière semaine. Elle se sentit plus malheureuse que le dernier des misérables. Sa vie ne serait-elle donc toujours faite que de déceptions ? rumina-t-elle encore, en se convainquant de son incapacité à vivre dans le monde.

— Autant retourner à l'orphelinat puisque j'fais rien que des gaffes, se dit-elle tout bas en franchissant, à reculons et la tête basse, la première marche du 1140, rue Saint-Jean.

Eugénie se montra étonnée de la voir arriver si tôt.

— Qu'est-ce qui t'arrive, Marie-Blanche ? Ta patronne t'a donné congé ?

— Elle m'a pas donné congé, elle m'a congédiée.

— Hein ? Mais pourquoi ?

— J'ai pas cédé aux avances de son cochon de mari…

— Pas encore ! ne put s'empêcher de s'exclamer Eugénie, interdite.

Elle déposa le lourd fer à repasser sur son trépied et elle s'approcha de sa fille, les deux mains sur les hanches.

— C'est quoi, cette histoire-là ?

— C'est pas ma faute. Ça fait des jours qu'il me tourne autour, le bonhomme Poulin. J'ai rien dit tant que ç'a pas été grave. Mais là, il m'a tassée dans un coin d'la cuisine pis il a glissé sa main dans ma culotte. J'ai crié à sa femme de venir pis j'lui ai tout dit. Lui, il a dit le contraire, que c'était moi la fautive. Elle l'a cru, pis elle m'a sacrée dehors.

Eugénie poussa un grand soupir de découragement. Elle avait l'air fatiguée, et un mince filet de sueur lui coulait le long de la mâchoire, malgré le fait qu'il faisait froid dans la maison. Elle ne dit rien, mais elle était déçue.

— J'vais repartir à l'orphelinat, maman. J'serai pas un fardeau pour vous. J'suis bonne à rien. La vie est trop dure dans ce monde de fous-là. Je m'en retourne auprès de mère Sainte-Catherine.

Eugénie demeurait silencieuse. Elle se contenta de s'asseoir lourdement sur une chaise, tout en vidant le fond de sa tasse de thé froid.

— Vous pensez que c'est ma faute, maman ?

Eugénie ne répondit pas.

Marie-Blanche se mit à pleurer. Elle laissa son cœur se décharger de la peine et de la déception qui l'étouffaient.

Elle pleurait parce que Eugénie ne disait rien pour la détromper. Elle gardait un silence accusateur, et Marie-Blanche croyait y lire sa condamnation.

Puis la mère attira sa fille contre elle. Elle l'accueillit dans son giron et commença à parler avec les pauvres mots qui étaient les siens. Elle lui dit que ça ne pouvait pas être sa faute à elle, qu'elle n'avait rien à se reprocher et que c'étaient les hommes les fautifs. Et que c'était probablement son exceptionnelle beauté qui les rendait fous.

— Mais toi, ma pauvre enfant, tu y es pour rien. Pis t'as toujours été une fille honnête et modeste. T'as rien à te reprocher. T'as hérité des beaux traits de ton père pis des cheveux noir de jais de ma mère. C'est le bon Dieu qui t'a donné ça, et c'est une grande chance. Te souviens-tu que ton père t'appelait sa *catin blanche* quand t'étais p'tite ? T'étais sa préférée, pis il me disait que tu serais la plus belle. Tu ressembles à Estella avant son mariage. Fais-toi pas de sang de nègre pis oublie ça. On va te trouver une maison plus recommandable.

Marie-Blanche sécha ses larmes. Le baume apporté par les paroles consolantes de sa mère fit rapidement son effet, et elle se sentit bientôt rassurée. Eugénie lui versa un thé chaud et elle renouvela le sien. Les deux femmes s'assirent ensemble et dégustèrent leur viatique, tout en regardant le jour basculer et la nuit le remplacer lentement, en atténuant les contours du décor familier et en le faisant peu à peu s'estomper.

— Et que je t'entende plus parler de retourner à l'orphelinat, lui chuchota Eugénie, les sourcils froncés. On décide pas
de sa vie sur le premier échec venu, voyons donc ! T'es une
Gaspésienne, pis les Gaspésiens sont du monde courageux,
pas des lâcheux. Fais pas honte à tes aïeuls, ma p'tite fille, pis
marche fièrement dans leurs pas.

14

Cette fois, c'était au tour d'Adeline d'avoir besoin d'être écoutée. Eugénie était passée chez elle pour prendre des nouvelles et lui apporter un contrat de couture, et elle l'avait trouvée assise à sa table de cuisine, la tête entre les mains et l'air catastrophé. Comme ce n'était pas dans ses habitudes de s'arrêter de travailler au beau milieu du jour sans raison valable, Eugénie s'alarma.

— Adeline, mon Adeline, qu'est-ce que t'as, donc ? T'as l'air toute chavirée.

Celle-ci releva une tête désemparée.

— Oh, demande-moi pas, Eugénie, répondit-elle d'une petite voix, demande-moi pas.

— Comment ça, demande-moi pas ? T'es là, l'air déconfit comme une chatte qui aurait perdu ses p'tits, pis j'essaierais pas de savoir ce qui te turlupine ? Moi, ta belle-sœur ?

Eugénie vint s'asseoir à côté d'Adeline et lui caressa doucement les cheveux.

— Qu'est-ce qui t'arrive de si épouvantable ?

Elle avait pris une voix qui invitait à la confidence. Adeline la fixa dans les yeux et lui lâcha dans un souffle :

— J'suis encore grosse, Eugénie. Pour la douzième fois, Seigneur ! J'en peux plus…

Des larmes qu'elle essayait de retenir coulèrent tout doucement le long de ses joues, puis les digues cédèrent et libérèrent un flot ininterrompu de pleurs sonores et abondants.

Eugénie continua à lui caresser les cheveux en silence un long moment. Elle savait ce qu'Adeline vivait pour avoir ressenti elle-même ce genre de découragement devant ce qui l'attendait une fois de plus : le gros ventre, la fatigue, l'obligation de vaquer à des tâches lourdes et l'impossibilité de s'arrêter, l'accouchement, le manque de sommeil, les soins à donner au nouveau-né alors qu'on ne rêverait que de dormir, les pleurs la nuit, les couches, et tout le bataclan… Il n'y aurait donc jamais de fin pour celles qui avaient le malheur d'être particulièrement fertiles ?

— J'pensais que c'était fini, que j'avais fait ma part, plus que ma part. Mais non, ça recommence. Édouard a pourtant essayé de se retirer avant… mais ç'a pas marché. Quand est-ce que ça va s'arrêter, ça ? Au risque de te choquer, j'vais te dire que, si j'peux, cette fois, j'le fais passer…

Eugénie soupira.

— Ma pauvre Adeline. Si tu savais comme j'te comprends. Moi aussi, quand j'me suis vue enceinte de ma dernière, j'ai pensé m'en débarrasser.

— Comment faire ça ? Le sais-tu, toi ?

Adeline la fixait avec de pauvres yeux, dans lesquels venait de s'allumer une lueur d'espoir.

— J'ai entendu dire qu'y avait deux personnes qui faisaient ça dans la Basse-Ville, mais j'sais pas qui c'est. Pis c'est risqué.

— Risqué ou pas, j'en veux pas, de celui-là. C'est tout. J'aime mieux mourir. Y faut que j'trouve quelqu'un pour m'aider.

— Si t'es décidée, j'vais essayer de m'informer. J'connais une femme qui l'a déjà fait. Mais ça coûte cher, à ce qu'y paraît.

— J'm'en fous. J'donnerai ma bague de mariage en gage. Pis j'suis prête à faire de la couture jour et nuit pour payer ce qui manquera.

— As-tu pensé aux capotes anglaises pour… après, Adeline ?

— Pour te dire franchement, j'en ai jamais vu. Penses-tu qu'Édouard accepterait ça ?

— J'espère bien, Adeline. Y manquerait plus qu'il refuse !
Pis t'as qu'à exiger.

— T'as raison, Eugénie. J'ai qu'à exiger.

Adeline tomba dans les bras d'Eugénie, qu'elle remercia
chaleureusement pour ses bons conseils.

— Informe-toi pis donne-moi vite des nouvelles, lui lança-
t-elle sur le pas de la porte, quand sa belle-sœur dut repartir.

Eugénie avait d'autres courses à faire dans le quartier Saint-
Roch et elle pressa le pas. Dehors, le froid intense l'obligea à
remonter son collet et à resserrer son manteau sur son corps.
Les récentes bordées de neige avaient laissé d'épaisses congères
qui rendaient la circulation difficile, autant à pied qu'en voiture,
et il fallait exécuter un véritable ballet pour cheminer dans les
rues étroites et encombrées. Eugénie passa d'abord à la banque,
où elle fit un modeste dépôt. Elle put cependant vérifier que
son petit coussin grossissait. Ce n'était pas le Pérou, mais c'était
tout de même mieux que d'avoir des dettes. Elle n'ambitionnait
pas d'accumuler de l'argent, elle n'en avait jamais eu et elle s'en
passait bien, mais c'était pour les enfants ou pour des besoins
urgents qu'il faudrait combler. Les quelques centaines de dollars qui dormaient à l'abri à la banque étaient comme une assurance contre la malchance, même si elle savait que cela ne suffisait pas toujours à l'éloigner.

Elle repensa à Adeline et se dit que, s'il le fallait, elle avan-
cerait les sous pour payer la faiseuse d'anges. Elle repoussa
l'idée qu'il était mal d'encourager pareille entreprise. L'Église
condamnait celles qui tentaient d'avorter ou qui aidaient à le
faire, elle le savait, mais elle savait aussi qu'il y avait des limites
à ce qu'une femme pouvait endurer. Et elle comprenait mal
pourquoi son frère Édouard n'arrivait pas à calmer ses ardeurs
après tant de grossesses successives ! Il aimait pourtant profondément son épouse… Il semblait à Eugénie que, dans les
circonstances, Édouard aurait pu faire abstinence pendant
quelque temps. Les hommes n'étaient pourtant pas des bêtes
insatiables et sans cœur… du moins pas tous.

Eugénie se sentait investie d'une mission délicate, car comment retrouver la voisine qui lui avait un jour confié son terrible secret ? Vivait-elle toujours au même endroit et, si oui, serait-elle consentante à lui donner des indications ? Et les gens qui exécutaient ces interventions en prenant de tels risques opéraient-ils encore ? Autant de questions auxquelles Eugénie n'avait pas de réponses et qui la taraudaient.

Elle se décida malgré tout à sonner à la porte de la petite maison à un étage, étroite et délabrée, où habitait, dans son souvenir, la voisine en question. La clochette résonna longuement sans que personne vienne répondre. Eugénie se dit que la femme n'y était pas ou qu'elle avait déménagé. En jetant un œil plus soutenu sur les fenêtres, elle vit que certaines d'entre elles étaient cartonnées. On aurait dit que plus personne n'habitait là et que la maison était carrément abandonnée. Et pourtant, la porte s'ouvrit tout à coup. Une femme amaigrie, à la tignasse en bataille, apparut sur le seuil.

— Qu'est-ce que vous voulez ?

— C'est Mme Dumais, votre ancienne voisine. Vous vous souvenez de moi ?

La femme fronça les sourcils, l'air de chercher dans sa mémoire sans parvenir à la replacer, puis son visage s'éclaira.

— Oui, oui, la veuve Dumais. Mais entrez donc, madame.

Eugénie la suivit à l'intérieur. C'était sombre et peu invitant. Une odeur d'urine flottait dans l'air.

— Y a longtemps qu'on vous a pas vue dans le quartier.

— Oui, depuis mon veuvage, j'ai été forcée de déménager quatre fois. Les temps sont durs.

— À qui le dites-vous ! J'suis veuve comme vous, pis mes quatre plus vieux sont répartis dans la famille de mon défunt mari. Y m'reste que mes deux plus jeunes. Pis on mange pas tous les jours. Mais dites-moi donc ce que j'peux faire pour vous, par exemple.

— Écoutez, c'est un peu délicat, lui répondit Eugénie d'une voix de conspiratrice.

Elle regarda autour d'elle pour s'assurer que personne ne l'entendrait, puis elle se risqua :

— Vous m'avez déjà dit qu'une faiseuse d'anges vous avait aidée à… enfin… à… faire passer un bébé. Vous rappelez-vous ?

— Oh oui, que j'm'en rappelle, pensez donc ! C'est pas le genre de chose qu'on oublie, certain, fit l'autre avec un sourire triste.

— Eh ben, y a quelqu'un de ma famille qui se retrouve mal prise, avec onze enfants vivants, pis qui en peut plus. Elle voudrait… enfin, vous me comprenez ?

— Douze grossesses, la pauvre femme ! Moi, j'en ai eu rien que six pis j'suis éreintée.

Eugénie en profita pour insister :

— Vous rappelez-vous comment vous l'aviez rencontrée, cette personne-là ?

La femme, dont Eugénie avait oublié le nom, se creusa la tête une fois de plus.

— C'était un homme, un ancien médecin. Il demandait beaucoup. Trois cents dollars, que ma défunte mère m'avait prêtés. Que Dieu ait son âme ! J'étais passée par Mme Allard, si j'me souviens ben. Celle qui vivait sur Saint-François, avec sa trâlée de gars. Elle en avait huit, la pauvre. C'est elle qui m'avait amenée chez ce docteur-là. Lui, j'ai jamais su son nom.

Eugénie était atterrée. S'agissait-il de la mère de Fernand Allard ? En questionnant davantage son informatrice, elle apprit qu'en effet c'était bien d'elle dont il était question. Elle n'en revenait pas. Cela lui facilitait les choses, d'une certaine façon, puisqu'elle pourrait passer par Estella pour entrer en contact avec elle, mais cela pouvait aussi les compliquer. Elle ne voulait pas trop connaître la famille de son gendre, qu'elle considérait comme peu recommandable, et ce qu'elle venait de découvrir la confirmait dans cette opinion. Mais d'un autre côté, elle remerciait le ciel que des femmes comme elle aient le courage de servir d'intermédiaires dans ce genre de *service*.

Elles venaient tout de même au secours de leurs consœurs désespérées, ce qui était louable.

Après avoir chaudement remercié son interlocutrice et l'avoir assurée que ce qu'elle venait de lui révéler resterait entre elles, Eugénie reprit la route. Elle voulait passer chez M. Debré pour renouveler sa provision de livres et aussi prendre de ses nouvelles. Elle ne l'avait pas vu depuis un certain temps et elle se faisait du souci à son sujet. La dernière fois qu'elle s'était arrêtée chez lui, il était malade. Il disait que ce n'était qu'une méchante grippe, mais Eugénie l'avait trouvé anormalement maigre, et il lui avait semblé que son teint virait au jaune.

Arrivée chez lui, elle monta l'escalier d'un pas assuré et elle frappa résolument à la porte. Un jappement ininterrompu lui répondit. Elle frappa de nouveau, sans succès. Le chien de M. Debré s'époumonait à aboyer, comme pour appeler à l'aide. Eugénie s'adressa à lui en l'appelant par son nom, mais Socrate intensifia ses lamentations. Inquiète, elle redescendit d'un palier et frappa chez la concierge. Comme celle-ci ne bougeait pas, elle cogna avec plus d'insistance jusqu'à ce qu'on ouvre. Une fois alertée, la femme monta en vitesse avec la clef. On ouvrit, pour découvrir une pièce sens dessus dessous où régnait une odeur qui prenait à la gorge. Eugénie se précipita dans la chambre du vieux joueur d'orgue de Barbarie et elle le trouva sur le sol, gisant dans ses excréments. Le chien les suivit et il se mit à hurler à la mort. Elle le refoula dans l'autre pièce pour pouvoir s'occuper de M. Debré.

Eugénie se pencha sur lui et toucha son front. Il était froid. Elle écouta son cœur, mais elle n'entendit rien. Elle ne détectait pas de respiration non plus, et la terrible odeur la répugnait.

— Faut un docteur. J'vais en chercher un. Restez ici, dit-elle en s'adressant à la concierge, qui obtempéra.

Elle repartit dans le froid glacial sans avoir même pris le temps d'attacher son manteau. Elle était trop bouleversée pour s'attarder à des détails aussi triviaux. Elle courut si vite qu'elle trébucha sur une fine plaque de glace masquée par la neige et s'affala brutalement de tout son long. Eugénie grimaça. Elle eut de la difficulté à se relever et, quand elle se remit à marcher, elle éprouva une vive douleur au pied droit. Elle repartit néanmoins à toute vapeur en traînant la patte, obsédée par l'idée qu'il fallait faire vite pour porter secours à son vieil ami, s'il était encore temps. Au dispensaire, on lui apprit que le médecin avait été appelé d'urgence, mais qu'une infirmière pourrait l'accompagner. Eugénie revint en boitant jusque chez M. Debré. La praticienne prit son pouls, écouta son cœur et laissa tomber d'une voix sans réplique : « J'pense qu'il est mort depuis longtemps. Regardez, il a commencé à pourrir. Y a plus rien à faire, madame, dit-elle en se tournant vers Eugénie, sinon avertir sa famille. Savez-vous s'il avait de la parenté ? »

Eugénie eut envie de pleurer. Elle se reprocha de n'être pas revenue le voir quand elle avait compris qu'il était malade. Peut-être alors aurait-elle pu lui venir en aide ? Elle balbutia :

— J'sais seulement qu'il avait un fils et une petite-fille à Montréal. Mais je ne les ai jamais rencontrés pis j'connais pas non plus leur adresse.

— On verra avec la police. Mais regardez donc ça, fit l'infirmière dans une grimace d'incrédulité.

Elle tourna la tête de M. Debré de quelques degrés et dit :

— On dirait que son chien avait commencé à lui manger une oreille. Voyez.

Et Eugénie vit qu'en effet il manquait une partie de l'oreille droite, qui avait été grugée presque de moitié. Lorsqu'on lui tourna complètement la tête, on constata que tout l'arrière du crâne était dans le même état.

— Ce chien-là a eu faim, et comme il était enfermé, il a commencé à manger son maître pour survivre.

— Mon Dieu ! s'écria Eugénie, qui se mit à vomir sur le plancher.

L'idée que Socrate aurait mangé M. Debré en entier si elle n'avait pas découvert son corps la fit frissonner de dégoût. Elle sortit de la pièce et s'élança dans la salle de bains pour se laver la bouche et trouver quelque chose pour ramasser son dégât.

L'infirmière supposait que l'homme était mort depuis trois à quatre jours, peut-être davantage, elle ne savait pas. Elle en parlerait avec le médecin légiste. Il fallut quitter le logement et emmener Socrate.

— Vous pouvez prendre soin du chien quelque temps, madame Dumais ? lui demanda la concierge.

— Euh… j'sais pas.

Elle regarda le pauvre animal, qui ne la quittait pas des yeux, les oreilles basses et la queue entre les pattes. On aurait dit qu'il regrettait ses actes et implorait son aide. Eugénie pensa à M. Debré, qui l'avait toujours adoré, et pour lui, uniquement en son souvenir, elle accepta de ramener le chien à la maison, même s'il la répugnait.

— Quelque temps seulement. J'le garderai pas toujours. J'ai déjà sept enfants pis quatre pensionnaires, j'avais pas besoin d'un chien en plus.

Eugénie reprit la route en claudiquant, car son pied droit la faisait abominablement souffrir. Prise dans les affres de cette histoire rocambolesque, elle n'avait pas pensé le montrer à l'infirmière. Or elle avait trop mal pour avancer bien vite, d'autant qu'elle était incommodée par les bancs de neige qui l'obligeaient à mille détours pour continuer d'avancer, et le chien, qui lui faisait perdre l'équilibre en tirant en tous sens sur sa laisse. Elle se trouva stupide de s'être chargée de ce fardeau supplémentaire. Et puis elle en voulait tellement à Socrate qu'elle le regardait de travers. Ce chien aurait dû mourir de faim plutôt que de commencer à dévorer son maître, pensa-t-elle, ce qui cadrait mieux avec l'idée qu'elle se faisait de la fidélité canine.

Eugénie progressa ainsi avec lenteur jusqu'à l'escalier menant à la Haute-Ville, dans lequel elle s'engagea avec peine. Les élancements dans son pied droit irradiaient jusque dans sa jambe et devenaient insupportables. Elle se demanda si elle ne s'était pas cassé un os. Elle était frigorifiée, mais elle ne sentait pas le froid tellement son affliction était grande. Elle éprouvait un mélange de sentiments douloureux : tristesse de n'avoir pas compris que son vieil ami se mourait et de ne pas l'avoir assisté dans ses derniers moments, dépit de penser qu'il était tombé, s'était traîné et qu'il avait peut-être souffert longtemps avant d'expirer, culpabilité de n'avoir pas pu avertir son fils pour qu'il soit au moins réconforté par sa présence, et amertume surtout à l'idée d'avoir perdu pour toujours son ami et conseiller. Son teint et ses yeux jaunes l'avaient pourtant alertée, la dernière fois qu'elle l'avait vu, mais elle était si pressée qu'elle s'était dit qu'elle reviendrait bientôt. Et puis le temps avait passé, et il y avait eu la fausse couche d'Estella, l'histoire malheureuse de Marie-Blanche, et cela lui était sorti de l'idée.

Elle jeta un œil plus amène sur le vieux chien jaune qui trottait maintenant au pas à ses côtés, la queue basse. De ses yeux implorants, il avait l'air de quêter son indulgence. Il avait le dos creux et le poil rare et devait bien faire dans les douze ans. Il avait été jusque-là un bon diable de chien sans histoire, doux et sociable, dont rien ne laissait deviner la déloyauté. Eugénie se dit qu'il avait dû hésiter longtemps, japper puis pleurer sans arrêt avant de se résoudre à manger son maître. Mais comment se faisait-il que la concierge n'ait rien entendu ? Il lui semblait qu'un chien qui jappait à la mort devait attirer l'attention. Il était vrai cependant que Socrate avait un jappement brisé et que la concierge, Mme Camille, était dure de la feuille. Il avait fallu qu'elle tambourine à sa porte à deux poings pour qu'elle lui ouvre enfin. En tout cas, les enfants ne sauraient rien de la conduite de Socrate, sinon ils le prendraient en grippe.

— Voyez qui j'vous amène, les enfants, claironna-t-elle en pénétrant dans la cuisine.

Elle laissa entrer le chien, qui se mit à battre frénétiquement de la queue.

Eugénie s'effondra sur une chaise. Elle tenta d'enlever sa botte, mais son pied était si enflé qu'elle n'y parvint pas du premier coup.

— Oh, le beau chien ! s'exclamèrent à l'unisson Rachel, Germaine et Lisa.

Elles se précipitèrent toutes sur l'animal, qui se montrait plutôt enclin à socialiser.

— Comment il s'appelle ? demanda Rachel en le caressant déjà comme si elle le connaissait depuis toujours.

— Socrate.

Le chien bougea les oreilles de contentement et s'ébroua joyeusement.

— Il est à qui ?

— Il était à mon vieil ami, M. Debré. Le pauvre homme était si malade qu'il a fini par mourir. C'est mieux de même. Il souffre plus pis il est sûrement au ciel, à c't'heure.

L'air accablé d'Eugénie laissait voir toute la peine qu'elle éprouvait.

— Il est mort, le vieux monsieur qui jouait de l'orgue de Barbarie ?

C'est Germaine qui avait posé la question, car elle connaissait l'attachement de sa mère pour ce vieillard.

— Oui, ma Germaine. Il est mort de vieillesse pis d'usure. Pis comme son pauvre chien qui est si gentil est tout seul maintenant, j'ai offert de le garder un certain temps.

— Pourquoi juste un certain temps ? dirent en chœur Germaine et Rachel.

Elles enserraient amoureusement l'animal de leurs deux mains.

Socrate se laissait faire, apparemment enchanté de se trouver au centre de tant d'attentions. Il battait de la queue et léchait avec bonne volonté toutes les mains qui se présentaient à lui. Eugénie sentit qu'elle avait déjà le doigt dans le tordeur, pour ainsi dire, car jamais les enfants n'accepteraient de se séparer du chien, une fois qu'elles s'y seraient attachées. Elle soupira.

— On verra, on verra. En attendant, faites vos devoirs.

Elle tenta de se remettre à marcher, mais sa cheville était tellement boursouflée que c'était trop douloureux.

— Oh là là, me v'là grabataire, à c't'heure. Y manquait plus que ça. Rachel, va donc me chercher le baume dans la salle de bains. Pis rapporte-moi aussi le bandage, sur l'étage du bas de la pharmacie.

La petite s'exécuta. Eugénie posa la jambe sur une chaise devant elle, et Rachel commença à lui appliquer l'onguent. Sa cheville avait presque doublé de volume, et quand Eugénie tenta de la bouger, elle dut y renoncer tant elle était raide et ankylosée.

Une fois que le liniment eut bien pénétré, Eugénie commença à enrouler le pansement autour de sa cheville blessée, en prenant soin de ne pas trop serrer. Rachel l'aida du mieux qu'elle put, tout en jetant un regard intéressé au chien, que les deux autres couvaient d'attentions jalouses. Socrate s'était couché en rond près du poêle et il semblait déjà aussi à l'aise que s'il avait toujours habité là.

— Ça pourra pas nuire, en tout cas, conclut Eugénie une fois le traitement terminé. Mais y va m'falloir une béquille. Autrement, j'pourrai pas faire mon ordinaire.

— Albert va pouvoir vous en gosser une ce soir, maman, avec son canif, répliqua Germaine, tout heureuse d'être utile.

— Ça, c'est pas bête, ma Germaine. Y est quelle heure, là ? fit Eugénie en essayant de s'étirer assez la tête pour voir l'heure sur l'horloge murale placée au fond de la pièce.

— Quatre heures et demi. Albert devrait retontir bientôt.

— Pis les grandes, elles sont où ?

— Marie-Blanche est dans sa chambre, pis les deux autres sont pas encore rentrées.

— Va la chercher, Germaine. J'ai besoin d'elle pour faire le souper.

Et le repas se prépara sous les ordres d'Eugénie. Elle coordonna l'ensemble des opérations de sa chaise, la jambe étendue devant elle. Tout fut fait par Marie-Blanche, et les pensionnaires se présentèrent à la salle à manger comme d'habitude à six heures pile.

Ce soir-là, Eugénie resta en bas plus tard que de coutume. Elle avait attendu que tout le monde soit remonté pour se faire installer par Olivar dans le salon des pensionnaires. Elle s'était assise dans la grande chaise d'Alphonse, qui la suivait partout depuis des années, et elle avait étendu sa jambe malade sur un petit pouf placé devant. Elle s'ennuyait de son mari. La mort de M. Debré lui rappelait celle de son Alphonse. Dans son idée, ils étaient associés, peut-être parce que le vieil organiste avait connu son homme au temps de leurs premières amours. Si l'amour pour son défunt mari n'avait rien à voir avec l'attachement qu'elle éprouvait pour M. Debré, il n'en demeurait pas moins que le départ du vieux musicien était une perte pour elle. Ses conseils judicieux, sa façon toute personnelle de l'écouter lorsqu'elle se confiait, ses thés chinois pris en silence dans le petit salon, les livres qu'il lui prêtait et qu'elle dévorait en cachette le soir avant de s'endormir, sa grande ouverture d'esprit, sa culture et sa langue si belle et si riche, tout cela serait désormais du passé et lui manquerait cruellement.

Elle essuya une larme.

En faisant le décompte de ses morts et de ses absents, elle repensa tout naturellement à Wilfrid. Elle refusait farouchement sa disparition. Elle avait la certitude qu'il était vivant quelque part et qu'un jour, forcément, il donnerait de ses nouvelles. Elle en aurait mis sa main au feu. Parce que c'était impensable qu'un enfant si vigoureux ne soit plus de ce monde. Elle préférait garder espoir. « Tant qu'on a pas retrouvé trace de lui, c'est qu'il vit », se répétait-elle, malgré les apparences. Elle s'accrochait de toutes ses forces à cette hypothèse, et cela la rassurait. Mais elle n'arrivait pas à faire taire sa culpabilité à son égard. Elle avait sauvé les huit autres, croyait-elle, mais lui, son fils farouche et rebelle, elle n'avait pas su l'apprivoiser. Elle l'avait pour ainsi dire laissé tomber, par sa propre faute sans doute. Était-elle une mauvaise mère ? Il ne se passait pas une journée sans qu'elle pense à lui, d'une façon ou d'une autre. C'était une terrible croix qu'elle portait seule et qui la tourmentait. Elle se dit qu'il devait avoir seize ans, maintenant, mais lorsqu'elle tentait de se le représenter, ses traits lui échappaient.

— Maman, regardez ce que j'ai gossé dans une branche de chêne.

Eugénie sursauta. Elle n'avait pas entendu approcher Albert. Son fils lui tendit un solide bâton bien pelé et tout limé, dont le bout se repliait en poignée. Cela donnait une superbe canne.

— Oh, Albert, que t'es fin, mon gars. C'est en plein ce qu'y m'fallait.

Eugénie tenta de se relever, mais elle dut s'accrocher à son fils pour y parvenir. Une fois debout, elle prit la canne et s'y appuya. La hauteur était bonne et elle semblait assez résistante pour supporter son poids. Eugénie put avancer lentement et se déplacer sans heurt, en mettant tout le poids de son corps du côté gauche et en s'appuyant sur sa canne, tout en relevant son pied droit.

— J'vous en fait une autre, m'man ?

Eugénie se retourna.

— Pas besoin, mon gars, ça suffit amplement. Merci, mon grand.

Elle se rassit après avoir parcouru toute la cuisine et une partie de la salle à manger.

— J'ai taillé ça dans le beau bois de chêne que papa avait gardé pour faire des cuillères à jouer. Ça va être plus résistant.

— Pour sûr. T'as ben fait d'utiliser ce bois-là. T'es aussi habile que lui, d'après ce que je vois. L'ébénisterie, t'aurais pas aimé ça, Albert ? Alphonse disait, lui, que s'il avait eu le choix, c'est ça qu'il aurait aimé comme métier.

— Oh, moi, j'aime ben la mécanique automobile, m'man. J'm'ennuie pas dans cette job-là. Pis si j'continue à me perfectionner, j'serai peut-être machiniste dans une usine plus tard. Ça serait plus payant, surtout avec des enfants.

— Vous en voulez, des enfants, toi et Dina?

— Ben sûr qu'on en veut. Au moins six, d'après elle.

— Commencez par un. Un à la fois. Et pis, si vous pouvez, réduisez ça un peu. On est pas tous obligés de faire des grosses familles.

Albert s'étonnait d'entendre sa mère prêcher pour les petites familles, elle qui avait eu neuf enfants.

— C'est dur, les grossesses nombreuses, pour la femme. Ça use. Si tu veux garder ta belle Dina en forme, donne-lui une chance pis espace ça un peu, mon fils, si tu vois ce que j'veux dire.

Eugénie espérait qu'Albert serait plus ouvert et moins chaud lapin que les autres hommes de son entourage.

Ce dernier eut l'air de comprendre le message puisqu'il renvoya un sourire gêné à sa mère avant de retourner dans ses quartiers.

Mais Eugénie ajouta, juste avant de le voir disparaître:

— Albert, penses-tu des fois que Wilfrid pourrait être encore vivant?

Il s'immobilisa, surpris. C'était la première fois que sa mère lui posait une telle question.

— C'est drôle que vous m'disiez ça, m'man. J'ai justement rêvé de lui la nuit dernière. Il était quelque part, en bonne santé, pis il travaillait dur. Il avait l'air heureux. J'ai été rassuré. C'est fou, hein? Pis non seulement j'pense qu'il est encore vivant, mais j'en suis certain. Un jour, il va redonner signe de vie, le Wilfrid. J'le sens en dedans de moi.

Eugénie fut envahie par une bouffée d'espoir. Elle se détendit. Elle n'était donc pas folle, et Albert avait la même certitude qu'elle. Elle se laissa aller à se bercer tout doucement.

— Tu sais, pour M. Debré? reprit-elle, un ton plus bas.

— Vous l'avez trouvé raide mort sur son plancher.

— Oui, et… à toi, je peux le dire : son chien avait commencé à lui manger les oreilles pis le crâne. Mais dis rien aux autres.

— Drôle d'histoire…, dit Albert, un peu troublé. Ça me rappelle quelque chose que j'ai lu une fois dans un journal. Un chien avait fait la même chose avec son maître décédé. Il lui avait mangé le cerveau.

Eugénie fit une grimace de dégoût.

— Il avait faim, m'man. Nous autres, humains, on a déjà mangé nos semblables aussi. Nos Sauvages le faisaient tout le temps.

— Bon, on va changer de sujet parce que j'ai peur de vomir.

Albert repartit en riant. Il trouvait que la sensibilité des femmes était parfois à fleur de peau.

Eugénie se dit qu'elle s'arrangerait pour envoyer quelqu'un au dispensaire pour savoir si on avait réussi à retrouver le fils de M. Debré, et aussi chez le curé de l'église Saint-Roch, pour lui faire organiser des funérailles. Elle comptait trouver le moyen d'y assister, même en chaise roulante s'il le fallait.

Puis elle repensa à la pauvre Adeline. À sa détresse. Elle se dit qu'elle en parlerait à Estella. En passant par elle, elle pourrait entrer en contact avec Mme Allard et savoir si elle servait toujours d'intermédiaire pour le fameux docteur. Mais elle tenait à lui parler de vive voix et, pour cela, il faudrait qu'elle guérisse vite. À voir sa cheville grosse comme un ballon, elle jugea que ce ne serait pas de sitôt et elle s'en désola.

Pour se changer les idées, elle prit le livre que M. Debré lui avait recommandé avant de mourir et qu'elle n'avait pas encore eu le temps d'ouvrir. C'était d'Émile Zola, *L'Assommoir*. Son vieil ami lui en avait dit grand bien. Ce serait le dernier qu'il lui aurait conseillé…

✢

Marie-Blanche couvrit rapidement la distance qui la séparait de l'église Saint-Roch. C'était une journée d'une exceptionnelle douceur. Les croûtes de glace le long de la route s'irisaient à la lumière du soleil et fondaient en suintant sous l'effet du rayonnement. Encore un peu et on se serait cru au printemps, car mars approchait à grands pas.

Depuis quelque temps, il lui arrivait, comme en ce moment, d'éprouver des bouffées de bonheur, comme ça, pour aucune raison particulière. Pour le seul fait d'avoir quinze ans dans ce superbe Québec de février 1938 et d'être enfin libre. Elle se dit que sa mère avait eu raison de la forcer à sortir de l'orphelinat. Elle n'était pas faite pour vivre enfermée toute l'année à l'intérieur de vieux murs, à faire toujours la même chose du matin au soir sans que jamais rien ne change, et à se morfondre à implorer un Dieu vers lequel elle ne se sentait pas appelée. Elle était trop pleine de vie pour se contenter de si peu. Elle ne savait pas pourquoi, mais elle avait enfin l'impression que son destin prenait une autre tournure et qu'elle saurait en tirer parti.

Côté travail, M. Plessis, leur pensionnaire, lui avait dit qu'on cherchait une vendeuse à la boutique voisine de la sienne, rue Saint-Jean, et qu'elle aurait peut-être intérêt à aller proposer ses services. Ce qu'elle avait fait dès le lendemain. Il s'agissait d'un commerce de vêtements pour dames. La propriétaire, Mme Béland, avait trouvé Marie-Blanche jolie et propre, et avait paru ravie de ses manières et de sa bonne tenue. Elle s'était dite prête à la prendre à l'essai à partir de la semaine suivante. Cela lui laissait tout de même quatre jours de congé, et elle s'en trouva enchantée. Comme sa mère avait encore de la difficulté à marcher, c'était elle qui faisait le gros du travail à la maison, car Florence et Simone besognaient toutes deux à l'extérieur. Simone avait été embauchée une nouvelle fois comme femme de ménage dans une demeure de la rue Grande Allée, et elle disait se plaire au sein de cette nouvelle famille. Encore que, avec elle, on ne savait jamais combien de temps durerait cet engouement, Simone ayant souvent tendance à décrier le lendemain ce qu'elle avait encensé la veille. En tout cas, Eugénie semblait satisfaite de voir toutes ses grandes filles gagner leur croûte, et le climat s'était amélioré d'autant.

La peur de l'intimité qui au début avait assailli Marie-Blanche avait pratiquement disparu, de même que la sensation de manquer d'air. Elle s'habituait à la cohabitation et aux inévitables frictions de la vie de famille et, s'il lui arrivait encore de se sentir débordée, elle sortait marcher dans la ville. Elle commençait d'ailleurs à connaître un peu mieux Québec et ses recoins pittoresques. Elle aimait descendre la rue Saint-Jean, prendre la côte de la Fabrique et faire du lèche-vitrine devant la bijouterie Seifert, le magasin Simons ou le restaurant Kerhulu. Puis elle contournait l'imposant château Frontenac et longeait la terrasse Dufferin. Elle s'installait parfois sur les remparts, sur un banc face au fleuve, et elle regardait au loin en rêvant. Elle se laissait bercer par les éclats de rire des enfants qui grimpaient et se hissaient sur les canons, se bousculaient et couraient autour des amoncellements de boulets datant du vieux régime. Marie-Blanche ne se lassait pas du charme de cette ville, dont chaque pierre témoignait du passé glorieux.

Comme elle arrivait à destination, elle entra dans le presbytère en coup de vent et demanda à parler au curé. On la fit attendre dans le secrétariat. Le curé Côté avait été remplacé par le vicaire Pierre Gravel, une couple d'années plus tôt. Ce dernier avait été rapatrié de Thetford Mines et affecté à Saint-Roch de Québec parce qu'il avait mis sur pied un syndicat de l'amiante et prononcé un discours patriotique si enflammé que l'évêque, embarrassé, avait cru plus prudent de l'éloigner. Mais une fois installé dans sa nouvelle paroisse, il avait commencé à faire d'éloquents discours dans lesquels il fustigeait tout ce qui pouvait porter ombrage aux Canadiens français et gêner leur développement. De plus, c'était un si grand protecteur des artistes qu'il invitait régulièrement des ténors et des cantatrices à chanter aux offices du dimanche. On y avait entendu Raoul Jobin, son épouse, la soprano Thérèse Drouin, Marthe

Lapointe, Lucien Ruelland et plusieurs autres grandes voix. Ces messes étaient tellement populaires que les adultes et les jeunes y accouraient de plus en plus et s'arrachaient les places à l'église. Eugénie n'aurait manqué la messe du dimanche pour rien au monde et elle ne jurait plus que par l'abbé Gravel, avec lequel elle avait tout de suite établi d'aussi bonnes relations qu'avec le précédent vicaire. Elle préférait s'imposer chaque dimanche la longue marche jusqu'à l'église Saint-Roch plutôt que de fréquenter celle de sa paroisse de la Haute-Ville.

Dans la pièce où patientait Marie-Blanche se trouvaient un jeune vicaire et deux paroissiennes, dont elle saisit malgré elle les propos. L'une des deux femmes annonça avec enthousiasme qu'elle avait l'intention de visiter prochainement l'oratoire Saint-Joseph de Montréal. Elle allait rendre hommage au frère André, décédé l'année précédente.

Marie-Blanche se souvenait qu'au début de janvier 1937 les journaux n'avaient parlé que de cette mort, dont la nouvelle s'était répandue comme une traînée de poudre dans tout le Canada et les États-Unis. Des témoignages en provenance de la France et de Rome s'étaient même ajoutés à la longue liste des bonnes actions du saint homme. Rien qu'aux États-Unis, une trentaine de journaux avaient couvert sa mort et parlé par le menu du défunt et de ses prétendus miracles.

— On dit que des trains spéciaux continuent d'arriver de partout, renchérit l'autre dame. Ils arrivent du Maine, du Massachusetts et du Vermont. Plusieurs font même le voyage en avion, comme ce pèlerin de San Francisco dont le fils aurait été guéri par le frère André.

La première ajouta encore, le visage transfiguré par l'adoration :

— J'ai lu qu'un millionnaire new-yorkais partait tous les matins vers Montréal et rentrait chaque soir chez lui par avion, pour rendre hommage à notre bon frère André.

Marie-Blanche tendait l'oreille, curieuse du phénomène dont elle avait bien sûr entendu parler maintes fois à l'orphelinat, mais auquel elle n'avait pas prêté beaucoup d'attention à l'époque. Pour elle, le frère André était un saint homme comme un autre, et elle ignorait l'importance qu'il revêtait pour la population du Québec. C'est seulement après sa mort qu'elle avait réalisé à quel point le personnage était connu et aimé.

— Immédiatement après sa mort, un moule a été appliqué sur son visage afin d'en conserver l'empreinte. Les médecins ont même procédé à l'extraction de son cœur, qui sera gardé à titre posthume. Son corps, cependant, a été placé dans un simple coffre de bois, comme on le fait pour n'importe quel pauvre homme. C'étaient ses dernières volontés. C'est sûr qu'on va procéder à sa canonisation un jour prochain, confia le jeune vicaire à ses interlocutrices d'un ton prophétique, comme s'il leur annonçait un secret d'État.

Les deux femmes poussaient un soupir de contentement lorsque l'abbé Gravel entra dans la pièce.

C'était un homme de taille moyenne mais à la carrure athlétique. Il avait un visage bien découpé, des traits forts et énergiques. Marie-Blanche remarqua qu'il portait sur sa soutane une petite épingle bien visible, ornée d'une fleur de lys. Il s'adressa aussitôt à elle d'une voix décidée :

— Mademoiselle Dumais, n'est-ce pas ? Vous êtes bien la fille d'Eugénie Dumais ?

Marie-Blanche articula un faible « oui, monsieur le curé », tout timide. L'homme l'impressionnait déjà.

— Que puis-je faire pour votre mère, mademoiselle ?

Il avait compris qu'elle ne venait pas en son nom personnel, mais en celui d'Eugénie.

— Elle aimerait qu'on fasse une cérémonie religieuse à M. Debré, qui est mort il y a plusieurs jours. C'est un vieux joueur d'orgue de Barbarie qui était son ami. Elle veut savoir comment faire, réussit-elle à expliquer, en rougissant jusqu'à la racine des cheveux.

Le regard amusé et bienveillant que le prélat posa sur elle la troublait.

— Hum… M. Debré. Bien qu'il n'ait jamais fréquenté l'église, nous pourrons lui assurer une sépulture décente. Après tout, c'était un homme âgé et aveugle de surcroît, qui n'a jamais fait de mal à personne. Je sais, en outre, que votre mère l'appréciait beaucoup. Cela nous suffira. Dites-lui bien que les funérailles seront défrayées par le secours direct. Il sera évidemment enterré en terre chrétienne, comme tout un chacun. Je lui ferai connaître les détails de la cérémonie en temps et lieu. Mais vous, mademoiselle, votre mère m'a dit que vous sortiez du couvent. Vous êtes bien la plus âgée des filles, non ?

La voix de l'abbé Gravel était flexible, feutrée même, et Marie-Blanche n'y était pas insensible. Et l'ecclésiastique était doté d'un magnétisme évident.

Elle se sentit rougir de nouveau. Puis, s'avisant qu'on lui avait posé une question à laquelle on attendait vraisemblablement une réponse, elle se lança dans une véritable logorrhée. Elle déballa à toute vitesse son statut dans la famille, précisa qu'elle avait été de nombreuses années à l'orphelinat, elle énuméra les prénoms de ses frères et sœurs, alors qu'on ne les lui demandait pas, et elle se hasarda même jusqu'à parler de sa vocation, dont elle disait douter de plus en plus.

L'abbé Gravel l'écouta avec intérêt. Elle avait pourtant l'impression qu'il ne la prenait pas au sérieux, ce qui augmenta son embarras. Puis il prit un air réfléchi pour commenter, d'une voix posée :

— Vous savez, mademoiselle, il y a beaucoup d'appelés et peu d'élus. Et la vocation religieuse n'est pas la seule voie pour se réaliser. Si vous ne sentez pas d'appel particulier, c'est que Dieu a d'autres vues pour vous. Ne vous mettez pas martel en tête, Marie-Blanche, et faites confiance à la vie.

Elle était encore sous le coup de l'émotion lorsqu'elle remercia le vicaire et se hâta vers la sortie. Elle s'en voulut de son attitude précipitée et surtout d'avoir trop parlé. Elle ne savait pas ce qui lui avait pris de dévoiler ainsi une partie de sa vie quand on n'en attendait pas tant. Elle aurait aimé savoir ce que l'abbé Gravel avait pensé d'elle. Il avait dû la trouver sotte. C'était son regard lucide aussi, qui vous traversait comme s'il vous avait toujours connue, qui l'avait troublée. Elle se dit qu'elle aurait intérêt désormais à apprendre à soutenir le regard des hommes, ne serait-ce que pour éviter d'en être toujours aussi déstabilisée.

Quoi qu'il en soit, Eugénie serait contente de la réponse apportée par le curé, et Marie-Blanche s'en réjouit. Elle s'était bien tirée malgré tout de la première partie de sa mission, et il lui restait à passer au dispensaire pour prendre des nouvelles de la famille de M. Debré. En supposant qu'il y ait quelque chose de nouveau.

— Passez donc à mon bureau, mademoiselle Dumais. C'est votre mère qui vous envoie ? la questionna le préposé du dispensaire, qui poussa une chaise devant elle.

Il s'installa pour sa part derrière une petite table encombrée d'une montagne de papiers.

— Oui, elle est tombée sur la glace pis elle peut pas marcher. J'la remplace.

— On a eu des nouvelles de la police sur M. Alexis-Pierre Debré. Ce monsieur n'avait pas de parenté à Montréal. Il était fiché depuis longtemps parce qu'il vivait de la charité publique. Mais il n'a jamais causé de problèmes à personne et c'était un bon citoyen, semblait-il. Son fils et sa petite-fille vivent en France depuis toujours avec son ancienne épouse, dont il serait séparé depuis des années. Il a perdu sa seconde femme à Montréal, mais il n'a jamais eu d'enfants d'elle. Selon les résultats de l'autopsie, il serait mort d'un cancer du foie et était décédé depuis au moins cinq jours quand votre mère l'a trouvé. Je crois bien que c'est tout, sauf ceci.

M. Réginald tira une enveloppe d'un tiroir et il la tendit à Marie-Blanche.

— Cette lettre est adressée à votre mère. On l'a trouvée au domicile du disparu. Vous la lui remettrez.

Marie-Blanche fit signe que oui et se saisit de l'enveloppe, qui portait bien le nom de sa mère, mais gribouillé d'une façon si approximative que c'était presque illisible. Elle la glissa précautionneusement dans sa poche et reprit le chemin de la maison, où l'espérait Eugénie, impatiente d'avoir des nouvelles fraîches.

⚘

— Le pauvre monsieur, conclut Eugénie lorsque Marie-Blanche lui eut rapporté les propos de l'employé du dispensaire. Il m'a menti en me disant que son fils était à Montréal pis qu'il prenait soin de lui. Mais pourquoi donc ?

Elle ne comprenait pas la raison qui avait amené M. Debré à raconter cela. D'ailleurs, elle n'avait jamais vu son garçon à son chevet, ce qui aurait dû l'alerter. Puis elle songea qu'il avait peut-être voulu éviter de passer pour un être abandonné de tous afin de ne pas susciter la pitié, un sentiment qu'il abhorrait, et peut-être un peu aussi pour ne pas qu'elle se sente trop responsable de lui ? Pour alléger le fardeau qu'elle aurait ressenti autrement ?

Cela était bien possible, après tout, se dit-elle. C'était le genre de personne à avoir cette délicatesse. Mais pourquoi son fils ne s'était-il pas occupé davantage de lui ? se demanda-t-elle, attristée pour lui. À moins qu'il ne l'ait fait, mais que les choses aient mal tourné entre eux, comment savoir ? se dit-elle encore, en se rappelant que le vieux musicien était secret, jaloux de son intimité, et qu'au fond elle ne savait pas grand-chose de lui. Elle comprenait qu'il y avait dans sa vie des coins d'ombre, des secrets enfouis et des mystères inavouables peut-être, mais qu'il était un peu tard pour tenter de les élucider. Elle finit par se dire que cela ne la regardait pas et que ça ne changerait rien à l'affection qu'elle avait pour lui.

Eugénie balaya ses questionnements d'un revers de main. Elle acceptait de ne rien savoir d'autre de lui et elle pensa que c'était bien ainsi. Le vieil aveugle emporterait son secret dans

326

la tombe. Et quoi qu'il en était de son passé, il s'était toujours montré amical et humain à son égard, ce qui justifiait qu'on honore son départ. Eugénie était heureuse de constater que le curé Gravel le ferait inhumer chrétiennement.

Puis elle prit d'une main hésitante la lettre qui lui était adressée. Elle la tourna et la retourna entre ses mains, intriguée. Elle eut de la difficulté à déchiffrer les mots inscrits sur l'enveloppe tant la graphie était incertaine. Elle imagina M. Debré en train de les rédiger patiemment et à l'aveuglette, une loupe à la main, et cela lui serra le cœur. Puis elle se décida à décacheter l'étonnante missive.

Il y avait un court texte tenant tout entier en un seul paragraphe.

> Ma chère Eugénie,
> Quand vous lirez cette lettre, il y a fort à parier que je ne serai plus de ce monde. Je tiens à vous remercier de l'amitié et de l'affection que vous m'avez témoignées tout le long de ces années. Si dans ma vie je n'ai pas toujours été exemplaire, du moins puis-je me flatter d'avoir été correct dans ma relation avec vous. Vous m'avez beaucoup apporté, contrairement à ce que vous pensiez, et je vous ai toujours grandement appréciée. Puissiez-vous finir par vous libérer des nombreux soucis qui vous accablent, et pour vous y aider je vous lègue en héritage ma bibliothèque. J'ai pris des dispositions pour que tous mes livres vous soient bientôt expédiés. Ils ne sauraient être entre de meilleures mains. Et n'oubliez pas que seule la lecture peut vous permettre de vivre plusieurs vies.
> Essayez de garder un bon souvenir de moi,
> Alexis-Pierre Debré,
> Votre vieux joueur d'orgue de Barbarie.

Eugénie se trouva si émue que deux grosses larmes se mirent à couler le long de ses joues. Le choc de voir que son ami avait pensé à lui léguer ses livres fut tel qu'elle ne réussit pas tout de suite à prononcer un mot. Elle demeura longtemps prostrée sur place, la lettre à la main, les yeux mouillés et les bras ballants devant Marie-Blanche qui la regardait avec étonnement. Cette dernière se demanda même ce que ce M. Debré représentait pour sa mère. Y avait-il eu quelque chose de l'ordre de l'amour entre eux deux ? Avaient-ils été amants ? Elle n'avait pas encore assez vécu pour savoir que l'amitié pouvait se développer entre un homme et une femme sans qu'il y ait besoin d'attirance sexuelle. Elle découvrait aussi qu'Eugénie avait son jardin secret, son univers bien à elle, ce qu'elle ne se reconnaissait pas le droit de tenter de pénétrer.

Puis, comme si elle réalisait enfin ce que ce pli signifiait, Eugénie sortit de sa torpeur et laissa éclater sa joie. Elle s'élança dans la cuisine en claudiquant, prenant ses filles à témoin.

— Les enfants, on va avoir plein de livres chez nous ! Chacun pourra lire ce qu'il voudra. C'est mon cher M. Debré qui nous fait cadeau de sa bibliothèque. En attendant ses funérailles, on va aller brûler un gros cierge pour le repos de son âme. Pis dimanche prochain, j'veux qu'on aille tous communier en souvenir de lui, pour le remercier de sa générosité. Que Dieu bénisse le pauvre homme, pis qu'Il lui fasse une place dans son paradis !

Eugénie pressa le pas, irritée contre sa sœur, qui ne semblait pas comprendre ses arguments.

Elle avait complètement récupéré de sa foulure, et la première chose qu'elle avait faite, une fois rétablie, avait été de courir chez la belle-mère d'Estella pour savoir si elle pouvait aider Adeline. De fait, cette dernière se disait prête à la mettre en contact avec un médecin qui opérait dans Limoilou et qui demandait cher. Il était question de trois cent cinquante dollars,

ce qui était une somme colossale ! Eugénie avait dit qu'elle en
parlerait à la personne concernée, et c'est chez Adeline qu'elle
se rendait justement, cet après-midi-là, accompagnée de Pauline. Elle avait cru bon de mettre cette dernière dans la confidence pour être soutenue dans ses démarches, mais elle commençait à déchanter. Elle réalisait que sa sœur ne voyait pas la
chose du même œil qu'elle. C'était peu dire qu'elle désapprouvait, elle était carrément catastrophée. Vouloir aider à faire
passer un enfant allait à l'encontre de sa morale et, même si elle
disait comprendre Adeline, elle n'arrivait pas à accepter l'idée.

— Eh ben, ma sœur, t'es plutôt *étrète* d'esprit, conclut
Eugénie avec amertume. On voit que t'as jamais eu d'enfant.

— Quel rapport ? C'est un meurtre, ça, pis j'suis contre.
C'est condamné par l'Église pis les curés. C'est un péché
mortel !

— Lâche-moi donc, toi. C'est pas un plus grand péché que
de voir une femme de quarante-cinq ans forcée d'avoir un douzième enfant ? Quand elle en peut plus pis qu'elle est au bout
du rouleau ? Comment t'appellerais ça, toi ? Y a quelque chose
de mal fait certain là-dedans !

— Coudonc ! On est faites pour en faire, des enfants, pas
pour les tuer dans notre ventre. Adeline pourra pas dormir
après ça, certain.

— Ben, si tu veux savoir, ma p'tite sœur, j'ai tout fait pour
faire une fausse couche entre le septième pis le huitième, moi,
pis j'ai fini par le perdre, cet enfant-là.

Eugénie avait fait exprès de mentir à Pauline pour lui
donner une leçon.

La tête qu'afficha sa sœur la réjouit. Pauline ouvrit la
bouche d'étonnement et roula des yeux consternés.

— T'as pas fait ça, toi, Eugénie Saint-Amant ? J'te crois
pas. Tu m'fais marcher ?

— Pantoute ! J'ai fait passer le bébé sans remords pis j'ai
ben dormi après, parce que, comme Adeline aujourd'hui, j'en
pouvais plus !

— Mais tu vas brûler en enfer, Eugénie. Y as-tu pensé comme y faut ?

— Si le bon Dieu me fait brûler pour ça, j'aime autant plus croire en rien.

— Espèce de Ch'niquy ! Tu rempires ton cas. Plus croire en Dieu, mais c'est du sacrilège. Eugénie, tu m'inquiètes…

Cette dernière se mit à rire. Elle trouvait que sa sœur exagérait. Elle avait sous-estimé sa fermeture, son étroitesse d'esprit. Il était vrai que, à titre de vieille fille, Pauline ne pouvait pas comprendre ce que signifiait une grossesse non voulue. Et puis Adeline avait toujours été très croyante. Son allusion à l'abbé Chiniquy, le prêtre apostat qui avait été curé à Saint-Roch au siècle dernier et qui avait scandalisé tout le Québec après avoir été excommunié par l'évêque, l'amusait. Elle regrettait néanmoins de s'être ouverte à Pauline. Elle n'aurait pas dû trahir le secret d'Adeline. Elle prit peur à l'idée que cela pourrait se savoir dans la famille et lui causer des problèmes.

— Jure que tu vas tenir ta langue, si jamais…

Eugénie n'eut pas à terminer sa phrase parce que Pauline protesta aussitôt :

— J'suis pas une rapporteuse, tu sauras ! Quoi qu'y arrive, personne va rien apprendre de moi. J'sais garder un secret. Pis Adeline, je l'aime beaucoup.

Eugénie décida de ne pas parler de Mme Allard, la belle-mère d'Estella, et du rôle qu'elle pourrait jouer dans cette histoire, de crainte d'aggraver l'affaire. Elle envenima néanmoins le débat en glissant cette allusion perfide :

— En tout cas, pour une fervente catholique, tu pèches pas mal contre la religion ces temps-ci, ma belle Pauline.

— Comment ça ? dit vivement cette dernière, toutes griffes dehors.

— Ben, ton monsieur si gentil que tu nous présentes jamais pis que tu vois régulièrement, tu fais pas juste le regarder dans les yeux, hein, Pauline ? Vous devez ben vous amuser à autre chose, de temps en temps. Ça fait que t'es en état de péché mortel, toi aussi, parce que vous êtes même pas mariés…

— Pis toi, alors, avec ton Olivar ?

— Même chose. Sauf que moi, j'le cache pas, je joue pas à l'hypocrite, et pis j'fais pas de leçons à personne. J'assume, c'est tout.

Pauline lui fit la moue tout le long du chemin menant chez Adeline. Elle ne voulait plus lui adresser la parole et se disait que sa sœur était injuste de lui reprocher sa relation illicite avec un homme, alors que c'était la première fois de sa sainte vie que quelqu'un s'intéressait à elle ! Et c'était vrai qu'ils faisaient l'amour de temps en temps, mais ce n'était pas ce que Pauline préférait. Disons qu'elle subissait les avances de son partenaire plus qu'elle ne les souhaitait. Ce qu'elle aimait plus que tout, c'étaient les préliminaires, les approches, la préparation, parce qu'alors son prétendant se montrait tendre, sensible et même attentionné à son égard. Après… c'était trop tard. Il tombait endormi dans la minute et il se mettait à ronfler, de sorte que le charme était aussitôt rompu.

Eugénie boudait de son côté. Elle trouvait son aînée obtuse et bornée. Et elle ne se pardonnait pas de l'avoir mise dans la confidence sans en parler d'abord à sa belle-sœur.

— Chez Adeline, laisse-moi avec elle quelques minutes pour que j'puisse lui parler sans témoins. Elle sait pas que je t'ai tout dit pis encore moins que tu la condamnes.

Pauline acquiesça sans regarder Eugénie. Elle lui en voulait.

C'est dans cet état d'esprit qu'elles arrivèrent à destination. Comme on ne répondait pas et qu'elle avait frappé à plusieurs reprises, Eugénie poussa la porte et pénétra dans la cuisine.

— Adeline, es-tu là ? appela-t-elle, tout en se dirigeant vers la chambre.

La pièce était sombre, et lorsque ses yeux se furent habitués à l'obscurité, elle put repérer sur le plancher une forme repliée sur elle-même. Adeline gisait là, lovée en position fœtale.

— Mon Dieu, Adeline, qu'est-ce qui t'arrive ?

Eugénie et Pauline se précipitèrent pour la relever. Elles la prirent sous les aisselles et la tirèrent jusqu'au lit, où elles la soulevèrent et l'allongèrent.

Eugénie courut chercher une débarbouillette qu'elle trempa dans l'eau froide et rapporta en hâte. Elle en humecta doucement le front et les joues d'Adeline, qui reprit rapidement conscience.

— Comment ça va, ma belle Adeline, hein ? T'en mènes pas large. Qu'est-ce que t'as donc ?

Adeline lui fit un petit sourire las. On aurait dit qu'elle était fière d'elle, ce qui leur mit la puce à l'oreille.

— Tout est passé, chuchota-t-elle à Eugénie, qui se penchait sur elle. C'est fini…

— Comment t'as fait ?

Adeline désigna le sol du menton.

Eugénie y jeta un regard rapide pour apercevoir deux longues aiguilles à tricoter qui baignaient dans une mare de sang. Elle s'étonna de ne pas l'avoir remarqué plus tôt.

— T'es folle ? T'aurais pu en mourir, Adeline. Pis tu peux t'infecter avec ça.

Sa belle-sœur la regarda avec un air mutin.

— Pantoute… Je les ai fait bouillir avant. Ç'a fait ben mal, mais j'ai tout perdu, j'en suis certaine. J'ai plus de crampes à c't'heure pis j'saigne même plus.

Eugénie s'approcha de la flaque sur le sol. Au milieu d'une soupe de caillots de sang noir et de charpie informe se trouvait une petite boule de chair, qu'on aurait pu assimiler à un fœtus de quelques semaines. Ne voulant pas trop s'appesantir sur la chose de peur d'y découvrir une forme caractéristique, elle détourna les yeux. Pauline, de son côté, alla chercher sans un mot un bol et des chiffons. Elle commença à nettoyer le tout, pour que les enfants, qui reviendraient bientôt de l'école, n'aient connaissance de rien.

— Adeline, t'aurais pu y laisser ta peau. Tu veux pas qu'on t'emmène à l'hôpital ?

— Non, Eugénie. J'me sens pas mal pantoute. Ben au contraire, je revis !

Et Adeline sourit à nouveau. Elle était pâle et avait les traits tirés, mais elle semblait tout de même en bon état.

— J'avais pris toutes les informations pour t'aider, Adeline, mais t'as été plus vite que moi. Avec ma patte malade, j'ai pas pu marcher avant hier.

— Fais-toi-z'en pas avec ça, Eugénie. C'est réglé, à c't'heure, pis j'suis ben contente.

— Attends un peu, on va te préparer un p'tit tonique, lui chuchota Pauline en lui caressant le front et en lui remontant ses couvertures.

Les deux sœurs allèrent à la cuisine, où elles cassèrent deux œufs dans un verre de lait. Puis elles y ajoutèrent du sucre, une bonne rasade de gros gin, et battirent le tout à la fourchette. La mixture était réputée pour ses vertus thérapeutiques. On porta le mélange à la convalescente, qui le but jusqu'à la dernière goutte. L'alcool de même que la grande faiblesse dans laquelle Adeline se trouvait firent qu'elle s'abandonna rapidement à un sommeil lourd et réparateur. Eugénie et Pauline préférèrent demeurer sur place, histoire de s'assurer que tout était rentré dans l'ordre. Puis, comme les enfants allaient bientôt revenir de l'école, elles préparèrent de concert le repas du soir. Eugénie fit une grosse soupe de légumes, pendant que Pauline mettait la dernière main à une fricassée de porc qu'Adeline avait commencé à préparer.

— Y fallait qu'elle soit drôlement décidée pour faire ça toute seule…

La phrase prononcée par Pauline mit fin à leur bouderie.

— J'te l'fais pas dire.

— Ça fait réfléchir, certain. T'avais peut-être raison tantôt, Eugénie. J'les condamnerai plus, à l'avenir, celles qui font ça. Ça prend du courage…

Eugénie passa son bras autour du cou de sa sœur.

— T'as un bon fond quand même, ma Pauline. Il est difficile à trouver des fois, parce que t'es souvent bouchée, mais ça finit quand même par déboucher…

— Ah ben, j'vais t'en faire, moi !

Pauline lui glissa une poignée de pelures de patates droit dans son corsage. Elles disparurent entre ses seins.

Eugénie répliqua aussitôt en lui garrochant un bout de carotte, et puis deux. La blague dégénéra en un féroce échange de pelures de légumes qui volèrent par toute la pièce et atterrirent sur le comptoir, le carrelage, les murs. On aurait dit un champ de bataille quand la plus jeune d'Adeline, Clara, déboucha dans la pièce.

Elle regarda ses tantes, puis le dégât causé par les épluchures qui jonchaient le sol et les cheveux des belligérantes, et elle se mit à rire.

— Clara, viens donc nous aider à ramasser ça, l'interpella Eugénie en riant. Ta tante et moi, on s'est battues comme des enfants d'école.

— Mais maman, elle est où ? s'enquit bientôt l'enfant.

— Elle sommeillait quand on est arrivées. Comme elle avait l'air fatiguée, on a décidé de la laisser se reposer.

Clara courut à la chambre de sa mère, qui dormait comme un loir. Elle l'embrassa sans la réveiller et revint à la cuisine pour prêter main-forte à ses tantes, qui avaient déjà nettoyé leur dégât.

La soupe et la fricassée cuisaient lentement sur le feu, la table était dressée et tout était prêt lorsque les autres arrivèrent à leur tour. Les plus jeunes firent leurs devoirs et s'attablèrent ensuite, les uns à côté des autres.

Adeline émergea, quelques heures plus tard, apparemment reposée. Elle trouva Pauline assise à son chevet, pendant que sa plus vieille, Bernadette, aidait les petits à se mettre au lit. Édouard, étonné de voir sa femme dormir ainsi contrairement à son habitude, avait posé des questions pressantes dès son arrivée, questions auxquelles Eugénie avait répondu avec franchise. Il avait été ébranlé d'apprendre que sa femme avait avorté d'elle-même, à l'aide d'aiguilles à tricoter. Il disait même ignorer qu'elle était enceinte. Eugénie, avant de repartir chez elle en quatrième vitesse pour s'occuper de sa famille, lui avait quand même glissé quelque chose à l'oreille.

— Quoi ? avait-il dit, comme s'il entendait mal.

Eugénie avait répété. Elle avait vu Édouard se troubler légèrement. Il avait longuement regardé sa sœur, avant d'articuler :

— Ça prend rien que toi, Eugénie, pour oser me dire une chose pareille… Mais… t'as raison, ma p'tite sœur, t'as raison. J'vais penser à ça.

Eugénie repartit chez elle le cœur plus léger, convaincue que son frère allait réfléchir et utiliser des condoms à l'avenir, pour ne plus infliger à sa femme une nouvelle grossesse qu'elle n'était plus en état d'accueillir.

Chemin faisant, elle rencontra deux femmes de sa connaissance avec lesquelles elle entama une conversation polie mais courte. Le temps passait, et elle devait rentrer pour le souper des pensionnaires, ne serait-ce que pour coordonner le repas. Simone avait sûrement déjà tout mis en marche, parce qu'elle avait encore une fois claqué la porte de la maison de sa patronne, après à peine dix jours à son service. La querelle portait cette fois sur la lourdeur de la tâche, qu'elle trouvait abusive. Et pourtant, celle de ses autres filles l'était tout autant, sans qu'elles s'en plaignent. Marie-Blanche faisait parfois des journées de douze heures à la boutique de vêtements pour dames, et Florence de même. Mais Simone inquiétait Eugénie. Elle était rebelle et difficile, et sa mère se demandait ce qu'elle ferait d'elle. Comment gagnerait-elle sa vie si elle passait son temps à rebuter ses employeurs et à leur tenir tête ? Et quel homme voudrait d'une fille qui se défiait de l'amour et tournait tout en moqueries et en railleries ? Quant à sa santé, c'était un autre sujet de préoccupation. C'était peu dire qu'elle était précaire. Simone toussait souvent et prenait froid à la moindre occasion. Il lui arrivait aussi de faire de la fièvre et de s'aliter, parce qu'elle se prétendait trop épuisée pour rester debout. Eugénie n'avait pas les moyens de lui faire voir un médecin, mais elle lui appliquait souvent sur la poitrine des mouches de moutarde et des ventouses, et elle lui faisait prendre régulièrement du lait de magnésie, censé soigner à peu près tous les maux. Elle avait confiance en ces remèdes de bonne femme et elle se disait qu'avec le temps Simone ne pouvait pas faire autrement que de se remettre.

Avant de s'engager dans l'escalier menant à la Haute-Ville, Eugénie crut apercevoir une silhouette familière. Elle s'approcha. C'était bien lui. Il était penché sur une jeune fille et lui contait fleurette, la bouche en cœur et le regard allumé. Sa posture était celle d'un don Juan prêt à épingler sa victime. Eugénie sentit la moutarde lui monter au nez. Cette fois, elle ne laisserait pas passer l'occasion de lui cracher ses quatre vérités au visage.

— Fernand Allard ! lui lança-t-elle d'une voix de stentor, j'rêve pas, c'est ben toi. Un homme marié, père de deux enfants, qui fait le joli cœur avec une innocente, quand sa femme l'espère à la maison !

Son gendre tourna la tête vers elle avec un rictus de dépit aux lèvres. La jeune fille s'écarta aussitôt, surprise et un peu gênée. Elle devait ignorer le statut de son soupirant, car elle le laissa sur-le-champ et s'éloigna, probablement peu désireuse d'être impliquée dans une querelle de famille.

Fernand Allard fit face à Eugénie, les mains dans les poches et le regard durci. L'affrontement s'annonçait violent. Ne lui laissant pas le temps de réagir, Eugénie lui asséna d'un ton sans appel :

— Espèce de pervers sans jugement pis sans cœur ! Écoute-moi ben, toi. Que j'te reprenne pas à mettre la main sur Marie-Blanche ou sur n'importe quelle autre de mes filles, parce que tu vas avoir affaire à moi, mon salaud ! M'entends-tu, Fernand Allard ? Si j'ai rien dit cette fois-là, c'était rien que pour protéger Estella. Mais la prochaine fois, y aura pas de pitié. C'est la police qui va régler ça ! Pis à part ça, t'es même pas capable de prendre soin de tes enfants, que t'abandonnes en plein jour, sans personne pour les surveiller. T'as même pas assez de génie pour comprendre ça. T'es un misérable pis un lâche !

Le visage de Fernand se fendit d'un grand rire moqueur.

— La belle-mère qui m'fait des menaces, est ben bonne ! Ah, j'ai peur, j'ai peur, dit-il, tout en faisant mine de se sauver.

Il sautait sur place et poussait des cris d'orfraie pour ridiculiser Eugénie qui, ne se laissant pas intimider, ajouta :

— Que j'te voie jamais remettre les pieds chez nous. On veut plus te voir la face, Allard. C'est compris ?

— Vieille grue. Tu reverras pas ta fille de sitôt, ni tes p'tites-filles non plus, j'te l'jure.

Et son gendre lui tourna le dos et prit l'escalier, qu'il monta en courant.

Eugénie sentit son cœur qui s'emballait. Elle était hors d'elle et peinée pour Estella. Elle ne put s'empêcher de penser qu'elle aurait peut-être mieux fait de tenir sa langue et de passer son chemin, car c'est sa fille aînée qui risquait le plus d'en souffrir si jamais le grand butor décidait de se venger sur elle. Elle eut peur aussi pour ses petites-filles, Charlotte et Nicole, qu'elle risquait d'avoir de la difficulté à revoir. Mais comme Fernand Allard était gros parleur et petit faiseur, elle se dit qu'il valait sans doute mieux prendre ses menaces avec un grain de sel.

Elle s'assit sur un banc non loin de là et essaya de se calmer. À quoi bon s'en faire avec cette histoire, se gourmanda-t-elle, puisque de toute façon elle ne voyait jamais sa fille que le jour et en l'absence de son mari ? Et puis il était bon que ce diable d'homme sache qu'elle était au courant, pour Marie-Blanche, et qu'elle ne laisserait pas des choses pareilles se reproduire sans qu'il y ait des conséquences pour lui. Lorsque ses pulsations reprirent un rythme normal, elle entreprit l'ascension de l'escalier.

Elle repensa à Alphonse et à tout ce qu'elle aurait évité comme difficultés s'il avait vécu. Chaque fois qu'elle vivait une situation qui aurait nécessité sa présence, elle regrettait sa disparition. D'abord, il aurait sûrement interdit à Estella de se marier si jeune avec cet irresponsable, et la jeune femme aurait été forcée d'obtempérer, puisque l'autorité du père de famille surpassait celle de la mère. De plus, s'il avait vécu, il était certain que Wilfrid ne serait pas disparu, que Simone aurait été plus facile, qu'Albert aurait poursuivi ses études, qu'elle n'aurait pas décidé de donner Agnès, que, que, que…

Elle se traita de folle et se dit qu'il ne servait à rien d'égrener les « si » et les « peut-être » et de multiplier les suppositions, alors que sa réalité était ce qu'elle était. Alphonse n'était plus là depuis sept années terribles pendant lesquelles elle avait lutté et s'était battue bec et ongles pour ne pas désespérer, maintenir le cap, tenter de rassurer ses enfants et leur garder la tête hors de l'eau. Sept années durant lesquelles elle s'était juré de les sortir de l'orphelinat, de les réunir à nouveau et de leur offrir une vie plus conforme à ce qu'elle souhaitait pour eux. Ce qu'elle avait tout de même réussi, quoi qu'on en dise. Mais elle se sentait parfois fatiguée de toujours avoir à régler les problèmes des uns et des autres. Elle se prit à rêver d'évasion, de fuite vers des contrées de soleil et de mer, de retour vers son enfance et sa Gaspésie natale. Comme si on pouvait revenir en arrière et redevenir enfant. Échapper à ses responsabilités ne serait-ce que quelques jours sembla à Eugénie un luxe inouï, et elle aurait donné cher pour pouvoir se le permettre.

Elle se retrouva enfin devant chez elle. Elle était lasse, et son pied s'était remis à lui faire mal. Elle n'avait rien remarqué de la belle journée écoulée, du soleil qui jetait des reflets d'or sur les visages, ni de l'air plus doux qui sentait le printemps. Elle poussa la porte et entra.

Dans la cuisine, elle vit que toutes ses filles, grandes et petites, s'y trouvaient, de même qu'Albert, et que tout le monde semblait fébrile. Elle s'aperçut aussi que son aîné tenait en main une lettre et qu'il avait les yeux mouillés. Intriguée, elle s'avança dans la pièce en les interrogeant du regard.

Albert lui tendit la lettre en disant :

— M'man, c'est pour vous. Je pense que c'est une lettre que vous attendez depuis longtemps…

Eugénie se sentit défaillir.

— C'est-tu mon Wilfrid ? cria-t-elle en la lui arrachant presque des mains.

Albert, qui avait reconnu l'écriture de son frère, la prit dans ses bras.

— Mon Dieu, il est vivant ! J'le savais !

Eugénie était si pressée de savoir ce qu'il racontait qu'elle se précipita en tremblant sur le texte. Mais elle ne trouvait pas ses lunettes de lecture.

— Mes lunettes, les enfants, mes lunettes.

Marie-Blanche les trouva sur la table de la salle à manger et elle les lui rapporta. Eugénie tremblait tellement qu'elle avait l'impression que ses jambes allaient la lâcher et qu'elle tomberait à genoux.

Puis elle se plongea dans la lecture du simple feuillet qui composait la lettre. Le texte s'avéra difficile à déchiffrer parce que Wilfrid l'avait écrit dans un sabir fait de français et d'anglais.

— *Hi… Mom… my*, put-elle lire en guise d'entrée en matière. *Mom… my*, c'est quoi ça, Albert ?

— « Bonjour, maman. » *Mommy*, c'est maman.

— Ah bon, dit-elle, puis elle continua son décryptage : *J'ai été… lucky… de trouver une good… job dans province of… Ontario. I… work sur une… farm…* Albert, qu'est-ce que ça veut dire ? Lis donc, moi, j'comprends rien à l'anglais !

Albert se mit à rire en disant que ce n'était pas de l'anglais, mais un mélange avec du français. Il reprit donc la lettre et il en fit la traduction suivante :

— Il dit qu'il a été chanceux de trouver un bon travail en Ontario, sur une ferme. Il a pris un bateau qui l'a mené là-bas pis il aime son travail. La famille qui l'emploie est correcte, qu'il dit. Il mange ben pis il est pas malade. Il nous embrasse tous.

Il dit de pas vous inquiéter, m'man, qu'il reviendra au Québec quand il sera sûr de plus avoir la police sur le dos. En attendant, il gagne de l'argent. Il va essayer de donner de ses nouvelles de temps en temps. J'pense que c'est tout.

— C'est tout ? C'est court, y m'semble, après toutes ces années… Wilfrid, mon Wilfrid qui nous revient…

Et Eugénie fondit en larmes. Elle laissa libre cours à sa peine trop longtemps contenue. Ses enfants approchèrent une chaise et l'y assirent. Ils l'entourèrent et firent de leur mieux pour la consoler.

— Voyons, maman, remettez-vous. C'est une bonne nouvelle, y m'semble, lui glissa Marie-Blanche à l'oreille.

— Au lieu de pleurer, y faut fêter ça, laissa tomber Albert, qui s'empressa de déboucher la bouteille de vin blanc qu'il avait reçue aux fêtes et qu'il gardait pour les grandes occasions.

Eugénie fut servie la première. Elle accepta le petit verre de vin que lui tendait son fils, en souriant à travers ses larmes.

— Il est vivant, doux Jésus, vivant ! Il a-tu laissé son adresse, Albert, pour qu'on lui écrive ?

Albert retourna l'enveloppe dans tous les sens. Il n'y avait pas d'adresse. Seulement un timbre oblitéré en provenance de l'Ontario.

— Mais pourquoi il a pas donné son adresse ?

Eugénie était sous le choc. Elle ne pourrait pas communiquer avec lui à son gré. Elle devrait attendre de nouveau qu'il lui écrive.

— Probablement qu'il a eu peur d'la police. Il a dû penser que c'était plus prudent de même.

Les trois petites ne se souvenaient pas de Wilfrid parce qu'elles étaient trop jeunes lorsqu'il était entré à l'orphelinat. Mais elles savaient qu'elles avaient un autre frère, plus jeune qu'Albert, qui était disparu quelques années plus tôt. Aussi se réjouissaient-elles de ce dénouement inattendu.

— Arrêtez de vous inquiéter, maman, continua Marie-Blanche. Vous savez qu'il est vivant, à c't'heure, pis qu'il va bien. Il travaille pis il a l'air d'aimer ce qu'il fait. Il va revenir bientôt, les poches bourrées d'argent. C'est une bonne nouvelle, la meilleure qu'on a eue depuis longtemps. Tout va s'arranger pour nous maintenant, maman. Les choses vont aller mieux, je l'sais, je l'sens. C'est fini, la misère !

— Puisses-tu dire vrai, ma p'tite fille. Puisses-tu dire vrai ! se contenta de répéter Eugénie, tout en sirotant son vin.

Et son regard azuré brilla tout à coup d'une secrète espérance.

Suivez les Éditions Libre Expression sur le Web :
www.edlibreexpression.com

Cet ouvrage a été composé en Cochin 12,25/14,7
et achevé d'imprimer en août 2013 sur les presses
de Marquis Imprimeur, Québec, Canada.

 certifié   procédé sans chlore   100 % post-consommation   archives permanentes   énergie biogaz

Imprimé sur du papier 100 % postconsommation, traité sans chlore,
accrédité Éco-Logo et fait à partir de biogaz.